Léa

LA MESURE

NIKKI ERLICK

LA MESURE

Traduit de l'anglais (États-Unis)
par Catherine Richard-Mas

fleuve
ÉDITIONS

Titre original :
The Measure

Ce livre est une œuvre de fiction. Les éléments de cette histoire sont le fruit de l'imagination de l'auteure ou sont utilisés de manière fictive et ne doivent pas être considérés comme réels. Toute ressemblance avec des événements, des lieux, des organisations ou des personnes réelles, vivantes ou décédées, n'est que pure coïncidence.

ISBN : 978-2-265-15570-1

Dépôt légal : octobre 2023

À mes grands-parents,
avec mon amour et ma reconnaissance

Dis-moi, que comptes-tu faire de ton unique,
sauvage, précieuse vie ?

« The Summer Day », Mary Oliver*[1]

1. Toutes les œuvres assorties d'un astérisque sont référencées à la fin du roman.

Il est désormais difficile d'imaginer un avant, un monde dans lequel elles n'étaient pas encore là.

Quand elles firent leur apparition, en mars, personne n'avait la moindre idée de ce qu'il fallait faire de ces étranges petites boîtes arrivées avec le printemps.

Toutes les autres, aux différents stades de la vie des gens, ont une fonction précise, une utilité préétablie. La boîte à chaussures contenant une paire neuve, bien cirée, à étrenner le jour de la rentrée scolaire. Le paquet cadeau orné d'un ruban rouge frisé sur le fil d'une paire de ciseaux. L'écrin renfermant le diamant longtemps espéré. Les gros cartons scellés à l'adhésif et numérotés à la main, chargés dans le camion de déménagement. Et même la dernière caisse, celle qui reposera sous terre et dont le couvercle, une fois fermé, ne s'ouvrira plus jamais.

Toutes les autres sont familières, compréhensibles, voire attendues. Toutes ont une attribution et une place, se casent naturellement dans le cours d'une vie.

Mais ces boîtes, *elles*, étaient différentes.

Elles arrivèrent au début du mois, lors d'un jour ordinaire, sous une lune ordinaire, trop tôt pour mettre ça sur le dos de l'équinoxe.

Et quand elles arrivèrent, ce fut pour tout le monde, en même temps.

Des petites boîtes en bois – ou du moins, qui *semblaient* en bois –, apparues pendant la nuit, par millions, dans toutes les régions et tous les pays.

Elles apparurent sur les pelouses bien tondues des quartiers résidentiels, nichées entre la haie et les premières jacinthes. Sur des paillassons citadins usés par le passage de décennies de locataires successifs. Enfoncées dans le sable chaud du désert, devant les tentes, ou à côté de cabanes solitaires au bord de l'eau, prenant la rosée dans le petit vent du lac. À San Francisco et São Paulo, à Johannesburg et Jaipur, dans les Andes et en Amazonie, pas un endroit, pas un individu n'échappa à l'arrivée de ces boîtes.

Il y avait quelque chose de réconfortant, mais de troublant aussi, dans le fait que tous les adultes de la planète partageaient cette expérience incompréhensible, suscitant terreur et soulagement.

Car, à bien des égards, c'était *en effet* la même expérience. Ces boîtes étaient presque identiques. Toutes étaient marron foncé avec des reflets rougeâtres, parfaitement lisses au toucher. Et sur chacune était inscrit un message simple, quoique énigmatique, rédigé dans la langue maternelle de son destinataire :

À l'intérieur se trouve la mesure de votre vie.

Chaque boîte contenait une cordelette, dissimulée sous un fin tissu d'un blanc argenté, si bien que ceux qui soulevaient le couvercle réfléchissaient à deux fois avant de regarder ce qu'il y avait dessous. Comme si la boîte elle-même mettait en garde, essayait de protéger le curieux de cette impulsion infantile qui poussait à déchirer immédiatement l'emballage d'un cadeau. Comme si elle lui demandait de marquer une pause, de bien réfléchir à ce qu'il s'apprêtait à faire. Car il ne pourrait plus jamais revenir sur ce geste-là.

En réalité, les boîtes ne différaient que sur deux plans.

Chacune était au nom de son unique destinataire, et chaque cordelette, à l'intérieur, était d'une longueur spécifique.

Mais quand ces boîtes surgirent, en ce mois de mars, personne, dans la frayeur et la pagaille ambiantes, ne comprit vraiment ce que signifiait « la mesure ».

Enfin, pas tout de suite.

PRINTEMPS

Nina

Quand la boîte à son nom fit son apparition devant sa porte, Nina était encore au lit et dormait, les paupières frémissant doucement tandis que son esprit endormi bataillait avec un rêve difficile. Elle était de nouveau au lycée et le professeur réclamait un devoir que personne ne lui avait dit de rédiger. C'était un cauchemar familier pour quelqu'un ayant tendance à souffrir de stress, mais insignifiant à côté de celui qui l'attendait dans le monde réel.

Ce matin-là, Nina se réveilla la première, comme d'habitude, et se glissa hors du lit sans perturber le sommeil de Maura. Elle poussa jusqu'à la cuisine, toujours dans son pyjama écossais, et alluma le gaz sous la bouilloire orange ventrue que Maura avait dénichée aux puces l'été précédent.

L'appartement était toujours délicieusement calme à cette heure matinale, le silence à peine rompu de temps à autre par le crachotement de la bouilloire sur les flammes de la cuisinière. Plus tard, Nina se demanda pourquoi elle n'avait rien entendu ce matin-là. Il n'y eut ni cris ni sirènes, pas de téléviseurs à plein volume, rien qui lui signale le chaos qui régnait déjà hors de chez elle. Si elle n'avait pas allumé son téléphone, peut-être aurait-elle pu rester un petit instant encore dans ce calme, à savourer l'époque d'avant.

Mais non, elle s'assit sur le canapé pour consulter son portable, comme tous les matins, prête à lire une demi-douzaine d'e-mails et parcourir diverses newsletters jusqu'au moment où le réveil de Maura sonnerait, après quoi elles opteraient ensemble pour des œufs ou du porridge. Se tenir informée faisait partie du travail de rédactrice de presse de Nina, mais le nombre d'applications et de fils d'actualités s'était multiplié avec les années, au point qu'elle était parfois découragée à l'idée qu'elle pourrait passer toute une vie à lire, sans jamais réussir à rattraper le mouvement.

Ce matin-là, elle n'eut même pas l'occasion de commencer. Sitôt l'écran d'accueil déverrouillé, elle comprit que quelque chose clochait. Trois appels en absence de la part de ses amis, et des textos qui s'amassaient depuis des heures, une grande majorité en provenance de ses collègues rédacteurs, dans leur groupe de discussion.

> C'est quoi ce bordel ?
> Tout le monde en a reçu une ?
> Putain il y en a PARTOUT. Dans le monde entier.
> L'inscription est véridique ?
> N'ouvrez PAS avant qu'on en sache plus.
> Mais dedans il y a juste un bout de corde, non ??

Nina sentit sa poitrine se contracter et la tête lui tourner tandis qu'elle tentait de reconstituer le puzzle. Elle se connecta à Twitter, puis à Facebook. Où qu'elle regarde, la même panique, tout en majuscules et points d'interrogation. Mais cette fois, il y avait des photos. Des centaines d'utilisateurs avaient posté des clichés de petites boîtes marron posées sur le seuil de leur domicile. Et pas seulement à New York, où elle vivait. Partout.

Sur quelques-uns, Nina réussit à lire l'inscription. « À l'intérieur se trouve la mesure de votre vie. » Qu'est-ce que ça pouvait bien vouloir dire ?

Son cœur battait à toute vitesse, rivalisant avec la frénésie de questions qui lui venaient à l'esprit. La plupart des gens en ligne, confrontés au même message obscur, s'étaient rapidement ralliés à une conclusion terrifiante : quoi que contienne cette boîte, elle prétendait connaître la durée exacte de la vie de son destinataire. Le temps qui lui avait été alloué, par on ne savait quelle puissance mystérieuse.

Nina était à deux doigts de crier à Maura de se réveiller quand elle comprit qu'*elles aussi* devaient avoir reçu ces boîtes.

Elle laissa tomber son téléphone sur le canapé, les doigts tremblants, et se leva. Gagna la porte d'entrée de l'appartement d'un pas un peu chancelant, puis prit une bonne inspiration et regarda par l'œilleton, mais elle ne voyait pas jusqu'au sol. Elle tourna donc lentement le verrou et entrouvrit la porte, comme si un inconnu attendait derrière.

Les boîtes étaient là.

Posées sur le paillasson que Maura avait tenu à apporter en venant s'installer chez Nina, orné de la citation de Bob Dylan : « *Be groovy or leave, man.* » Nina aurait sans doute préféré quelque chose de plus neutre, un paillasson tressé tout simple, mais cette inscription invitant quiconque passait la porte à « être cool ou dégager » faisait toujours sourire Maura et, à force de la lire chaque fois qu'elle rentrait, Nina en était venue à l'adorer aussi.

Les boîtes masquaient presque la totalité du paillasson. Deux, en bois. Une chacune, apparemment.

Plus loin dans le couloir, Nina vit qu'un paquet identique attendait leur voisin, un veuf âgé qui ne sortait qu'une fois par jour pour descendre ses poubelles. Elle se demanda si elle devait le prévenir. Mais que pourrait-elle bien lui dire ?

Elle était encore en train de contempler les boîtes à ses pieds, trop angoissée pour y toucher et pourtant trop interloquée pour les laisser là, quand le sifflement de la bouilloire la tira de sa sidération et lui rappela que Maura, elle, n'était toujours pas au courant.

Ben

Quand les boîtes arrivèrent, Ben dormait, lui aussi, mais pas chez lui.

Il se tortillait dans son étroit fauteuil de classe économique, fermant très fort les paupières pour se préserver de la luminosité de l'ordinateur de son voisin, pendant que des millions de boîtes déferlaient sur le pays telle une nappe de brouillard, quelque dix mille mètres en dessous de lui.

Le colloque d'architecture de trois jours auquel il avait pris part à San Francisco s'étant achevé en début de soirée, Ben avait pris le vol de nuit pour New York, avant que la moindre trace des boîtes ait atteint la baie. Son avion décolla aux alentours de minuit, heure de la côte ouest, et atterrit juste après le lever du soleil sur la côte est, si bien que ni les passagers ni l'équipage n'étaient au courant de ce qui s'était produit durant les heures nocturnes.

Mais quand le voyant des ceintures de sécurité s'éteignit et que tous les téléphones portables se rallumèrent au même instant, équipage et passagers apprirent aussitôt la nouvelle.

À l'intérieur de l'aéroport, des attroupements se formaient au pied des écrans de télévision géants, chaque chaîne abordant le sujet sous un angle différent : « Apparition de boîtes mystérieuses sur l'intégralité de la planète. » « D'où provienennent-elles ? » « Des boîtes qui prétendent prédire l'avenir. » « Que signifie exactement votre cordelette ? »

Tous les vols prévus étaient différés.

Un père, près de Ben, tâchait de calmer ses trois enfants tandis qu'il s'énervait au téléphone :

— On vient juste d'arriver ! Qu'est-ce qu'on doit faire ? Rentrer ?

Une femme d'affaires, le regard rivé sur son iPad, avait entrepris d'informer les autres passagers des dernières nouvelles diffusées en ligne.

— Apparemment, il n'en est arrivé que pour les adultes, annonça-t-elle à haute voix sans s'adresser à quiconque en particulier. Aucun enfant n'en a eu jusqu'à maintenant.

Mais la plupart des gens hurlaient la même question dans leur téléphone :

— Est-ce que *moi aussi* j'en ai reçu une ?

Ben scrutait les écrans au-dessus de lui, les yeux secs et douloureux après un somme agité. Prendre l'avion lui donnait toujours l'impression de s'échapper hors du temps, les heures passées dans les airs se déroulant hors du continuum normal de la vie sur Terre. Mais il n'avait encore jamais connu une sensation aussi nette de quitter un monde pour revenir dans un autre.

Tout en se dirigeant d'un pas rapide vers l'AirTrain qui l'acheminerait jusqu'au métro, Ben composa le numéro de sa petite amie, Claire, mais elle ne répondit pas. Puis il appela chez ses parents.

— Tout va bien ici, lui assura sa mère. Ne t'inquiète pas pour nous, rentre tranquillement.

— Mais… vous les avez bien *reçues*, vous aussi ? s'enquit Ben.

— Oui, murmura sa mère, comme si quelqu'un risquait d'écouter leur conversation. Ton père les a rangées dans le placard du vestibule pour le moment. (Elle marqua une pause.) On ne les a pas encore ouvertes.

Le métro était particulièrement vide, surtout pour cette heure de pointe matinale. Il n'y avait que quatre autres passagers dans la voiture où se trouvait Ben, son bagage à roulettes calé entre ses jambes. Personne n'allait-il donc au travail, ce jour-là ?

Ce devait être une mesure de sécurité, comprit-il. Chaque fois qu'une catastrophe menaçait la ville, les New-Yorkais évitaient de prendre le métro. On n'imaginait guère de pire endroit où se retrouver piégé qu'un petit wagon étouffant déjà sous terre.

Les autres voyageurs gardaient le silence, nerveux, assis loin les uns des autres, rivés à leurs téléphones.

— C'est juste des p'tites boîtes, grommela un homme avachi dans un coin. (Il regardait Ben et semblait défoncé.) Les gens ont pas besoin de flipper comme ça !

La personne la plus proche de lui s'éloigna.

L'homme se mit à chanter à tue-tête en faisant mine de diriger des deux mains un orchestre :

— *Petites boîtes, petites boîtes, petites boîtes toutes pareilles...*

Ce fut seulement alors, en entendant la voix rocailleuse de l'homme et cette mélodie étrange, que Ben commença à s'inquiéter.

Affolé, il descendit en hâte à l'arrêt suivant, la gare de Grand Central Terminal, et monta les marches quatre à quatre, soulagé de retrouver la rue et le réconfort de la foule. La gare était beaucoup plus animée que le métro. Des dizaines de gens montaient à bord des trains qui desservaient la banlieue de New York. Où allaient-ils tous ? se demanda Ben. Croyaient-ils vraiment que la réponse à ces mystérieuses boîtes se trouvait hors de la ville ?

Peut-être se dépêchaient-ils simplement de rejoindre leurs familles.

Ben fit halte devant le portail automatique d'un quai désert, le temps de mettre de l'ordre dans ses pensées. Près d'une personne sur quatre, autour de lui, portait sous le bras une boîte en bois, et il comprit qu'un bien plus grand nombre devait les avoir dissimulées dans les sacs à dos et les sacs à main. Il se sentit soulagé de ne pas s'être trouvé chez lui à l'arrivée de la sienne, au lit, en train de ronfler dans l'ignorance, séparé de cette boîte intrusive par une cloison trop mince. L'invasion semblait un peu moindre, en son absence.

Un jour ordinaire, la gare aurait été bondée de touristes écoutant leurs audio-guides et se tordant le cou pour contempler le célèbre plafond céleste. Mais ce jour-là, personne ne s'arrêtait ni ne levait la tête.

La mère de Ben lui avait montré, quand il était enfant, les étoiles couleur vieil or qu'on y voyait, en lui expliquant un par un les signes du zodiaque. Était-ce elle aussi qui lui avait dit que les constellations peintes avaient été volontairement inversées ? Que cela indiquait que le point de vue était divin, plutôt qu'humain ? Ben avait toujours pensé que c'était une excuse inventée après coup, une belle histoire justifiant une erreur.

— À l'intérieur se trouve la mesure de votre vie, énonçait un homme dans le micro de son oreillette, visiblement contrarié. Personne ne sait ce que ça veut dire ! Alors qu'est-ce que je peux en savoir, moi ?

À l'intérieur se trouve la mesure de votre vie. Ben avait maintenant glané assez d'informations pour reconnaître là l'inscription qui figurait sur les boîtes. Le mystère n'avait que quelques heures d'existence, mais certains croyaient déjà que la longueur de la cordelette présageait celle de la vie de son détenteur.

Comment cela pourrait-il être vrai ? songea Ben. Il faudrait en conclure que le monde s'était inversé, comme les constellations du plafond, au-dessus de lui, et que les humains voyaient désormais du point de vue de Dieu.

Ben s'adossa à un mur frais, un peu étourdi. Il se remémora le moment de turbulences, à mi-parcours de son vol, qui l'avait réveillé en sursaut, l'avion ballotté de secousses qui avaient failli renverser la boisson de son voisin de siège. Comme si quelque chose avait brièvement ébranlé l'atmosphère.

Ben apprendrait plus tard que les boîtes n'avaient pas toutes fait leur apparition au même instant, qu'elles étaient survenues dans le courant de la nuit, selon l'heure où l'obscurité tombait. Mais, ainsi figé dans la gare de Grand Central, alors que les détails de la soirée étaient encore flous, il ne put s'empêcher de se demander si ces turbulences n'avaient pas marqué l'arrivée des boîtes sur Terre.

Nina

Nina n'avait pas envie d'ouvrir cette boîte.

Elle lisait les nouvelles quotidiennement, comme elle l'avait toujours fait. Elle écumait Twitter en quête des dernières mises à jour. Elle se répétait que c'était la nature de son travail. Mais elle ne recherchait pas que des informations. Elle cherchait des réponses.

En ligne, les hypothèses foisonnaient pour expliquer l'inexplicable origine des cordelettes, allant du messager de Dieu à l'invasion extraterrestre en passant par l'instance gouvernementale clandestine.

Certains, parmi les sceptiques les plus invétérés, en venaient à se tourner vers le spirituel ou le surnaturel afin de justifier la soudaine irruption de ces petits coffrets d'à peine quinze centimètres sur huit sur le seuil de toutes les habitations de la planète. Sans-abri contraints d'élire domicile dans les rues, nomades, randonneurs : tous les individus adultes s'étaient réveillés ce matin-là pour trouver leurs boîtes qui les attendaient, où qu'ils aient pu s'endormir la veille.

Très peu de gens, au début, acceptaient de croire que les cordelettes puissent *effectivement* représenter la longueur de la vie de chacun. Imaginer une quelconque entité externe dotée d'un tel savoir était trop effrayant, et même ceux qui affirmaient leur foi en un Dieu omniscient avaient du mal à comprendre pourquoi Son comportement connaissait une transformation aussi radicale.

Et les boîtes continuaient d'affluer.

Une fois que la première vague eut couvert tous les adultes de vingt-deux ans et plus, chaque nouvelle aube apporta une boîte à ceux qui atteignaient l'âge de vingt-deux ans ce jour-là, marquant leur entrée dans le monde adulte.

Puis, vers la fin mars, des rumeurs commencèrent à se répandre. Dès que la prédiction d'une cordelette s'accomplissait, l'information circulait, surtout dans le cas de décès inattendus. Des débats télévisés présentaient des familles pleurant la perte de jeunes gens en parfaite santé, mais en possession de segments courts et décédés lors d'accidents aberrants ; de leur côté, les radios diffusaient des interviews de patients hospitalisés se pensant condamnés et qui, découvrant dans leurs boîtes de longs segments de cordelette, aspiraient soudain à endurer, de nouveau, épreuves et traitements.

Cependant, personne ne parvenait à trouver de preuves tangibles attestant que ces cordelettes soient plus que de banales ficelles.

En dépit des témoignages de plus en plus nombreux, Nina refusait toujours d'ouvrir sa boîte. Elle estimait que Maura et elle devraient s'en abstenir jusqu'à ce qu'on en sache un peu plus. Elle ne voulait même pas garder leurs boîtes dans l'appartement.

Mais Maura était plus téméraire, plus impulsive que Nina.

— Enfin, tu as peur qu'elles prennent feu ? Qu'elles explosent ?

— Tu peux bien te moquer de moi, personne ne *sait* ce qui peut arriver, rétorqua Nina. Et si c'était un truc de grande ampleur dans le genre des lettres à l'anthrax ?

— Je n'ai pas entendu dire que quiconque soit tombé malade après avoir ouvert une de ces boîtes, répliqua Maura.

— On pourrait peut-être juste les laisser dehors dans l'escalier de secours, pour le moment ?

— Quelqu'un pourrait nous les piquer ! se récria Maura. Et dans le meilleur des cas, elles finiraient couvertes de fientes de pigeon.

Elles se bornèrent donc à les glisser sous leur lit en attendant de nouvelles informations.

Mais l'attente n'était pas le fort de Maura.

— Et si c'était vrai ? demanda-t-elle à Nina. Toute cette histoire de « mesure de votre vie » ?

— C'est impossible, décréta cette dernière. Il est scientifiquement *impossible* qu'un bout de corde connaisse l'avenir.

Maura regarda Nina d'un air grave.

— Il n'existerait donc rien dans ce monde que la science ou la réalité matérielle ne sache expliquer ?

Nina ne sut que répondre.

— Et si cette boîte était vraiment capable de dire combien de temps on va vivre ? Bon sang, Nina, tu ne meurs pas d'envie de savoir, toi ?

— Bien sûr que si, mais le simple fait d'éprouver de la curiosité n'implique pas qu'on doive y céder aveuglément. Soit c'est un canular et ça ne mérite pas qu'on se mette la tête à l'envers pour rien, soit c'est vrai et on doit déterminer à l'avance ce qu'on souhaite faire. Il se pourrait que cette boîte renferme aussi de grandes souffrances.

Quand Nina rejoignit ses collègues de la rédaction et quelques journalistes dans la salle de conférences pour une réunion sur le prochain numéro, le correspondant politique en chef formula ce que tout le monde pensait :

— Je crois qu'on n'a plus qu'à tout mettre au panier et reprendre de zéro.

L'édition initialement prévue devait se composer d'une série d'interviews des nouveaux candidats à la présidence, la plupart ayant annoncé le lancement de leur campagne pendant l'hiver. Mais les événements de mars avaient éclipsé l'élection qui semblait tout à coup à des années-lumière.

— Je veux dire, on ne peut qu'aborder le sujet des cordelettes, n'est-ce pas ? poursuivit le correspondant. Tout le monde ne parle que de ça, ce sera forcément notre sujet phare. On est encore à un an et demi de l'élection. Qui sait de quoi le monde aura l'air à ce moment-là ?

— Je suis d'accord, mais faute de disposer d'informations précises, nous risquons d'accroître le bazar ambiant, intervint Nina.

— Ou susciter de la peur, renchérit un autre.

— Tout le monde a *déjà* peur, objecta un chroniqueur. Certaines personnes ont vérifié les enregistrements de leurs caméras de sécurité de la nuit où les boîtes sont arrivées, mais elles n'ont pas pu voir ce qui s'est passé. La luminosité est mauvaise et quand la qualité d'enregistrement s'améliore, les boîtes sont déjà là. C'est complètement dingue.

— Et il n'y a pas de boîte pour les moins de vingt-deux ans, c'est bien ça ? Je n'ai eu vent d'aucun cas en dessous de cet âge-là.

— Moi non plus. Ça paraît injuste que les plus jeunes ne soient pas épargnés par la mort, mais qu'ils ne sachent pas à l'avance.

— Cela dit, nous ne sommes toujours pas *certains* qu'elles prédisent le moment où chacun va mourir.

— Quoi qu'il en soit, le brouillard est le même pour tout le monde. (Le correspondant leva les mains d'un geste vaincu.) Le plus simple consisterait sans doute à demander à un panel de gens quelle attitude ils adoptent : s'ils construisent des bunkers en vue de l'apocalypse ou s'ils se contentent de faire comme si de rien n'était.

— J'ai lu un papier sur des couples qui se séparent parce qu'ils ne partagent pas le même avis à propos des boîtes.

— Nous sommes un magazine d'information, pas de la presse à scandale. Et je crois que la plupart des gens ont assez à faire avec leurs propres angoisses à l'heure qu'il est. Ils n'ont pas besoin qu'on leur inflige celles des autres, déclara Nina. Ce qu'ils veulent, c'est des réponses.

— Sauf qu'on ne peut pas leur en fournir s'il n'en existe pas, répliqua Deborah Caine, la rédactrice en chef, avec son calme coutumier. Mais le peuple a le droit de savoir ce que les dirigeants comptent faire, et ça, c'est une chose qu'on peut effectivement leur dire.

Comme on pouvait s'y attendre, les instances gouvernementales, à tous niveaux et dans tous les pays, essuyaient un raz-de-marée d'appels téléphoniques depuis les premières boîtes.

Un groupe composé de dirigeants financiers de la Réserve fédérale, du Fonds monétaire international, de banques mondiales et des multinationales les plus puissantes s'était constitué en urgence, quelques jours à peine après l'arrivée des boîtes, afin de soutenir l'économie de la planète, en espérant qu'une alliance de méthodes connues – baisse des taux d'intérêt, dispenses d'imposition, prêts à taux réduits aux banques – permette de désamorcer l'instabilité engendrée par une menace totalement inconnue.

En parallèle, confrontés à une exigence croissante de réponses, les politiciens se tournèrent vers les scientifiques. Et les scientifiques se tournèrent les uns vers les autres.

Dans les hôpitaux et les universités de tous les continents, des échantillons de cordelettes étaient analysés et les boîtes elles-mêmes, qui semblaient faites d'acajou, conjointement testées. Aucun des matériaux ne correspondait à la moindre substance recensée dans les bases de données des laboratoires. Et bien que les cordelettes ressemblent à de la fibre ordinaire, elles étaient d'une extrême solidité et les instruments les plus tranchants ne parvenaient pas à les entamer.

Contrariés par cette absence de conclusions, les labos firent appel à des volontaires possédant des cordelettes de différentes longueurs, qui acceptaient de se soumettre à des tests médicaux comparatifs. Ce fut *alors* que les scientifiques commencèrent à s'inquiéter. Dans certains cas, ils ne repérèrent aucune différence entre l'état de santé de ceux ayant des « courts segments » et ceux ayant des « longs segments », comme ils en vinrent à les nommer. En revanche, moult tests pratiqués sur des détenteurs de courts segments révélèrent des choses terribles : tumeurs passées inaperçues, problèmes cardiaques non décelés, maladies non traitées. Bien que des affections similaires se manifestent aussi chez des sujets à longs segments, la différence était éloquente. Les maladies des détenteurs de longs segments étaient soignables, celles des courts segments, incurables.

L'un après l'autre, tels des dominos en cascade, les labos de tous les pays confirmèrent.

Les longs-segments allaient vivre, les courts-segments ne tarderaient pas à mourir.

Tandis que les politiciens exhortaient les électeurs à rester calmes et à conserver un certain rationalisme, la communauté internationale des chercheurs était la première à se confronter à cette nouvelle réalité. Et si nombreux que soient les accords de confidentialité signés, un phénomène de cette ampleur ne pouvait être contenu. Au bout d'un mois, la vérité commença à suinter des murs des laboratoires, créant des petits ruisseaux de savoir qui finirent par former des fleuves.

Au bout d'un mois, les gens se mirent à croire.

Ben

— Alors tu crois que ces cordelettes sont une sorte de ligne de vie ? Qu'elles nous révèlent combien de temps nous allons vivre ? demanda la femme, sourcils arqués. Tu ne trouves pas ça complètement délirant ?

Installé au fond d'un coffee-shop, Ben était en train d'examiner les esquisses du dernier projet de son cabinet, un nouveau centre des sciences rutilant pour une université du nord de l'État de New York. En février, Ben ne pensait qu'à ce projet, se représentait les futurs étudiants qui allaient un jour suivre des cours et travailler dans les salles et les labos qu'il contribuait à dessiner. Peut-être feraient-ils même des découvertes capables de transformer le monde dans le tout premier bâtiment dont il avait ébauché le croquis sur une des pages de son carnet Moleskine.

Mais voilà qu'en mars le monde avait changé.

Et à présent, Ben avait bien du mal à se concentrer sur les plans posés devant lui. Quand il entendit les questions de la femme, à la table voisine, il ne put s'empêcher d'écouter la suite de la conversation.

Elle était manifestement dans un déni total. Comme beaucoup au début. Mais les rangs des sceptiques se clairsemaient de semaine en semaine.

— Je n'en sais rien, répondit son compagnon, avec moins d'aplomb qu'elle. Enfin bon, le fait qu'elles aient toutes surgi de nulle part, partout dans le monde, doit bien être un genre de… truc magique.

Il secoua la tête d'un air incrédule – perplexe que cette conversation puisse même avoir lieu.

— Il doit y avoir une autre explication. Quelque chose de *plausible*, reprit la femme.

— Eh bien, je crois que certains parlent d'un collectif de hackers qui a déjà monté pas mal de gros coups, suggéra l'homme, sans conviction. Mais je n'arrive pas à imaginer un groupe de *nerds* assez nombreux pour agir à cette échelle.

De fait, l'une des premières rumeurs les plus relayées avançait qu'un réseau international de super geeks contestataires avait décidé de jouer une farce d'une ampleur colossale. Ben comprenait ce que l'hypothèse avait de séduisant : si tout ça n'était qu'une blague, personne ne serait obligé d'accepter l'existence de Dieu, des fantômes ou de la sorcellerie ni aucune des autres théories plus complexes qui circulaient pour l'heure. Et surtout, personne n'aurait à affronter le sort supposément dicté par une cordelette dans une drôle de boîte.

Mais le phénomène était trop gigantesque pour n'être qu'un canular humain, songea Ben. Et personne ne semblait tirer le moindre bénéfice de l'arrivée de ces boîtes, aucune intention précise n'était décelable si ce n'est celle de plonger les habitants de la planète dans la peur et le désarroi.

— Tu en conclus donc sans hésitation que c'est un *truc magique* ? demanda la femme.

Entendre qualifier les cordelettes de « trucs magiques » fit un drôle d'effet à Ben. La magie, pour lui, c'étaient les quelques tours avec des pièces ou des cartes à jouer que son grand-père lui avait appris pendant les vacances familiales au bord de la mer, à Cape May. La magie, c'était la prestidigitation, c'était : « Choisis une carte, n'importe laquelle. » Ça avait *l'air* incroyable, mais il y avait toujours une explication à la clé.

Ces cordelettes n'avaient rien de magique.

— Alors c'est peut-être Dieu, risqua l'homme en haussant les épaules. Ou plusieurs dieux. Les Grecs croyaient aux Parques, non ?

— Et ils exécutaient ceux qui n'y croyaient pas.

— Ça ne veut pas dire qu'ils se trompaient ! C'est quand même eux qui ont conçu l'algèbre, non ? Et la démocratie ?

La femme leva les yeux au ciel.

— Bon, d'accord, mais comment expliques-tu toutes ces histoires de courts-segments qui ont trouvé la mort, sinon ? répliqua l'homme. Dans cet incendie à Brooklyn ? Les trois types avaient des petites cordelettes.

— Quand la seule chose qui compte, c'est un bout de cordelette, on trouve toutes les anecdotes qu'on veut pour étayer n'importe quelle théorie, rétorqua la femme.

Ben se demanda s'il s'agissait d'un premier rendez-vous, auquel cas ça n'avait pas l'air très bien engagé.

Il se remémora son dernier premier rendez-vous : avec Claire, presque deux ans plus tôt, dans un café qui ressemblait à celui-là. Il se sentait si nerveux. Mais ce trac de première rencontre, à une époque maintenant révolue, lui parut tout à coup bien futile. Cette crainte de renverser un café d'un coup de coude, ou d'avoir des restes d'épinards entre les dents. Désormais, on s'inquiétait de savoir quand surgirait le sujet des cordelettes, si les théories respectives concorderaient, à quel moment on pourrait aborder la question cruciale que la curiosité poussait tout un chacun à poser.

— Tu as regardé ta cordelette ? s'enquit l'homme, baissant la voix.

— Oui, mais bon, ça ne veut pas dire que j'y crois.

La femme se carra contre le dossier de sa chaise et croisa les bras, comme pour parer à toute agression.

L'homme hésita.

— Et… Comment elle était ?

Trop direct pour un premier rendez-vous, se dit Ben. Plutôt le quatrième ou cinquième.

— Assez longue, je dirais. Mais là encore, ça ne veut rien dire.

— Moi, je n'ai pas ouvert ma boîte, pour l'instant. Mon frère hésite aussi, et je préférerais qu'on regarde ensemble, confia l'homme. Je n'ai plus que lui comme famille… Je ne sais pas ce que je ferais si nos cordelettes n'étaient pas de la même longueur.

Cette soudaine vulnérabilité sembla toucher la femme. Son expression s'adoucit et elle posa une main sur le bras de l'homme avec tendresse.

— C'est du bluff, dit-elle. Laisse passer un peu de temps, et tu verras.

Ben tenta de se concentrer sur les plans étalés devant lui, mais il ne pensait qu'à sa propre boîte ouverte, à la petite cordelette qu'il avait trouvée à l'intérieur, qui l'attendait.

Peut-être que cette femme avait raison, et que ce court segment ne signifiait pas une courte vie. Il l'espérait de tout son cœur.

Mais ses tripes lui disaient que la femme avait tort.

Nina

En avril, Deborah Caine fut la première du bureau de Nina à recevoir une confirmation officielle. Elle convoqua un petit groupe de rédacteurs dans la salle de conférences et leur apprit ce que son interlocuteur du ministère de la Santé et des Services sociaux venait de lui révéler.

— Il ne s'agit pas d'un canular, annonça-t-elle. Nous ne savons ni comment ni pourquoi, mais il semblerait que la longueur des cordelettes soit bien proportionnelle à la longévité estimée de chaque individu.

Tous restèrent un instant muets, pétrifiés, puis l'un des journalistes se leva et commença à faire les cent pas dans la pièce.

— Putain ! mais c'est impossible, lâcha-t-il.

Une sorte de torpeur, physique et mentale, s'empara de Nina, mais elle s'entendit pourtant demander, d'un ton étonnamment dégagé :

— Ils en sont *sûrs* ?

— Plusieurs groupes de travail internationaux sont arrivés aux mêmes conclusions, reprit Deborah. Dire d'une nouvelle pareille que… qu'elle est explosive, c'est vraiment la banaliser, je sais. Et je sais qu'elle risque de changer la vie de beaucoup d'entre nous. Le Président doit faire une déclaration demain, et je crois que le Conseil de sécurité des

Nations unies est également en train de préparer quelque chose, mais je tenais à tous vous informer dès que la nouvelle m'est parvenue.

Nina recouvrait peu à peu ses sensations. Elle entreprit de gratter l'ongle de son pouce gauche, d'en écailler le vernis rose pâle. Elle se sentait sur le point de fondre en larmes et espérait avoir le temps de courir aux toilettes avant.

Son collègue, derrière elle, cessa ses allées et venues. Il planta son regard dans celui de leur supérieure.

— Et maintenant, qu'est-ce qu'on fait ?

— Pour le numéro à paraître ?

— Pour tout.

Quand Deborah eut renvoyé tout le monde à son poste, Nina alla s'enfermer dans les toilettes et se mit à pleurer, adossée au mur carrelé d'une cabine pour garder l'équilibre. Trop d'émotions l'assaillaient pour qu'elle puisse les accueillir en bloc.

Elle revoyait la scène. Le moment où, à peine une semaine plus tôt, Maura et elle avaient finalement ouvert leurs boîtes.

Bien que Nina ait insisté pour qu'elles n'y touchent pas, Maura n'avait pu se retenir. Un soir, elle était venue trouver Nina et lui avait dit, avec un calme inhabituel :

— Moi, je veux ouvrir ma boîte.

Nina avait compris que Maura était décidée. Elles savaient l'une comme l'autre être têtues. Mais en l'occurrence, il n'était pas question d'un choix tout simple – l'achat d'un canapé, par exemple –, et il n'existait pas de compromis. Soit elles ouvraient, soit elles s'abstenaient. Il n'y avait pas de moyen terme.

Nina avait peur d'ouvrir sa boîte, mais elle se rendait compte qu'il y avait encore *plus* effrayant : la perspective d'ouvrir une boîte seule. Nina était l'aînée de sa fratrie, la grande sœur qui avait tendance à surprotéger. Désormais, ce besoin de prendre soin de tous ceux qui l'entouraient incluait aussi Maura. Nina ne pouvait pas la laisser regarder seule.

— On fera ça ensemble, lui avait-elle promis.

Maura avait secoué la tête.

— Non, ce n'est pas ce que je voulais dire. Je ne veux pas que tu le fasses pour moi.

— Je sais, avait dit Nina. Mais je ne peux pas ramer à contre-courant alors que le monde entier a l'air pressé de découvrir ce qu'il y a dans ces boîtes. Et je préférerais que tu sois à mes côtés quand je le ferai.

Les deux femmes s'étaient donc assises en tailleur sur le tapis du salon et avaient délicatement ouvert le couvercle de leurs boîtes avant de soulever le bout de tissu fin comme du papier bible qui se trouvait à l'intérieur.

Elles n'étaient pas en mesure, à ce moment-là, d'en interpréter la signification précise, mais quand, tenant l'extrémité des cordelettes du bout des doigts, elles les placèrent l'une à côté de l'autre, une constatation désespérante s'imposa aussitôt : celle de Maura faisait à peine la moitié de celle de Nina.

Elles venaient tout juste de fêter leurs deux ans de relation, et ne vivaient que depuis peu sous le même toit. Bien qu'elles n'aient pas explicitement parlé mariage, Nina avait surpris sa compagne en train de fouiller dans les tiroirs de la commode comme si elle espérait y trouver une bague, lors de leur soirée d'anniversaire. Sachant que Nina avait horreur des surprises et aimait s'organiser à l'avance, elles se fondaient sans doute toutes les deux, inconsciemment, sur l'idée que ce serait elle qui ferait la demande.

Comme la plupart des personnes amoureuses, Nina avait l'impression de connaître Maura depuis bien plus longtemps que ces quelques années, mais leur chemin à deux n'en était en fait qu'à son tout début.

Or Nina était fixée, maintenant. L'histoire de la femme qu'elle aimait s'achèverait avant l'heure.

À présent, dans cette cabine exiguë, Nina n'avait même pas la possibilité de savourer la joie et le soulagement de s'être découvert une longue cordelette, de savoir que toute une vie se déployait devant elle. Elle ne pouvait pas ignorer ce que cela signifiait pour Maura.

Sa poitrine se soulevait de plus en plus vite, annonçant l'hyperventilation. Le segment de Maura avait semblé court mais quelle conclusion devait-on en tirer ? Combien de temps leur restait-il, en définitive ?

La question qui tenaillait le monde entier avait enfin une réponse : les cordelettes n'étaient pas un canular. Mais il subsistait bien d'autres interrogations.

Entendant une femme entrer dans la cabine voisine, Nina se couvrit la bouche d'une main et retint ses sanglots. Personne, elle le savait, ne lui tiendrait rigueur de se laisser déborder par ses émotions, mais l'idée de se donner en spectacle la gênait, comme si le monde était encore normal, et non radicalement transformé.

Elle allait devoir informer Maura dans la soirée, pour qu'elle apprenne la vérité de la bouche de quelqu'un qui l'aimait et non d'une voix anonyme.

Elle allait devoir retirer tout ce qu'elle avait dit à Maura le soir où elles avaient ouvert leurs boîtes. Toutes ses affirmations – énoncées de bonne foi – prétendant que cette affaire était un coup monté.

— Ça ne peut pas être crédible, avait dit Nina en s'efforçant de conserver un ton ferme. Ce sont juste des bouts de ficelle.

— Ce n'est pas ce que pensent les gens, avait objecté Maura tout bas.

— Et qu'en savent-ils, les gens ? On ne vit pas dans je ne sais quel monde abracadabrant où des boîtes magiques prédisent l'avenir. On vit dans le monde *réel*. Et ces cordelettes ne le sont *pas*.

Mais rien, dans son discours, n'avait pu dissiper la tension imperceptible qui s'instaura dès lors entre elles, pesant sur leurs épaules chaque soir lorsqu'elles se couchaient et chaque matin au réveil. Elles n'avaient pas fait l'amour depuis la mi-mars et leurs échanges quotidiens étaient teintés d'une angoisse diffuse.

Comme si elles savaient toutes les deux, depuis le début, qu'une chose terrible allait arriver.

Nina attendit le départ de l'autre femme pour sortir de sa cabine. Elle humecta un essuie-main en papier puis se le passa sur le visage et la nuque, tâchant de recouvrer son souffle, sans quoi elle risquait de s'évanouir. Quand elle aurait appris la vérité à Maura, il faudrait qu'elle fasse de même avec sa famille.

Il faudrait qu'elle appelle ses parents qui habitaient toujours le quartier résidentiel de Boston où Nina et sa sœur Amie étaient nées, assez près pour que tout le monde se retrouve pendant les vacances, assez loin pour respecter le désir d'indépendance de leurs filles. Et, bien sûr, il faudrait qu'elle informe Amie.

Sa sœur cadette avait décidé de ne pas ouvrir sa boîte et, lorsqu'elles abordaient le sujet, elle opposait toujours un refus catégorique. Mais l'authenticité des cordelettes ne faisant désormais plus de doute, Amie ne changerait-elle pas d'avis ?

Nina jeta l'essuie-main et s'inspecta dans le miroir. Elle se maquillait rarement mais son visage semblait encore plus nu que d'habitude avec sa peau marbrée, comme à vif, et ses traits dépouillés.

Chaque fois qu'elle observait son image, Nina ne pouvait s'empêcher de remarquer l'aspect un peu froissé de ses paupières et les deux rides légères qui se dessinaient sur son front. « Si tu n'étais pas tout le temps sérieuse, tu aurais la peau aussi lisse que moi », disait Maura pour la taquiner, une main posée de manière facétieuse contre sa pommette noire. Nina n'avait que trente ans, un an de plus que Maura, mais elle commençait déjà à vieillir. Et elle savait désormais qu'une très vieille femme lui rendrait son regard dans le miroir, un jour. Jusqu'alors, elle avait présumé que Maura serait encore à ses côtés pour le voir.

Mais les cordelettes avaient détruit cette illusion en un instant terrifiant, et l'avenir de Nina lui apparut soudain pareil à son reflet. Triste, vulnérable et solitaire.

Ben

Ben se retrouva à la station de métro de Times Square pour la première fois depuis l'arrivée des cordelettes.

Sur le trajet de la correspondance entre les lignes 1 et Q, il passa dans un couloir froid et humide où le plafond gouttait même lorsqu'il ne pleuvait pas. Le sol y était constamment jonché de seaux destinés à recueillir les fuites. Au débouché de ce couloir, il parvint au grand carrefour souterrain où les passagers d'une dizaine de lignes différentes affluaient.

La station Times Square, la plus fréquentée de New York, avait toujours été un lieu d'agitation – le va-et-vient permanent des piétons en faisait la tribune rêvée des évangélistes, des annonciateurs de la fin du monde, de quiconque avait un avis à clamer. Mais désormais, la pagaille ambiante était encore plus frénétique.

Deux femmes en jupe longue imploraient les passants :

— Ayez confiance en Notre-Seigneur ! Dieu nous sauvera !

Des mégaphones amplifiaient leurs voix aiguës jusqu'à un volume tonitruant que leurs frêles silhouettes n'auraient jamais atteint naturellement.

— Il a prévu notre avenir ! N'ayez pas peur de votre cordelette !

Ces femmes pieuses étaient en concurrence avec au moins quatre autres prêcheurs ce soir-là, mais grâce à leurs porte-voix, elles avaient le dessus. Ben écarta poliment leurs tracts et, en arrivant à l'entrée de sa ligne, il perçut quelques mots de l'un de leurs adversaires – un homme d'âge mûr à la chemise tachée –, qui proférait un message moins optimiste :

— L'apocalypse est bientôt là ! Les cordelettes ne sont qu'un début ! Notre fin est proche !

Ben s'efforça de garder les yeux rivés au sol jusqu'à ce qu'il ait dépassé l'homme, mais en jetant un œil vers l'écran qui annonçait l'heure d'arrivée de la prochaine rame, il croisa le regard du prédicateur au moment où ce dernier interpellait la foule.

— Êtes-vous prêts à affronter la fin ?

Il parlait, bien sûr, de la fin du monde, la fin des temps. Mais ses mots frappèrent Ben avec une violence dérangeante. Car après tout, si Ben était là, dans cette station, c'était pour se rendre à sa première réunion avec un groupe de soutien qui aborderait justement cette question.

« Vivre avec son court segment », tel était l'intitulé figurant sur le flyer de l'association. Une formulation qui semblait plus ironique que prometteuse étant donné que le fait même de détenir un court segment signifiait qu'il ne restait pas grand-chose à vivre.

Très vite, à la suite de l'apparition des boîtes, toute une gamme d'offres de soutien aux détenteurs de courts segments s'était développée. Ben avait trouvé un groupe qui se réunissait les dimanches soir de 20 heures à 21 heures dans une salle de classe de la Connelly Academy, un établissement privé de l'Upper East Side.

Pour sa première séance, il arriva en avance. Un calme irréel régnait dans les couloirs.

Fils d'enseignants, Ben éprouvait une forte nostalgie dès qu'il se retrouvait dans une école. Un bref regard au panneau d'affichage multicolore – sur le thème de l'espace, en l'occurrence, avec les photos des élèves collées au centre d'une étoile – lui suffit pour que remontent à la surface les souvenirs de ces jours où, encore enfant, il accompagnait ses parents à leur travail et dévisageait, bouche bée, les élèves adolescents qui se dressaient comme des géants autour de lui.

Cela lui faisait toujours un drôle d'effet de voir ses parents diriger une classe, de se rendre compte que tous ces autres enfants devaient *aussi* les écouter, apprendre d'eux, et il se sentait parfois jaloux, refusant de partager son père et sa mère avec ces inconnus. Mais le meilleur moment de ces visites, c'était quand, installé au fond d'une salle, il dessinait de minuscules maisons biscornues sur le carnet dont il ne se séparait jamais, et que quelques grandes filles venaient le chouchouter.

— Qui habite dans cette petite maison ? lui demandaient-elles d'un ton flatteur. Un elfe, une fée ?

Ben, en petit fanfaron, aurait volontiers expliqué qu'il était bien trop vieux pour croire encore aux elfes ou aux fées, mais il goûtait trop l'attention des grandes pour risquer de la perdre.

Les souvenirs de ses propres années de lycée étaient moins agréables. Comme il longeait des casiers, Ben se demanda si certains étaient fermés à l'aide d'un bout d'adhésif, méthode préférée des élèves qui ne prenaient pas la peine d'en mémoriser la combinaison. Ben avait recouru à cette technique une seule fois, en troisième, après avoir vu des membres de l'équipe de football américain l'utiliser – ce qu'il comprenait aujourd'hui comme une pitoyable tentative d'intégrer la confrérie des baraqués. En moins d'une heure, il s'était fait piquer son téléphone portable et son blouson.

Il arriva au seuil de la salle 204 où les chaises des pupitres avaient été disposées en cercle. Seul un homme se trouvait là.

Gêné d'être arrivé en avance, Ben battit en retraite vers le couloir.

— Trop tard ! Je t'ai vu.

Ben se ravança, se forçant à adopter un sourire aussi enjoué que la voix qu'il venait d'entendre.

— Salut, je m'appelle Sean, je suis votre modérateur, expliqua l'homme. Tu dois être un des nouveaux de ce soir.

En échangeant une poignée de main avec Sean, Ben tenta de se faire une idée de celui qui allait le guider sur la voie de la paix et de l'acceptation. L'homme à la barbe épaisse devait approcher la quarantaine. Il portait un jean ample et, bien qu'il soit en fauteuil roulant, il lui paraissait très grand.

— Enchanté, moi, c'est Ben. Et oui, c'est la première fois que je viens, dit-il. Nous sommes plusieurs nouveaux ?

— Ouaip, vous êtes deux à vous être inscrits cette semaine, une jeune femme et toi.

— Super, fit Ben en fourrant ses mains moites à l'abri dans ses poches.

Il sentit que sa timidité naturelle menaçait de prendre le dessus, et espéra ne pas avoir fait une erreur en venant.

C'était Damon, un copain de fac, l'une des rares personnes à qui Ben s'était confié après avoir ouvert sa boîte, qui l'avait convaincu de tenter le groupe de soutien. Damon, pour sa part, avait eu la chance de se découvrir un long segment ; mais comme son père était un ancien toxico que ses réunions avec les Alcooliques anonymes aidaient à garder le cap, il croyait fermement à la vertu des thérapies de groupe.

Ben regretta de ne pas avoir demandé à Damon de l'accompagner, ne serait-ce qu'à la première séance. Lier connaissance avec les gens n'avait jamais été son fort, et depuis la récente débâcle avec Claire, il craignait que sa capacité à faire confiance aux autres n'ait été anéantie.

— Si je peux me permettre de te poser la question, est-ce que toi aussi, tu as…

Ben ne put finir.

— Eh bien, non, commença Sean. J'ai un segment un peu plus long que les gens du groupe mais je suis travailleur social, et j'ai toujours voulu aider les gens à affronter des circonstances difficiles.

Ben hocha la tête sans rien dire, et l'arrivée d'une jeune femme brune lui épargna d'ajouter des banalités.

— Salut, Sean, lança-t-elle en posant son sac en toile sur la chaise la plus proche.

— Ben, je te présente Lea. Lea, je te présente Ben, dit Sean.

— Bienvenue, répondit Lea avec un joli sourire.

Les autres participants arrivèrent bientôt les uns après les autres. Le plus âgé était un médecin d'une quarantaine d'années (tout au moins Ben supposa qu'il était médecin, car certains le saluèrent en l'appelant « Doc », bien qu'il se soit simplement présenté comme Hank). Les autres semblaient plus proches en âge de Ben, entre la vingtaine et la trentaine.

Chelsea, une femme aux cheveux blond vénitien qui avait l'air tout droit sortie d'une cabine de bronzage, pénétra dans la salle, la tête baissée sur l'écran de son téléphone, suivie de quelques hommes : Carl, un grand barbu costaud au visage en partie dissimulé par une casquette des Mets de New York, Nihal, filiforme, en sweat-shirt de Princeton, et l'élégant Terrell dont les rutilants richelieus noirs inspirèrent à Ben un peu de honte à l'égard de ses baskets en toile défraîchies.

La dernière arrivée fut l'autre nouvelle de la soirée, une femme prénommée Maura. Elle prit place à côté de Ben avant de lui adresser un demi-sourire assorti d'un hochement de tête qu'il interpréta comme un résumé du sentiment tacite de l'ensemble de l'assemblée : *être comme nous*, *c'est la tuile*.

Mais au moins, *il existe un « nous »*.

Maura

Maura n'avait pas manifesté l'envie de se joindre à un groupe de soutien. À ses yeux, ça revenait à admettre la défaite, or Maura n'avait rien d'une défaitiste. Elle n'accepta que pour faire plaisir à sa compagne.

Dans leur couple, Nina était toujours la prudente. Quand elles ouvrirent finalement leurs boîtes, à la demande insistante de Maura, celle-ci le regretta aussitôt.

Nina avait fait de son mieux pour apaiser ses craintes et la convaincre que ces cordelettes ne signifiaient rien. Mais depuis ce jour-là, Maura luttait contre des nausées, un manque d'appétit et un sentiment général de peur.

Puis, environ une semaine plus tard, de retour du bureau, Nina lui dit de s'asseoir, elle avait quelque chose à lui annoncer.

— Deborah a reçu un coup de fil aujourd'hui, commença-t-elle. De quelqu'un du ministère de la Santé et des Services sociaux.

Ses yeux s'embuèrent et elle peina à trouver les mots pour continuer.

Mais Maura comprit.

— Dis-le, Nina. Putain mais dis-le, c'est tout !

Nina déglutit.

— Les cordelettes sont authentiques.

D'un bond, Maura se leva du canapé et se précipita aux toilettes où elle se recroquevilla devant la cuvette, sur le carrelage froid. Tout en vomissant, elle sentit que Nina lui retenait les cheveux en refoulant ses larmes.

— Ça va aller, répétait-elle en frottant doucement le dos de Maura. On va s'en sortir.

Mais pour la première fois en deux années de vie commune, Maura ne tira aucun réconfort des propos de Nina.

Le lendemain soir, assises toutes les deux devant la télévision, les mains enlacées, elles écoutèrent le Président prononcer un discours incitant les citoyens à rester calmes, après quoi le ministre de la Santé et des Services sociaux intervint pour exposer les découvertes des chercheurs, puis le directeur de l'Organisation mondiale de la santé et le secrétaire général des Nations unies appelèrent la population mondiale à faire preuve de solidarité et de compassion pendant cette période de crise sans précédent.

Le pape se montra même sur son balcon du Vatican pour s'adresser aux millions d'âmes effrayées qui attendaient qu'il les guide :

« Je voudrais rappeler à tous et toutes les mots que nous répétons lors de chaque messe : *le mystère de la foi*. Nous savons que la foi, la *vraie* foi, exige d'accepter certains mystères qui resteront au-delà de notre compréhension tout au long de notre passage sur terre. La connaissance que nous avons de notre Créateur sera toujours imparfaite. Comme il est dit dans la lettre de saint Paul apôtre aux Romains, chapitre 11, verset 33 : "Ô profondeur de la richesse, de la sagesse et de la science de Dieu ! Que Ses jugements sont insondables, et Ses voies incompréhensibles !" Nous sommes aujourd'hui confrontés à l'incompréhensible, à l'insondable. On nous demande de croire que ces boîtes contiennent un savoir jusqu'alors réservé à Dieu seul. Mais ce n'est pas la première fois que nous sommes tenus de croire à l'incroyable.

Les apôtres eux-mêmes ne crurent d'abord pas que Jésus-Christ était revenu d'entre les morts, or nous savons que c'était vrai. De même que je ne doute pas de la résurrection, je suis convaincu que ces boîtes sont un cadeau de Dieu à Ses enfants, car nul n'est plus puissant, plus averti et plus généreux que Dieu Notre Seigneur. »

Mais Maura, elle, ne considérait pas sa boîte comme un cadeau.

Chaque jour, comme un nouvel afflux de boîtes fêtait le vingt-deuxième anniversaire de millions de jeunes, la situation devenait de plus en plus urgente. Les gens ne pouvaient plus se contenter de supputations.

Une équipe d'analystes américains et japonais travaillant en collaboration apporta une première solution : un site financé par le gouvernement allait permettre à chacun d'interpréter la longueur de sa cordelette.

Les chercheurs avaient collecté les mesures de milliers de segments allant jusqu'à quelques millimètres à peine. En se fiant aux données de la première heure, ils étaient arrivés à la conclusion que la taille d'un segment n'indiquait pas, en fait, ce qu'il restait à vivre à son détenteur, comme l'avaient initialement avancé certains. La mesure de la cordelette couvrait au contraire l'entière durée de la vie. En supposant que le plus grand segment possible représentait une longévité exceptionnelle d'environ cent dix ans, ils avaient procédé rétroactivement pour établir une estimation des dimensions de segments et des durées de vie correspondantes. Ils ne pouvaient proposer une date exacte, mais les personnes visitant le site web avaient la possibilité d'y entrer la longueur de leur cordelette, puis – après avoir cliqué sur trois fenêtres successives destinées à confirmer qu'ils étaient absolument sûrs de vouloir continuer et s'engageaient à renoncer à toute poursuite en cas de mauvaise nouvelle – ils découvraient finalement le résultat, inscrit noir sur blanc en toutes lettres, en Times New Roman. Le moment où leur vie s'arrêterait, restreint à un créneau d'à peine deux ans.

Ce qui n'était au départ qu'une vague conscience que le segment de Maura n'était pas aussi long que celui de Nina se cristallisa bientôt en une certitude accablante. La cordelette de Maura s'interrompait à la fin de sa trentaine. Il lui restait moins de dix ans à vivre.

Durant les premiers jours d'avril, Nina eut envie de parler de tout cela avec Maura, ce qu'elles firent souvent, mais elle craignait de ne pas lui apporter autant de soutien que pourrait le faire quelqu'un dans sa situation.

— Tu sais que je serai *toujours* là pour toi, lui assura Nina, mais peut-être que d'autres personnes peuvent t'épauler, elles aussi, et différemment ? Ma sœur m'a dit que son école hébergeait des groupes de parole destinés aux détenteurs de courts segments.

— J'apprécie que tu cherches à m'aider, répondit Maura, mais je ne suis pas sûre d'avoir envie d'être entourée de gens qui se lamentent sur ce qu'ils n'auront pas le temps de faire.

— Eh bien, apparemment, il existe différents types de séances fondées sur… sur la longueur de cordelette des participants. Donc il y a des groupes pour les gens ayant moins d'un an d'espérance de vie, d'autres pour ceux ayant peut-être une vingtaine d'années, et des groupes pour ceux qui se situent entre les deux comme…

Nina hésita à continuer.

— Comme moi, termina Maura à sa place.

— Bien entendu, tu ne dois faire que ce qui te convient, et je te soutiendrai dans tous les cas.

Maura contempla Nina dont la silhouette menue semblait encore plus fragile dans la pénombre de leur appartement, et elle accepta de s'inscrire au groupe de soutien, rien que pour chasser les larmes de culpabilité et de chagrin qui noyaient le regard de Nina.

Moins d'une semaine plus tard, Maura se dirigeait vers l'école qui allait abriter sa séance de thérapie de groupe.

Le spectacle qu'offraient les rues était devenu familier, désormais : chaque bloc d'immeubles comportait au moins un commerce fermé et barricadé. Souvent, les propriétaires avaient fixé sur les portes closes et les rideaux métalliques des panneaux où l'on pouvait lire : « Parti vivre ma vie », « Fermé pour passer plus de temps en famille » ou pour « se créer des souvenirs ». Maura était passée devant une ancienne bijouterie sur laquelle avait été scotchée une feuille annonçant : « Fin d'activité. En attendant la fin. » Cependant, il y avait plus déroutant que ces panneaux – et plus rare : la boîte d'un inconnu, dépassant avec insolence d'une poubelle ou d'un amas de mobilier cassé et abandonné sur le trottoir.

Au cours des jours et des semaines qui suivirent les révélations sur les cordelettes, les gens qui n'arrivaient pas à accepter la vérité avaient adopté plusieurs méthodes vis-à-vis de ces boîtes qui s'étaient immiscées dans leur vie. Certains, optant pour l'ignorance délibérée, se débarrassèrent de leurs boîtes pour couper court à la tentation. Les plus outranciers les expédièrent dans des rivières, des lacs, ou les enfermèrent dans un recoin oublié de leur maison. Les plus cavaliers se contentèrent de les mettre à la poubelle.

D'autres encore tentèrent de les faire disparaître lors d'accès de révolte, mais à l'instar des boîtes noires des avions, ces coffrets ne pouvaient être détruits, qu'on les brûle ou les écrase.

Les passants avisant une boîte ouverte échouée sur le bord d'un trottoir, peut-être jetée d'une fenêtre, avaient tendance à détourner les yeux et presser le pas, comme s'ils croisaient un mendiant dont ils voulaient éviter le regard.

Par chance, Maura ne vit pas la moindre boîte abandonnée ce soir-là, en se dirigeant vers l'entrée de l'école. Les rues tranquilles de l'Upper East Side, bordées d'immeubles en grès rouge, étaient trop bourgeoises ou peut-être trop guindées pour permettre un tel déballage d'émotions, pensa-t-elle.

L'établissement, au diapason du quartier, semblait ancien et sophistiqué, équivalent architectural d'un vieux philanthrope en tenue de soirée pour un gala de charité. C'était le type d'extérieur ornementé, caractéristique de la période d'avant-guerre, que les agents immobiliers adoraient mettre en avant, décoré de minuscules gargouilles représentant des griffons.

À l'intérieur, tout en gravissant le vaste escalier bordé de plaques sur lesquelles figuraient des citations de Platon et d'Einstein, Maura porta la main à son visage et toucha la petite boucle en turquoise qu'elle portait à la narine depuis la fac et qui enfreignait sûrement le code vestimentaire d'un tel lieu.

La jeune sœur de Nina, Amie, enseignait dans cette école depuis plusieurs années, mais Maura n'y avait encore jamais mis les pieds. Un brouhaha étouffé lui parvint quand elle atteignit le palier du premier étage, et la guida vers la salle 204. Par chance, elle arrivait la dernière.

Amie

Elle n'avait jamais fini *Expiation**.

Amie cherchait à tâtons sous son lit un stylo qui, apparemment, avait roulé loin, quand elle effleura soudain la tranche d'un livre. Elle extirpa une édition de poche couverte d'une fine couche de poussière, et vit que son marque-page – plaqué or et gravé de ses initiales, offert par un ex-petit ami mais qui avait cessé depuis longtemps de lui rappeler leur brève aventure – était toujours glissé entre deux feuillets, aux deux tiers du livre.

Amie lisait ce roman en mars, et n'en revenait pas de l'avoir oublié alors que l'intrigue la captivait tant. Elle s'était endormie avec le livre à côté d'elle ce jour-là, le soir où les boîtes apparurent, et dans le tumulte du lendemain matin, il avait dû glisser et basculer dans le passé, brusque relique de l'époque d'avant.

Avant.

Le livre en main, elle se remémora le matin en question.

Elle s'était réveillée tard, comme d'habitude – habitude que sa sœur Nina ne comprenait pas –, refusant de s'arracher à ses songes de la nuit, sans doute inspirés par sa lecture.

Dans ce rêve, elle était étudiante à Cambridge durant les années 1930, courtisée par un jeune homme qui parlait comme Hugh Grant ; Amie se rappelait sa légère déception quand elle s'était réveillée seule dans le lit.

Le temps qu'Amie se lève, Nina avait déjà laissé deux messages vocaux empreints de panique. (Elle n'avait qu'un an de plus qu'Amie mais s'était adjugé depuis longtemps le rôle de l'autorité.)

« Appelle-moi dès que tu trouveras ce message ! criait Nina dans le téléphone. Ne sors pas tout de suite, ne fais rien. Appelle-moi d'abord ! Je t'en prie ! »

Nina se méfiait des boîtes et voulait attendre d'avoir vu son équipe, au journal, avant d'agir. Mais à vrai dire, Amie n'aurait de toute façon pas ouvert la sienne. Ces boîtes avaient surgi *partout*, manifestement dotées d'un pouvoir dépassant l'entendement. Le monde avait comme basculé de l'autre côté du miroir, et Amie avait lu assez de romans pour savoir qu'on était à ce moment de l'intrigue où plus personne ne savait ce qui se passait, et où les personnages prenaient des décisions irréfléchies dont les conséquences ne se révéleraient que quelques chapitres plus loin.

Par chance, les cordelettes étaient arrivées pendant les vacances de Pâques, si bien que la Connelly Academy n'eut pas à prendre en catastrophe la décision d'annuler les cours.

— Les élèves auront naturellement des questions à poser, avait déclaré le principal aux enseignants le lundi suivant. Et je suis sûr que vous vous êtes tous fait une opinion personnelle à l'heure qu'il est. Mais nous ne pouvons rien leur dire tant que nous n'avons aucune certitude.

Le collègue qui se trouvait à côté d'Amie s'était penché pour murmurer :

— Donc, concrètement… ça veut dire qu'on ne peut rien dire du tout ?

Il s'était écoulé plus d'un mois depuis, et le monde s'était figé. Mais la situation au sein de l'établissement ne semblait guère avoir changé, l'administration s'efforçant de protéger les élèves autant que possible. L'accès à YouTube avait même été bloqué dans le périmètre de l'école après qu'un professeur s'était aperçu qu'à la cafétéria, la moitié des élèves était obnubilée par les vidéos d'un ado testant divers moyens de détruire les cordelettes de ses parents. Plus tard, les professeurs visionnèrent certains de ces clips et Amie suivit avec angoisse les gestes du garçon qui tentait de sectionner les cordelettes à l'aide d'un sécateur, les trempait dans une mixture acide de son invention et s'échinait à tirer dessus d'un côté pendant que son bouledogue mastiquait l'autre bout.

— Écoutez, je n'ai aucune envie que nos jeunes s'inspirent de ces âneries ni qu'ils les regardent pendant mes cours, lança le collègue d'Amie, mais nous ne pouvons pas faire comme s'il ne se passait rien. Je ne peux pas continuer à leur enseigner *l'histoire* en niant que nous la vivons, à l'heure qu'il est.

À certains égards, songea Amie, n'était-ce pas incroyable ?

Elle avait conscience des souffrances engendrées par les cordelettes mais, pour sa part, elle n'avait toujours pas ouvert sa boîte, si bien qu'elle voyait le monde avec des yeux innocents, et quand bien même elle ne l'aurait jamais avoué à quiconque, elle trouvait que cet événement avait quelque chose de presque… exaltant. Effrayant et déroutant, bien sûr, mais peut-être aussi merveilleux. Enfant, elle s'imaginait embarquée dans des aventures, entrant dans le placard magique, visitant la chocolaterie, voyageant dans le temps. (Un jour, après s'être écorché le genou en jouant dehors, elle avait enfoncé le doigt dans la petite plaie et étalé sur sa joue quelques gouttelettes de sang, se déguisant en princesse guerrière d'une lointaine contrée, à la profonde horreur de Nina qui avait la phobie des microbes.) Or, voilà qu'à présent, le fantastique, l'incroyable, faisait soudain irruption dans la réalité. Et elle, Amie, était là pour le voir.

Elle se releva lentement à côté de son lit, *Expiation* à la main. Il lui restait quelques copies à corriger, après quoi elle se ferait un plaisir de finir ce livre. Mais en le posant sur sa coiffeuse, elle se rendit compte que, pour la première fois, la réalité dépassait la fiction.

Nina

Nina et ses collègues, choqués, avaient les yeux rivés sur l'écran d'un ordinateur. Les images montraient des policiers groupés près d'un pont dans ce qui avait l'allure d'un village médiéval, barrant l'accès à des photographes et des curieux.

Un incident qui s'était produit à Vérone venait de se frayer un chemin jusqu'au journal télévisé de New York. Un jeune couple d'Italiens mariés depuis peu avait sauté du pont, main dans la main. Ils avaient ouvert leurs boîtes lors de leur nuit de noces et découvert que la cordelette de la femme était terriblement courte. Le marié survécut, mais celle qui était son épouse depuis trois jours succomba à leur tentative de suicide.

Nina frémit à l'idée que cet acte désespéré commis dans la douce ville de *Roméo et Juliette* allait immanquablement susciter dans les tabloïds un déferlement de jeux de mots de mauvais goût en lien avec la tragédie shakespearienne.

— C'est affreux, murmura l'un des journalistes présents.

— Mais vous savez ce qui est vraiment dingue ? lança un autre, officiant au service du fact-checking. C'est que ce type *savait* qu'il ne réussirait pas à se suicider, puisqu'il avait un long segment. Et donc, même en commettant un acte aussi dangereux, il savait qu'il ne mourrait pas.

— Il avait peut-être compris qu'il ne mourrait pas, mais il était sacrément bouleversé. Il risquait quand même de finir infirme en sautant de ce putain de pont !

— Oui, bien sûr. Mais ça fait drôle de se dire qu'il en était conscient.

— Je ne sais pas. Pour moi, c'est juste une preuve de plus que personne ne devrait ouvrir ces boîtes, répliqua le journaliste. Voir leurs cordelettes, ça a clairement fait perdre la raison à ce couple.

Ils n'avaient pas « perdu la raison », se dit Nina. Ils avaient le cœur brisé.

Mais elle ne s'attendait pas à ce que ses collègues comprennent. Ils n'allaient pas au-delà de ce spectacle tragique pour percevoir l'angoisse ordinaire, banale, qu'il recouvrait.

Leur petite équipe se réduisait d'année en année au même rythme que le budget du magazine et, pour autant que Nina le sache, il n'y avait qu'elle au sein de la rédaction qui soit intimement liée à une personne détentrice d'un court segment.

Ses collègues avaient d'abord manifesté de la retenue, craignant, bien sûr, d'outrepasser la limite entre travail et vie personnelle, mais l'équipe avait toujours été assez soudée pour parler librement des ruptures, mariages, grossesses et décès, si bien que le sujet des cordelettes finit par arriver dans les conversations. Environ un tiers des membres de l'équipe n'avait pas ouvert sa boîte, et les autres avaient l'air plutôt satisfaits de ce qu'ils y avaient trouvé. Quand ils surent pour Maura, plusieurs collègues proposèrent de couvrir la rubrique de Nina si elle devait s'absenter un jour.

Mais pour Nina, il n'était pas question de ça.

Confrontée à l'information du matin au soir, elle ne pouvait échapper aux cordelettes. Elle alla supplier Deborah de la charger d'un autre sujet, *quel qu'il soit*, mais il ne semblait plus exister que celui-là. Le profil des candidats à l'élection présidentielle commençait à s'esquisser et le réchauffement climatique s'accélérait, mais seules les cordelettes parvenaient à captiver les lecteurs. Il ne se passait pas une heure sans que Nina y pense et se demande si elle saurait un jour la vérité.

Maura décrivait souvent Nina comme une adorable maniaque de l'organisation qui ne supportait pas de ranger un Tupperware sans son couvercle et n'achetait jamais une jupe à moins d'avoir déjà un haut qu'elle puisse assortir avec. Ce qu'elle chérissait dans son travail de secrétaire de rédaction, c'étaient les *règles*, les lois claires et compréhensibles de la grammaire, de la linguistique, et elle adorait exercer le pouvoir du stylo rouge pour les appliquer.

Avant sa promotion, lorsqu'elle cherchait encore à s'affirmer en tant que journaliste, elle se délectait à débusquer les *faits*, à s'immerger dans des recherches sans fin, à traquer la vérité. Mais tout ce qui concernait les cordelettes éveillait en elle un désir encore plus profond de tout contrôler. Le manque de réponses – d'où venaient ces cordelettes ? pourquoi maintenant ? décidaient-elles de l'avenir des gens ou le connaissaient-elles, simplement ? – l'empêchait de dormir la nuit. Tout était trop nébuleux, trop gris. Il fallait pour elle que les choses soient noires ou blanches.

Nina se sentait impuissante, comme après ce jour fatidique, l'un des pires de sa vie, à l'époque de sa dernière année de lycée. Ce matin-là, elle avait passé une heure avec la conseillère d'orientation de l'établissement, pour lui demander comment annoncer à ses amis son homosexualité, sans se rendre compte qu'une camarade de classe particulièrement peste écoutait à la porte. Quand Nina quitta le bureau, elle n'eut pas besoin de chercher le bon endroit et le bon moment pour faire son *coming-out*. Son secret avait déjà été dévoilé.

Aujourd'hui encore, à l'âge adulte, Nina revoyait le vestiaire du gymnase : les regards curieux, les hochements de tête imperceptibles, les murmures gênés. Pour quelqu'un comme elle, qui refusait de laisser publier ne serait-ce qu'une phrase dans le journal de l'école sans son aval explicite, ce fut un nouveau cercle de l'enfer. La planification méticuleuse de Nina, ses mois de débats intérieurs, tout fut balayé en un instant. Son pouvoir et sa maîtrise de la situation lui avait été volés. Elle n'avait eu l'intention de se confier qu'à quelques amies, mais la rumeur s'était répandue dans les classes.

Bien sûr, deux jours plus tard, quand la moitié de l'équipe de foot fut suspendue pour avoir fumé de l'herbe derrière la haie du terrain de sport, la nouvelle tomba dans l'oubli.

Sauf pour Nina.

Elle s'en souviendrait *toujours*.

Une dizaine d'années après, Nina se rappelait encore la vague d'humiliation et de colère qui s'était abattue sur elle, et le vœu qu'elle avait fait de se protéger de toute autre peine, de toute perte de contrôle.

Amie et Maura lui demandaient souvent d'être moins directive. De se détendre.

De lâcher du lest.

Mais Nina n'y arrivait pas. Pas dans ce monde de trahisons et de chagrins, de boîtes mystérieuses et de cordelettes douloureusement courtes.

Si elle lâchait prise, tout ce qu'elle pouvait bien chercher à protéger – l'ado qu'elle avait été, son avenir avec Maura – serait livré au hasard, fragile et vulnérable. Hors de son contrôle.

Les boîtes faisaient maintenant partie de sa vie, elle ne pouvait rien y changer. Mais elle était décidée à regagner l'ascendant, à y voir plus clair. Aussi, pendant les heures nocturnes où elle ne trouvait pas le sommeil, ou quand Maura n'était pas dans l'appartement, Nina écumait-elle Internet pour y trouver des réponses.

Ce qui n'avait été pour commencer qu'une recherche sur Google – *D'où les boîtes proviennent-elles ?* – avait rapidement pris de l'ampleur une fois que Nina eut cliqué sur un forum

Reddit et atterri au beau milieu d'un nouveau fil de discussion très populaire au sujet des cordelettes. Elle constata aussitôt qu'il en existait des *centaines* d'autres visant à décrypter le mystère des boîtes.

En temps normal, Nina était trop réservée pour apprécier le laisser-aller de la plupart des réseaux sociaux, mais elle fut étonnée de constater qu'elle s'insérait facilement dans les conversations et perdait soudain deux heures en ligne.

Elle tomba sur une photo postée par gordoncoop531957, sur laquelle figurait une boîte posée sous une lampe à UV révélant des empreintes digitales en surbrillance sur le couvercle. La photo était intitulée *Preuves*.

> Publié par u/Matty il y a 1 heure
>
> Preuves de quoi ? De ta connerie ?
>
> Publié par u/The Watcher il y a 1 heure
>
> Provenance extraterrestre, évidemment. C'est pour ça que les empreintes sont invisibles à l'œil nu.
>
> Publié par u/NJbro44 il y a 2 heures
>
> Eh mec, ces empreintes C sûrement les TIENNES.

Un autre utilisateur, offdagrid774, publiait une photo de sa boîte à l'intérieur d'un four à micro-ondes et exhortait tout un chacun à en faire autant : « Ne laissons pas le NSA[1] nous mettre sur écoute ! »

> Publié par u/ANH il y a 1 jour
>
> T'as raison, y a des micros dans ces boîtes, C sûr. Le gouv espionne pas seult les Américains mais le monde entier ! Sinon comment il se serait procuré nos noms et adresses ? Faut les sortir de chez nous, ces boîtes !

1. National Security Agency : l'Agence nationale de la sécurité aux États-Unis. (Toutes les notes sont de l'éditeur.)

Publié par u/Fran M_il y a 1 jour

Offdagrid774, toi aussi tu penses qu'il y a des caméras dans ces boîtes ?

La partie religieuse occupait un plus petit espace en ligne, mais tout aussi tapageur. Un verset de la Bible partagé par RedVelvet_Mama était récemment devenu viral en tant que prétendu témoignage de la provenance divine des boîtes.

« Ne jugez point afin que vous ne soyez point jugés. Car on vous jugera du jugement dont vous jugez, et l'on vous mesurera avec la mesure dont vous mesurez. »

Matthieu, 7

Nina ne croyait pas un mot de ce qu'elle lisait, il ne s'agissait que de conjectures. Mais elle éprouvait un certain réconfort à constater que des milliers, voire des millions de gens étaient tout aussi désemparés qu'elle et tout aussi curieux de connaître la vérité, pour peu qu'une telle chose existe.

Le dimanche soir, pendant que Maura était à son groupe de soutien, Nina repensa à l'homme de Vérone et à la remarque de son collègue. C'était dérangeant de se dire qu'un individu puisse être immunisé contre la mort, en tout cas jusqu'au terme de sa cordelette, et particulièrement étrange pour ceux qui, comme Nina, étaient détenteurs d'un long segment.

Assise dans le lit, Nina sortit son ordinateur portable et entra les mots « long segment + mort » pour voir si cette recherche menait à quelque chose.

Cette formulation la mena à un nouveau site intitulé « N'essayez pas ça chez vous », hébergeant une discussion. En accédant au forum, Nina découvrit qu'il regorgeait de récits de longs-segments téméraires qui testaient à outrance, semblait-il, les limites de leurs cordelettes.

J'ai un long segment. Il y a quelques jours, j'ai fait une overdose de calmants mais mon coloc m'a trouvé et je suis toujours là ! Merci ma cordelette !

Ma petite amie et moi, ça faisait un moment qu'on voulait jouer au jeu du foulard et comme on a tous les deux de longues cordelettes, on s'est dit que c'était le moment. 10/10 ;)

Viens d'avoir 22 ans, bon anniversaire ! Reçu un long segment ! 😊 Cherche de la kéta pour fêter ça

Nina ne put poursuivre. Comment tant de gens pouvaient-ils jouer ainsi avec leur vie ?

Mais la lecture de leurs messages ne faisait que rendre encore plus perturbant le mystère des boîtes et plus écrasant le pouvoir des cordelettes. On aurait dit qu'elles *connaissaient* depuis toujours le mode de réaction de leur propriétaire, qu'elles étaient capables d'intégrer n'importe quelle tendance imprudente dans le calcul de la longueur finale. Qu'elles pouvaient en quelque sorte *savoir* quelles drogues, quels jeux, quels sauts se révéleraient fatals, et quels autres s'achèveraient simplement par un bon mot un peu morbide posté en ligne.

Nina en avait la nausée. Elle referma son ordinateur et replia les jambes sous les draps en espérant que Maura rentrerait bientôt.

Maura

Bien qu'elle ait d'abord rechigné à se joindre au groupe, à la fin de la première séance, Maura avait déjà hâte d'arriver au dimanche soir suivant. Elle savait qu'en sa présence Nina évitait sciemment toute discussion au sujet des cordelettes, s'efforçant de maintenir une illusion de normalité dans leurs vies – ce dont, en général, Maura lui savait gré –, mais entrer dans un espace où aucun sujet n'était *verboten*, où il n'y avait plus à prendre des gants, était en fait très libérateur.

— Je suis carrément déprimée, lâcha Chelsea en ouvrant une séance, un soir de la fin avril.

— À cause de ta cordelette ? s'enquit Maura.

— Non. Enfin si. (Chelsea soupira.) Mais ce soir, je le suis *en plus* parce que *Grey's Anatomy* vient d'être déprogrammé.

— Ça fait des siècles que c'est diffusé, non ? demanda Terrell.

— C'est bien pour ça que c'est absurde ! Ça s'est terminé en queue-de-poisson. À TMZ TV, ils pensent qu'un des rôles-phares a dû écoper d'un court segment et arrêter.

— Eh bien, si tu veux me suivre à l'hôpital, tu seras la bienvenue, lança Hank avec un sourire. Mais je ne peux pas garantir les liaisons torrides.

— Vous avez entendu que les Spice Girls pourraient se reformer ? intervint Lea. Le bruit court qu'une d'entre elles a un court segment et voudrait que le groupe se réunisse avant… vous comprenez.

En dépit de la curiosité qu'elle éprouvait, Maura ne pouvait s'empêcher de plaindre les gens dont il était question. Certes, ils avaient choisi de mener une vie publique, mais ce qui se passait n'était-il pas différent, tabou en quelque sorte ? Supputations et racontars allaient bon train, désormais, et pas seulement au sujet des acteurs ou des chanteurs. Dans les files d'attente aux caisses des grands magasins, pendant les bandes-annonces au cinéma, à la table d'à côté de n'importe quel restaurant, il était courant d'entendre les suppositions de chacun au sujet du sort de telle ou telle personne. Quitter un emploi, se fiancer, être inhabituellement réservé dans une soirée, tout pouvait être interprété comme un signe d'appartenance à l'une ou l'autre catégorie : courts ou longs-segments.

« Ils disent qu'ils n'ont pas ouvert leurs boîtes, mais je *sais* que ce n'est pas vrai » était une rengaine très répandue. Ce qui amenait Maura à se demander ce qu'on disait d'elle.

Le pire, Maura s'en rendait compte, c'était que la faute leur en incombait complètement. Ils avaient cherché ce qui leur arrivait. Bien avant l'apparition des boîtes, les remparts traditionnels de l'intimité s'étaient effondrés, la société partageait déjà tout et n'importe quoi. Maura, comme tant d'autres, avait publié en ligne photo sur photo – repas délirants, vue de la fenêtre de son bureau, week-ends à la plage avec Nina – incitant les gens à fouiller de plus en plus dans la vie des autres, les accoutumant à un certain degré de transparence. Jusqu'à ce que l'acte même d'ouvrir sa boîte – qui aurait dû être le moment le plus intime, le plus personnel – soit réduit à un énième aperçu de la vie, dont on n'avait même plus l'exclusivité.

Si cela s'était produit à n'importe quel autre siècle, se disait Maura, personne n'aurait osé demander à son voisin ce que contenait sa boîte, et chaque maisonnée aurait eu le loisir de pleurer ou se réjouir en privé, derrière portes closes et rideaux tirés. Mais pas à l'heure actuelle, pas à cette époque moderne où conflits et histoires de cœur se jouaient en ligne, où les événements familiaux, succès professionnels et tragédies personnelles s'étalaient sur la place publique. Dans les interviews, les célébrités esquivaient les questions concernant leurs segments. Les sportifs étaient interrogés sur leurs « perspectives de carrière ». Les paroles de chansons étaient disséquées dans l'espoir d'y déceler des allusions aux cordelettes. Les apéros se révélèrent dangereux, amis et collègues profitant de l'ivresse pour extorquer des aveux. Membres des familles royales, enfants stars, fils et filles de politiciens, quiconque ayant le malheur d'atteindre vingt-deux ans sous le feu des projecteurs s'éveillait le matin fatidique sous l'œil inquisiteur des objectifs des paparazzis cherchant à capturer la réaction à un million de dollars.

Le public voulait savoir.

— J'ai pensé qu'on pourrait procéder d'une autre façon ce soir, dit Sean, ramenant Maura à l'instant présent. Alors je veux que tout le monde garde l'esprit ouvert pendant que j'explique.

Maura glissa un regard à Ben, assis à côté d'elle.

— Enfile ton armure ! lui souffla-t-elle.

— C'est fait, répondit-il en souriant.

— Certains de mes collègues des autres groupes ont constaté que tout le monde ne se sentait pas à l'aise pour prendre la parole, ce qui est tout à fait normal, commença Sean. Et même si j'espère que nous sommes ici dans un lieu où personne n'a peur de s'exprimer à voix haute, je pense que ce pourrait être bien d'essayer une nouvelle méthode pour exposer nos réflexions.

Sean tira de son cartable deux blocs-notes jaunes, puis une dizaine de stylos bleus.

— Je veux que tout le monde prenne un stylo, quelques feuilles, et rédige une lettre.

— Est-ce qu'on écrit à quelqu'un en particulier ? demanda Nihal, l'éternel bon élève.

Sean secoua la tête.

— Non. Vous pouvez adresser votre lettre à vous-même, à la personne que vous étiez autrefois, à celle que vous serez. Ou à quelqu'un à qui vous aimeriez vous confier. Ou bien vous pouvez simplement écrire ce qui vous vient pendant dix minutes.

— Tu parles d'une perte de temps, grommela Carl.

Les blocs-notes circulèrent parmi les participants et Maura se retrouva bientôt face à une page vierge posée sur ses genoux. Nina adorerait cet exercice, pensa-t-elle. Elle était tellement douée avec les mots.

Chère Nina, écrivit Maura.

La phrase suivante se révélait plus difficile. Dans un monde peuplé de rumeurs et d'inconnus indiscrets, Nina était la seule personne qui méritait de tout savoir de la vie de Maura, et il n'y avait pas grand-chose que Maura n'ait pas déjà partagé avec elle au cours des deux années écoulées.

Et malgré toutes les confessions nocturnes, elles étaient restées ensemble.

Le tempérament versatile de Maura ne dérangeait pas Nina – le fait qu'en à peine sept ans elle ait changé cinq fois de boulot, naviguant d'une galerie de peinture du sud de Manhattan à une équipe d'élection municipale, avant un bref passage au sein d'une start-up qui implosa du jour au lendemain. Et qu'elle ait eu autant d'amantes que d'emplois.

Alors que Maura passait d'un job et d'une aventure à l'autre, Nina, elle, n'avait jamais connu le fardeau d'une telle agitation. Elle avait gravi les échelons au sein du même magazine depuis l'obtention de son diplôme, avait eu deux liaisons de longue durée mais sans grand relief avant Maura, et pas l'ombre d'une histoire d'un soir entre les deux... Ce qu'elle évoquait presque honteusement, comme si cela faisait d'elle quelqu'un de barbant et d'inintéressant. Mais Maura admirait ce parcours. Nina était d'une loyauté qui semblait rare à l'heure actuelle.

Après qu'elles eurent ouvert leurs boîtes, Maura lui avait proposé de s'en aller, mais Nina avait refusé.

— Je sais que tu m'aimes, avait insisté Maura, mais il ne me reste même pas dix ans à vivre, tu mérites quelqu'un avec qui tu puisses passer le reste de tes jours.

Nina avait protesté, choquée :

— C'est *justement* parce que je t'aime que jamais l'idée ne me viendrait de te quitter.

Maura lui avait suggéré de prendre le temps de la réflexion.

— Tu n'aurais pas à te sentir coupable, je ne t'en voudrais pas, avait-elle murmuré en serrant tendrement la main de Nina dans la sienne.

Mais Nina avait persisté :

— Je n'ai pas besoin de réfléchir pour savoir ce que j'éprouve.

Tout en continuant de chercher l'inspiration pour sa lettre, Maura observa la salle 204. C'était visiblement une salle où l'on enseignait la littérature, avec ses portraits en noir et blanc de grands écrivains. Cela rappela à Maura les affiches dans son ancien studio bas de plafond, où le lit occupait presque la moitié de l'espace et où sa collection de photos anthropométriques de célébrités d'autrefois ornait les murs blancs. Lors de leur quatrième rendez-vous, alors que Nina venait chez elle pour la première fois, Maura la vit examiner ces photos avec attention : un David Bowie stoïque dans un poste de police de Rochester, en 1976. Frank Sinatra dans les années 1930, à qui une mèche rebelle tombant sur l'œil donnait un charme juvénile. Jane Fonda brandissant le poing dans un poste de Cleveland. Bill Gates qui aurait pu passer pour l'un des Beatles, se fendant d'un large sourire sur un cliché des années 1970. Et Jimi Hendrix, en 1969, imperturbable, la chemise ouverte sur un collier.

— Pour la plupart, c'étaient juste des petits délits sans gravité, liés à l'usage de drogue, expliqua Maura. Bill Gates, lui, conduisait sans permis quand il a été arrêté.

— Je les trouve captivantes, murmura Nina. J'ai presque envie d'en faire une double-page dans notre prochaine édition.

— Alors comme ça, tu as un rencard avec moi et tu penses à ton travail ? (Maura s'assit sur le lit en croisant les jambes d'un air enjôleur.) Je suis censée prendre ça comment ?

— Excuse-moi, dit Nina en souriant avant de s'agenouiller pour embrasser doucement Maura. En fait, je suis gênée de l'avouer, mais j'ignorais que tous ces gens s'étaient un jour fait arrêter par la police.

— C'est un peu pour ça que j'ai affiché ces photos, lui confia Maura en contemplant la série. Elles nous rappellent qu'il nous arrive de déconner, et que parfois, c'est le système qui déconne vis-à-vis de nous… mais que si on vit sa vie avec assez de passion et d'audace, c'est de *ça* que les gens se souviendront. Pas des emmerdes qui nous sont arrivées en cours de route.

Dix minutes s'étaient écoulées et la page de Maura était toujours vierge. Elle regarda autour d'elle et s'aperçut que la plupart des autres griffonnaient sans relâche depuis qu'ils avaient reçu feuilles et stylo. Ben avait déjà fini sa lettre et esquissait un croquis de l'horizon urbain de New York. Seul Hank semblait lui aussi en panne.

Chère Nina,

Que pourrait-elle bien écrire que Nina ne sache déjà ?

Il n'y avait qu'une réponse, mais Maura ne pouvait pas la lui exposer maintenant, pas après toutes les discussions qu'elles avaient partagées. Pas alors que Nina croyait le sujet classé.

Car il *était* classé. Maura s'en était persuadée. Quel bien cela ferait-il à Nina d'apprendre que Maura doutait ?

Hank

Le 1er mai, personne, au Memorial Hospital de New York, n'aurait pu prévoir la tragédie de grande ampleur qui allait s'y dérouler à peine deux semaines plus tard. Médecins, personnel infirmier et patients n'avaient en tête, comme toujours, que les tragédies qui se déroulaient à moins grande échelle autour d'eux.

En cette seule matinée, Hank avait vu trois personnes arriver à l'hôpital les larmes aux yeux, blêmes de frayeur, suppliant désespérément qu'on les laisse parler de leurs courts segments avec un médecin.

Durant les premières semaines, entre mars et avril, Hank et ses confrères invitaient les détenteurs de courts segments à venir à l'hôpital pour se soumettre à une batterie de tests : numération de formule sanguine, IRM, échographie, électrocardiogramme. Parfois, ils découvraient des choses inquiétantes mais le patient pouvait rentrer chez lui, sinon avec de l'espoir, au moins avec une explication. Renvoyer quelqu'un sans le moindre élément de réponse était plus difficile.

Mais les courts-segments se manifestaient plus fréquemment à mesure que les semaines passaient et que les gens acquéraient la conviction que les cordelettes étaient authentiques. Si bien que le 1er mai, une fois que le gouvernement eut confirmé ce que tout le monde redoutait, le conseil d'administration de l'hôpital décida que les courts-segments ne présentant pas de symptômes évidents ne pouvaient plus être « tolérés ». Malades et blessés n'étaient jamais renvoyés, bien sûr, mais les personnes valides ne pouvaient plus être prises en charge en raison de leur seule cordelette qui pouvait annoncer aussi bien un accident imminent qu'une affection médicale. Le service des urgences était déjà débordé et l'équipe juridique craignait que les médecins n'encourent des poursuites judiciaires pour erreur de diagnostic.

Hank venait de sortir dans le couloir des urgences pour discuter des résultats d'un patient avec la famille quand il vit un homme arriver, sa boîte à la main, et aborder l'infirmière chargée de l'accueil et de l'orientation des patients, à l'entrée.

— Je m'appelle Jonathan Clarke, bafouilla l'homme. J'ai besoin qu'on m'aide.

— Pouvez-vous me dire ce qui ne va pas ? interrogea l'infirmière en jetant un regard soupçonneux à la boîte que tenait l'homme.

— Non, mais… j'ai un segment si court, implora Jonathan. C'est trop proche. Il faut empêcher ça.

— Présentez-vous actuellement des symptômes, monsieur ?

— Je n'en sais rien. Non, je ne crois pas… Mais vous ne comprenez pas, je suis presque au bout. Il faut que quelqu'un m'aide !

— Si vous n'avez aucun symptôme, monsieur, je vais malheureusement devoir vous demander de partir. (L'infirmière indiqua la sortie d'un geste.) Nous avons des patients qui ont besoin d'une aide urgente.

— Mais moi aussi, j'ai besoin d'une aide urgente ! cria Jonathan. Il ne me reste plus beaucoup de temps !

— Je compatis sincèrement, monsieur, mais il n'y a rien que nous puissions faire. Nous vous conseillons plutôt de prendre rendez-vous avec votre médecin traitant.

— Comment pouvez-vous dire une chose pareille ? C'est un hôpital ici, merde ! Vous êtes censés porter secours aux gens !

Parmi les patients et les familles qui attendaient aux urgences, certains s'étaient retournés pour suivre la scène, tels des badauds sur le bord d'une route, mais pour la plupart, ils gardèrent les yeux rivés au sol, gênés et attristés pour celui qui protestait ainsi.

— Monsieur, je vais devoir vous demander de vous calmer, asséna l'infirmière d'un ton ferme.

— Arrêtez de me parler comme ça ! (Jonathan brandit sa boîte.) Je vais mourir !

L'un des agents de sécurité tout proches, un ancien lutteur, arriva en renfort.

— Comment pouvez-vous me faire ça ? hurla Jonathan. Comment pouvez-vous me laisser mourir ?

— Nous comprenons que ces circonstances soient difficiles, monsieur, intervint l'agent, et nous ne voulons pas appeler la police, mais si vous ne partez pas de votre plein gré, nous serons obligés de le faire.

L'agent posa la main sur son ceinturon, tout près de sa matraque.

Jonathan se tut et parcourut du regard la salle d'attente des urgences, s'arrêtant sur Hank, l'unique silhouette en blouse blanche.

— C'est bon, grogna-t-il. Je m'en vais. (Puis il tourna la tête vers l'infirmière et l'agent.) Je n'ai aucune envie de passer les derniers jours qui me restent dans une putain de cellule. Peut-être que dans un autre hôpital ils auront plus de cœur.

En poste au sein du service des urgences, Hank avait l'impression d'avoir vu le monde passer par tous les stades du chagrin et d'avoir accédé à une forme d'acceptation, une nouvelle notion de normalité. Mais il lui semblait qu'à chaque étape, de plus en plus d'individus étaient laissés à l'abandon, piégés dans une phase et incapables d'accéder à la suivante.

Certains s'enlisaient dans les affres du déni. À quelques blocs de l'appartement de Hank, une dizaine de manifestants se réunissaient souvent pour dénoncer un coup monté, une ruse du gouvernement, et expliquer que les prédictions qui se confirmaient n'étaient que des prophéties s'accomplissant d'elles-mêmes, des témoignages de la faiblesse de l'esprit humain, si influençable.

Les marchandeurs suppliaient Dieu d'allonger leurs cordelettes, promettaient de mettre de l'ordre dans leurs vies. Et, peut-être, ceux qui refusaient encore d'ouvrir leurs boîtes étaient-ils eux aussi engagés dans un genre de transaction, songea Hank. Chaque jour écoulé dans l'ignorance était autant de temps gagné.

Mais les gens emprisonnés dans des phases plus émotionnelles, embourbés dans la colère ou la dépression, étaient les plus repérables et les plus douloureux à observer. Jonathan Clarke appartenait à la catégorie des personnes en colère.

Hank attendit que l'homme accablé ait quitté le service des urgences. Le sentiment qui grandissait en lui depuis le début de l'incident – une violente sensation d'impuissance – déborda alors.

À la fin de son service, Hank annonça à son chef qu'il démissionnait et quittait l'hôpital à la fin du mois.

Amie

Le mois de mai était inhabituellement chaud, et le soleil du petit matin présageait la chaleur estivale moite à venir, aussi Amie décida-t-elle de traverser Central Park à pied pour rallier son école au lieu d'attendre le bus qui la conduirait dans les quartiers est.

Le parc faisait partie des rares endroits qui semblaient assez peu changés. Adeptes de course à pied et cyclistes filaient toujours, pendant que des joggeurs pilotant des poussettes zigzaguaient pour éviter les passants dans les allées. Des enfants grimpaient tout en haut des fortins puis dévalaient les toboggans en plastique jaune, sous le regard des parents et des nounous assis sur les bancs.

Le beau temps, hélas, n'avait pas échappé à ses élèves.

— On peut faire classe dehors aujourd'hui ?

Dès qu'Amie entra dans la salle, l'immanquable question émana de l'immanquable fauteur de troubles, un jeune garçon précoce au visage semé de taches de rousseur. Ses demandes incessantes – « On peut manger notre déjeuner pendant la classe aujourd'hui ? » « On peut regarder un film aujourd'hui ? » – dissipaient toujours les autres, bien qu'Amie admire secrètement sa ténacité.

Amie contempla les regards suppliants de ses CM2.

— Je ne pense pas que ce serait une bonne idée. Les pollens peuvent déclencher des allergies chez certains de tes camarades. Nous préférons éviter de les faire éternuer et tousser, répondit-elle.

Son explication contenta les enfants, en dehors de quelques-uns qui esquissèrent un sourire méprisant ou levèrent les yeux au ciel.

En vérité, Amie n'aurait pas vu d'objection à faire classe en plein air. Elle rêvait parfois d'être professeur de littérature à l'université et de susciter la dévotion chez ses étudiants comme Julia Roberts dans *Le Sourire de Mona Lisa**. Elle se voyait tout à fait entourée d'étudiants passionnés, dans la cour d'honneur de l'université, des romans ouverts à la main, avec carnets et tasses de café disséminés sur la pelouse.

Mais sortir avec un groupe de gamins turbulents, ça, elle ne pouvait pas le faire.

— Bon, alors, qui veut parler de la fin du *Passeur** ? demanda-t-elle.

Amie fit un signe de tête à Meg qui était assise près de la fenêtre, comme d'habitude. À côté d'elle, la place qu'occupait habituellement sa meilleure amie Willa était vide. Le principal avait informé Amie que la mère de Willa, apprenant qu'elle n'avait plus que quelques années à partager avec sa fille, l'avait retirée de l'école pour partir voyager en Europe le temps d'un congé sabbatique d'une durée indéterminée.

— Je crois que ça m'a… donné de l'espoir, dit Meg. Le monde de Jonas est bizarre et injuste, il fait peur, mais Jonas arrive à s'en échapper à la fin. Et même si on ne sait pas vraiment ce qui l'attend au pied de la colline, les lumières tout en bas me donnent l'impression que ça pourrait être un bon endroit. Alors peut-être que, je sais pas, moi, quand tout est bizarre et injuste, et que ça nous fait peur, on peut trouver un autre endroit, un endroit mieux, nous aussi.

Amie ne savait que dire. Ses élèves étaient jeunes, ils n'employaient pas de mots compliqués ou de métaphores, ils ne citaient pas de philosophes ou d'historiens, mais parfois ils la laissaient tout simplement sans voix.

— C'est très beau, Meg, merci. Les autres, pouvez-vous me dire ce que vous avez ressenti ?

Amie téléphona à sa sœur en rentrant de l'école à pied. Même occupée, Nina répondait toujours quand Amie l'appelait.

— Sur quoi es-tu en train de travailler ?

— Un article sur les réactions de l'industrie aéronautique face aux cordelettes, répondit évasivement Nina.

— Est-ce que je te dérange ? demanda Amie, sentant sa sœur occupée.

Elle s'interrogea sur ce que *pouvait* être, au juste, la réaction de l'aéronautique face aux cordelettes. Peut-être les compagnies aériennes allaient-elles accuser le coup, trop de courts-segments redoutant les accidents. À moins que cela n'incite au contraire plus de gens à voyager, à explorer le monde tant qu'ils en avaient la possibilité.

— Non, du tout, excuse-moi, dit Nina.

Mais Amie pensait encore aux avions.

— Tu te souviens de l'époque où je voulais sortir avec un pilote ?

— Et comment ! (Nina s'esclaffa.) Tu as eu, quoi, deux rendez-vous avec le type de Delta Airlines ?

— En fait, j'espérais que la troisième fois, ce serait à Paris, soupira Amie d'un ton mélancolique.

— Je suppose que tu n'appelais pas pour parler de ça ?

— Je cherche un livre à faire lire aux élèves pendant les vacances d'été, expliqua Amie. Quelque chose d'historique, de préférence, mais qui puisse être relié à l'actualité.

— Hmm, qu'est-ce que, *nous*, on lisait en CM2 ? Un truc sur les procès des sorcières de Salem ? Franchement, ça pourrait être bien, en ce moment, de parler de la façon dont les gens réagissent face à quelque chose qu'ils ne comprennent pas.

— Je crois que je préférerais éviter de les bombarder de questions à propos des cordelettes. Je sais qu'ils sont conscients de bien plus de choses qu'on l'imagine, mais… ce ne sont encore que des gosses.

— Je comprends, dit Nina.

Un instant plus tard, Nina chuchota, hésitante :

— Tu… euh… tu me le dirais si tu changeais d'avis, hein ?

— Bien sûr, répondit Amie. Tu serais la première informée. Mais je n'ai sans doute même pas à ouvrir ma boîte, lança joyeusement Amie. Ton segment à toi est super long et comme on doit partager le même ADN à peu de choses près, je suis sûre que le mien est quasi identique.

— Oui, c'est sûr, confirma Nina. D'ailleurs, papa et maman sont indestructibles.

Amie sourit en pensant à leurs parents, jeunes sexagénaires encore en pleine forme, qui avaient choisi, comme elle, de ne pas ouvrir leurs boîtes. De privilégier plutôt les bons moments, consacrer leurs week-ends au jardinage, aux clubs de lecture, au tennis ; des plaisirs simples que leur banalité rendait d'autant plus agréables en ces temps singuliers.

— Bon, je vais te laisser te remettre au travail, dit Amie. Je compte m'arrêter à la librairie et voir si l'inspiration me vient. Passe le bonjour à Maura de ma part.

— Ça marche.

Amie entra dans la librairie la plus proche de chez elle, faisant tinter le timbre en franchissant le seuil. Le petit téléviseur fixé en hauteur diffusait une interview de l'un des nouveaux candidats à l'élection présidentielle, Anthony Rollins, membre du Congrès de Virginie ; beau parleur, bel homme et vraisemblablement en train de pontifier sur ce qui faisait de *lui* l'homme qui devrait guider le pays en ces temps si étranges. Amie avait encore du mal à accepter la présence de ce téléviseur installé l'année précédente, elle qui venait là pour échapper aux sempiternels journaux télévisés et aux agressions du monde extérieur.

Elle tenta donc d'ignorer l'homme qui occupait l'écran au-dessus d'elle et longea la table des best-sellers, à l'entrée du magasin, où l'*Iliade** et l'*Odyssée** s'étaient imposés ces dernières semaines grâce à un regain d'intérêt du public pour la mythologie grecque et les Parques, aux côtés de l'inévitable éventail d'ouvrages de développement personnel et de considérations sur la mortalité, rédigés par médecins, philosophes et théologiens. Le livre intitulé *Les Cinq Personnes que j'ai rencontrées là-haut** était remonté en tête des ventes.

Une fois dans la salle principale, entourée des hautes étagères en bois et plongée dans l'odeur familière des milliers de pages, Amie commença à se détendre. Il n'y avait guère de lieux où elle se sente plus heureuse que dans une librairie. Comme elle avait une tendance parfois gênante à se laisser emporter par ses rêveries, se retrouver environnée de celles d'autres gens – qui, eux, avaient le temps et le talent de les coucher par écrit – la réconfortait.

Quand Nina et elle étaient enfants, leur mère les emmenait souvent à la librairie du quartier, après l'école, où personne ne se formalisait qu'elles passent une heure à lire dans un coin, sur la moquette, avant même de faire un achat. À l'époque déjà, Amie était attirée par la *fantasy* et les histoires d'amour, alors que Nina préférait les biographies de femmes telles que Marie Curie ou Amelia Earhart (bien que la disparition jamais élucidée de cette dernière l'ait tracassée pendant des mois). Au cours de leurs moments de lecture partagés, Nina prit l'habitude de signaler triomphalement toutes les fautes qu'elle découvrait dans les livres, ce qui ne manquait jamais d'agacer Amie. Elle aurait aimé que sa sœur se laisse ravir par les histoires. En grandissant, les deux sœurs instaurèrent une tradition qui consistait à s'échanger leurs livres dès qu'elles les terminaient. Ce fut l'idée d'Amie, au départ, et cela lui permit d'apaiser sa crainte que les changements survenant dans leurs vies – le *coming-out* de Nina, puis le départ des deux sœurs dans des universités différentes – mettent en péril leur complicité. Pendant cinq ans, les deux sœurs s'envoyèrent des dizaines de livres de poche agrémentés de Post-it signalant leurs passages préférés et de commentaires humoristiques griffonnés dans la marge. En recevant son exemplaire de *Auprès de moi toujours**, Nina railla les larmes versées par Amie qui avaient fait gondoler les dernières pages. De son côté, Amie ronchonna quand Nina lui envoya *Outliers** surligné et souligné à outrance.

En parcourant la librairie, Amie s'arrêta au rayon des dystopies où, en janvier, elle était tombée sur *Le Passeur* pour aussitôt décider, attendrie par ses propres souvenirs de CM2, d'inclure l'ouvrage dans son cours… avant que tout bascule au printemps. À peine plus loin, *La Servante écarlate** trônait à côté de *Hunger Games**, deux livres qu'elle se rappelait avoir lus avec délices à l'adolescence. Plus d'une fois, elle était restée allongée sur son lit, au-delà de minuit, incapable de trouver le sommeil, s'imaginant dans la peau d'un des personnages, se frayant un chemin à travers une forêt sombre et dense qui avait surgi à l'intérieur de son esprit.

Au moins le destin qui leur était alloué semblait-il plus prometteur que ces mondes fictifs, dans lesquels les corps des femmes étaient réduits à leur stricte fonction reproductrice et où les enfants s'entretuaient à la télévision sur ordre du gouvernement. Ces romans proposaient un avenir plus lugubre les uns que les autres. Si c'étaient là les alternatives, songea Amie, peut-être devrait-on s'estimer heureux de n'avoir écopé que de cordelettes.

Amie se demanda pourtant, comme pratiquement tous les jours, si elle ne faisait pas le mauvais choix en refusant d'ouvrir sa boîte et en rejetant ainsi la connaissance qui avait apporté à tant de ses amis et collègues – presque tous détenteurs de longs segments – une paix de l'esprit inédite, le plus merveilleux cadeau qu'ils aient jamais pu espérer. Même Nina, qui se consumait si souvent d'inquiétude à propos de Maura, avait avoué à Amie qu'elle n'avait pu se défendre d'un sentiment de soulagement en découvrant la taille de son segment.

Mais l'esprit d'Amie était sans cesse en activité, et elle s'était très nettement représenté toutes les possibilités – segment long, court, moyen, voire, une fois, pas de segment *du tout* dans sa boîte – pour finir par se dire que le plus sûr était encore de fourrer le coffret au fond de son armoire, derrière une paire de bottes de neige tachées de sel qu'elle ne portait qu'en cas de blizzard.

Le lundi matin, Amie arriva à l'école les bras chargés de vingt-cinq exemplaires de *La Source enchantée**.

— Excusez-moi, Miss Wilson…

Amie se retourna et vit l'un des gardiens de l'école tirer de sa poche une feuille de papier jaune pliée en quatre.

— J'ai trouvé ça par terre dans votre salle en faisant le ménage hier, et je n'ai pas su si je devais le jeter. Ça appartient peut-être à un de vos élèves.

— Ah, merci.

Amie saisit la feuille, au dos de laquelle était griffonné un petit croquis représentant la ligne d'horizon de Manhattan. Elle jeta un coup d'œil à la liste de noms qu'elle contenait. Aucun de ses élèves n'y figurait.

— Où dites-vous que vous avez trouvé ce papier ?

— Il traînait sous une chaise, vers l'étagère des livres.

— Ça doit bien être à quelqu'un. Merci de l'avoir conservé.

— Pas de quoi, répondit l'homme avec un hochement de tête.

Amie entra dans la salle 204, un sourire aux lèvres. Elle s'installa derrière le bureau encombré d'un fouillis composé de deux registres, d'un minuscule cactus (cadeau de Nina, « Plus pratique que des fleurs »), de deux tasses à café sales, d'une agrafeuse presque vide et d'un calendrier illustré sur le thème des livres censurés. *L'Attrape-cœurs** était à l'honneur pour le mois de mai – le calendrier était ouvert à cette page-là depuis le 3 avril, après qu'Amie eut décidé qu'un trop grand nombre d'élèves lui demandaient de quoi parlait *Lolita**.

Elle posa sur la petite pile de rédactions, à côté du calendrier, le feuillet que lui avait remis le gardien. Elle n'était pas sûre d'avoir le droit de le lire.

Elle se concentra sur la leçon de grammaire du jour, qui traitait de virgules et de points-virgules, mais son regard s'égarait sans cesse du côté des rédactions jusqu'à ce qu'elle finisse par faire glisser le papier sur le bureau, devant elle.

Sean nous a expliqué qu'il fallait que nous écrivions une lettre, alors allons-y.

Quelques traces légères, après le point, semblaient révéler que l'auteur de la lettre avait tapoté impatiemment son stylo sur la feuille.

Carl continue de penser que c'est un exercice idiot, il est en train de percer des trous dans sa feuille avec le bout de son stylo, au grand dam de Sean. Et Chelsea doit sans doute dessiner, c'est difficile à dire.

Amie ne reconnut aucun des prénoms.

Dix minutes, c'est plus long que je le croyais. En plus, ça fait longtemps que je n'avais pas écrit de lettre comme ça, à la main.

J'ai l'impression d'être un de ces soldats qu'on voit dans les films de guerre crétins, penché sur un carnet, en train d'écrire à sa petite amie.

Ça me rappelle le musée national de la Seconde Guerre mondiale, à La Nouvelle-Orléans, que j'ai visité pendant un voyage dans le Sud. Des lettres de soldats étaient exposées dans des cadres fixés aux murs. Et bien sûr, j'ai passé vingt bonnes minutes à toutes les regarder, mais je ne me souviens plus que d'une seule. Le gars écrivait à sa mère et lui demandait un service – aller dire à Gertrude : « Quoi qu'il arrive, mes sentiments resteront les mêmes. »

Je ne sais pas trop pourquoi celle-là en particulier m'est restée en mémoire. Peut-être parce que c'était étrange de voir un sentiment aussi intime affiché publiquement comme ça. Je me sentais presque gêné de le lire. À moins que ça soit juste à cause du prénom Gertrude.

Amie éprouva une soudaine culpabilité à lire les réflexions de cet inconnu. La lettre avait pourtant été trouvée dans *sa* classe. C'était forcément un de ses élèves qui l'avait écrite, non ? Cela dit, elle ne voyait aucun de ses écoliers de dix ans écrire avec autant de maturité… et d'une main aussi ferme. Toutefois, l'auteur avait l'air de rédiger un genre de devoir scolaire. Sauf qu'à sa connaissance, aucun des enseignants de l'école ne s'appelait Sean.

Amie se rappela alors qu'un de ses collègues avait mentionné quelques semaines plus tôt que l'école accueillerait, les soirs et week-ends, des groupes de soutien aux détenteurs de courts segments.

Son cœur se serra quand elle comprit ce qu'elle venait de lire, et elle ressentit une bouffée de compassion à l'égard de l'auteur de cette lettre, à qui ces mots avaient dû être arrachés à titre d'exercice thérapeutique.

Désemparée, Amie se concentra sur Gertrude. Il lui était plus facile de penser à un prénom dans un musée lointain qu'à la personne assise à peine quelques heures plus tôt dans sa classe et qui avait oublié sa lettre. Amie se représenta donc Gertrude et son amoureux parti à la guerre, tels les personnages de Cecilia et Robbie dans *Expiation*, la pauvre femme guettant avec inquiétude l'arrivée dans sa boîte aux lettres des missives tachées de larmes que lui envoyait un jeune homme embarqué sur un navire pour une destination inconnue ; un jeune homme dont, quoi qu'il arrive, les sentiments resteraient les mêmes.

Ben

Une semaine plus tard, le dimanche soir, juste avant le début de la séance, Maura montra du doigt à Ben la feuille de papier jaune soigneusement pliée en quatre et posée par terre dans la salle 204 devant l'étagère des livres. Un croquis de la ligne d'horizon de New York ornait le dessus de la feuille.

— Ça ne serait pas à toi, par hasard ?

— Oh, super ! s'exclama Ben. Je me demandais où j'avais bien pu la perdre. Ça paraît curieux que cette lettre soit restée là tout ce temps sans que personne ne la jette.

Maura n'en était pas moins étonnée.

— Peut-être qu'en voyant le dessin, ils se sont dit que quelqu'un reviendrait le chercher. Tu as quand même du talent.

— *Quand même* ? releva Ben en riant.

Maura sourit et tira sa chaise.

Ben glissa le feuillet dans la poche de son jean et ce fut seulement en regagnant son appartement après la séance qu'il l'ouvrit.

Au bas de sa lettre, quelques mots avaient été ajoutés.

Une réponse.

Avez-vous su ce qu'il est advenu de Gertrude et du soldat ? Si je pose la question, c'est que j'ai beaucoup pensé à eux et que j'ai de plus en plus envie de savoir ce que signifiaient les paroles du soldat.

Je les ai d'abord interprétées comme le serment d'amour absolu, la promesse que quoi qu'il lui arrive à la guerre, l'amour que ce soldat éprouvait pour Gertrude ne faiblirait jamais. Mais si je me trompais ? N'ayant pas lu la lettre en entier, je ne peux pas savoir, mais s'il a uniquement écrit : « Quoi qu'il arrive, mes sentiments resteront les mêmes », alors peut-être que cela signifie le contraire ? Peut-être qu'il avait déjà laissé tomber la pauvre Gertrude et que, quelles que soient les horreurs physiques et émotionnelles qu'il allait vivre, ses sentiments ne changeraient plus. Qu'il continuerait à ne pas l'aimer comme elle l'aimait. Et peut-être avait-il besoin de charger sa mère de transmettre son message parce qu'il n'avait pas le courage de parler lui-même à Gertrude.

Bien entendu, ce n'est là qu'une supposition hasardeuse (et peut-être devrais-je m'inquiéter de chercher de la tristesse dans ce qui est vraisemblablement une magnifique déclaration d'amour), cependant, si vous en savez plus sur Gertrude et son soldat, cela m'intéresse.

A.

Hank

Hank ne vit pas entrer l'homme, mais il entendit les coups de feu de l'autre côté du rideau vert pâle derrière lequel il examinait un patient âgé admis aux urgences du Memorial Hospital de New York pour des douleurs thoraciques aiguës.

Hank était médecin depuis plus de quinze ans. Il avait déjà vu l'extrême angoisse de patients lui décrivant leurs symptômes ou attendant les résultats de leurs examens. Mais jamais encore il n'avait vu une telle frayeur déformer si vite les traits d'un visage avant ce matin du 15 mai, quand son patient et lui entendirent les détonations. Le pire, comprit-il plus tard, c'était que ni l'un ni l'autre, ils ne furent pris au dépourvu. Pour avoir regardé assez d'images d'actualités et lu assez d'articles à propos de ce type de terreur, ils comprirent aussitôt ce qui se passait.

L'espace d'un instant, Hank sentit tout son corps se contracter, sans trop savoir s'il respirait toujours. Puis il se récita : *Éviter. Barricader. Affronter.*

Un agent de la police de New York, venu visiter l'hôpital quelques mois plus tôt, leur avait expliqué quoi faire en cas d'irruption d'un tireur. *Éviter. Barricader. Affronter.* Par ordre de priorité. L'évitement était la meilleure option, des barricades pouvaient être improvisées si nécessaire, et on ne recourait à l'affrontement, de préférence au sein d'un grand groupe, qu'en dernier ressort.

Le temps que le troisième puis le quatrième coup de feu retentissent de façon très rapprochée, Hank avait évalué que la distance avec le lieu de l'attaque était suffisante pour qu'il puisse évacuer les patients par l'arrière du bâtiment.

Des dizaines de gens terrifiés en tunique de papier bleue se dirigèrent au pas de course vers les sorties de secours, précédant les médecins et infirmières qui poussaient avec vigueur chaises roulantes et civières. Une cinquième détonation puis une sixième se répercutèrent dans la salle, et les bras se levèrent instinctivement pour protéger têtes et visages, bien que le bruit provienne toujours de derrière une double porte fermée.

Hank se déplaçait aussi vite que possible en tirant le porte-perfusion d'une malade.

Sept, huit.

Il mit la femme en sécurité à l'extérieur du bâtiment, à côté d'un jeune tout de noir vêtu dont les paupières clignaient convulsivement sous l'effet de la frayeur et de la surdose de méthamphétamines qui l'avait conduit aux urgences. Puis il referma les portes et rebroussa chemin en courant, dans la direction des coups de feu.

Il n'arriva toutefois que pour constater le massacre.

On hissait sur les lits les plus proches les corps tombés à terre, tremblants et ensanglantés. Les gens qui secouraient les victimes criaient. Un vigile ramassait l'arme de l'agresseur, sans doute tombée au moment où les autres gardiens avaient fini par faire mouche. C'était un petit pistolet de poing. Hank se rendit compte qu'il s'attendait plutôt à un fusil d'assaut.

En s'agenouillant pour compresser des deux mains la blessure d'une victime en attente de soins, il ne put se retenir de jeter un bref coup d'œil au visage de l'auteur de cette boucherie.

Un visage qu'il reconnut instantanément.

Nina

Il s'était écoulé deux jours depuis que Deborah Caine était sortie en trombe de son bureau pour informer son équipe de la fusillade au Memorial Hospital.

Nina et quelques journalistes avaient passé la matinée à discuter des dernières nouvelles de la Corée du Nord, où toutes les boîtes devaient obligatoirement être transmises au gouvernement. Désormais, les gens n'ayant pas encore ouvert la leur n'avaient plus le droit de le faire, et chaque boîte reçue par un jeune venant d'atteindre l'âge de vingt-deux ans devait être remise, intacte, aux autorités locales.

Ce fut le premier mot d'ordre du genre à être mis en œuvre.

En mars et avril, les instances gouvernementales mondiales, alors trop occupées à confirmer l'authenticité des cordelettes et empêcher l'économie de partir en vrille, ne s'étaient pas rendu compte qu'elles n'étaient pas totalement démunies. Si elles ne pouvaient rien contre l'arrivée des boîtes, elles étaient à même de maîtriser l'usage qu'en faisaient les populations.

Au printemps, plusieurs États de l'Union européenne avaient discrètement renforcé leur présence militaire le long de leurs frontières litigieuses, craignant les mouvements migratoires de courts-segments terrifiés, qu'un ultime espoir pousserait vers les pays offrant le meilleur accès aux soins. La Patrouille frontalière des États-Unis ouvrait l'œil elle aussi, disait-on. Mais la directive nord-coréenne était une *nouveauté*, et dépassait le cadre habituel de la politique. Il se disait que cette décision était la conséquence d'un malaise qui prenait de l'ampleur, et de la crainte, au sein de la sphère du chef suprême, que des courts-segments exaspérés n'ayant plus rien à perdre puissent fomenter une insurrection.

— C'est manifestement une stratégie extrême, mais ils tiennent peut-être un début de solution, présumait l'un des rédacteurs. Si plus personne n'ouvre sa boîte, la vie peut reprendre son cours.

— Sauf pour les individus qui l'ont déjà ouverte, avait répliqué Nina. Pour eux, il est trop tard.

— Ma foi, je suppose qu'on n'a plus qu'à espérer que les court-segments *d'ici* n'en viennent pas à représenter une menace.

Ce commentaire alarmiste avait étonné Nina.

— En quoi pourraient-ils représenter une menace ?

Avant que le rédacteur ait eu le temps de répondre, Deborah avait surgi, l'air grave.

— On nous signale des coups de feu au Memorial Hospital. Et plusieurs victimes.

Quarante-huit heures plus tard, le dernier décompte faisait état de cinq morts – tireur exclu – dont les âges s'échelonnaient de vingt-trois à cinquante et un ans. Cinq courts-segments ignorant peut-être même leur statut, ou qui étaient venus à l'hôpital pour demander de l'aide, sans savoir que le destin auquel ils espéraient échapper les attendait juste derrière les portes du service des urgences. Sous la forme d'un type armé d'un pistolet, du nom de Jonathan Clarke, un New-Yorkais du Queens.

Le journaliste spécialisé dans les affaires criminelles lança la table ronde matinale :

— Qu'est-ce qu'on envisage comme titre pour le papier détaillé à propos de l'hôpital ? « Tragédie au Memorial Hospital » ?

— Pourquoi pas. On est d'accord pour le mot « tragédie ».

— On a déjà eu ce débat, rappela l'un des membres de l'équipe. On n'avait pas décidé que ça devrait être fonction du nombre de morts ? Il me semble que quelqu'un avait dit qu'il fallait au moins dix morts pour parler de « tragédie ». Là, il n'y en a pas dix.

— Je crois me rappeler qu'on a utilisé le mot à propos de la violation de domicile qui a eu lieu il y a deux semaines, alors qu'il n'y avait eu qu'une victime.

— Ouais, on n'aurait sans doute pas dû. Les tragédies individuelles, ce n'est pas la même chose que les tragédies collectives.

— En l'occurrence, il s'agissait d'une fusillade, et ça relève toujours de la tragédie.

— Est-ce que celle-ci peut être considérée comme une tuerie de masse ?

— Si on applique le critère de quatre victimes au minimum, oui.

— Bien sûr que c'est une tragédie. Ce genre de fusillade peut généralement être évité. Les malades qui en sont les auteurs proclament toujours leurs croyances à la con sur les réseaux sociaux avant de passer à l'acte. Est une tragédie tout ce qu'on aurait pu empêcher.

— On est en train de se perdre dans la sémantique, là. Il ne s'agit pas de je ne sais quel tireur néo-nazi ayant rédigé ses revendications en ligne. Le fond de l'histoire, en l'occurrence, ce sont les cordelettes.

— Apparemment, l'hôpital avait refusé d'admettre le tireur bien qu'il ait affirmé qu'il allait mourir.

— J'ai entendu dire qu'ils ne pouvaient plus se permettre de faire passer des scanners à tous les courts-segments qui se présentent sans aucun symptôme.

— Je me demande si l'hôpital aurait dû prévoir qu'il allait y avoir du grabuge, sachant que la salle d'attente des urgences était pleine de gens en fin de segment.

La tablée se tut un instant.

— Les seuls gagnants, en l'occurrence, ce sont les lobbys des armes et les politiciens qui leur mangent dans la main, trancha quelqu'un. C'est la première fois qu'il se produit dans le pays une fusillade qu'ils peuvent totalement désavouer : « Ni les armes, ni les lois, ni le système de santé ne sont coupables. Les coupables, ce sont les cordelettes. »

— C'est le point de vue que nous développerons, conclut Deborah après avoir suivi sans un mot les échanges de ses rédacteurs sur la nature d'une tragédie et le nombre de pertes humaines requis pour correspondre à une définition juridique.

Elle avait un jour confié à Nina, après un troisième verre lors d'une soirée de fin d'année, que chaque fois qu'elle entendait son équipe débattre d'une fusillade ou d'une catastrophe naturelle, ce qui la frappait, c'était la légèreté dont ils faisaient preuve dans l'emploi des mots. En trente ans de journalisme, à mesure que les titres semblaient de plus en plus dramatiques, elle avait vu la signification des mots s'émousser. Mais c'était le seul moyen pour continuer à travailler, songeait Nina, pour se préserver et éviter de se briser l'âme.

— C'est la première tuerie de masse survenue dans ce nouvel ordre du monde, rappela Deborah à l'équipe autour de la table. Quelle différence cela fait-il ? En quoi notre réaction se trouve-t-elle modifiée ?

Elle se leva pour quitter la salle puis se retourna un instant.

— Et cinq personnes sont mortes, merde ! ajouta-t-elle d'une voix épuisée. On peut parler de tragédie.

Chez elle, ce soir-là, Nina contemplait la page ouverte sur son ordinateur portable, l'article qu'elle était censée corriger. Mais elle pensait toujours à Jonathan Clarke.

Que se passerait-il si Maura devait aller à l'hôpital en ce moment ?

Elles louaient souvent des bicyclettes pour aller se promener toutes les deux le long du fleuve. Et si Maura percutait un taxi et devait être transportée aux urgences ? Les médecins auraient-ils le droit de la questionner sur sa cordelette ?

Nina savait que sa compagne, en tant que femme noire, encourait déjà des risques plus importants dans les hôpitaux, que la douleur chez les femmes et les Noirs était de très longue date mal diagnostiquée, voire ignorée. Et maintenant, *ça* ? L'injustice ne manquait jamais de la sidérer.

Évidemment, Maura ne serait pas *obligée* de les informer de la taille de sa cordelette. Elle pourrait mentir en prétendant qu'elle n'avait pas ouvert sa boîte. Mais la soignerait-on différemment si elle révélait la vérité ?

Ce ne serait peut-être pas conscient, Nina le comprenait. Un médecin devant choisir entre sauver un patient de huit ans ou un autre de soixante-dix-huit sauverait sans doute l'enfant en priorité, non ? Peut-être le dilemme était-il le même ? Porter secours aux longs-segments en priorité ?

L'idée que Maura puisse être rejetée et considérée comme un cas désespéré simplement à cause de sa cordelette terrifiait Nina. Mais ce qui semait surtout la confusion dans son esprit méthodique, c'était la question que soulevait cette situation : un patient était-il moins bien soigné parce qu'il présentait un court segment, ou bien son segment était-il court *du fait* qu'il recevait moins de soins ?

On aurait dit la version la plus merdique possible du paradoxe de l'œuf et de la poule.

Nina ferma le document de l'article en cours et cliqua sur l'icône d'Outlook. Une poignée de nouveaux mails attendaient dans sa boîte de réception. Elle supprima celui d'une demande de fonds provenant de l'équipe de campagne présidentielle d'Anthony Rollins. Elle se demandait bien comment elle avait pu se retrouver sur son listing. Certains de ses collègues avaient justement parlé de Rollins plus tôt dans la journée, déplorant le fait que son charisme lisse et sa fortune familiale semblaient le désigner pour diriger le pays. Nina le trouvait trop sûr de lui. Elle avait vu, au mois de février, une interview dans laquelle une ancienne camarade de fac d'Anthony affirmait qu'à l'époque de leurs études, il était le président sexiste d'une fraternité douteuse.

Mais ça, bien sûr, c'était avant les cordelettes. Nina avait autre chose à penser, désormais.

Elle répondit à quelques mails professionnels puis, incapable de se retenir plus longtemps, elle tapa « court-segment + hôpital » dans la barre de recherche. Mais que cherchait-elle, en réalité ? Quelque chose qui lui confirme que Maura n'essuierait pas un refus à la porte des urgences ?

La plupart des résultats qui s'affichèrent en première page concernaient la fusillade, mais, à la page suivante, Nina tomba sur un nouveau site intitulé « La Théorie des Cordelettes ». Il s'agissait apparemment d'un forum public, mais les commentaires ne ressemblaient pas à ceux qu'on y trouvait d'ordinaire. Pas le moindre message à propos d'extraterrestres, de Dieu ou de l'Agence nationale de la sécurité. Les problèmes paraissaient plus urgents, plus concrets.

D'autres courts-segments constatent des changements du côté de leur assurance santé ? On vient de me refuser la prise en charge d'examens que je croyais couverts ! Et j'ai entendu parler de cotisations de courts-segments qui augmentaient brusquement.

S'il vous plaît, aidez mon frère : la banque a rejeté sa demande de prêt à cause de son court segment, mais c'est un chef cuisinier hors pair et il RÊVE d'ouvrir son propre restaurant à New York. Il n'a plus que trois ans pour ça ! Rendez-vous sur la plateforme GoFundMe pour l'aider à collecter les fonds !

J'ai confié à un collègue que j'avais un court segment et voilà qu'on me licencie de mon boulot sous prétexte de « programmation fiscale à long terme ». Donc ma vie = pas assez long terme pour que la boîte continue à m'employer ?? Si des juristes lisent ce post, est-ce que ce sont des motifs suffisants pour porter plainte pour rupture abusive de contrat ?

Nina continua à faire défiler les posts.

Que fait l'État pour aider les courts-segments ? On dirait qu'il a fait des recherches et prouvé que les cordelettes étaient authentiques, pour ensuite nous laisser nous débrouiller tout seuls. Nous avons besoin de protection juridique !

Quelqu'un a-t-il collecté des données comparatives sur la longueur des segments et la démographie ? Je me demande s'il n'y aurait pas plus de courts-segments au sein des minorités de couleur ou des milieux défavorisés. Pourrait être la preuve effective que l'abus du système pendant des générations + l'absence de perspectives TUENT ces communautés !

L'une des plus récentes réponses à ce message commençait à susciter un certain intérêt.

N'allez SURTOUT pas chercher ce genre de données. Ça ne fera que se retourner contre vous. Les groupes pro-armes mettent déjà la fusillade de l'hôpital sur le compte des cordelettes. Et ensuite ce sera : « Si vous êtes pauvres, malades et sans emploi, ce n'est pas NOTRE faute, mais celle des cordelettes ! On n'a plus rien à voir là-dedans ! »

Peut-être que Maura avait raison, se dit Nina. Peut-être que la *provenance* des cordelettes n'avait plus d'importance. Elles pouvaient bien tomber du ciel, arriver du fin fond de l'espace ou avoir remonté le temps depuis un lointain avenir, c'étaient les gens qui décidaient de ce qu'ils allaient en faire, à présent.

Une fois l'authenticité des cordelettes reconnue de tous hormis les derniers réfractaires, le nouveau monde commença à se préciser : un jardin dans lequel un grand nombre d'habitants avait consommé la pomme, les autres étant trop effrayés pour y goûter. Le poids de cette découverte, de ce savoir autrefois inimaginable, continua de s'enkyster dans les cœurs et les esprits. De plus en plus lourd, il exerçait une telle pression qu'inévitablement, certains finirent par craquer.

On vendait maisons et biens, on abandonnait son emploi… tout cela dans le but de profiter de la vie au maximum. Certains avaient envie de voyager, de vivre sur une plage, de passer du temps avec leurs enfants, de peindre, chanter, écrire, danser. D'autres sombraient dans un gouffre de colère, de jalousie et de violence.

Au Texas, à peine une semaine après la tuerie au Memorial Hospital, un autre tireur à court segment ouvrit le feu dans une galerie commerciale.

Ces deux fusillades successives suscitèrent l'effervescence dans les médias. « Faut-il craindre de nouvelles agressions ? » interrogeaient les bandeaux défilant au bas des écrans de télévision.

À Londres, trois informaticiens en fin de segment s'étaient introduits dans les comptes d'une banque renommée qu'ils avaient délestée de dix millions de livres, sans doute dans l'espoir de vivre leurs dernières années à l'abri sur une île, sans encourir d'extradition.

Il circulait sur les réseaux sociaux des histoires de couples annulant leur mariage quelques jours avant la date parce que les futurs conjoints venaient d'apprendre quelles seraient leurs durées de vie respectives, pendant que d'autres s'enfuyaient à Las Vegas, leurs noces précipitées faisant figure de doigt d'honneur aux boîtes trouvées devant leurs portes.

Quelques courts-segments décidèrent de mettre à profit le temps qui leur restait pour se venger de ceux qui leur avaient causé du tort. Pour peu que la personne visée soit un long-segment, les efforts assassins se seraient forcément révélés infructueux, alors on imaginait d'autres moyens d'infliger des souffrances. Des fenêtres étaient fracassées, des maisons incendiées, des gens roués de coups, détroussés. Enragés en même temps qu'enhardis par la certitude qu'ils n'auraient jamais à connaître la prison à perpétuité, certains courts-segments se sentaient presque invincibles. Inutile de redouter le couloir de la mort quand on y était déjà.

Les dangereux excès auxquels se livraient les détenteurs des plus courts segments n'avaient d'égal que ceux commis par les détenteurs des plus longs segments. Stimulés par la certitude qu'ils vivraient jusqu'à un âge avancé, ils se mettaient au saut en chute libre, au dragster et s'essayaient aux drogues dures. Ils oubliaient qu'une longue cordelette ne leur promettait que la survie. Cela ne les préservait ni des blessures ni de la maladie. Pas plus que cela ne leur garantissait l'impunité. Les présentateurs de journaux télévisés, les médecins, les animateurs de débats, les politiciens les exhortaient à se rappeler qu'ils n'étaient pas invulnérables. « Vous avez reçu le cadeau inestimable d'une longue vie, disaient-ils, vous ne voudriez pas la passer dans le coma ou en prison. »

Mais malgré les agissements spectaculaires des détenteurs de longs segments, ceux qui inspiraient le plus de crainte restaient les autres. Ceux d'entre eux qui optaient pour la violence ne représentaient bien sûr qu'une proportion infime de la population des courts-segments, mais la hausse du nombre d'actes criminels était assez nette pour alimenter l'anxiété ambiante. Et si la plupart des longs-segments compatissaient avec leur colère et leur détresse, ils ne pouvaient se défendre de succomber à la peur.

On commençait à murmurer à propos des gens détenant des « segments dangereusement courts » : une communauté au destin ingrat, avec des membres dans toutes les villes et tous les pays qui se trouvaient confrontés à un avenir dont la brièveté limitait, voire neutralisait les conséquences de leurs actes. Leur fin imminente ne faisait que rappeler qu'il n'y aurait aucune récompense cosmique pour comportements respectueux, aucune bénédiction au seuil du troisième âge, aucune incitation concrète à faire le bien.

Cette caricature du court-segment extrémiste ne respectant ni la loi ni l'ordre moral s'insinua dans les salles de classe et les réunions, dans les hôpitaux et les foyers. Et elle finit par gagner jusqu'aux bureaux des politiciens de haut vol partout dans le monde.

Aux États-Unis, où à maintes reprises la population s'était révélée particulièrement sensible à la paranoïa, les soupçons s'enracinèrent vite et en profondeur. On estima que le nombre de courts-segments – dont les cordelettes prenaient fin avant l'âge de cinquante ans – oscillait entre cinq et quinze pour cent de la population totale. Un nombre restreint, certes. Mais pas assez restreint pour être ignoré.

Quelques mesures d'urgence avaient été prises, pauvres emplâtres sur une plaie béante. Plusieurs États instaurèrent des lignes téléphoniques spécialisées, dont le slogan « N'ouvrez pas seul » encourageait les gens à parler avec un professionnel formé, au moment où ils ouvraient leur boîte. Une aide spéciale aux courts-segments fut débattue au Congrès – expulsions interdites, paiements en un seul versement –, sans aboutir, les détails se révélant d'une complexité sans fin – combien de centimètres une cordelette devait-elle mesurer pour entrer dans la catégorie « court segment » ? N'était-il pas risqué de proposer une gratification pécuniaire incitant à ouvrir les boîtes, ce qui pénaliserait ceux qui avaient fait le choix contraire ?

Mais rien ne put enrayer l'accroissement des rumeurs alimentées par chaque nouvelle flambée de violence, jusqu'à ce que les maires, les gouverneurs et les sénateurs se mettent à débattre discrètement d'un *autre* sujet, sans rapport avec les précédentes tentatives d'aide. Mais il fallut attendre les événements du 10 juin pour que le Président estime que la « question des courts-segments » avait atteint son apogée et qu'une action significative devait être entreprise.

Anthony

En mars, quand les cordelettes avaient fait leur apparition, la plupart des Américains oublièrent provisoirement l'élection présidentielle de l'année suivante, pour laquelle les diverses campagnes commençaient tout juste à s'organiser. Un certain nombre de grands magazines et de journaux annulèrent même les articles qu'ils avaient programmés sur les candidats.

Mais Anthony Rollins, lui, n'oublia pas.

Membre du Congrès issu de la haute société virginienne, totalisant des scores électoraux sans panache, il vit dans cet événement un cadeau du ciel.

À la fin février, juste après qu'il eut annoncé sa candidature, une ancienne camarade d'université vint témoigner sur CNN qu'elle avait jadis entendu Anthony faire, sous l'empire de l'alcool, des remarques d'un sexisme crasse sur les jeunes femmes qui prenaient part aux fêtes de sa fraternité. À l'époque, selon elle, il était conseillé aux jeunes filles de première année de ne pas boire le punch servi dans la fraternité d'Anthony, plusieurs femmes ayant signalé n'avoir aucun souvenir de la soirée le lendemain de ces fêtes, et un étudiant étant même mort d'une intoxication alcoolique.

L'équipe de Rollins riposta rapidement en affirmant qu'en tant que fils et petit-fils de femmes d'exception, Anthony avait toujours traité la gent féminine avec le plus grand respect. La déclaration confirmait qu'il avait pris part à plusieurs réceptions organisées par sa fraternité universitaire, au cours desquelles tout le monde avait consommé de l'alcool, mais qu'il n'avait aucun souvenir du moindre « punch ».

Avant que d'autres compagnons d'études puissent intervenir dans des médias nationaux, les petites boîtes marron débarquèrent et tout intérêt pour les frasques de jeunesse d'Anthony se dissipa du jour au lendemain.

Ce matin-là, presque trois mois plus tôt, Anthony et sa femme Katherine emportèrent leurs coffrets dans le salon de leur maison et discutèrent de ce qu'il convenait de faire. Anthony appela son directeur de campagne qui lui conseilla de ne pas ouvrir le sien. Anthony était une personnalité publique, après tout, et si le message figurant sur la boîte était authentique, alors n'importe quelle information sensible le concernant risquait d'être volée et de faire l'objet de fuites dans la presse.

Katherine appela ses amis de la paroisse, qui lui conseillèrent aussi de ne pas ouvrir sa boîte, avant de la prévenir que la fin du monde était certainement proche.

— Tu ne penses pas qu'en réalité, c'est ce qui est en train de se passer ? demanda Katherine à son mari, agrippée à sa bible. C'est écrit dans l'Apocalypse : « Voici le tabernacle de Dieu avec les hommes ! Il habitera avec eux, et ils seront son peuple, et Dieu lui-même sera avec eux. » Ces boîtes sont peut-être des sortes de tabernacles ? Dieu s'installant parmi nous ?

Anthony était sceptique.

— Est-ce qu'il n'y est pas aussi question de vagues mugissantes et de flots de sang ? De l'émergence d'un monde nouveau ?

— Mais alors, quelle autre explication peut-on donner à ce qui se passe ?

Anthony prit la bible des mains de sa femme et la posa sur la table, à côté des boîtes fermées.

— Il y a quelques jours, notre campagne faisait l'objet d'attaques, lui rappela-t-il. Et à présent, les gens se fichent complètement de ce que cette femme *croit* se rappeler de ses années de fac. Je suis sûr que ces boîtes sont un signe de Dieu pour nous dire qu'Il veille sur notre campagne, qu'Il nous protège.

Katherine n'était pas entièrement convaincue, mais elle soupira et ses épaules se relâchèrent.

— J'espère que tu as raison.

Anthony sourit et embrassa sa femme.

— D'ailleurs, même si c'était *en effet* l'annonce de la fin du monde, toi et moi sommes assurés d'être en bonne place pour le salut.

Tout comme le reste de la planète, Anthony et Katherine ne mirent pas longtemps à percevoir l'authenticité des cordelettes. Quand ils finirent par ouvrir leurs boîtes pour y découvrir deux segments de belles dimensions, leur promettant à tous deux au moins quatre-vingts ans d'espérance de vie, ils comprirent que ce merveilleux cadeau les récompensait de leur foi.

À l'office religieux, le dimanche suivant, ils rendirent grâce au Seigneur de leur bonne fortune et demandèrent conseil sur la marche à suivre dans l'éreintante campagne à venir. Katherine avait revêtu sa tenue porte-bonheur : une jupe et une veste assorties – du même bordeaux que la cravate préférée d'Anthony – qui lui donnaient l'air de Nancy Reagan jeune. Ce même ensemble qu'elle avait porté le matin glacial de janvier où Anthony avait prêté serment pour son entrée au Congrès, et qu'elle retirait lascivement quand Anthony et elle jouaient au couple présidentiel, au lit.

Pendant que le prêtre s'efforçait de convaincre ses paroissiens que Dieu les guiderait vers la fin de cette époque tumultueuse, et que Katherine hochait docilement la tête, Anthony formula en son for intérieur une prière de son cru : que leurs deux longs segments ne soient qu'un début, l'annonce d'encore plus grands événements à venir.

Au cours des mois de mars, avril et mai, la petite équipe de campagne d'Anthony continua à faire du démarchage, envoyer des tweets et sonder les électeurs, pendant que la majeure partie du monde s'occupait de décider comment réagir aux changements irréversibles qui se produisaient partout. Et malgré les effectifs extrêmement bas de leurs auditoires, Anthony insista pour maintenir réunions et rendez-vous – après tout, c'était la famille de sa femme qui signait la plupart des chèques.

Anthony avait épousé sa petite amie de la fac, Katherine Hunter, dans la propriété de cent cinquante hectares de la famille Hunter, en Virginie. À l'époque, quelque vingt-cinq ans plus tôt, lui n'était qu'un jeune avocat travaillant pour le procureur du district et elle une nouvelle recrue au sein du conseil d'administration des Filles de la Révolution américaine, et ils avaient l'un comme l'autre l'ambition chevillée au corps.

Et voilà qu'à présent, ils étaient à deux doigts du sommet.

Ils n'avaient pas d'enfants, mais depuis le lancement de la campagne en février, des membres de la famille Hunter avaient assisté à presque tous les rassemblements organisés par Anthony et Katherine. C'était particulièrement profitable quand Katherine arrivait à convaincre son neveu de vingt-deux ans, Jack Hunter, qui détestait les photos, de monter à la tribune avec eux vêtu de son uniforme d'élève officier, rappelant aux électeurs à quel point Anthony soutenait l'armée.

Mais même avec l'aide des Hunter, Anthony savait qu'il peinait encore à se faire entendre parmi le vacarme des cordelettes et des candidats plus connus, et tandis que le printemps se précisait, Anthony attendait quelque chose, *n'importe quoi*. Le catalyseur qui faisait cruellement défaut à sa campagne.

Au début du mois de mai, il l'obtint.

L'une des bénévoles de son équipe, une femme d'âge mûr prénommée Sharon, informa sa responsable qu'elle avait besoin de s'entretenir directement avec Anthony et Katherine.

Quand ils se réunirent tous les quatre dans un bureau, Sharon expliqua que sa fille faisait ses études dans la même université et promotion que Wes Johnson Junior, le fils de dix-neuf ans de Wes Johnson, sénateur de l'Ohio, candidat qui totalisait quelques points de plus qu'Anthony.

— Le monde est petit, commenta Katherine, intriguée.

— Ma fille est amie avec la petite copine de Wes Johnson Junior, et c'est comme ça qu'elle a appris que le père de ce garçon a un court segment, annonça Sharon. Wes est catastrophé. Le fils, pas le père. Mais j'imagine que le père doit l'être aussi.

Anthony plissa les paupières, échafaudant diverses hypothèses.

— C'est une nouvelle épouvantable, dit-il avec calme.

— Tragique, renchérit Katherine.

— Nous vous sommes reconnaissants de la partager avec nous, assura Anthony avant de gratifier Sharon d'une poignée de main.

Une fois les deux femmes reparties, Katherine se tourna vers son mari.

— Je ne sais pas toi, mais je pense qu'il est de notre devoir d'informer nos concitoyens que s'ils élisent Wes Johnson Président, il risque de mourir pendant son mandat.

— Nous allons devoir agir avec beaucoup de prudence, prévint Anthony. Mais une fois que ça se saura, Wes devra certainement se désister.

Katherine noua les bras autour de la taille de son mari d'un air réjoui.

— Tu avais raison, chéri, murmura-t-elle. Dieu est avec nous.

Ben

Ben parvint enfin à se reconcentrer sur son travail.

Peut-être son ami Damon avait-il raison et le groupe de soutien lui avait-il fourni l'issue qu'il lui fallait : une façon de compartimenter sa vie. Le dimanche soir, Ben était un court-segment, mais du lundi au vendredi, dans la sécurité des parois vitrées de son cabinet, il restait l'architecte en pleine ascension qu'il avait toujours été avant l'arrivée des boîtes.

Le lundi matin, Ben passa devant la maquette du centre des sciences de l'université de New York – lequel devait bientôt sortir de terre – et alla s'installer dans son bureau pourvu de tous les attributs de la réussite : fauteuil ergonomique, table à dessin modulable, vue depuis le vingt-septième étage. Il avait une équipe de jeunes architectes motivés travaillant sous ses ordres, qui espéraient *devenir* lui d'ici à cinq ans. Et tout ce qu'il avait fait pour en arriver là – réciter ses tables de multiplication à son père dans la cuisine, quitter le bar avant 22 heures pour aller boucler ses demandes d'inscription en troisième cycle, et même les nombreuses heures passées seul avec son carnet de croquis quand il était enfant –, tout avait compté. Si quelqu'un lui avait demandé où il voudrait en être à trente ans, il n'aurait pas imaginé mieux que ce qu'il avait aujourd'hui.

Il était pourtant étrange que seule cette partie de la vie de Ben respire un tel sentiment de *cohésion*, voire de victoire éclatante, alors que le reste s'était effondré. La surface de son bureau semblait toujours nue, maintenant que n'y trônait plus la photo encadrée de son ex-petite amie et lui. Ben avait parfois l'impression d'apercevoir encore du coin de l'œil le fantôme de ce cliché, Claire et lui souriant ingénument sur le quai, à Coney Island.

Ben glissa la main dans sa sacoche sous son bureau et en tira une feuille du bout des doigts. C'était la lettre que Maura et lui avaient trouvée au fond de la salle de classe la veille au soir, avec la mystérieuse réponse signée d'un « A. ».

Ben se demandait s'il ne se faisait pas un peu balader. Quelque chose dans le fait de retourner dans une école, notamment, le poussait à soupçonner que cette lettre n'était peut-être qu'une blague cruelle imaginée par une personne du groupe de soutien, comme la fois où certains joueurs de crosse avaient retiré les piles de toutes les calculatrices de Ben et de ses coéquipiers juste avant le concours de la Math League. Mais Ben n'était plus l'ado bûcheur d'autrefois. Un bref coup d'œil au décor de son bureau suffisait à le lui rappeler. Et il refusait de croire que l'un des membres veuille se payer ainsi sa tête. Le lien qu'ils entretenaient était trop particulier.

La seule explication, conclut Ben, c'était que quelqu'un de l'école avait trouvé sa lettre pendant la semaine et décidé de rédiger une réponse.

Formulé dans ces termes, ça paraissait presque normal.

Ce qui conforta Ben dans l'idée de répondre à son tour.

Bonjour A.,

Je m'en veux de vous décevoir, mais je n'en sais pas plus que vous. J'aimerais croire que votre première lecture était la bonne et que rien, pas même la guerre, ne pouvait perturber l'amour du soldat pour Gertrude. Mais au vu des quelques mois que je viens moi-même d'endurer (qui incluaient une rupture difficile, mais c'est une longue histoire), je ne sais pas trop si je suis la personne la plus apte à parler d'amour.

À vrai dire, je préfère penser à la guerre. Vous arrive-t-il de vous demander ce qui aurait pu se passer si les cordelettes étaient survenues avant la Seconde Guerre mondiale ? Ou n'importe quelle autre guerre de grande ampleur ? Si des millions de gens avaient découvert qu'ils détenaient des courts segments, auraient-ils compris qu'une guerre approchait ? Cela aurait-il suffi à l'empêcher ? Peut-être auraient-ils simplement supposé qu'une vaste épidémie allait se déclarer et la guerre se serait-elle quand même déroulée ?

Mais j'en arrive à m'interroger : pourquoi les cordelettes n'ont-elles pas fait leur apparition à ce moment-là ? Pourquoi maintenant ?

Bien sûr, connaître la réponse à ces questions ne résoudrait pas celle qui m'importe le plus : pourquoi moi ?

B.

Ben trouva étonnamment facile de partager ses réflexions par écrit, beaucoup plus facile que de les formuler à haute voix devant le groupe. Mais en relisant sa lettre, il se rendit compte de ce qu'il avait écrit – qu'il avouait être un court-segment – et se demanda s'il ne devrait pas recommencer en supprimant la dernière phrase. Le correspondant inconnu n'avait certes pas besoin de savoir ça. Pourtant, quelque chose dans l'acte physique et intime d'écrire une lettre lui donnait envie d'être honnête. Si cette précision effrayait son destinataire, alors tant pis.

D'ailleurs Ben devait s'entraîner à dire la vérité puisqu'il comptait l'annoncer à sa famille durant le week-end.

Si accepter son destin fut difficile, Ben trouva que faire part de cette nouvelle à ses parents l'était tout autant. Pendant des semaines, il avait gardé pour lui le secret afin de leur épargner cette terrible vérité qui ne ferait que gâcher leur vieil âge.

Ce fut Lea, du groupe de soutien, qui le persuada de s'en ouvrir à eux.

— Je sais ce que tu es en train de vivre, affirma-t-elle. Tu crains que leur dire la vérité gâche le temps qu'il vous reste à passer ensemble. Mais ne pas la leur dire et vivre avec ce secret qui te ronge, sans parler de la culpabilité de cacher à ta famille une chose de cette importance, c'est *ça* qui gâcherait le temps qu'il vous reste.

— Comment tes parents ont-ils réagi ? lui demanda Ben.

Lea marqua une seconde d'arrêt.

— Ils ont beaucoup pleuré.

Ben hocha la tête avec compassion.

— Quand j'étais gamine, reprit-elle, voir mes parents pleurer me paraissait la pire chose au monde. Ça n'est arrivé que deux ou trois fois, à un enterrement ou lors d'une crise nationale frappante, mais il y a quelque chose de profondément dérangeant dans le fait de voir ses parents en larmes. On a beau grandir, j'ai l'impression qu'on ne s'y fait jamais.

Elle tira sur sa manche et s'essuya les yeux avec.

— Mais malgré tout, je continue à penser que tu devrais le dire aux tiens.

I'll take your part when darkness comes,
and pain is all around.

La mélodie lancinante résonnait d'un bout à l'autre de la station, portée par une voix rappelant celle de Ray Charles, faisant taire tous ceux qui l'entendaient. Ben, anxieux, attendait sur le quai du métro, s'imprégnant de la basse profonde du chanteur ambulant.

Like a bridge over troubled water, I will lay me down.

Une femme âgée, à côté de lui, ferma les yeux et se balança sur ses pieds.

*Like a bridge over troubled water, I will lay me down**.

Les crissements de la rame qui arrivait finirent par noyer le chant de l'homme. La vieille femme lâcha quelques pièces dans la casquette de base-ball posée aux pieds du chanteur, avant de monter dans la voiture à la suite de Ben puis de s'installer sur le siège vide en face de lui.

Ben laissa son regard errer d'un passager à l'autre tandis que le métro s'élançait dans les tunnels, puis s'arrêta sur la vieille femme qui marmonnait tout bas.

Il détourna les yeux pour ne pas paraître grossier, mais il entendait toujours son charabia étouffé qui semblait s'accélérer et gagner en conviction. Il vit quelques autres passagers jeter des coups d'œil vers elle, eux aussi.

— Il y a encore plus de fous qu'avant, soupira le voisin de Ben.

Ben eut de la peine pour cette femme dont les chuchotements se poursuivirent jusqu'à sa station.

Quand il se leva pour quitter la rame, il entraperçut ses mains jointes sur ses genoux, cachées derrière son sac.

Ses doigts égrenaient les perles d'un chapelet. Elle priait.

Les parents de Ben vivaient dans un deux-pièces à Inwood, tout au nord de Manhattan, où les loyers étaient moins chers et le rythme moins frénétique, exactement ce qu'ils voulaient pour leur retraite. Son père avait enseigné les maths pendant plus de quarante ans à des classes de terminale, et sa mère l'histoire à des élèves de troisième pendant aussi longtemps. Ils aimaient dire pour plaisanter que leur fils était devenu architecte pour leur faire plaisir à tous les deux, les bâtiments étant les archives matérielles du passé, que des calculs justes permettaient d'édifier.

Comme Ben s'asseyait à table avec ses parents, son cœur se serra lorsqu'il se rendit compte que la dernière fois qu'il avait dîné là, c'était avec Claire, un mois environ avant leur séparation, avant l'arrivée des cordelettes, avant que tout s'effondre. Il chassa ce souvenir et se concentra sur le repas.

Ses parents avaient choisi d'un commun accord de ne pas ouvrir leurs boîtes, si bien que ce fut seulement une fois les lasagnes terminées, quand la dernière cuillerée de glace au café commença à fondre au fond de sa coupe, que Ben rassembla les forces nécessaires pour aborder le sujet.

Il posa sa cuillère et leva les yeux, mais sa mère prit la parole à ce moment-là.

— Ah, mais on a oublié de t'annoncer une nouvelle formidable, Ben ! Tu te souviens des Anderson, au bout du couloir ?

La mère de Ben avait grandi dans une petite ville du Middle West et ne s'était jamais habituée à ignorer ses voisins comme le font les vrais citadins.

— Ce couple dont le fils présentait une maladie rare du sang, lui rappela-t-elle.

— Mais oui, bien sûr.

Ben avait vu sa mère préparer un crumble le mois dernier pour le porter à ces voisins.

— Comment va leur fils ?

— Eh bien, justement. Il a eu vingt-deux ans la semaine dernière, et il était terrorisé, le pauvre, à l'idée d'ouvrir sa boîte. Malgré tout, il s'est décidé et… il a un long segment !

La mère de Ben joignit les mains avec enthousiasme.

— C'est… super ! bredouilla Ben en s'efforçant de dissimuler sa surprise et, à vrai dire, sa jalousie.

— Le médecin leur avait dit de ne pas renoncer, que le traitement pouvait encore faire effet, mais maintenant ils en sont certains !

Le père de Ben s'adossa d'un air ravi au dossier de sa chaise qui grinça sous son poids.

— La famille prépare une grande fête ce week-end et nous y a invités, ajouta-t-il.

— Preuve que les miracles existent, affirma la mère de Ben en se levant, tout sourire, pour débarrasser la table.

La femme au chapelet resurgit alors dans l'esprit de Ben. Il savait que ses parents croyaient en Dieu, mais son éducation n'avait pas été particulièrement religieuse, on ne disait pas les grâces au dîner. La piété qui existait autrefois d'un côté comme de l'autre de la famille semblait s'être émoussée au fil des générations. Mais peut-être ses parents avaient-ils plus la foi qu'il le pensait.

— Vous y croyez vraiment ? reprit-il. Aux miracles ?

Sa mère cala la dernière assiette dans le lave-vaisselle et se redressa.

— Moi, oui, dit-elle. Enfin, pas ceux qui font marcher sur les eaux mais… Il arrive des choses merveilleuses et inexplicables, tous les jours. Tu te souviens de cette chute de vélo où tu ne t'étais rien cassé ?

Ben acquiesça en souriant. Mais il repensa soudain à sa décision d'annoncer la vérité à ses parents, de les anéantir en leur révélant qu'ils allaient probablement survivre à leur fils.

Mieux valait croire aux miracles, conclut-il.

Maura

Pendants longtemps, Maura ne pensa que rarement aux enfants. Elle peinait à s'imaginer mère.

À vingt-neuf ans, elle se considérait encore guère plus mature que l'ado qui faisait le mur pour aller à des concerts underground et qui avait laissé un jour une de ses copines lui percer les oreilles (l'infection dura des semaines). Cette gamine butée, irresponsable, ne pouvait pas endosser le rôle de parent. Elle n'avait pas envie de renoncer aux soirées passées à traîner tard dans des bars pour se lever aux aurores à l'heure de la première tétée. Et elle n'avait pas envie de se coltiner neuf mois de grossesse et Dieu sait combien d'heures de douleur dans une salle d'accouchement – d'ailleurs, elle ne l'avait jamais souhaité non plus à ses petites amies successives. Elle voulait avoir toute liberté de passer la journée chez elle en jogging sans rien faire, de quitter son emploi et de voyager dans le monde entier, ou bien d'avoir un jour un deuxième appartement à Londres ou Madrid.

En plus de ça, les affres de tout ce qui ressemblait de près ou de loin à un désir de maternité étaient si rares chez elle – des accès de fièvre qui ne survenaient que lorsqu'elle voyait un nouveau-né adorable ou apprenait qu'une amie était enceinte – que Maura n'avait aucun mal à les cataloguer comme désagréments biologiques mineurs. Si elle voulait *réellement* des gosses, elle l'aurait su, à cette heure. Elle avait presque trente ans, après tout.

Quand elle fit la connaissance de Nina, elle craignit un peu que son absence d'instinct maternel puisse entamer leur relation, mais par chance, Nina, qui n'avait pas d'autre ambition que de devenir rédactrice en chef, était sur la même longueur d'ondes qu'elle. Elle n'avait pas joué à la maman comme sa sœur, pendant l'enfance, et rêvait peu de sa future famille, surtout depuis qu'elle s'était rendu compte que la félicité domestique présentée à la télévision – le couple mari et femme des séries – n'était en rien le reflet de ses propres envies. La seule chose que Nina souhaitait, c'était quelqu'un avec qui partager le voyage de la vie. Si bien que Maura était satisfaite, leurs objectifs s'accordaient bien.

Jusqu'au jour où elle ouvrit sa boîte.

Les accès de fièvre devinrent plus fréquents, plus intenses. Maura aurait cru que le désir d'enfant chez les femmes était purement émotionnel mais, dans son cas, cela devint une sensation palpable dans sa chair.

Quand elle y pensait, son estomac se serrait, se recroquevillait autour d'un vide. Un fourmillement ténu lui courait dans les mains et les bras ; une sorte d'impatience se déployait jusqu'au bout de ses doigts, le besoin de toucher une chose qui n'était pas là, de tenir ce qui n'existait pas.

En rentrant à l'appartement, un soir, ce printemps-là, Maura tourna au coin d'une rue juste au moment où une jeune mère sortait d'un immeuble en grès rouge avec son fils. Le petit garçon, d'environ quatre ou cinq ans, avait sur les épaules un minuscule sac à dos bleu. Il attrapa vivement la main de sa mère pour sauter au bas des marches et atterrit sur le trottoir juste devant Maura.

Il leva la tête vers sa mère.

— C'était rigolo comme anniversaire, hein ?

La mère acquiesça.

L'enfant se tut un instant, avant de se risquer à demander :

— Tu crois qu'on pourrait l'inviter chez nous, un jour ?

Ce fut peut-être le timbre de voix étonnamment aigu du petit, ou la façon timide et hésitante dont il posa la question, comme s'il ne savait pas si tout le monde s'était amusé autant que lui ou si sa mère lui permettrait un jour de fêter un autre anniversaire – Maura ne savait pas trop. Mais ses pieds refusèrent soudain d'avancer et elle sentit les larmes lui monter aux yeux là, au beau milieu du trottoir.

Le petit garçon et sa mère ne se rendirent compte de rien et s'éloignèrent pendant que Maura, figée, pleurait sans autre motif apparent que l'innocence dont elle venait d'être témoin.

Plus tard cette nuit-là, alors qu'elle essayait de s'endormir, les accès prirent une telle ampleur qu'elle se tourna sur le flanc et faillit secouer Nina pour lui demander si elle ne voudrait pas changer d'avis à propos des enfants. Avec deux mères, de deux couleurs de peau, la décision serait certainement complexe : est-ce qu'elles adopteraient ou recourraient à un donneur ? Est-ce qu'elles choisiraient le sexe de l'enfant ? Sa couleur de peau ?

Mais les questions qui se profilaient semblèrent tout à coup dérisoires à côté de celle du segment de Maura – la lucidité lui revint comme un coup de poing qui lui tordit l'estomac.

Quand son enfant aurait sept ou huit ans, elle ne serait plus de ce monde.

Elle passa une nuit blanche à chercher à comprendre *pourquoi* elle en arrivait à souhaiter une chose pareille maintenant. Était-ce un désir altruiste, destiné à éviter d'abandonner Nina, de la laisser seule ? Espérait-elle que Nina se souviendrait d'elle chaque fois qu'elle regarderait leur enfant ? S'agissait-il de vanité ? D'une transmission ? Un peu de sa personne pour alimenter le souvenir ? Avait-elle succombé au mythe sexiste selon lequel elle était *censée* désirer un enfant ? Ou bien sommes-nous simplement voués à désirer ce que nous ne pouvons obtenir ?

La seule existence de ces interrogations se bousculant dans sa tête révélait la réponse. Maura savait qu'elle ne pouvait pas mettre au monde un enfant dans les circonstances actuelles, sans nourrir de certitude. Or elle n'en avait aucune.

Elle savait aussi que ces palpitations ne disparaîtraient jamais complètement et, tout en regardant le dos de sa compagne s'élever et s'abaisser dans le sommeil, elle se demanda s'il était honnête de dissimuler ces pensées à Nina, avec qui elle avait juré de tout partager.

Mais elle ne pouvait pas se résoudre à lui parler de ses accès de fièvre, ou du petit garçon au sac à dos bleu.

Nina aurait beau faire tout son possible, elle ne comprendrait pas.

Le lendemain matin, les soubresauts émotionnels et le manque de sommeil s'allièrent pour former une infernale gueule de bois. Nina était déjà en train de se brosser les dents quand Maura émergea des draps et plissa les paupières face à la lumière vive de la salle de bains.

— Ça va ? lança Nina.

— Je ne me sens pas très bien, marmonna Maura.

— Tu veux que je t'apporte quelque chose ? Que j'appelle le médecin ?

— Non, non, c'est bon, la rassura Maura.

Depuis qu'elles savaient que Maura détenait un court segment, le moindre malaise chez elle, si léger soit-il, mettait Nina dans tous ses états.

— Tu es sûre ? insista-t-elle, le front plissé d'inquiétude.

— Oui, je vais juste prendre ma journée et dormir, dit Maura. (Elle chercha du regard son téléphone mais ne le trouva pas, puis avisa l'ordinateur portable de Nina, au pied du lit.)

Je peux me servir de ton ordinateur pour envoyer un mail au boulot ?

— Bien sûr, répliqua Nina en retournant au lavabo pour se rincer les dents.

Maura tira l'ordinateur à elle et s'adossa aux oreillers. Après avoir envoyé un message à son chef, elle ouvrit Facebook machinalement. Mais elle fut aussitôt bombardée par une succession de publicités ciblées qu'elle n'avait encore jamais vues.

Une agence de voyage mettait en avant ses « listes de dernières envies de voyages pour courts-segments » et proposait de faire le tour du monde en à peine quelques mois, tandis qu'un duo d'avocats aux mines patibulaires vantaient leurs honoraires à prix cassés : « Spolié par le passé ? Obtenez réparation pendant qu'il est encore temps ! »

Pourquoi Nina recevait-elle ces pubs douteuses ?

Maura s'était toujours efforcée d'adopter une attitude neutre et détachée quant aux activités en ligne de ses partenaires. Peu lui importait qu'elles regardent des films pornos pendant son absence, ou qu'elles envoient des mails de temps à autre à leurs ex, du moment qu'elles répondaient en toute franchise lorsqu'on les questionnait. Mais ces publicités avaient quelque chose de malsain.

Pendant que Nina s'habillait devant le placard, Maura hésitait à cliquer sur l'historique de navigation, tiraillée par l'impression aiguë d'être intrusive, mais trop curieuse pour s'en abstenir. C'était un peu ouvrir sa boîte une nouvelle fois.

Les liens les plus récents renvoyaient à une banale liste de sites d'informations, mais plus bas dans l'historique, le contenu changeait. Des dizaines de pages Reddit se succédaient, présentant divers degrés d'excentricité, en plus d'un certain nombre de consultations d'un site intitulé « Théorie des Cordelettes » qui semblait être une sorte de forum pour courts-segments en rogne. Rien de tout cela n'évoquait une journée classique sur Internet, surtout pas chez Nina.

Quand elle eut fini de se préparer, Nina revint près du lit.

— Tu es sûre que ça va ? Sinon je serai contente de rester avec toi aujourd'hui.

— C'est quoi la « Théorie des Cordelettes » ? l'interrogea Maura.

— Tu veux dire, comme la théorie des cordes, en physique ?

— Non, je parle de ce site web, répliqua Maura en orientant l'écran de l'ordinateur vers Nina. Et de toutes les autres pages que tu as consultées.

— Ce n'est rien, dit Nina en haussant les épaules.

— Ça n'a pas l'air de rien.

— Je sais que ça peut paraître bizarre, reprit Nina en rougissant. Mais je faisais juste quelques recherches sur Google et je me suis un peu emballée.

Espérant sans doute couper court aux questions, Nina tourna le dos à Maura et commença à fourrer ses affaires dans son sac à main, vérifiant par deux fois qu'elle avait tout son équipement habituel : quelques stylos, des mouchoirs, un carnet.

Maura se leva et alla se planter face à sa compagne.

— Ce qu'il y a là représente des *heures* de recherches, Nina, merde ! On dirait que tu es tombée la tête la première dans les méandres d'Internet.

Nina leva le nez de son sac, repoussant d'un geste irrité les cheveux qui lui tombaient devant les yeux.

— Tu exagères, bredouilla-t-elle.

— Tu sais, pour quelqu'un qui détient une super longue cordelette, objecta Maura, je trouve que tu t'intéresses beaucoup à la détresse des courts-segments.

Nina tressaillit.

— C'est censé vouloir dire *quoi* ?

— Rien, dit Maura qui se rendit compte qu'elle s'engageait sur une pente glissante. Je suis juste étonnée que tu n'aies jamais évoqué cette… obsession.

— Ce n'est pas une *obsession*, riposta Nina. C'est juste que… je ne sais pas… je cherchais des réponses.

— Et tu en as trouvé ?

Nina leva les yeux au ciel sans un mot.

— J'en étais sûre, coupa Maura d'un ton brusque en s'éloignant dans le couloir.

— Où vas-tu ? cria Nina.

Maura ne répondit pas. Nina lui courut après et lui agrippa le bras pour la forcer à se retourner.

— Pourquoi est-ce que ça te contrarie à ce point ? insista-t-elle.

Maura fixa sans expression le regard paniqué de Nina. Elle savait qu'elle la faisait souffrir. Ce n'était pas ce qu'elle voulait, mais elle était épuisée, irritable, encore sous le coup de la nuit qu'elle venait de passer. Et pendant que, de son côté, elle affrontait la plus grande épreuve de sa vie, Nina, elle, plongeait dans des délires complotistes.

— Je… je ne comprends pas pourquoi tu fais une telle fixation sur ces cordelettes, alors que ce n'est pas *ta* vie qu'elles ont complètement bousillée !

Nina en eut le souffle coupé et toute couleur reflua de ses joues. Sa main lâcha le bras de Maura.

— Je n'ai peut-être pas un court segment, dit-elle avec douceur, mais toi et moi, on *partage* nos vies désormais, et donc tout ce qui t'affecte me touche aussi.

— Je n'arrive pas à croire que tu puisses tourner la situation à ton avantage, rétorqua Maura d'un ton amer.

— Ce n'est pas mon intention !

Nina leva les bras en l'air, exaspérée. Elle luttait pour ne pas céder à la colère.

Maura eut presque l'impression de voir le cerveau de Nina chercher la meilleure façon de venir à bout de la dispute avant qu'il ne soit trop tard.

— Écoute, reprit celle-ci, je sais que je peux être un peu obsessionnelle par moments et, en effet, ça me torture de ne pas connaître la vérité à propos de ces cordelettes. C'est peut-être comme ça que tout a commencé, mais je te jure que c'est uniquement parce que je pensais à toi et à ta santé. Je me faisais du souci pour toi. Je me fais du souci pour toi *en permanence*.

— Ce que tu trouves sur ces sites n'a aucune importance, en réalité, parce que ça n'y changera rien, asséna Maura. Ce qui doit arriver… arrivera malgré tout. Tu ne fais que perdre ton temps. (Elle vit Nina lutter pour refouler ses larmes.) Et je n'ai pas besoin que tu te fasses du souci pour moi à longueur de journée, ajouta-t-elle en soupirant, enfin prête à se calmer. Ça nous rend dingues, toutes les deux. Or, j'ai besoin que tu tiennes le coup. Pour moi. Tu t'en sens capable ?

Nina hocha la tête.

— Bon. Parce que l'appartement n'est pas assez grand pour qu'on soit deux à devenir dingues et, compte tenu des circonstances, j'espère bien pouvoir me réserver ce droit-là.

Bonjour B.,

J'aimerais avoir une réponse à vous fournir. Un de mes collègues (pour ne rien vous cacher : un long-segment) a passé l'intégralité de notre pause-déjeuner à essayer de convaincre la tablée que les cordelettes sont en fait un cadeau pour l'humanité. Selon lui nous avons été inondés de chansons, poèmes, taies d'oreillers au point de croix nous incitant à ne pas oublier que la vie est courte et que nous devrions vivre chaque jour comme si c'était le dernier, or personne n'en a jamais rien fait.

Peut-être qu'il a raison et que l'occasion nous est enfin offerte de vivre avec moins de regrets puisque nous savons précisément de combien de temps nous disposons. Mais n'est-ce pas trop nous demander ? Je ne compte plus les vies que j'ai fantasmées – dans lesquelles je montais à cheval, écrivais des livres, jouais sur scène, parcourais le monde –, mais je sais que je serais bien incapable de réaliser tout cela.

Je pense que je me dois de vous dire que je n'ai pas ouvert ma boîte et que je n'ai pas l'intention de le faire.

Depuis l'arrivée des cordelettes, toutes nos conversations portent sur de grandes et graves questions, de vie et de mort. Parler de petites choses me manque, surtout dans une ville qui fourmille de tant de petites choses étranges et merveilleuses.

Hier soir, par exemple, j'attendais un taxi devant mon immeuble quand, sur le trottoir d'en face, j'ai vu un vieil homme se pencher à sa fenêtre et adresser un signe à une femme âgée qui sortait de l'immeuble. Il a continué de la saluer pendant qu'elle s'éloignait, et elle se retournait sans cesse pour agiter la main à son tour. L'échange a duré, ils se faisaient signe comme des enfants, jusqu'à ce que la femme soit pratiquement au bout de la rue. Et même quand elle s'est engagée dans la rue voisine, l'homme est resté à la fenêtre, sans lâcher des yeux l'endroit où elle avait disparu.

Gertrude et son soldat, peut-être. Réunis et coulant une heureuse retraite à Manhattan.

A.

Bonjour A.,

Une petite anecdote : il y a un an, à peu près, je rentrais chez moi à pied sur le coup de minuit quand une vieille chanson s'est fait entendre : « Que será, será ». La version originale de Doris Day. Ma grand-mère la fredonnait parfois. La musique est devenue de plus en plus forte, jusqu'au moment où, en me retournant, j'ai vu un homme à bicyclette qui roulait au milieu de la rue déserte, habillé d'une veste rouge vif extravagante, avec un haut-parleur fixé sur le porte-bagage de son vélo. Il m'a doublé en pédalant lentement, au son de la mélodie, comme n'importe quel cycliste.*

Cet épisode était sorti de mon esprit, mais voilà qu'il y a quelques mois, j'ai de nouveau entendu cette musique dans la rue, et encore une fois au milieu de la nuit. « Que será, será… » Advienne ce qui doit advenir ! Et c'était lui : le même homme, la même chanson et la même veste.

Certains peuvent penser que New York est un endroit agressif, individualiste, cupide, et ils n'ont pas complètement tort ; mais c'est aussi une ville remplie de gens généreux qui partagent leur énergie avec le monde. Peut-être cet homme est-il engagé dans une sorte de circuit où chaque nuit, aux heures les plus silencieuses, il apporte de l'allégresse dans un quartier différent, si bien qu'au bout de quelques mois, il revient dans le mien.

Peut-être qu'il a changé de chanson depuis, maintenant que c'est à nous de voir ce que réserve l'avenir, au moins en partie. Mais je préfère croire qu'il continue. Qu'il a foi en la musique, en son pouvoir régénérateur et unificateur. Peut-être sait-il que nous avons toujours eu besoin de ça.

B.

Jack

La mère de Jack adorait la musique. C'était l'un des rares souvenirs qu'il gardait d'elle, le fait qu'elle sifflotait parfois pour elle-même dans la cuisine et lui chantait des chansons le soir, sa douce voix apaisante les envoûtant l'un comme l'autre.

Quand elle quitta la maison, le père de Jack décréta que son fils était trop grand pour écouter des berceuses. Sa tante Katherine, au moins, essayait de chanter les soirs où elle le mettait au lit, mais elle ne connaissait que cinq ou six cantiques, toujours les mêmes, si bien que Jack finit par arrêter de réclamer.

Ce furent pourtant ces souvenirs de sa tante assise sur le bord de son lit en train de chantonner, d'une voix un peu aigrelette, l'amour de Dieu et le sacrifice de Jésus, qui donnèrent à Jack le sentiment qu'il ne *pouvait pas* faire autrement qu'accepter quand elle lui demanda d'assister aux meetings.

— Ton oncle Anthony et moi serions vraiment heureux si tu nous rejoignais, lui avait-elle dit. Tu serais tellement beau sur scène, dans ton uniforme d'élève officier.

Alors Jack avait consenti à y aller, bien que cela lui noue l'estomac.

Dans la famille Hunter, la seule réponse acceptable était « oui ».

Plusieurs cousins ou membres de la belle-famille accompagnaient souvent Anthony Rollins sur scène, mais Jack était le seul du clan Hunter qui semblait gêné d'être ainsi exposé, mal à l'aise dans ses rangers. Il tâchait systématiquement de se placer juste derrière sa tante et son oncle, à l'abri des objectifs inquisiteurs, pour se rendre aussi invisible que possible.

Contrairement au reste de la famille, Jack ne trouvait aucun intérêt au fait d'aller transpirer sous les projecteurs de la considération nationale. Il s'efforçait surtout de survivre à sa dernière année d'élève officier sans attirer *davantage* d'attention sur sa personne. Mais Anthony Rollins ne faisait rien pour arranger les choses.

Le compagnon de chambrée de Jack, Javier, était la seule personne à qui il pouvait se confier.

— Je ne vois pas du tout comment m'en sortir, maugréa Jack en entrant au gymnase avec Javier pour l'entraînement au parcours du combattant.

— Pourquoi est-ce que tu ne leur expliques pas simplement que tu ne te sens pas à l'aise ? demanda Javier en empoignant deux cordes. Tu ne peux pas dire que tu as le trac ou quelque chose du genre ?

Les deux garçons se soulevèrent à la force des poignets et commencèrent à grimper.

— Le trac, ce n'est pas une excuse à leurs yeux, dit Jack, le souffle court, tandis que les fibres de la corde s'incrustaient dans ses paumes.

— Mais c'est ta *famille*, rétorqua Javier.

Jack soupira, suivant des yeux les semelles des baskets de Javier qui s'élevaient le long de la corde, déjà une soixantaine de centimètres plus haut que Jack.

— Ouais, c'est bien pour ça que je sais qu'ils ne comprendront pas.

Javier se hissa sur la plateforme du sommet, hochant la tête avec compassion. Deux membres de l'équipe de rugby entrèrent alors dans le gymnase.

— Salut, Hunter ! Ne regarde pas en bas ! railla l'un des deux.

— Ouais, dommage que ton oncle ne soit pas encore Président, lança l'autre, il aurait pu te dispenser de grimper.

Une flambée de colère envahit Jack qui serra les poings plus fort autour de la corde, mais Javier lui lança d'en haut un regard dissuasif. *Ça ne vaut pas le coup.*

Ce n'était pas la première fois que la famille de Jack lui attirait des ennuis, et ce ne serait certes pas la dernière. La réputation des Hunter n'était plus à faire ni sur le campus ni en dehors. Ils avaient le rare privilège de compter parmi leurs ancêtres un authentique soldat de la Guerre d'indépendance – le capitaine Hunter premier du nom – et depuis 1770, chaque génération avait dévolu au moins un de ses membres à l'armée. Seule une rotule fracturée lors d'un match de foot au lycée avait empêché le père de Jack de s'enrôler à son tour.

De fait, l'unique ombre au tableau de la famille Hunter était la mère de Jack, qui les quitta, son père et lui, lorsqu'il était petit. À partir des bribes qu'il avait glanées auprès de la famille – et de ses propres fragments de souvenirs –, Jack avait compris que sa mère s'était toujours montrée trop indépendante, trop libre d'esprit pour les Hunter. Peut-être avait-elle aimé autrefois le père de Jack, peut-être avait-elle même adouci son caractère, mais sa vie n'était pas celle qu'elle désirait. Une grossesse accidentelle et un mariage hâtif l'avaient contrainte à entrer dans le clan. Quand elle lui annonça sa décision de partir, le père de Jack refusa de se séparer de son héritier, et l'avocat qu'elle s'était choisi ne fit pas le poids face à celui qui accompagnait les Hunter depuis des décennies. Son père obtint la garde exclusive. Sa mère, la liberté. Aux dernières nouvelles, elle vivait en Espagne, avec un compagnon américain, et tâchait de percer en tant que musicienne. De son côté, le père de Jack avait clairement exprimé qu'il allait de soi que son fils entrerait à l'académie militaire.

Les Hunter avaient toujours été respectés dans la bonne société virginienne et au sein des cercles militaires – ceux qui n'intégraient pas l'armée devenaient sénateurs ou présidents de commissions –, mais la récente percée d'Anthony et Katherine dans la politique nationale avait élevé la renommée de la famille à des hauteurs inespérées. Et bien qu'Anthony ait surpris tout le monde en déclarant qu'il se présentait à l'élection présidentielle alors qu'il était encore loin d'avoir acquis une vraie notoriété hors de son État d'origine, les Hunter décidèrent collectivement de contribuer à le faire élire.

— Je sais bien que j'ai promis à tante Katherine d'y aller, mais est-ce qu'il est vraiment nécessaire que je sois présent à *tous* ces meetings ? demanda Jack à son père ce soir-là, au téléphone. Je crains de prendre du retard dans mes études, expliqua-t-il. Et je me suis promis d'aller plus souvent à la salle de sports ce semestre, et…

— Il s'agit de notre famille, Jack, coupa son père. Et dans les familles, on se soutient les uns les autres. *Surtout* dans les familles comme la nôtre.

Jack adorait sa tante Katherine, il avait envie de la soutenir, mais il ne comprenait pas ce qu'elle trouvait à Anthony en dehors de ses bonnes manières et de sa mâchoire carrée. C'était Anthony qui, par inadvertance, lui avait appris qu'il était un enfant non désiré ; un jour, peu après le départ de sa mère, Jack avait écouté du haut de l'escalier sa tante et son oncle s'entretenir avec son père. C'était l'un de ses seuls souvenirs d'enfance encore douloureux, et qui le devenait davantage chaque fois qu'il se le remémorait.

— Gardons ça pour nous, et restons les plus discrets possible, avait dit le père de Jack sans se rendre compte que son fils écoutait. Je ne tiens pas à ce que les gens se mettent à jaser.

— En toute honnêteté, tu ne perds rien, avait enchaîné Katherine. Elle n'a jamais été vraiment… *en phase* avec le reste de la famille. Et au moins, tu as ton mignon petit Jack.

— Veille bien à ce qu'il ne soit pas *trop* mignon, avait ajouté Anthony en riant, sur quoi Katherine avait réprimandé son mari d'un clappement de langue. Mais tu as raison, ma chérie, je suis sûr que Jack s'en sortira très bien, avait-il repris. Qui aurait cru que se faire engrosser par accident serait la seule prouesse de cette femme ? On s'est beaucoup inquiétés de ce revers, mais… à présent, tu as un héritage.

Sur le coup, Jack était trop petit pour comprendre, mais il questionna sa cousine, plus tard, pour qu'elle lui explique ce qu'avait voulu dire Anthony. Au cours des années qui suivirent, chaque fois qu'il se sentit étranger au sein de sa propre famille, il attribua l'origine de cette sensation à cet instant dans l'escalier, lorsque Anthony l'avait rabaissé en ramenant son existence à un *accident*.

À dater de ce jour, Jack avait détesté son oncle.

Et à vrai dire, il avait toujours été jaloux du fait qu'Anthony s'était acquis la bienveillance – voire, l'approbation – du clan Hunter sans même envisager de s'engager dans l'armée, alors que Jack, lui, traçait laborieusement son chemin dans une école militaire qu'il n'avait jamais souhaité intégrer.

À mesure que son oncle prenait de l'importance sur le plan politique, Jack le trouvait de plus en plus caustique et faux-jeton, son ego enflant à une vitesse effrénée. Chaque fois qu'il venait demander un service ayant trait à sa campagne – ou plutôt qu'il envoyait Katherine le faire à sa place –, Jack repensait à ses commentaires, aux rires qu'il avait partagés avec son père, ce soir-là.

Au printemps, Jack se cramponna à deux bribes d'espoir : l'obtention imminente de son diplôme de l'académie, et la récente arrivée des cordelettes.

Bien qu'elles aient fait leur apparition au bon moment pour détourner l'attention des ennuis d'Anthony avec la presse, Jack était convaincu que cette situation exceptionnelle mettrait fin à la campagne de son oncle – et l'éloignerait lui-même de l'attention du public. Un événement d'une telle ampleur, aussi incompréhensible, appelait inévitablement un visage connu à la Maison Blanche, un candidat dont tout le monde louait la valeur, ayant les compétences requises pour affronter cette période inhabituelle et calmer les nerfs de la nation. Ce qui nécessiterait donc un ministre de la Défense chevronné, peut-être un ancien vice-président, quelqu'un que des décennies d'expérience avaient amené à faire face à des temps incertains comme celui qu'affrontait le monde ces dernières semaines.

Or, Anthony Rollins était un novice au Congrès, qui profitait de la réputation de la famille Hunter. Il n'avait jamais fait la guerre, jamais dirigé en période de crise. Il était impossible qu'il emporte l'élection.

Et Jack en était soulagé.

Javier

Jack Hunter et Javier García partageaient la même chambre depuis leur première année à l'académie militaire, tandem idéal car ils étaient tous deux plus introvertis que les autres élèves officiers – sans parler des quelques centimètres et kilos de moins qu'ils accusaient.

Au début, Javier s'était laissé guider par Jack. Il était le premier de sa famille à faire des études, alors que l'arbre généalogique de Jack était aussi truffé de décorations militaires qu'un sapin de Noël. La cousine germaine de Jack était récemment sortie diplômée de l'académie, et Jack lui-même avait une connaissance détaillée du passé et des traditions du campus que seule l'hérédité pouvait apporter.

Ce ne fut qu'au bout de trois ou quatre semaines que Javier commença à percevoir le *vrai* Jack, à se rendre compte que toutes ces décorations, en réalité, pesaient lourd et menaçaient de casser les branches.

Quand une poignée de nouveaux élèves officiers annonça le projet de se faire tatouer sur l'avant-bras « Plutôt la mort que le déshonneur », Jack déclara qu'ils étaient givrés.

— Tu n'es pas fan des tatouages ? lui demanda Javier.

— Pas fan de la devise, plutôt.

Aux entraînements quotidiens, il était évident, et de manière presque cruelle, que Jack n'était ni aussi rapide ni aussi fort ou naturellement discipliné que la plupart des autres élèves ; or, pour un grand nombre d'entre eux, ils ne demandaient qu'à prouver leur supériorité sur un membre de l'illustre clan Hunter.

Un soir d'automne, l'un des plus musclés reconnut le nom de famille de Jack sur une plaque de l'école honorant la mémoire de son arrière-grand-père et le défia dans un combat de boxe.

— Allez, Hunter ! lança-t-il d'un ton railleur. Tu ne voudrais quand même pas que ton arrière-grand-papy te considère comme une lavette ?

La bagarre dura deux minutes, Jack s'effondrant au bout de trois coups de poing, mais les sourires goguenards et les rires firent encore plus mal que les coups.

Javier ramena un Jack abattu jusqu'à leur dortoir puis se glissa furtivement dans la cuisine commune pour y trouver une poche de glace.

— Merci, Javi, gémit Jack en maintenant la poche contre son visage qui se tuméfiait à vue d'œil.

— Pas de quoi, soupira ce dernier en haussant les épaules.

— Pas seulement pour la glace. Pour tout le reste aussi. Pour le fait que tu me considères comme n'importe qui.

— Tu veux dire parce que moi, je ne t'ai *pas* lancé je ne sais quel défi débile en public ?

— Non, parce que tu me traites comme n'importe quel type du campus et que tu ne cherches pas à grappiller des infos sur ma famille, dit Jack. C'est nouveau pour moi. Et c'est sympa.

— Ah, désolé de froisser ton ego, mec, mais tu es *bel et bien* n'importe quel type du campus, répliqua Javi. C'est vrai, tu as une connaissance super pratique de la façon dont cette école fonctionne, mais *moi* je n'ai pas grandi dans ce monde-là. Ton patronyme ne m'évoque rien de particulier, ajouta-t-il avec un sourire bienveillant.

Javi était sincère. Il ne comprenait pas pourquoi il devrait mettre Jack sur un piédestal au nom des seules prouesses de ses ancêtres. Mais il n'était pas non plus inconscient du statut unique de Jack. Il avait appris un certain nombre de choses sur le passé de la famille grâce à ce que Jack lâchait parfois à contrecœur et aux potins que colportaient les autres élèves sur les neuf générations de Hunter qui avaient combattu pour leur pays depuis sa fondation, tous les honneurs qu'ils avaient reçus et les dons qu'ils avaient faits au fil des ans.

Et Javi comprenait à quel fardeau son compagnon de chambre était confronté – l'attention accrue, l'exigence de réussite –, car il subissait lui-même ce type de pression. Les Latino-Américains ne représentaient que dix pour cent des élèves officiers du campus. Ils ne pouvaient pas se permettre de passer pour des ratés.

— Mais pourquoi est-ce que les gens se préoccupent tellement de ton colocataire ? s'enquit le père de Javi, un soir, au téléphone.

— Eh bien, sa famille est plutôt célèbre dans certains milieux, essaya d'expliquer Javi. Je suppose qu'ils se considèrent un peu comme les Kennedy.

— Et maintenant, *mon* fils fréquente la même école que les leurs, répliqua son père, admiratif.

Les parents de Javier étaient très fiers de tout ce que leur fils avait accompli, de l'homme qu'il était en train de devenir ; mais si le fait d'entrer à l'académie avait été un choix personnel, Javi avait indéniablement été influencé par les dix-huit années passées à entendre ses parents disserter sur les vertus de la liberté nord-américaine tout en triant des dons alimentaires dans les locaux de la paroisse.

Ils travaillaient sans relâche en semaine et les week-ends dans leur magasin, mettant de l'argent de côté pour que leur enfant puisse bénéficier de l'instruction que ni l'un ni l'autre n'avait reçue. Mais ils se réservaient toujours un moment pour aller à la messe le dimanche et se portaient volontaires pour distribuer de la soupe chaque fois qu'ils le pouvaient, se façonnant une vie de service, d'assiduité et de famille, une vie qui ne semblait possible que dans un pays comme l'Amérique qui, en dépit de ses défauts, offrait à un garçon tel que Javier la liberté d'apprendre, de jouer, de s'élever, de *choisir*.

Et Javi avait envie de choisir une voie que ses parents admireraient, quelque chose qui honorait les enseignements qu'ils lui avaient donnés et la façon dont ils avaient vécu.

Quand il leur annonça qu'il était admis à l'académie militaire – et qu'il bénéficiait d'une bourse –, ils fêtèrent la nouvelle en prenant leurs premières vacances familiales depuis des années.

Jack et Javi connurent donc quatre des plus dures années de leurs existences, mais ils survécurent ensemble. En mai, il ne leur restait plus que quelques semaines avant de devenir officiellement les plus jeunes recrues de l'armée des États-Unis, ce qui marquerait la fin d'un bien étrange semestre. L'oncle de Jack avait annoncé en février sa candidature à l'élection présidentielle, à la consternation de Jack aussi bien que de Javi. (Javier n'avait rencontré Anthony qu'une fois, lors d'un repas de famille des Hunter, mais il avait instantanément perçu sa soif de pouvoir.) Puis, en mars, deux petites boîtes étaient apparues sur le seuil du dortoir de Jack et Javier.

Ni l'un ni l'autre n'avait osé en soulever le couvercle après avoir lu l'inscription qui y figurait, soupçonnant une sorte de test de la part de l'académie, destiné à voir s'ils succomberaient à la tentation et à la curiosité, si peu de temps avant leur diplôme. Mais même lorsqu'ils surent que ce n'était pas un test, que le monde entier avait reçu des boîtes identiques, les garçons persistèrent à refuser d'ouvrir les leurs. La profession qu'ils embrassaient était dangereuse et le risque encouru beaucoup plus facile à accepter quand il se bornait à n'être qu'un risque et non une certitude.

Durant les jours heureux de mai, tandis qu'ils jouaient au frisbee sur les pelouses et arrosaient la fin de leurs ultimes examens, ni Jack ni Javier ne se doutait que les événements de juin allaient tout changer.

Hank

Le reste du mois de mai s'était déroulé dans une sorte de brouillard pour Hank, et son dernier jour à l'hôpital était bel et bien arrivé, un jour qu'il ne pensait vivre qu'une fois les cheveux blancs et les doigts trop perclus d'arthrite pour recoudre une plaie. Anika, une de ses consœurs, l'invita à déjeuner pour l'occasion.

— Ce n'est pas franchement une chose à fêter, déplora Hank comme ils s'installaient tous les deux à une petite table dans la cafétéria de l'hôpital.

— Ah, mais ce n'est pas ton *départ* qu'on fête, mais toutes les réussites qui ont émaillé ton parcours ici.

Anika sourit et leva sa tasse de café.

Hank était content qu'Anika et lui soient assez matures pour se quitter amis. Compte tenu de leur passé, qu'ils aient scrupuleusement cherché à s'éviter n'aurait rien eu d'étonnant. Il se demanda si, après avoir quitté l'hôpital, il reverrait le Dr Anika Singh, la chirurgienne la plus douée qu'il ait jamais connue et le deuxième grand amour de sa vie (après Lucy, sa petite amie des trois premières années d'études de médecine, qui accepta une résidence dans un hôpital de San Diego alors que lui-même partait pour New York). Pour Hank, Anika et lui étaient le couple idéal. Ils comprenaient les impératifs de leurs vies professionnelles respectives, étaient aussi motivés l'un que l'autre, et se poussaient mutuellement à devenir de meilleurs praticiens. Peut-être Hank avait-il juste poussé un peu trop fort, car Anika avait fini par décréter qu'elle ne pouvait pas se consacrer à lui autant qu'à son art.

En tout cas, sa décision semblait lui réussir. Elle était en bonne voie pour devenir un jour chef du service de chirurgie. Et elle n'avait pas *complètement* renoncé à Hank.

Au moins une fois par mois depuis leur rupture deux ans plus tôt, quand ils avaient besoin de souffler un peu, ils profitaient de l'amitié qu'ils continuaient à entretenir. C'était si simple, entre eux deux. La gêne, la pudeur et la maladresse avaient disparu depuis longtemps et ils ne s'offusquaient pas si l'autre recevait un appel urgent de l'hôpital au plus fort d'un moment passionné.

Mais pour l'heure, attablé avec Anika, Hank était incapable de penser à ces rendez-vous mensuels sans se remémorer le soir de mars où elle avait découvert la vérité.

Le sexe avait été incroyable ce soir-là, avec le genre d'intensité éperdue que l'on ne parvient à atteindre que lorsqu'il se joue quelque chose de particulier, lorsque le monde extérieur devient un vrai merdier. Or, en ce printemps, le monde était assurément devenu un vrai merdier.

Quand les boîtes arrivèrent, Hank n'ouvrit pas tout de suite la sienne.

Il se méfiait de l'inscription et voulait attendre d'être un peu mieux informé. Pourtant, une fois les cordelettes officiellement authentifiées, il ne sut décider que faire. D'un côté, il envisageait les boîtes comme des examens médicaux de routine : quand quelque chose cloche dans notre organisme, on a envie de connaître la vérité ; et même si on ne peut pas modifier l'issue, il y a peut-être une ressource qui permettra d'améliorer la vie. Mais d'un autre côté – celui qui, chez lui, s'occupait au quotidien de la colère et de la peine des patients et des familles –, il se demandait s'il n'était pas préférable de différer toute souffrance le plus longtemps possible.

En fin de compte, ce fut le médecin en lui qui l'emporta. Il ne pouvait pas fuir la connaissance qui se présentait.

Il ouvrit donc sa boîte, mesura sa cordelette à l'aide d'une règle et apprit ainsi qu'il était totalement, irrévocablement foutu. Il avait déjà atteint la dernière extrémité, la mince tranche de temps au terme de laquelle sa vie allait s'interrompre.

Il n'aurait jamais dû ouvrir cette putain de boîte.

Il envisagea un bref instant de quitter son boulot pour passer ses derniers mois à voyager, mais il avait déjà eu la chance de voir une grande partie du monde en passant deux étés en Europe ainsi que l'année qui précéda son entrée à l'école de médecine à écumer l'Asie, sac au dos. En plus de ça, son boulot était tout ce qu'il avait. Toute sa vie tenait entre les quatre murs de l'hôpital et ses collègues étaient ses seuls amis. Ça ne l'avait jamais vraiment tracassé de passer le plus clair de son temps dans le service des urgences. Il aimait son boulot. Il aimait l'adrénaline, les défis, le fait de sauver des vies, ces choses auxquelles aspiraient bien des individus mais que très peu *pratiquaient*, au bout du compte.

Il savait qu'il se montrait parfois égoïste – peut-être tirait-il un peu trop de plaisir de la gratitude des patients qu'il aidait – mais il se disait que, s'il existait un paradis ou quelque équivalent, il y avait sans doute gagné sa place. Et en attendant, sauver des vies ne pouvait pas faire de mal.

Hank avait eu très peu de rencards depuis Anika. Son père était déjà mort et il ne voulait pas causer de choc à sa mère de soixante-seize ans, aussi décida-t-il de ne parler à personne de sa découverte. Il n'avait pas envie de partager avec quiconque le fardeau de cette nouvelle et refusait toute pitié. Il voulait rester fort, ce qui lui serait impossible si tout le monde commençait à le traiter comme une victime.

Hank avait vu assez de drames et perdu assez de patients – assez de courts-segments – pour ne pas perdre son temps à se demander : « Pourquoi moi ? » Rien ne le différenciait des patients qu'on avait apportés tous les jours sur des brancards jusqu'à son service, ces deux dernières décennies. Pourquoi *eux*, pour commencer ? Et pourquoi *lui*, à présent ? C'étaient là des questions inutiles qui ne faisaient qu'alimenter la souffrance.

Environ une semaine après avoir ouvert sa boîte, Hank se changeait dans le vestiaire de l'hôpital à la fin d'une garde de vingt-quatre heures, prêt à rentrer chez lui pour un repos de trois jours, son premier depuis des mois, quand il se rendit compte qu'il n'en avait pas envie. Soixante-douze heures d'affilée sans le moindre patient, sans travail, sans dérivatif, cela s'annonçait un vrai cauchemar. Il n'arriverait pas à passer autant de temps seul avec ses pensées.

Il sentit son corps tout entier se nouer d'appréhension à l'idée de l'angoisse ininterrompue qui l'attendait. Il claqua la porte de son casier et la cogna du plat de la main.

— Si moche que ça, ta journée ?

Il se retourna. C'était Anika, encore en tenue de bloc, qui le dévisageait d'un air inquiet. Quelque chose céda en lui.

— Tu viendrais boire un verre ? demanda-t-il.

Le verre se transforma en plusieurs et, bientôt, Anika fut chez Hank où ils firent particulièrement bien l'amour, si bien que, un bref instant, Hank oublia l'existence même de la boîte qui se trouvait dans sa cuisine et le court segment qu'elle contenait.

Leurs étreintes terminées, Anika laissa Hank somnoler, et enfila un tee-shirt trouvé dans la commode, se déplaçant dans l'appartement comme si elle était chez elle.

— Je vais me chercher un verre d'eau, dit-elle.

L'idée ne vint pas à Hank de l'en dissuader. Alors, du couloir qui menait à la cuisine, elle la vit. Posée sur la table, bien en vue.

La boîte de Hank, ouverte. Et la cordelette, à côté.

Durant tout le mois de mars, Anika avait persisté à nier les pouvoirs de prédiction des cordelettes. Malgré toutes les preuves informelles, Anika, en femme de science, ne pouvait se résoudre à les accepter sans une explication *scientifique*. Elle avait réussi à tenir bon jusqu'à ce que le ministère de la Santé expose les résultats de l'étude qu'il avait commanditée, sur quoi elle finit par craquer et ouvrit sa boîte. Sa cordelette ne s'interrompait qu'au-delà des quatre-vingts ans. Elle n'aurait pas pu espérer mieux.

Mais en voyant celle de Hank sur la table, elle se figea. Pourquoi traînait-elle ainsi ? L'avait-il mesurée un peu plus tôt, ce matin-là ?

Elle savait, bien sûr, qu'elle aurait dû tourner les talons, oublier son verre d'eau, retourner se coucher. Mais elle n'en fut pas capable. À peine trois pas, quatre peut-être, la séparaient de la cordelette.

Hank et elle n'avaient jamais discuté de leurs segments jusqu'alors, leurs conversations ne tournant qu'autour des patients et des protocoles, car l'un comme l'autre, ils étaient plus à l'aise pour parler d'autrui que pour s'observer eux-mêmes. Mais Hank avait laissé sa cordelette en évidence, se dit-elle. L'invitant à regarder, d'une certaine manière. Du reste, Anika et Hank avaient passé près de trois ans ensemble, à partager leurs moindres secrets, et ils étaient *toujours* très proches, bien que le cadre ait un peu changé. Par moments, Anika se demandait même si elle n'avait pas fait une erreur en mettant un terme à leur relation.

Tous les sentiments contradictoires qu'elle éprouvait à l'égard de Hank semblèrent se fondre dans la terrible indiscrétion qu'elle commit alors, quand elle décida de faire ces quatre derniers pas. Et elle porta les mains à son visage, ses longs doigts de chirurgienne étouffant un hoquet de stupeur.

Pour avoir évalué récemment la taille de sa propre cordelette, elle constata aussitôt que le segment de Hank mesurait à peu près la moitié du sien. Ce qui signifiait qu'il mourrait à quarante ans à peine.

Or il avait *déjà* quarante ans.

Sous le choc, Anika comprit pourquoi Hank l'avait invitée ce soir-là, et pourquoi ils avaient fait l'amour avec plus d'intensité que jamais, une intensité dépassant les deux simples individus qu'ils étaient. Hank savait sa fin proche. Toute proche.

Quand Anika regagna la chambre, Hank, du lit, discerna tout juste dans la lumière tamisée le masque de gêne qu'elle portait. Elle s'assit près de lui et posa ses mains chaudes sur l'avant-bras de Hank.

— Je suis navrée, Hank.

— De quoi ? demanda-t-il.

— Tu n'as plus besoin de donner le change. Pas à *moi*.

Hank se recala contre les oreillers, nerveux.

— Anika, sérieusement, de quoi parles-tu ?

— Je sais que je n'aurais pas dû regarder, mais… je l'ai fait, murmura Anika. Et je ne sais pas quoi dire si ce n'est que… je suis navrée. Et je suis là pour toi, quoi qu'il arrive.

Hank mit un petit instant à reconstituer le tableau, à relier cette curieuse et soudaine compassion avec la boîte qu'il avait laissée traîner sur la table. Elle avait *regardé*, et maintenant elle venait lui dire qu'elle était navrée, avec une incontestable pitié sur le visage.

— Putain, mais merde ! cria-t-il en la repoussant. Qu'est-ce qui t'a pris ?

Anika, désemparée, le fixa à son tour.

— Ta boîte était juste *là*, quand je suis entrée dans la cuisine. Ce n'est pas comme si je l'avais cherchée !

— Sauf que je n'avais pas prévu de te ramener chez moi ! hurla-t-il. Tu aurais pu ne pas regarder. Rien ne t'y forçait. Tu n'en as rien à foutre de ma vie privée, hein ?

Son pouls s'emballait, le sang battait dans ses veines.

— C'était une erreur, reprit-il, furieux. Cette soirée a été une erreur monumentale.

Une grimace de remords contracta les traits d'Anika et ses yeux s'emplirent de larmes.

— Je n'aurais peut-être rien dû dire, mais je te *connais*, Hank. Je sais que tu es du genre à endurer ça seul, en pensant épargner tout le monde, dit-elle. Alors j'ai voulu que tu saches que tu n'es *pas* seul. Sauf si tu souhaites l'être.

Hank sentait toujours les hormones du stress parcourir son corps, le préparant à l'attaque. La colère l'étouffait. Mais en entendant les excuses d'Anika recroquevillée de honte au bord du lit dans le tee-shirt trop grand qu'elle lui avait emprunté, Hank se rendit compte qu'il n'était pas en colère contre elle, en réalité.

Il était en colère contre sa cordelette.

Au fond, il aimait encore Anika. Quelques années plus tôt, il avait même envisagé de l'épouser, d'accepter ses défauts pour le meilleur et pour le pire. Ce qu'elle venait de faire ce soir relevait assurément du pire. Mais elle n'était pas partie. Elle était revenue dans la chambre. Lui avait dit qu'il n'était pas seul.

Hank n'avait pas envie de se disputer avec elle. Il n'avait pas envie de traiter ceux qu'il aimait en ennemis alors qu'il lui restait si peu de temps à passer avec eux.

Il poussa un long soupir, puis posa sa main sur celle d'Anika.

Elle releva la tête et, reconnaissante, l'observa en se mordant la lèvre inférieure pour l'empêcher de trembler.

— Je sais que je n'aurais pas dû, Hank. Mais tu pensais *vraiment* ne pas m'en parler ?

— Je pensais n'en parler à personne.

— Mais ça doit être terrible de vivre ça tout seul.

— Pas aussi horrible que le regard que tu portes sur moi en ce moment, répliqua Hank.

— Peut-être que c'est faux ! lança soudain Anika d'un ton qui se voulait plein d'espoir. Il m'est déjà arrivé d'annoncer à des patients qu'il ne leur restait que quelques mois et de les voir ensuite vivre encore des années.

— Tu sais bien que ce n'est pas pareil, dit Hank.

Elle soupira, attristée.

— Je te promets de ne rien dire à personne si c'est ce que tu veux.

Hank restait convaincu de vouloir garder pour lui son secret, bien qu'il sache que sa démission de l'hôpital avait déjà suscité quelques rumeurs. (Il avait précisé qu'il aspirait simplement à faire une pause, le raz-de-marée de courts-segments cherchant des réponses l'ayant épuisé.) Mais en discutant avec Anika, en formulant la chose à voix haute, il éprouva un certain soulagement à l'idée qu'*une* personne savait. C'était exténuant de cacher cela à tout le monde, de s'inquiéter sans cesse parce qu'on risquait de dire ou faire quelque chose qui dévoile par inadvertance la vérité. Maintenant, au moins, il pouvait baisser la garde en présence d'Anika. Il n'avait pas besoin de faire comme si tout allait bien.

— Je me suis appliqué pour qu'à l'hôpital personne ne s'en aperçoive et que ma famille n'en sache rien non plus. Et en même temps, je n'ai pas pleuré, crié ni fait ce qu'on est censé faire en pareil cas.

— Et pourquoi ?

Hank savait pourquoi il n'avait pas pleuré à l'enterrement de son père – pour tâcher de rester fort pour sa mère –, ni quand Anika avait rompu – pour sauver la face vis-à-vis de cette femme qu'il admirait. Mais cette fois, il ne savait pas ce qui le retenait.

Anika attrapa un des oreillers et le tendit à Hank.

— Tu veux quoi, que je donne des coups de poing dedans ? demanda-t-il.

— Fais ce que tu as envie de faire, dit-elle. On ne dirait pas, quand je travaille aux urgences, mais j'ai toujours été une grande adepte de la crise de larmes dans l'oreiller.

Hank prit à contrecœur l'oreiller que lui tendait Anika et le fixa sans rien dire.

— Tu veux que je te laisse un peu seul ? lui proposa-t-elle.

Hank leva des yeux embués vers elle et la détailla. Cheveux noirs tombant sur l'épaule, qui semblaient encore plus foncés sur le blanc du tee-shirt. Traînées mouillées de mascara soulignant ses iris marron. Menton pointu qu'elle reposait au creux de ses mains quand elle s'efforçait de venir à bout d'un problème.

Soudain, il enfouit le visage dans l'oreiller et se mit à crier très fort. Anika voyait les veines de son front se gonfler sous la peau comme si elles hurlaient aussi fort que lui.

Quand il eut épuisé toutes ses forces, Hank laissa tomber l'oreiller sur ses genoux.

— Tu crois que tu pourrais rester ? chuchota-t-il.

Anika noua les bras autour de ses larges épaules et Hank se laissa emporter par les vagues successives des sanglots qui montaient, le submergeaient, lui coupaient le souffle, puis disparaissaient, cédant la place au calme et au silence quelques secondes, le temps qu'il reprenne son souffle, après quoi la vague suivante surgissait et l'emportait de plus belle.

Pas un instant Anika ne le lâcha, jusqu'à ce qu'il finisse par s'écarter de lui-même.

Lorsqu'ils se croisèrent à l'hôpital, la semaine suivante, elle lui demanda comment il allait.

— Eh bien, en pareil cas je conseille habituellement à mes patients d'essayer la thérapie, ou les groupes de soutien… Alors je suppose que je vais mettre en pratique mes beaux principes, dit-il.

Anika lui donna l'adresse de la Connelly Academy, une école près de chez elle où plusieurs groupes se réunissaient, et Hank s'y présenta le dimanche suivant avec une demi-heure de retard, après une journée chargée aux urgences.

Il glissa un œil à l'intérieur de la salle 201 où s'étaient réunies les personnes en toute fin de segment. Tout le monde pleurait, les gens se frottaient mutuellement le dos, faisaient circuler une boîte de mouchoirs. C'était d'une tristesse infernale. Hank avait envie d'un groupe qui lui redonne le moral, il ne voulait pas repartir plus triste qu'en arrivant.

Il allait tourner les talons quand il entendit des rires en provenance de la salle 204, trois portes plus loin, où s'assemblaient les détenteurs de segments se mesurant encore en années plutôt qu'en mois. Il décida d'aller voir. Personne n'avait besoin de savoir qu'en fait, il n'entrait pas dans cette catégorie.

Maura

— Ce soir, j'ai envie de parler de secrets, annonça Sean en ouverture de la discussion du soir.

— Ah super, ça faisait un moment qu'on n'avait pas eu de thème, murmura Maura à Ben.

— Et celui-là est prometteur, ajouta ce dernier.

Voisins le premier soir, ils avaient ensuite pris l'habitude de s'asseoir l'un à côté de l'autre. Maura appréciait la réceptivité de Ben à ses commentaires en aparté, et Ben quant à lui, savait gré à Maura de ne jamais prendre les séances trop au sérieux. Ses remarques humoristiques transperçaient la chape d'abattement morose qui, sans cela, se serait révélée étouffante.

— Je suis sûr qu'on est nombreux à gaspiller notre énergie émotionnelle pour emprisonner nos sentiments à l'intérieur de nous-mêmes, dit Sean. Mais quand on se débat avec une chose aussi… importante que le sort que nous réservent les cordelettes par exemple, ça ferait peut-être du bien d'alléger un peu notre fardeau à propos d'autres sujets. Pour ceux qui s'en sentent le courage, bien sûr.

— Putain mais merde, on est pas à la confession, grogna Carl.

Maura repensa brièvement à sa dispute avec Nina. Elle lui en avait voulu d'avoir passé sous silence toutes ses recherches, mais n'avait-elle pas elle-même caché quelque chose ? Elle n'avait jamais parlé à Nina de ses crises nocturnes, du petit garçon au sac à dos avec sa mère.

— Eh bien, moi, j'ai quelque chose à dire pour soulager ma conscience, déclara Terrell.

Satisfait, Sean lui fit signe de poursuivre.

— Tout l'épisode Ted, dit Terrell.

— Qui est Ted ? demanda Lea.

— Mon ex-petit ami. Je lui ai volé une montre à huit cents dollars.

Tout le monde attendit une explication.

— Enfin bon, je tiens d'abord à dire que je me considère comme un individu tout à fait respectable, précisa Terrell, et c'est mon seul écart honteux, un peu comme quelqu'un qui mangerait des salades toute sa vie et qui, un jour, s'enverrait un gâteau au chocolat entier. Bref, on sortait ensemble depuis presque un an, Ted et moi, quand il m'a trompé de la façon la plus stupide qui soit.

— Avec ton meilleur ami ? supposa Chelsea.

— Avec un collègue, un soir où il était resté tard au boulot. Comme un crétin, il est rentré à la maison avec une ceinture qui ne lui appartenait pas, parce qu'apparemment il faisait noir et que tous les mecs qui travaillent dans la finance portent les mêmes affreuses ceintures noires. Du coup, bien sûr, j'ai tout compris et on a rompu, mais j'ai décidé de me venger en lui prenant un truc auquel il attachait de l'importance.

— Il attachait beaucoup d'importance à cette montre ? s'enquit Ben.

— Ce n'était pas un truc transmis de père en fils ou quoi que ce soit du genre. C'était juste une putain de montre hors de prix. Et cet enfoiré me devait bien ça. Je voulais qu'il me dédommage des dix mois que j'avais passés avec lui. Tout ce *temps* qu'il m'avait volé… Alors je n'ai rien trouvé de plus pertinent que de lui voler sa montre.

Terrell releva sa manche et agita le poignet avec un sourire contrit, ladite montre en or miroitant sous les néons de la salle de classe. Même Sean ne put s'empêcher de sourire.

— Mince alors, lança Chelsea, j'aurais bien voulu avoir la même idée quand mon ex a eu le culot de m'annoncer par texto qu'il me quittait. Mais je me suis contentée de défoncer son pare-brise avec une batte de base-ball.

— Pourquoi vous êtes-vous séparés ? demanda Nihal.

— Eh bien… il a découvert…

Tous les membres du groupe purent compléter sa réponse.

Il avait découvert ce qu'il en était de la cordelette de Chelsea.

— Mais il n'y a pas que des mauvaises nouvelles, reprit Terrell, arrachant avec adresse le groupe à un surcroît d'abattement. Théoriquement, c'est *aussi* un secret, mais j'ai appris qu'il se montait un nouveau spectacle à Broadway dont la distribution et l'équipe technique sont intégralement composées de courts-segments. Rédaction du texte, mise en scène, éclairages, chorégraphie… la totale ! Tous des courts-segments. Les gens viennent des quatre coins du pays pour prendre part au truc. Et, cerise sur le gâteau, votre serviteur va faire partie de l'équipe de production.

— C'est incroyable, dit Ben.

Maura, elle, n'était pas surprise.

— On peut toujours compter sur les artistes pour monter au créneau, affirma-t-elle. Surtout en période de crise.

— *Et* pour le faire en chanson, ajouta Terrell en souriant.

— Ça me rappelle que quelques-uns de mes vieux copains de fac lancent un projet d'échange de maisons exclusivement entre courts-segments, ajouta Nihal. On peut s'entendre avec quelqu'un d'un autre État ou même d'un autre pays, et échanger quelque temps de domicile. C'est censé faciliter les voyages aux courts-segments, leur permettre de voir le vaste monde.

— Il faut absolument que tu nous inscrives pour qu'on teste en avant-première ! s'écria Chelsea.

— Moi aussi, j'ai un grand secret, annonça Lea, motivée par le regain de bonne humeur. Mais il faut que vous promettiez tous de le garder pour vous… pour le moment.

Certains, dans le groupe, se redressèrent sur leurs chaises.

— Je suis enceinte.

« Ça alors ! », « Génial, putain ! », « Félicitations ! », le groupe submergea Lea d'exclamations stupéfaites et enthousiastes.

Seule Maura garda le silence, mais personne ne parut s'en rendre compte. Elle était ravie pour Lea, bien sûr, mais ne pouvait se défendre d'un sentiment de sidération. Lea avait un court segment, elle aussi. N'éprouvait-elle pas une peur et un découragement semblables aux siens ? Elle se demanda si Lea, tout en se livrant aux mêmes calculs, n'était pourtant pas arrivée à une réponse différente.

— Merci, tout le monde, dit Lea. J'ai pensé que je devrais vous le dire vite. Ce sont des jumeaux, donc ça se verra très bientôt.

Des jumeaux, ça, au moins, c'était bien, songea Maura. Ils seraient là l'un pour l'autre.

— Qui est le père ? l'interrogea Chelsea, sur quoi quelques-uns lui adressèrent un regard affolé. Quoi ? reprit-elle. C'est une question taboue ?

— Il n'y a pas de mal, reprit Lea. En fait, je suis mère porteuse pour mon frère et son mari, et techniquement c'est mon beau-frère, le père biologique. Mais les ovocytes sont les miens, alors on espère que les jumeaux ressembleront un petit peu à mon frère aussi.

Un « ohhh » général s'éleva du groupe, mais cette révélation eut un effet inattendu sur Maura. D'un côté, elle se sentait soulagée car il n'était pas nécessaire d'être envieuse. Mais de l'autre, elle éprouvait un peu de tristesse.

— Ton frère et son mari doivent t'être très reconnaissants, lança Hank à Lea.

— Eh bien, si c'est un garçon et une fille, ils ont juré de les appeler Lea et Leo, répondit Lea en riant. J'espère que c'est une blague !

Terrell posa doucement sa main sur celle de Lea.

— Tu leur fais le plus beau cadeau du monde, lui déclara-t-il.

Lea sourit.

— C'est ce qu'ils m'ont dit, murmura-t-elle en posant les mains sur son ventre. C'est curieux, mon frère et son mari ont tous les deux des segments plutôt longs, alors il me semblait que le plus beau cadeau du monde ils l'avaient déjà, mais peut-être qu'ils ne voyaient pas les choses comme ça. En fait, il s'avère que c'était *moi* qui pouvais le leur offrir.

Maura se rappela le pape apparaissant sur son balcon et déclarant que les boîtes étaient un cadeau de Dieu. Peut-être l'étaient-elles effectivement pour certaines personnes – comme le frère de Lea, Sean, ou Nina. Mais pour le reste de l'humanité, pour les gens de la salle 204, il existait en fait d'autres cadeaux, comme venait de le dire Lea. L'ennui, c'était qu'il fallait réussir à les discerner.

La comédie musicale mentionnée par Terrell – les rêves d'une centaine de courts-segments honorant de leur présence la scène de Broadway – en était indéniablement un.

De même que le moment où, chaque matin, Maura se réveillait à côté de la femme qu'elle aimait, une femme qui aurait eu toutes les raisons de la quitter.

Mais aussi, le simple fait que Nina et elle puissent s'aimer ouvertement, en toute liberté.

Maura décida alors de dire la vérité à Nina.

Une heure plus tard, assise au bord du lit, Maura regardait sa compagne.

— Il faut que je te dise quelque chose, annonça-t-elle. On n'a jamais projeté d'avoir des enfants, je le sais. D'ailleurs mon segment n'a fait que me confirmer qu'on ne devait pas y penser. Mais, pour être franche avec toi… j'ai parfois du mal.

Nina parut sur le point de s'exclamer, de lancer une remarque bienveillante, encourageante, voire de reconsidérer le sujet. Mais Maura secoua la tête.

— Inutile de s'appesantir là-dessus, dit-elle. C'est comme ça, c'est tout. Mais je ne voulais pas garder des choses pour moi sans t'en parler. Je tenais à ce que tu saches ce que je ressens. Apparemment, il est possible de regretter un choix, ou en tout cas de s'interroger, tout en sachant que c'était le bon.

— Je ne savais même pas que ça te tracassait, murmura Nina.

— Eh bien, je suis forte pour donner le change, avoua Maura. Je sais que j'ai de la chance, je n'ai jamais manqué d'assurance. (Elle esquissa un sourire.) Mais par moments, ça empêche presque d'être… vulnérable.

Nina s'assit à côté de Maura.

— Je suis contente que tu m'en parles, répondit-elle. Avec moi, tu peux *toujours* être vulnérable.

— Est-ce qu'il t'arrive de repenser à tout ça ? demanda Maura.

— Honnêtement, je n'en sais rien, avoua Nina. Je n'ai jamais vraiment pris la décision de *ne pas* avoir d'enfants. C'est juste que je n'ai jamais pris la décision *d'en avoir*, tu comprends ? Ensuite, une fois que toi et moi on s'est trouvées, je me suis sentie… complète.

Maura acquiesça et prit une grande inspiration.

— Je sais quels sentiments tu éprouves. Mais le truc le plus dingue, c'est que ce n'était même pas une chose dont j'avais envie, jusqu'à ce que je me rende compte que ça ne me serait probablement jamais possible. Comme si la porte avait claqué sous mon nez avant même d'avoir eu le temps de regarder ce qu'il y avait à l'intérieur. D'ailleurs il n'est peut-être même pas *seulement* question d'enfants. Peut-être que maintenant, je ne peux plus m'empêcher de penser à toutes les autres portes qui risquent de se fermer aussi. Du genre : et si je ne trouve pas un boulot que j'aime vraiment ? Et si je ne devais pas voir grand-chose de plus du monde ? Si je ne réalisais jamais une chose qui… laisse une trace ?

Nina passa un bras autour des épaules de Maura.

— Tu fais partie de ces gens qui laissent une trace chez tous ceux qu'ils rencontrent. C'est comme ça. Tu es marquante à un point presque *agaçant*, affirma Nina en souriant.

Maura se mit à rire doucement ; un rire un peu réprimé qui lui permit néanmoins de constater qu'elle allait bien. Elles allaient bien toutes les deux.

— Peut-être qu'Amie acceptera de se dépêcher d'avoir des gosses pour qu'on puisse être des super tantes, dit Maura avec un grand sourire. Du moins que, *moi*, je puisse être une super tante, et toi, celle qui leur lit le journal avant qu'ils s'endorment.

Elles rirent ensemble cette fois, plus spontanément. Puis Nina embrassa Maura avec fougue, et les deux femmes s'allongèrent sur le lit.

Bonjour B.,

Aujourd'hui, pendant une leçon de vocabulaire, une de mes élèves a proposé « marrant » comme synonyme du mot « téméraire ». J'ai dû lui dire qu'elle se trompait. Elle a eu l'air perdue, puis elle m'a répondu : « Ah, pardon. Je croyais que ça voulait dire un peu ce que je voulais. »

Je n'avais encore jamais entendu un élève formuler les choses de cette façon-là, et j'y ai réfléchi toute la journée.

Peut-être qu'il en va de même des boîtes, en fait. Personne ne peut fournir d'explication formelle à leur sujet, donc elles peuvent incarner un peu ce qu'on veut – Dieu, destin, magie. Et quelle que soit la longueur de segment qu'on a, ça peut aussi incarner ce qu'on veut – un permis de se comporter comme bon nous semble, d'arrêter de faire attention à ce qu'on mange, de se venger, de démissionner, de braver un danger, de parcourir le monde. Je n'ai aucune envie de quitter mes élèves, mais par moments, je m'imagine en train de passer un an à l'étranger, à faire un pèlerinage sur les lieux de mes sites littéraires préférés, à errer dans les landes spectaculaires d'Emily Brontë, me baigner sur les plages de la Riviera de Fitzgerald, m'emmitoufler pour me préserver de l'hiver dans la Russie de Tolstoï (quoique je me découragerais sans doute et choisirais de m'y rendre en été).

Chaque matin, je me demande si ce sera le jour où je craquerai et ouvrirai ma boîte.

Si ce n'est pas une question trop personnelle, est-ce que vous regrettez d'avoir ouvert la vôtre ?

A.

Ben

Ben ne comprenait pas ce qui l'étonnait. Il aurait dû s'attendre à ce que la question lui soit posée.

Mais il mit un moment à peaufiner une réponse. Il tenta de temporiser en esquissant le dessin d'un nouveau bâtiment, jusqu'à ce qu'il ait effacé et refait son tracé un si grand nombre de fois qu'il finit par en revenir à la première version. Il sut alors qu'il devait se mettre à écrire. Mais c'était beaucoup plus compliqué que le laissait supposer la simple question : « Est-ce que vous regrettez d'avoir ouvert votre boîte ? » Et cela menaçait de faire resurgir toutes les émotions de ce fameux soir, quand il avait découvert son court segment. Le choc, la tristesse, la peur. L'expression qui s'était peinte sur le visage en larmes de Claire.

Ben était convaincu que la personne inconnue avec qui il correspondait s'était toujours montrée honnête avec lui, si bien qu'il avait envie d'être franc avec elle. Mais il s'aperçut qu'il n'arrivait pas à partager le récit de ce moment-là. Il préférait ne pas revivre cette soirée. Du moins, pas encore.

Bonjour A.,

J'ai l'impression qu'il y a un avant et un après l'ouverture de ma boîte, et que ces deux époques n'ont absolument rien de commun.

Il est impossible de retourner à la période d'avant. Je sais que ça a l'air d'une évidence, mais c'est vrai. Une fois qu'on sait quelque chose, on oublie ce que c'était de ne pas savoir.

En effet, la plupart du temps, je regrette de l'avoir ouverte. Mais j'essaie de me dire que ce regret initial va passer et qu'un jour, je serai peut-être même rassuré de savoir.

Bien sûr, si je dois mourir brutalement d'un accident ou autre, peut-être qu'il aurait mieux valu que je ne le sache pas d'avance, que je bascule juste dans le néant en un instant sans pouvoir revivre mes erreurs ou refaire l'histoire. Mais si je dois mourir à petit feu, en ayant tout le temps de me pencher sur moi-même, alors il faut que je trouve du réconfort dans le fait que ça ne sera pas une horrible surprise, et j'espère que j'aurai passé mes quatorze dernières années à vivre comme je l'entendais, de façon à éprouver tout le bien-être qu'on peut espérer en repensant au passé.

Sa lettre finie, Ben se sentit vidé, prêt à s'endormir sur-le-champ. Mais il avait encore une chose à dire.

Je crois comprendre, en lisant votre lettre, que vous êtes professeur. Et comme nous sommes au mois de juin, j'imagine que vous allez partir en vacances cet été, quitter la ville.

Il ne savait pas comment conclure. Devait-il dévoiler son nom ? Donner son adresse ? Proposer qu'ils se rencontrent ?

Que l'échange de lettres ait duré aussi longtemps l'étonnait. La seule expérience comparable qu'il ait connue remontait à un été de son adolescence, quand ses copains de colo avaient juré-craché de maintenir une correspondance tout au long de l'année scolaire, scellant leur serment d'une poignée de main. À l'arrivée de l'hiver, cependant, une fois leur vie de nouveau accaparée par les cours, le sport et les leçons de musique, tous les échanges ou presque avaient pris fin. Ce fut Ben qui écrivit l'ultime missive, sans jamais recevoir de réponse.

La dernière lettre laissait clairement entendre que « A. » était professeur, mais Ben ne savait pas si son correspondant était homme ou femme, jeune ou vieux. Peut-être devrait-il se renseigner, maintenant qu'il disposait d'un peu plus d'éléments, se débrouiller pour passer à l'école un jour de semaine et demander quels professeurs utilisaient la salle 204. Mais cela n'aurait-il pas l'air louche ? Un homme d'une trentaine d'années traînant dans les parages ?

Du reste, il n'était pas sûr de vouloir savoir. Il n'était pas prêt à renoncer au mystère qui rendait ces lettres si spéciales. Il s'agissait probablement d'une banale distraction pour « A. », ou alors il avait pitié de Ben, voilà tout. Il n'avait pourtant pas envie que ce correspondant disparaisse.

Les rares amis auxquels Ben s'était confié au sujet de sa cordelette – eux-mêmes des longs-segments – avaient pris de ses nouvelles au début, l'appelant ou lui adressant des textos pour savoir comment il allait. Mais ces derniers temps, l'assiduité s'était lentement relâchée. Même Damon, qui avait encouragé Ben à rejoindre le groupe et ne manquait pas de lui demander tous les lundis matin comment s'était déroulée la séance de la veille, avait laissé passer deux semaines sans se manifester.

Peut-être se sentaient-ils tous impuissants face à lui, ou mal à l'aise vis-à-vis de leur chagrin, ou coupables du fait de leurs propres longs segments. Peut-être ne savaient-ils tout simplement plus quoi dire.

Mais si vous êtes dans les parages cet été, je continuerai pour ma part à venir dans cette salle tous les dimanches soir.

Dans le cas contraire, je vous souhaite bonne chance et j'espère que la décision que vous prendrez, quelle qu'elle soit, vous apportera la paix.

B.

Ben attendit jusqu'à ce que le groupe ait fini de se disperser. Resté seul dans la salle vide, il sortit la feuille de sa sacoche et la plia en deux de façon à faire apparaître le « A. » sur le dessus. Puis il se baissa pour la disposer comme une petite tente plantée au pied des rayonnages de livres.

Quand il se retourna, Hank se tenait là, l'air éberlué.

— Je crois que j'ai oublié mes écouteurs.

— Ah, euh… je vais t'aider à les chercher, proposa Ben.

Les deux hommes meublèrent le silence un peu gêné en parcourant la salle d'un pas traînant, les yeux rivés au sol.

— Ça t'ennuierait de me dire ce que tu faisais avec ce bout de papier ? finit par demander Hank d'un ton hésitant.

Ben réfléchit un instant.

— Ça tomberait sous le coup du secret médical ?

— Bien sûr, pourquoi pas ? répondit Hank en riant.

Ben parla alors à Hank de la lettre qu'il avait fait tomber pendant une des séances précédentes, et de la mystérieuse réponse.

— Donc voilà comment je me retrouve à échanger des courriers avec un inconnu, résuma Ben. Ce qui paraît complètement absurde, formulé à voix haute.

Hank scruta Ben d'un regard inquisiteur, paupières plissées.

— Tu n'as vraiment pas idée de qui t'écrit ?

Ben secoua la tête.

— Je suppose qu'il s'agit d'un des enseignants de l'école, dit-il. Mais il se pourrait aussi que l'établissement accueille des réunions des alcooliques anonymes et d'autres groupes certains soirs, donc ça pourrait aussi bien être un de leurs membres.

Hank haussa les épaules avec un sourire rassurant.

— Ma foi, je crois que la seule façon de le découvrir un jour, c'est de continuer à écrire.

— Merci, murmura Ben.

— De quoi ?

— De ne pas me donner l'impression que je suis fou.

— Ici, on navigue tous en territoire inconnu. Difficile de taxer de fou tel ou tel comportement.

— Tu travailles au Memorial Hospital, c'est ça ? Ça m'a horrifié ce qui s'y est passé.

— En fait, j'en suis parti à la fin mai, expliqua Hank. Mais j'avais déjà déposé mon préavis avant la fusillade… Et je me rends compte que je ne sais pas ce que tu fais, toi.

— Je suis architecte.

— Ah, super ! Tu as dessiné des bâtiments que je puisse connaître ?

— Pas encore, dit Ben, mélancolique. J'en ai un en projet, mais dans le nord de l'État.

Hank s'assit sur une des chaises en plastique.

— Qu'est-ce qui t'a donné envie d'être architecte ?

Un peu surpris, Ben s'installa à côté de lui.

— Je ne sais pas trop. J'étais enfant unique et comme mes deux parents travaillaient, j'ai passé pas mal de temps à griffonner des petites maisons et des villes, à imaginer les gens qui y habitaient.

Hank le regarda, sourcils froncés, avec un air de pitié.

— Oh, mais ne t'y trompe pas, bafouilla Ben. Mes parents sont super et je n'étais pas seul à longueur de temps. Simplement, ça me plaisait de dessiner ces petits mondes.

— Et aujourd'hui, tu as envie d'en créer des grands ?

Ben s'esclaffa.

— Disons juste que ça n'a pas été toujours facile pour moi à l'école et qu'à cette époque, je pensais que si j'arrivais à créer quelque chose d'aussi grand qu'un gratte-ciel new-yorkais, je ne pourrais plus jamais me sentir petit.

— Comment tu vois les choses, maintenant ?

Ben jeta un coup d'œil par la fenêtre : les imposants immeubles résidentiels de l'Upper East Side se fondaient dans l'obscurité grandissante.

— Maintenant, j'ai envie de faire quelque chose de durable. Quelque chose qui continuera à tenir debout même après…

Hank lâcha un soupir compatissant et ils se turent tous les deux un instant, sans trop savoir si la conversation allait se poursuivre. Mais Ben était intrigué :

— Alors, si ça n'avait pas de rapport avec la fusillade, pourquoi as-tu quitté l'hôpital ?

— Je crois que j'en avais marre, dit Hank. Marre de voir des gens arriver en pleurant, effrayés, totalement désespérés, qui me suppliaient de leur donner des réponses que je n'avais pas.

— Ça a l'air terrible.

Hank réfléchit.

— Mais tu sais, il n'y avait pas que ça, en fait. C'est ce que j'ai donné comme explication à mon chef et à mes collègues mais, en vérité, je n'avais tout bonnement plus envie d'être médecin. J'étais là, à me dire que j'avais ramené à la vie des centaines de gens. Que j'avais affronté la mort et que j'avais gagné. Et voilà que je découvrais qu'en réalité, il était fort probable que ce ne soit pas le cas. Peut-être que j'avais seulement sauvé ceux qui, de toute façon, ne devaient pas mourir, ceux à qui leur cordelette laissait encore quelques années. Quant aux autres, ceux que j'avais essayé de sauver sans y arriver, peut-être qu'ils ne pouvaient pas être sauvés. Peut-être qu'aucun médecin n'aurait pu les aider.

— À t'entendre, on pourrait penser que c'était presque réconfortant ?

— On pourrait, pourtant c'est difficile de continuer à se battre quand on se rend compte que le combat est truqué, dit Hank. Et je pense que les autres ont réussi à adapter leur point de vue bien mieux que moi. Même si on ne peut pas modifier la longévité d'un individu, on peut au moins améliorer sa qualité de vie. Je sais qu'ils ont raison mais je n'arrive pas à m'y faire. Je travaillais aux urgences. J'ai passé toute ma carrière à déjouer la mort. Mais c'est bien la seule chose dont on ne peut pas venir à bout.

— Mais ça, c'était déjà vrai avant les cordelettes, non ? objecta Ben.

— Oui mais, avant les cordelettes, je pouvais au moins me figurer que j'avais une chance.

Ben hocha la tête d'un air sombre.

— Je suis désolé. Pour tout ça.

— Et moi, je suis désolé de ne pas pouvoir voir un jour ton gratte-ciel, dit Hank.

Ben fit mine de se sentir insulté :

— Hé, mais attends, j'ai encore un peu de temps pour le construire !

Hank baissa la tête et contempla ses pieds.

— Je ne suis pas comme vous tous, avoua-t-il.

— Qu'est-ce que tu entends par là ?

— Je suis beaucoup plus près de la fin, expliqua Hank. Simplement je n'ai pas eu envie de fréquenter le groupe des courts-segments à qui il ne restait qu'un an. Trop déprimant. Alors je suis venu avec vous.

— Je suis vraiment désolé, répondit Ben presque dans un murmure.

— En fait, certains jours, c'est plutôt démoralisant, mais le reste du temps j'essaie de me rappeler que j'ai eu une belle vie. J'ai fait de mon mieux pour aider les autres. Je suis tombé plusieurs fois amoureux. J'ai tâché d'être un bon fils. (Il se cala contre le dossier de sa chaise.) J'ai vu un tas de gens s'éteindre, tu sais, et chaque fois, leur entourage les suppliait de continuer à lutter. Il faut une force extraordinaire pour y parvenir, mais en effet, c'est généralement la bonne réaction : persévérer, s'accrocher, quoi qu'il advienne. Sauf que parfois, on oublie qu'il faut aussi de la force pour être capable de lâcher prise.

Bonjour B.,

Pas d'inquiétude, je reste dans les parages. Je donne des cours à l'université d'été et je fais du soutien.

Mais même si ce n'était pas le cas, j'attends vos lettres avec tellement d'impatience qu'au risque de perdre mon emploi, je n'hésiterais pas à m'introduire par effraction dans l'école de nuit. J'enragerais de manquer ne serait-ce qu'une semaine.

Tant que vous aurez envie de continuer à correspondre, je m'engage à ne partir nulle part.

A.

Hank

Le 9 juin, Maura demanda si le groupe pouvait se réunir une heure plus tôt, afin que la séance se termine à temps pour pouvoir suivre le premier débat des primaires.

Hank n'avait pas d'appétence particulière pour la politique. Bien sûr, il s'intéressait aux questions qui le concernaient immédiatement, lui et son travail – assurance sociale, taux de criminalité, impôts –, mais il n'avait pas le loisir de passer des heures à ergoter sur les détails des différentes politiques ou à lire de longues professions de foi. Toutefois, il avait eu vent des rumeurs selon lesquelles le candidat de Virginie, Anthony Rollins, projetait de faire une annonce solennelle au cours du débat. À ses yeux, Rollins n'était guère qu'un milliardaire mielleux de plus, détaché des réalités de la vie de la plupart des Américains, réalités dont Hank avait été témoin au quotidien dans la salle des urgences. Mais il était tout de même curieux d'entendre ce discours.

Il sirotait une bière sur son canapé en cuir quand le modérateur posa la question que Hank attendait sans même le savoir.

— Je souhaiterais commencer le débat de ce soir en abordant le sujet qui préoccupe tous les électeurs : les cordelettes. Nous avons sans doute tous entendu que la Chine vient de lancer à l'échelle nationale un nouveau mot d'ordre qui prend le contre-pied de la récente décision nord-coréenne, en exigeant des citoyens qu'ils *ouvrent* leurs boîtes dès réception puis communiquent au gouvernement la longueur de leur segment. Si, aux États-Unis, les efforts du Congrès pour gérer cette crise n'ont pas toujours abouti, nous avons tous suivi les événements tragiques qui se sont récemment déroulés, au nombre desquels les fusillades du mois dernier dans un hôpital de New York et dans une galerie commerciale de l'Arizona. Mesdames et messieurs les candidats, l'apparition des cordelettes vous a-t-elle poussés à repenser certaines de vos positions ou propositions ?

Anthony Rollins était bien préparé. Sans se soucier du fond de la question, il se lança dans le discours qu'il avait manifestement répété.

— La présidence est la plus haute fonction de notre pays, aussi attend-on de la personne élue qu'elle serve la nation pendant quatre et peut-être même huit années pleines. Se présenter à cette élection, c'est promettre au peuple de notre grande nation qu'on est désireux et capable de s'engager pour assumer un mandat, voire deux, dans le Bureau ovale. C'est pourquoi je soumets humblement à tous mes concitoyens – en plus de ma déclaration fiscale et de mon historique Twitter – une chose bien plus importante : ma cordelette.

Là-dessus, Rollins sortit une petite boîte de sous son estrade, l'ouvrit, et en tira une cordelette en laquelle tout le monde, désormais, pouvait aussitôt reconnaître un segment d'une longueur considérable.

— Si je dois avoir l'honneur de devenir votre président, je vous promets de servir aussi longtemps que vous m'en confierez la charge. Et je demande aux autres candidats, dans un souci de transparence, de bien vouloir présenter leurs propres cordelettes, afin que les électeurs puissent se rendre aux urnes aussi informés que possible sur la personne qui dirigera notre pays dans les années à venir.

L'auditoire ne sut comment réagir. Tandis que certains applaudissaient ou acquiesçaient, d'autres huèrent Rollins et des protestations s'élevèrent par-dessus les applaudissements.

— S'il vous plaît, s'il vous plaît, lança le modérateur pour calmer la foule. Écoutons maintenant ce que les autres candidats ont à répondre.

— J'ai pris la décision, en accord avec mon époux, que ni l'un ni l'autre nous n'ouvririons nos boîtes, déclara le Dr Amelia Parkins, professeur de sciences politiques à Harvard, candidate outsider en provenance de Washington. Je crois qu'il s'agit là d'un choix personnel ; nous demander de partager une chose aussi intime semble injuste et contraire à l'éthique, voire profondément non américain. La proposition de Mr Rollins paraît tout droit inspirée des régimes autoritaires mentionnés en introduction.

— Merci, Dr Parkins, dit le modérateur. Gouverneur Russ, des remarques ?

— Je crois que ce que Miss Parkins ne parvient pas à comprendre, c'est que pour être un serviteur de la nation efficace et digne de confiance, on doit aussi accepter que notre vie personnelle devienne publique, répliqua le gouverneur. Cela vaut assurément pour la présidence. Même si les candidats refusent de dévoiler leurs cordelettes, il y a fort à parier que les tabloïds iront se procurer l'information. Et je vois d'ici les titres : « La nation élit un Président qui n'ira pas au bout de son mandat. »

Fidèle à sa réputation de candidate des « valeurs familiales », Alice Harper, membre du Congrès du Kentucky, ajouta :

— J'aimerais croire qu'un candidat ayant la malchance d'être doté d'un court segment se retirerait de cette élection pour passer le temps qui lui reste à vivre auprès des siens, et non sur les routes, à faire campagne pour une fonction que, de toute façon, il ne sera pas capable d'assumer bien longtemps.

De son côté, le sénateur Wes Johnson était en pleine réflexion.

Il était le seul Afro-Américain présent sur scène et il devait se douter que ses propos allaient être doublement passés au crible, songea Hank. Johnson attendit que les autres candidats se soient tous prononcés, puis le modérateur lui demanda s'il souhaitait s'exprimer.

— Oui, lança Johnson. Le peuple des États-Unis devra élire la personne dont les valeurs lui conviennent, dont il soutient les positions, et dont les propositions lui semblent à même de faire progresser notre nation. Le fait d'être détenteur d'un court segment ne gomme aucune de ces qualités, et choisir de *ne pas* élire un candidat qualifié simplement parce qu'il a un court segment revient à le punir d'une chose indépendante de sa volonté. Nous avons décrété illégale toute discrimination fondée sur la race, le genre, le handicap et l'âge, mais contraindre les candidats à exhiber leurs cordelettes, ce serait admettre une toute nouvelle catégorie de discrimination.

Quelques applaudissements poussèrent le modérateur à se pencher vers son micro, mais Johnson n'avait pas terminé.

— Certains de nos plus grands dirigeants sont morts en cours de mandat, reprit-il, pendant que d'autres bien moins efficaces ont été gratifiés d'une longue vie. Si John Kennedy avait dévoilé sa cordelette et que les électeurs l'en avaient puni, la crise des missiles de Cuba aurait pu dégénérer en guerre nucléaire avec les Soviétiques. Si Franklin Roosevelt avait dévoilé sa cordelette et que les électeurs l'en avaient puni, les nazis n'auraient peut-être jamais été vaincus. Et si Abraham Lincoln avait dévoilé sa cordelette, les hommes et les femmes qui me ressemblent et ressemblent à mes enfants seraient peut-être toujours esclaves, et notre pays se serait sans doute déchiré pour de bon. Je frémis à l'idée de ce que serait notre monde aujourd'hui si ces hommes s'étaient vu refuser la chance de gouverner au seul nom du destin malheureux qui devait être le leur, et j'espère que mes compatriotes sauront discerner le danger derrière la proposition de Mr Rollins.

Hank poussa un soupir de soulagement quand le public acclama Johnson, sous le regard imperturbable de Rollins. Mais lors du dernier gros plan sur le visage de Wes Johnson, juste avant que la caméra s'en détourne, Hank aurait juré voir briller dans les yeux du sénateur des larmes qu'il ne pouvait se permettre de laisser couler à la télévision.

Il comprit alors que Wes Johnson et lui partageaient probablement le même sort.

Hank se désintéressa vite du reste de l'émission et s'empara de son téléphone pour suivre en ligne les réactions des gens. Si, pour la plupart, ils soutenaient la position de Johnson, Rollins avait déclenché… *quelque chose*. Tweets et posts de blogs surgissaient de tous les coins du pays, appelant les candidats à dévoiler leurs cordelettes et affirmant qu'un court-segment ne pouvait pas accéder à la fonction suprême. Les courts-segments sont trop préoccupés, disaient-ils. Trop angoissés, trop déprimés, trop instables.

Il ne fallut pas longtemps pour que le sujet dépasse le cadre de l'élection présidentielle. Toutes les fonctions politiques ne devraient-elles pas exiger des divulgations de segments ? Et pourquoi pas les postes de PDG des grandes compagnies ? Et ceux des chefs de service des hôpitaux ? Pourquoi un hôpital passerait-il du temps à former quelqu'un qui ne produirait pas de retour sur investissement ?

Hank jeta son téléphone à l'autre bout du canapé.

Le lendemain matin, le 10 juin, aux environs de 9 heures, à peine plus de trois mois après l'apparition des boîtes, un court-segment fit exploser une bombe artisanale juste devant le Capitole, tuant de nombreux passants. Hank savait que, quelque part, dans une chambre d'hôtel anonyme d'un État du Middle West, Anthony Rollins devait jubiler.

ÉTÉ

Anthony

L'auteur présumé de l'attentat à la bombe du 10 juin trouva la mort dans l'explosion – entraînant plusieurs autres courts-segments avec lui –, mais il avait laissé un message que les autorités trouvèrent en perquisitionnant plus tard son appartement : « Les gens souffrent et meurent mais nos dirigeants ne font rien. »

Un groupe d'experts réuni en urgence par le Président décréta assez vite qu'il n'y avait rien que le gouvernement puisse faire pour empêcher les courts-segments de souffrir et de mourir. En revanche, décida le comité, il fallait prendre des mesures pour empêcher que les courts-segments dévoyés causent davantage de dégâts.

Une semaine après l'attentat, Anthony Rollins prit l'avion pour Washington, laissant sa femme siroter des tasses d'Earl Grey accompagnées de scones aux noix et cranberries au cours d'un thé organisé par d'éminents donateurs de Charleston.

Dans la capitale, le groupe d'experts du Président se prépara à accueillir son tout nouveau membre.

L'équipe se composait déjà de trois sénateurs seniors, deux agents haut placés du FBI et de la Sécurité intérieure, et du chef d'état-major des armées.

— Nous sommes d'accord qu'il n'est pas ordinaire qu'un représentant au Sénat, candidat aux primaires qui plus est, se joigne à nous dans une affaire d'une telle ampleur, annonça le chef d'état-major à Anthony. Mais l'époque n'a rien d'ordinaire. Le Président ne va plus être en place très longtemps. Il lui faut réfléchir au long terme, à la personne qui va tenir le pays pendant les quatre années à venir de ce cauchemar. Apparemment, votre discours lors du débat a électrisé certaines sections du parti.

— Et je suis sûr que vous avez constaté que mes scores grimpent à toute vitesse, ajouta Anthony.

Certains analystes politiques, il ne l'ignorait pas, l'avaient déjà rangé parmi les engouements passagers, prédisant sa chute imminente, mais cette mission pouvait renforcer son ascension.

— Il semblerait que le pays *tout entier* m'écoute.

À la fin de l'après-midi, les membres de l'équipe l'écoutaient, eux aussi.

Le lendemain matin, les neuf membres du comité se rassemblèrent dans le Bureau ovale pour soumettre au Président leurs réflexions sur la « question des courts-segments ».

La divulgation de segment devait être exigée pour les postes gouvernementaux haut placés, affirmèrent-ils. Cela devait être admis au même titre qu'une vérification des antécédents ou un examen d'aptitude physique. Celui qui aspirait à occuper une fonction de pouvoir devait prouver qu'il était déterminé, qu'il en avait la capacité mentale et physique. Pour eux, un court-segment représentait un risque. « On n'est jamais sûr qu'il ne va pas craquer, comme avant lui l'auteur de l'attentat à la bombe et ceux des fusillades. »

L'agent Breslin, du FBI, était la seule femme présente. Elle garda le silence pendant la majeure partie de la réunion, laissant les hommes penser tout haut tandis qu'elle faisait le tri dans ses réflexions.

— Il y a une chose à laquelle nous n'avons pas encore pensé, déclara-t-elle enfin. Si nous sommes en mesure de vérifier les segments de tous ceux qui se présentent à des postes d'agents de terrain ou pour le service militaire actif, et n'envoyons au combat *que* les détenteurs des plus longs segments, nous pouvons de fait éliminer tout risque de mort. Les individus sont assurés de survivre.

L'agent Breslin jeta un regard à l'assemblée d'hommes qui hochaient la tête d'un air approbateur, et sourit.

— Sauf qu'il n'est question que de survie, dit un sénateur âgé. Ce qui n'écarte pas le risque de renvoyer nos gars au pays dans le coma ou amputés de leurs membres.

— C'est mieux que dans un sac mortuaire, objecta l'agent Breslin.

— Limitons-nous cette obligation aux postes militaires et fédéraux ? demanda un autre. Je suppose que les services de police et autres emplois à haut risque voudront suivre.

Le Président écoutait en silence, attentif, mais son groupe d'experts semblait allègrement se diriger vers un consensus magistral. Il fallait qu'il fasse valoir son opinion.

— Bien, dit-il en levant une main prudente. Je suis d'accord avec ce que vous dites, mais il convient de poser des limites. Nous sommes les États-Unis d'Amérique, pas la Chine ou la Corée du Nord. Jamais nous ne pourrons obtenir que tout un chacun ouvre sa boîte et nous dise ce qu'elle contient. Qui plus est, si nous permettons à cette pratique de se répandre dans tous les secteurs d'industrie, je crains que les courts-segments ne trouvent plus le moindre emploi.

— Que proposez-vous, monsieur le Président ?

— Un compromis. Nous exigeons la divulgation de segment pour le personnel militaire actif, les agents de terrain du FBI et les membres du gouvernement bénéficiant des habilitations de sécurité les plus importantes. Mais rien d'autre ne sera modifié. Du moins, pour le moment.

Quelques jours plus tard, Katherine rejoignit son mari en Virginie, dans les quartiers résidentiels de McLean où ils avaient acheté une maison de cinq pièces relativement modeste après l'élection d'Anthony au Congrès.

— Je n'en reviens toujours pas que le Président en personne t'ait appelé, lança-t-elle, le souffle court. Il doit penser que tu vas remporter l'élection.

— Ne nous projetons pas trop dans l'avenir, dit Anthony. Nous avons encore beaucoup de chemin à faire. Le Président a simplement reconnu la vérité, à savoir que j'étais le seul qui ait eu le courage de dire tout haut ce qu'un tas de gens pensent déjà tout bas.

Dans l'intimité de leur salon, Anthony révéla à sa femme ce qu'il pouvait lui confier pour satisfaire sa curiosité, sans mentionner trop de détails.

— Il va y avoir des changements, annonça-t-il. Mais les gens comme nous s'en porteront très bien.

— Mieux que bien, renchérit Katherine avec un grand sourire.

Et Anthony ne put s'empêcher d'être d'accord avec elle.

Maura

Les changements furent annoncés lors d'une conférence de presse retransmise depuis la Maison Blanche, un vendredi soir de la fin juin.

En attendant le début de la conférence déjà ajournée deux fois, Maura et Nina se distrayaient en regardant une de ces émissions qui proposaient de résoudre des énigmes criminelles constituées à partir d'éléments de l'actualité. L'émission venait d'ailleurs de défrayer la chronique en devenant la première série télévisée à intégrer les cordelettes dans son scénario. Maura suivait avec stupéfaction le déroulement de l'épisode : les policiers traquaient deux courts-segments tueurs en série ; la course-poursuite aboutissait à une impressionnante fusillade au cours de laquelle l'un et l'autre perdaient la vie. *Un portrait qui ne fera aucun bien aux courts-segments du monde réel*, pensa-t-elle.

Nina semblait tout aussi choquée par cette intrigue et s'agitait sur le canapé. Elle finit par changer de chaîne, jusqu'à tomber sur le Président des États-Unis faisant enfin son apparition parmi les quintes de toux étouffées et les flashes des appareils photos des journalistes. Sur l'estrade, flanqué de hauts gradés de l'armée et du FBI, le Président présenta son décret le plus expéditif à ce jour : le projet Sécurité et transparence dans l'affectation et le recrutement, appellation abrégée en « projet STAR ». Une loi similaire allait a priori être bientôt soumise au Congrès, mais l'attentat du Capitole avait clairement établi qu'une réaction immédiate était justifiée.

— Ils savent que ça va provoquer des vagues de protestations, pesta Nina, une fois la conférence terminée. C'est pour ça qu'ils ont annoncé cette loi un vendredi soir. Ils espèrent que la presse réagira moins vite durant le week-end et que, peut-être, les gens ne seront pas aussi attentifs. Comme si ça allait passer !

Maura garda le silence, accusant le coup, pendant que Nina poursuivait ses commentaires angoissés.

— Enfin bon, c'était sûr que le débat de la primaire influencerait les discussions au Congrès, mais je n'arrive pas à croire que ça soit allé si loin en si peu de temps.

Elle regarda Maura.

— Est-ce que ça va ? demanda-t-elle doucement.

— Si *ça va* ? répliqua Maura. D'abord, je dois assister à une campagne de dénigrement des courts-segments déguisée en show télévisé, et maintenant *ça* ? Le Président vient de créer deux catégories de citoyens, fondées sur les cordelettes.

Nina ne trouvait rien à répondre.

— L'émission n'était pas… subtile, mais je ne pense pas que ce projet STAR puisse être aussi drastique, dit-elle pour la rassurer.

Maura s'arracha au canapé.

— Tout ça fait partie du même problème ! cria-t-elle.

— L'annonce *paraît* peut-être plus extrémiste qu'elle l'est vraiment, risqua Nina.

— On vient de m'expliquer qu'à cause de ma cordelette, je ne peux pas m'engager dans l'armée ni être agent du FBI ou je ne sais quel truc à la con au sein de l'Agence nationale de la sécurité. Putain, mais comment est-ce qu'ils peuvent faire un truc pareil ? (Elle se mit à aller et venir dans la pièce.)

Ça donne l'impression qu'on fait trois pas en arrière dans l'histoire. Et après, quoi ? Une loi « *Don't Ask, Don't Tell*[1] » à propos des cordelettes ?

— En théorie, ce n'est pas que tu ne *peux pas* entrer dans l'armée ou au FBI, simplement qu'il y a des limites à ce que tu peux *faire* dans ces cadres-là.

— Sans déconner, Nina, tu essaies de défendre leur position ?

— Non, bien sûr que non ! C'est affreux, ce qu'ils font.

— Tout le monde clamait qu'on était protégés, que jamais ce qui se passe dans les pays totalitaires ne pourrait arriver ici. Et regarde !

— Je suis sûre que ce n'est qu'une réaction idiote consécutive à l'attentat, dit Nina. Et ils reviendront dessus une fois qu'ils se seront rendu compte que c'était une erreur.

Maura secoua la tête en soupirant.

— Ce n'est pas comme ça que je vois les choses.

Maura aimait Nina, mais Nina essayait toujours de la réconforter, de la mettre sur la voie de l'optimisme. Vivre avec elle, c'était comme se balader en permanence sous un parapluie, sauf qu'il n'en pleuvait pas moins et, par moments, Maura avait juste besoin de place pour s'énerver et râler.

Maura avait toujours eu conscience du stéréotype détestable qu'elle risquait d'incarner et s'était efforcée de ne jamais paraître trop furibonde, trop grande gueule. Elle savait que la société aimait faire l'éloge des vertueux, ceux qui acceptaient paisiblement les épreuves au lieu de fulminer ou de

1. « Ne demandez pas, n'en parlez pas » en français : politique et législation discriminatoire des États-Unis datant de 1993, intimant aux soldats et aux soldates américains de taire leur orientation sexuelle, au risque de se voir interdire le droit de servir dans l'armée s'ils montraient des signes d'homosexualité ou de bisexualité. Cette loi fut abrogée par Barack Obama en décembre 2010.

se plaindre. Mais quand elle se heurtait à un tel arbitraire, une telle injustice, pouvait-on lui reprocher de manifester sa douleur ?

Entre les murs de la salle 204, au moins, elle pouvait se laisser aller tout son soûl à cette colère, environnée de gens qui la partageaient.

Le dimanche suivant la conférence de presse, lorsqu'elle entra dans la salle de classe, plusieurs personnes étaient déjà en train de parler de la nouvelle.

— Tout le monde a les boules aussi ?

Des murmures – « Ah putain, oui, » « Tu parles » – se firent entendre.

— Je vous propose d'exprimer vos sentiments l'un après l'autre, dit Sean, craignant que la séance se délite en récriminations décousues.

— Peut-être qu'on surréagit tous, dit Nihal.

— Je crois qu'il n'y a qu'une seule façon de réagir, répliqua Maura.

— À votre avis, quelles seront les conséquences pour nous ? demanda Lea.

Hank soutint son regard.

— Malheureusement, ça veut dire que les choses risquent d'empirer.

— Merde… Pourtant, je vois pas comment ça pourrait aller plus mal, lâcha Carl. Ils peuvent quand même pas raccourcir nos segments.

— On n'a plus le temps de se morfondre à propos de nos cordelettes ou de se mettre en rogne à l'idée de nos vies foutues, dit Maura. Surtout qu'il se passe des tas de trucs merdiques dans le monde qui exigent qu'on se révolte.

Chelsea acquiesça, avant de prendre la parole à son tour :

— Il ne s'agit pas que du gouvernement, mais de tout le monde. J'ai entendu parler d'une nouvelle appli de rencontres destinée aux courts-segments, qui s'appelle « Partager nos destins ». On peut même filtrer les annonces selon la longueur de segment. C'est présenté aux utilisateurs comme une façon de rencontrer des gens qui leur ressemblent, mais c'est juste un leurre destiné à nous détourner des applis classiques, pour que les longs-segments – Dieu les en préserve – ne tombent pas amoureux d'un des nôtres par accident.

— On dirait une sale tentative darwinienne d'exclusion, commenta Terrell en réprimant un frisson. Ça me rappelle une anecdote que m'ont racontée des amis qui essaient d'adopter. Ils n'ont ouvert leur boîte ni l'un ni l'autre, mais apparemment l'agence a insisté pour qu'ils le fassent. Il semblerait qu'ils soient confrontés à des couples qui font valoir leurs longs-segments comme un critère pour être de bons parents.

— C'est *dégueulasse*, s'indigna Chelsea.

— Pour moi, les courts-segments qui cherchent à adopter sont un peu les « nouveaux couples gays », reprit-il. Leur démarche n'est pas vouée à l'échec mais ils vont forcément en baver.

— J'ai envie de croire que les gens vont comprendre à quel point tout ça est moche et exiger que ça change, murmura Lea, une main anxieuse protégeant son ventre qui s'arrondissait.

— C'est ce que les humains ont toujours fait, dit Maura dont la colère menaçait d'exploser. On se divise en fonction de la race, la classe sociale, la religion ou je ne sais quelle autre putain de distinction inventée, et ensuite on fait tout ce qu'on peut pour s'accorder des traitements différents. On n'aurait jamais dû les laisser nous classer en « longs-segments » et « courts-segments ». On leur a facilité la tâche.

Hank hocha la tête.

— Personne n'a l'air de se soucier du fait qu'on a tous la même allure, le ventre ouvert sur une table d'opération.

L'assemblée se tut un instant.

— Mais tu trouves ça juste de mettre sur le même plan les cordelettes et les races ? demanda Terrell à Maura.

— Pourquoi pas ? On a tous entendu la nouvelle. On vient de nous exclure des postes les plus importants de l'administration. Inutile de présenter sa candidature quand on est court-segment. On dirait qu'on est pris dans une boucle temporelle où personne n'a rien appris du passé ! Dès que les gens commencent à croire qu'un groupe cherche à les dépouiller – que les immigrants leur volent leurs emplois, que les couples gays sapent l'institution du mariage, que les féministes les accusent de viol à tort –, ils ne mettent plus très longtemps à se retourner les uns contre les autres.

— En tout cas, beaucoup de personnes n'éprouvent que de la pitié à notre égard, lança Ben. Ça devrait les rendre plus compréhensifs, espérons-le.

— Sauf qu'il ne s'agit pas seulement de pitié ou de compassion, intervint Hank. Depuis le tout premier attentat à l'hôpital, le regard sur nous a changé. Maintenant, chaque fois qu'il se produit de nouvelles violences impliquant un court-segment, l'empathie se dilue davantage dans la peur. Et la peur est une émotion infiniment plus puissante.

— Mais pourquoi auraient-ils peur de nous ? reprit Nihal. Ils ont tout, alors que nous, nous n'avons rien.

— Rien à perdre.

Hank se remémora le soir du débat de la primaire, quand les membres du public avaient applaudi l'abominable appel à l'action d'Anthony Rollins. Il avait passé des heures à écumer des conversations en ligne qui se demandaient si la discrimination à l'égard des courts-segments était justifiée.

— D'après eux, on ne peut pas se fier aux courts-segments, expliqua-t-il. Nous sommes trop imprévisibles, susceptibles de craquer. Bien sûr, c'est du pipeau, tout ça, mais Maura a raison. C'est comme ça que les choses ont toujours fonctionné. Il suffira d'une nouvelle fusillade, d'un nouvel attentat à la bombe ou Dieu sait quoi d'autre, et je ne veux même pas imaginer ce qui risque de se passer.

Nihal avait l'air abattu et Lea sur le point de fondre en larmes.

Carl se tourna vers Hank.

— Tu sais que, pour un médecin, tu n'es pas très doué pour annoncer les mauvaises nouvelles ?

— C'est pourtant la vérité, dit Maura. Et à moins qu'on continue d'en parler – et de se mettre en *rogne* –, rien ne changera jamais.

Lea releva la tête.

— Ça veut quand même dire qu'il reste de l'espoir, non ?

Sean acquiesça.

— Écoutez, je ne sais peut-être pas ce que c'est qu'avoir un court segment, commença-t-il, mais j'ai passé *toute* ma vie dans ce fauteuil, alors je crois savoir deux ou trois petites choses sur ce que ça signifie d'être considéré par les autres comme quelqu'un de… différent. Je sais que c'est parfois un vrai combat d'être reconnu pour ses qualités personnelles, et non pour sa situation. C'est pour ça que je me suis engagé pour mener ce groupe, au départ. Et je suis la preuve ambulante qu'au moins *un* long-segment en ce monde peut éprouver de l'empathie pour vous tous. Je pense que ça constitue une bonne raison de ne pas perdre espoir.

Javier

Quand le Président exposa pour la première fois le projet STAR au peuple américain, Jack Hunter et Javier García – ainsi que tous les autres membres de l'armée – comprirent aussitôt que leurs carrières et leurs vies ne seraient plus jamais les mêmes.

Les deux amis avaient reçu leurs diplômes de l'académie par un mardi étouffant de la fin mai. Officiellement nommés seconds lieutenants au sein de l'armée des États-Unis, ils s'installèrent tous deux dans l'appartement que le père de Jack avait acheté à Washington en vue de ses déplacements occasionnels depuis la Virginie. L'arrivée des cordelettes avait été particulièrement mouvementée pour le personnel militaire. Les cadres avaient besoin de temps pour se regrouper, si bien que Jack, Javi et leurs compagnons de promotion avaient obtenu un répit jusqu'à la fin de l'été, avant de commencer leur formation d'officiers.

Savourant leur dernière saison de liberté, ils se retrouvaient tous les soirs à l'appartement autour de bières fraîches et de pizzas froides pour jouer aux jeux vidéo. Ils installèrent dans leur salon un vieux babyfoot trouvé sur le trottoir. Et ils n'avaient pas leur pareil pour vanter les qualités de l'autre auprès des filles dans les bars de Georgetown.

Soudain, un vendredi soir de juin, le sol se déroba sous leurs pieds.

— Qu'est-ce que ce STAR signifie, au juste ? demanda Javi.

— À mon avis, ça veut dire qu'il faut qu'on ouvre nos boîtes. Qu'on n'a plus le choix.

Avant l'arrivée des boîtes, les affectations des nouveaux lieutenants se décidaient sur la base des vœux des jeunes diplômés et des besoins de l'armée. Mais le monde avait changé au cours des trois derniers mois.

Ainsi, après que le Président eut annoncé que tous les postes de l'armée exigeraient une divulgation de segment – exécutée en personne, chacun présentant sa boîte à l'officier supérieur en charge de la région géographique concernée –, une rumeur se mit à circuler au sein de la promotion de Jack et Javi, selon laquelle certains postes, notamment ceux impliquant des opérations armées ou situés dans des zones à haut risque, ne seraient plus accessibles aux courts-segments. Bien qu'il se dise que la plupart des officiers déjà en poste seraient exemptés de cette nouvelle règle et pourraient finir quoi qu'il en soit leur temps de service, les nouvelles recrues, elles, allaient être affectées en fonction de la longueur de leur segment.

— Ils nous forcent à ouvrir nos boîtes, contre notre gré ! rageait Jack. Et dans quel but ? Ils croient pouvoir modifier le destin ? Comme si le fait de ne pas envoyer un court-segment au combat allait lui sauver la vie ! C'est plutôt leur peau à eux qu'ils cherchent à sauver.

Les sentiments de Javi étaient plus ambivalents.

— Je ne sais pas… Peut-être qu'ils se sentent coupables d'expédier une bande de courts-segments dans une zone de conflit sans même *tenter* de faire quoi que ce soit.

Mais ni l'un ni l'autre n'eut le temps de se plaindre davantage ou d'appréhender ce que tout cela lui inspirait, car on leur assigna très vite une convocation au bureau de l'officier recruteur le plus proche, munis de leurs boîtes respectives. Il était recommandé à ceux qui ne les avaient pas encore ouvertes de le faire au préalable, afin d'éviter tout choc psychologique sur place.

Il leur restait deux semaines avant la date de leur convocation.

Jack et Javi s'installèrent sur le canapé, leurs petites boîtes posées entre eux, avec l'application de calcul de segment ouverte sur l'iPad de Jack.

Physiquement aussi bien que mentalement, ils avaient surmonté toutes sortes de défis ces dernières années : parcours du combattant, bizutages, matchs de boxe, courses d'orientation dans les montagnes. Mais la tâche qui les attendait était de loin la plus difficile.

— Tu penses démissionner ? demanda Jack. Si tu as un court segment ?

— Eh bien, j'ai travaillé dur pour en arriver là. Et j'ai pris des engagements – vis-à-vis de l'armée et de moi-même. Alors je crois que je me dois de continuer. Coûte que coûte.

Les parents de Javier étaient de fervents catholiques ; le jeune homme récita une prière en son for intérieur, après quoi il adressa un signe de tête à Jack. Il était prêt.

Il *devait* l'être.

Quand Jack mesura son segment, il poussa un profond soupir de soulagement qui se mua en un sourire.

Mais Javi se tut.

Javi décida de ne rien dire à ses parents. Ils étaient trop émerveillés de le voir en uniforme, diplômé de l'un des établissements les plus prestigieux du pays, devenu quelqu'un qui inspirait le respect. C'était tout ce qu'ils désiraient pour leur fils.

Jack passa la semaine suivante à s'occuper de son colocataire déprimé, lui apportant à manger dans sa chambre, lui répétant sans arrêt qu'il était là si Javi avait besoin de quoi que ce soit.

Quelques jours plus tard, Javier n'avait plus qu'une envie : sortir de l'appartement et aller courir.

Les deux garçons suivirent leur itinéraire habituel, parcourant des rues dont la plupart des boutiques et restaurants étaient fermés depuis le mois d'avril ; cela donnait au quartier un air apocalyptique, cependant l'absence des voitures et des passants facilitait leur course. Les deux garçons décidèrent qu'un graffiti particulièrement rageur – *Merde aux cordelettes !* – serait leur jalon des cinq kilomètres.

Au début, Jack se tut – seul le piétinement sourd de leurs baskets sur la chaussée rythmait le silence. Puis, arrivés à mi-parcours, il lança :

— Javi ?

— Ouais ?

Javier poursuivait ses foulées sans détourner les yeux de sa trajectoire.

— Si on… échangeait ?

— Si on échangeait quoi ?

— Nos segments.

Le colocataire de Jack s'arrêta net.

— Qu'est-ce que tu viens de dire ?

Un cycliste, derrière eux, fit retentir sa sonnette, mais Javi resta figé sur place.

— Gaffe ! cria l'homme, sur quoi Jack saisit son ami par le bras et le tira vers lui de justesse.

Le cycliste passa près d'eux en trombe en leur adressant un doigt d'honneur.

— Ça va ? demanda Jack. Tu as failli te faire renverser !

Javi n'avait qu'une chose en tête :

— Tu as vraiment parlé d'*échanger* nos cordelettes ?

Jack acquiesça.

— Je suis taré de dire une chose pareille, hein ?

Oui, tu l'es, pensa Javi avant de répondre :

— Mais… ça ne changerait pas grand-chose, dans le fond.

— Peut-être rien à l'issue, dit Jack, mais bon sang, ça changerait carrément tout le reste !

Javier ne comprenait toujours pas.

— *Pourquoi* voudrais-tu faire croire que tu as un court segment ?

Jack se tut un instant, mal à l'aise.

— Écoute, je me sens con de proposer ça alors que, bien sûr, je suis content de ce que j'ai trouvé dans ma boîte, mais… d'un autre côté, je flippe un peu. Je sais que je dois deux ans à l'armée, mais si on m'envoyait au combat à vie ?

Toutes les frayeurs que l'académie avait tenté d'éradiquer chez Jack paraissaient revenir au galop. Il ne se faisait aucune illusion sur ses prouesses physiques, il était tout juste capable de se sortir d'une minable bagarre contre un autre étudiant. Comment pourrait-il combattre dans une vraie guerre ?

— Peut-être que si l'armée me pensait détenteur d'un court segment, reprit-il, elle se contenterait de me coller quelque temps derrière un bureau, ici, à Washington. Je pourrais disparaître, d'une certaine manière.

Javier se borna à opiner du chef. L'hypothèse de Jack semblait peu probable – l'armée ne pourrait pas le *forcer* à servir indéfiniment, quoi qu'annonce sa cordelette –, mais pour avoir été l'ami de Jack pendant quatre ans, il n'était pas très étonné de le voir paniquer à l'idée d'être envoyé au combat. C'était l'audace de sa proposition qu'il trouvait surprenante. Échanger leurs cordelettes ? Était-ce *possible* ?

— Tu as dit, l'autre jour, que tu sens que tu te dois de continuer… On sait tous les deux que tu étais meilleur que moi aussi bien en cours que sur le terrain. Alors si un seul de nous deux avait la chance de se révéler, ça devrait être toi.

Javi réfléchissait toujours, mais il ne pouvait pas rester planté là plus longtemps. Ses jambes fourmillaient autant que son cerveau. Il se détourna et reprit sa course, laissant Jack derrière lui.

Tout en courant, concentré sur le rythme de sa respiration, Javi tentait d'envisager les options qui s'offraient à lui.

Jack lui suggérait de *mentir* aux forces armées des États-Unis d'Amérique, aux gens qui l'avaient instruit et entraîné. Non seulement cela semblait répréhensible, mais c'était carrément illégal. Le projet STAR spécifiait que tout membre des forces armées qui refuserait de coopérer – de montrer sa cordelette – encourrait une radiation pour faute. Qu'arriverait-il à quelqu'un qui présenterait une cordelette ne lui *appartenant pas* ?

Jack ne devait plus savoir où il en était pour proposer une chose aussi folle, se dit Javi.

Et pourtant… Javi avait investi tant de temps, sacrifié tant de nuits pour réviser, passé tant d'heures à sentir sur sa langue le sel de la sueur et le goût métallique du sang.

Javi avait *mérité* sa chance. Et voilà qu'à présent, il ne lui restait plus que quelques années pour la saisir.

Ses pieds ne touchaient plus terre, le transportaient sans effort, les endorphines courant dans son corps. Il savait qu'il ne se satisferait jamais du boulot administratif que visait Jack. Mais faute d'un long segment, c'était tout ce que lui, Javier, obtiendrait.

Il se demanda ce que ses parents lui diraient, s'ils savaient ce qu'il envisageait. Que mentir est un péché, quelle qu'en soit la motivation ? Qu'ils n'avaient pas travaillé autant pour élever un criminel ?

Ou bien lui diraient-ils les mêmes mots que ceux prononcés lors du toast de sa remise de diplôme ? *Nous sommes très fiers de toi, Javier.*

Quand les deux garçons arrivèrent à leur porte d'entrée, Javi n'avait toujours pas dit un mot. Jack, nerveux et essoufflé, rompit le silence :

— Il faut bien sûr que tu fasses ce que tu estimes devoir faire. Le choix t'appartient. Je voulais juste que tu saches que tu as… une autre option.

Javi avait plutôt l'impression que Jack venait de lui mettre une bombe à retardement dans les pattes. Il restait maintenant moins d'une semaine avant son entretien, avant qu'il reçoive son affectation. À peine trois jours pour prendre une décision dont dépendrait tout son avenir.

Javi inséra sa clé dans la serrure.

— J'ai besoin d'y réfléchir encore un peu. La nuit porte conseil, dit-il.

Mais il ne trouva pas le sommeil.

Il sanglota dans son oreiller, contempla le plafond, s'allongea à plat ventre, se retourna d'un côté puis de l'autre, mais il ne parvint pas à s'endormir. Somnolant durant de courts instants, il fut assailli de visions délirantes.

Le pire moment fut celui où il imagina ses propres obsèques. Les couleurs du drapeau des États-Unis recouvrant son cercueil semblaient encore plus vives sur le fond noir des tenues de deuil. Ce drapeau serait alors la seule consolation de ses parents.

On parlerait, bien sûr, des circonstances de sa mort. Peut-être le prêtre les relaterait-il si ses parents n'arrivaient pas à trouver les mots.

Les yeux clos, Javi se repassa le discours du prêtre.

« La voiture a surgi de nulle part », disait le prêtre en hochant tristement la tête.

Retour en arrière.

« Il a fini par perdre son combat contre la maladie. »
Même triste hochement de tête.

Retour en arrière.

« C'était un bon nageur, mais il y avait trop de houle ce jour-là. »

Retour en arrière.

« Il était assis à son bureau quand la bombe a explosé. »

Retour en arrière.

« Javier fut, jusqu'à son dernier souffle, un authentique héros américain », lançait le prêtre d'un ton solennel.

Pour la première fois, pas de hochement de tête.

Ben

La climatisation de la salle 204 étant provisoirement en panne, Carl ouvrit toutes les fenêtres en grand pour laisser entrer un souffle de fraîcheur. Mais la soirée estivale était calme, trop calme, et la chaleur qui stagnait dans la salle de classe semblait plonger le groupe dans une plus lourde torpeur que d'ordinaire.

— Qui n'a pas encore dit la vérité à sa famille ? lança Sean pour débuter la séance.

Ben leva la main, un peu gêné, tandis que Hank tendait un bras désinvolte, comme pour réclamer l'addition. Sean tenta de les rassurer.

— Ne vous en faites pas, ce n'est pas pour vous juger. Chacun fait les choses à son rythme.

— Je l'ai annoncée à mes parents cette semaine, déclara Nihal.

Il rentrait de Chicago où ses parents vivaient depuis trente ans. Jeunes mariés, ils avaient émigré d'Inde après que son père avait été accepté en doctorat à l'université Northwestern.

Lea le regarda avec sollicitude.

— Comment ça s'est passé ?

— Franchement ? Ç'a été dur. (Nihal soupira.) Mais ils croient l'un et l'autre que nos corps ne sont que des véhicules provisoires pour nos âmes, et que ces cordelettes ne concernent que nos enveloppes charnelles. Selon eux, mon âme renaîtra ensuite, avec une cordelette toute neuve. Une nouvelle chance.

— Tu ne partages pas ces croyances ? demanda Sean.

— Disons que, j'adore ma religion. Elle est pleine de… *joie*. Et de liberté. On n'est pas enlisés dans toutes ces restrictions, tous ces châtiments infernaux. Jusqu'à l'arrivée des cordelettes, je ne pensais quasiment jamais à la réincarnation. C'était là, en arrière-plan, pendant que je me concentrais sur mes études ou autres. Je sais que mes parents ne cherchent qu'à me soutenir, mais… j'ai envie de vivre plus longtemps cette vie-là, maintenant, pas je ne sais quelle « nouvelle » vie, entouré de nouvelles personnes.

Certains membres du groupe hochèrent la tête. Ils comprenaient.

— Mes parents pensent que ça fait partie de ce grand processus qui fait que je me détourne de mon héritage, expliqua Nihal. Et, ouais, par moments je leur en ai voulu quand quelqu'un butait sur la prononciation de mon nom de famille ou faisait des commentaires sur ce que j'apportais à manger à l'école. Mais j'ai *toujours* été fier d'être leur fils.

— Et je suis sûr qu'ils le savent, dit Hank.

— N'empêche que j'ai horreur de me disputer avec eux parce que, pour être honnête, j'*aimerais* pouvoir voir les choses comme eux. Ça me faciliterait peut-être l'existence d'être convaincu qu'on dispose de plus d'une chance.

En écoutant Nihal, Ben se rappela son chef, un des architectes seniors du cabinet, qui se plaisait à dire que les bâtiments ont « des vies multiples », peut-être pour atténuer la nouvelle quand un immeuble cher à son cœur allait devoir être reconstruit. C'était cette conception de la réincarnation architecturale qui avait inspiré à Ben son habitude d'inclure une forme d'hommage à l'ancien édifice – un motif dans la pierre, ou la forme d'une fenêtre – dans les dessins qu'il faisait pour toute reconstruction. Il aimait l'idée que même les bâtiments peuvent avoir des souvenirs et resteraient peut-être à leur tour dans les mémoires.

— J'ai le sentiment que mes parents ont fait exactement ce qu'il fallait, dit Nihal. Ils sont venus dans ce pays, ont mené leur vie. Et moi, j'ai suivi leur exemple, je me suis décarcassé pour entrer à Princeton, puis une fois là-bas j'ai continué à bûcher alors que la moitié des étudiants de ma promo avaient l'air de se spécialiser dans le bière-pong. Je pensais que je faisais tout ce qu'il fallait, moi aussi.

— Mais ton segment ne nie pas tes efforts, dit Sean. Tu crois que j'ai fait quelque chose pour me retrouver dans ce fauteuil ? Ou que quelqu'un ici a fait quoi que ce soit pour raccourcir son segment ?

— Non, bien sûr…

— Alors pourquoi faudrait-il que tu manifestes moins de compassion envers ta propre personne ?

Plusieurs groupes finirent à la même heure, ce soir-là. Leurs membres respectifs s'égaillèrent sur le trottoir, devant l'école. Hank, Maura et Ben s'attardèrent au coin de la rue.

— Eh bien, ç'a été une sacrée séance, dit Hank.

— Ç'a été une sacrée année, répliqua Maura.

— Qu'est-ce que vous faites, en général, pour arriver à tenir ?

— Oh… je ne sais pas trop, répondit-elle en haussant les épaules. Je crois que je me contente de vivre ma vie.

— Vous n'avez pas de soupape ? Une façon de relâcher la pression ?

— C'est censé être le rôle du groupe de soutien, non ? demanda Ben.

— Ouais, mais parler, ça ne mène pas bien loin, reprit Hank. C'est peut-être parce que j'ai l'habitude de travailler avec mes mains, mais j'ai toujours eu besoin d'un truc…

physique, en plus. (Une idée parut le frapper subitement.) Et si vous veniez avec moi, la prochaine fois ?

Ben fronça les sourcils, interloqué.

— Venir avec toi ? Mais où ?

— Faites-moi confiance, dit Hank avec un sourire. Retrouvons-nous le week-end prochain. Le mieux, c'est de programmer ça aux alentours du coucher du soleil.

Le samedi suivant, Ben attendait à l'adresse que Hank leur avait envoyée par texto, un gigantesque complexe sportif qui se déployait le long des berges de l'Hudson.

Dans le hall d'entrée, un écran de télévision diffusait une image de flammes dévorantes, c'étaient les feux de la Saint-Jean dans toute l'Europe. Cette tradition avait été récupérée cette année-là par un mouvement qui se répandait sur le continent et encourageait les gens à jeter boîtes et cordelettes au feu. Celles-ci ne pouvant être détruites, le geste était symbolique, mais des milliers de personnes avaient néanmoins répondu à l'appel.

Ben fut sidéré en voyant ces plages bondées en Croatie, au Danemark, en Finlande – avec des centaines de jeunes sautant pieds nus dans le sable pendant que leurs boîtes sombraient dans les brasiers. Leur rejet des cordelettes semblait encore plus provocant, à la lumière de la récente décision prise par les États-Unis de bannir les courts-segments d'une partie des postes à responsabilités. *Pendant que certains plient sous le joug des cordelettes*, se dit Ben, *d'autres les jettent au feu.*

Soudain, Maura surgit à côté de Ben.

— Je dois dire que je ne m'attendais pas à ce qu'on se retrouve devant une salle de sport. Bon sang, tu crois que Hank va nous faire faire de l'escalade ? C'est une sorte d'illustration métaphorique de la façon de surmonter les obstacles ?

Ben s'esclaffa, et, juste à ce moment-là, Hank arriva avec trois clubs de golf.

— Je n'ai jamais joué au golf, dit Maura d'un ton méfiant.

— Moi non plus. On pourrait peut-être aller s'entraîner dans les cages de frappe ?

Hank sourit.

— Mon boulot, c'était de sauver la vie des gens. Je pense être capable de vous apprendre à faire un swing !

— OK, doc', concéda Maura. Mais je dois avouer que je ne te croyais pas du genre à pratiquer un loisir aussi bourge.

— Je sais que ça a l'air très bon chic bon genre, mais c'est vraiment un super moyen de décompresser. Je venais après les journées difficiles aux urgences. Et c'est ici aussi que je suis venu, après avoir ouvert ma boîte.

Pendant un instant, Ben se demanda si Hank allait dire la vérité à Maura à propos de son segment. Mais l'ex-médecin les entraîna vers l'ascenseur sans un mot de plus.

Le practice surplombait l'Hudson, entouré de filets pour empêcher les balles d'aller se perdre dans le fleuve. Ben, Hank et Maura prirent l'ascenseur qui les déposa au sommet du complexe, trois étages plus haut ; quand Ben s'avança sur la plateforme surélevée suspendue au-dessus du parcours, il vit d'abord les strates vibrantes de couleurs dont le ciel était matelassé. Hank avait raison à propos du soleil couchant, les nuages viraient graduellement de l'indigo au rose pêche puis aux tons d'orange vifs.

Hank gratifia ses deux compagnons d'un bref topo sur l'art du golf, puis chacun se dirigea vers son tee.

Maura se révéla étonnamment habile, expédiant la balle à mi-parcours en quelques coups.

— Ma mère a sûrement eu une liaison avec Tiger Woods, commenta-t-elle.

Le premier swing de Ben fendit l'air vingt centimètres à côté de la balle, et quand il finit par réussir à la frapper, elle partit de biais et atterrit dans le filet.

— Ça va venir, assura Hank. Dis-toi que c'est une thérapie, pas du golf.

Maura frappait balle sur balle, sans cesser son monologue cathartique ponctué des sifflements de ses swings, suivis de l'impact du fer contre le plastique.

— *Celle-ci*, c'est parce que je n'avais jamais été jalouse de qui que ce soit. De ma vie. Alors que maintenant, je suis jalouse de tous les connards que je croise dans la rue.

Bang.

— Et *celle-là*, parce que je ne peux même pas en éprouver de la colère, car ça ne ferait que gâcher le peu de temps qu'il me reste à vivre.

Bang.

— Et ça, ça me fout *vraiment* en rogne !

Bang.

Ben, de son côté, se débattait toujours pour coordonner cerveau et mouvements.

Hank lui posa un bras sur l'épaule.

— Ce n'est pas un tournoi, Ben. On s'en fout de l'endroit où atterrit la balle. Ce qui compte, c'est *toi*, ce que tu éprouves là, tout de suite, et la sensation de faire cheminer ce sentiment de ton bras jusqu'à la balle et hors de ton corps.

— On croirait entendre Sean, plaisanta Maura.

Hank sourit.

— Tu as compris le truc ? demanda-t-il à Ben.

— Je crois que oui.

Hank recula de quelques pas, laissant Ben seul sur la plateforme.

Celui-ci rectifia sa prise en main du club, le dos légèrement voûté, et se rendit compte que la dernière fois qu'il s'était trouvé dans cette posture-là remontait à son deuxième rendez-vous avec Claire, au cours d'une partie de mini-golf sur Governors Island où, par inadvertance, ils s'étaient incrustés à l'anniversaire d'un petit garçon de neuf ans. En regardant le héros de la fête, un gamin roux aux lunettes rondes, Claire avait dit qu'elle espérait que son futur fils porterait lui aussi des lunettes. Sur le ferry qui les ramenait à Manhattan, le vent ne cessait de rabattre les cheveux de Claire sur ses lèvres enduites de baume, et Ben avait profité d'un bref intervalle où elle venait d'écarter une mèche pour l'embrasser.

Mais ça, c'était de l'histoire ancienne. Avant qu'elle massacre tout.

Ben entendait toujours Maura et Hank taper dans leurs balles près de lui, mais il avait l'esprit ailleurs, à présent.

Il se revoyait assis à la table de la cuisine, aux alentours de 19 heures. Un mois après l'arrivée des boîtes.

On n'a pas besoin de renaissance après la mort pour passer d'une vie à la suivante, songea-t-il. Ce soir-là, dans la cuisine, son existence avait comme volé en éclats.

Ils avaient acheté des plats chinois à emporter – détail que Ben trouvait ridicule, mais le souvenir commençait toujours par l'image de Claire s'agitant sur sa chaise pendant que Ben déballait les baguettes.

Claire attendit qu'il ait commencé de manger. *Pourquoi avait-elle attendu qu'il ait commencé ? Pourquoi n'avait-elle pas simplement dit ce qu'elle avait à dire ?* Elle promenait une boulette d'un bord à l'autre de son assiette.

— Ç'a été, ta journée ? demanda Ben.

— Il y a un truc qu'il faut que je dise mais je ne sais pas comment m'y prendre, annonça-t-elle d'un air grave qui n'augurait rien de bon.

— Ah.

Ben s'essuya la bouche avec une serviette en papier et se redressa sur sa chaise, se préparant à ce qui allait venir.

— Je crois qu'il faut qu'on se sépare.

Ces mots atterrirent entre eux, éclaboussant la table de la cuisine. Ben prit le temps d'assimiler.

— Tu en es sûre ?

Il le regretta aussitôt, quelle question idiote.

Mais les lèvres de Claire se mirent à trembler, puis elle fondit en larmes, et Ben sentit qu'il rougissait.

— Qu'est-ce qui s'est passé ?

Il se remémora en un éclair toutes leurs plus grosses disputes des dix-huit mois écoulés, avec pour apogée celle de la semaine précédente, quand ils avaient écouté le Président déclarer que les cordelettes étaient authentiques, sur quoi Claire insista pour qu'ils ouvrent leurs boîtes ensemble. Ben lui dit alors qu'il n'était pas prêt.

— J'ai ouvert ma boîte, dit Claire, le visage trempé de larmes.

Ses mots firent à Ben l'effet d'une balle dans l'estomac. Elle avait regardé. Sans lui.

Puis, en voyant ses larmes, il pensa qu'elle pleurait sur son propre sort.

— Claire, non, dis-moi que c'est faux…

— Ce n'était pas la mienne, dit-elle, presque dans un murmure.

— Comment ça ?

— Mon segment est long, dit-elle. C'est le tien qui…

Sa phrase mourut dans les sanglots.

— Attends…

Ben fut pris de vertige. Qu'avait-elle fait ?

Elle avait ouvert sa boîte à elle, ça, il l'avait compris. Mais elle venait de dire que son segment était long.

C'était donc le sien *à lui* qui expliquait ses larmes.

— Oh, bon sang…

Il crut qu'il allait vomir.

— Je t'en prie, ne te mets pas en colère contre moi, gémit Claire. Quand j'ai vu que j'avais un long segment, j'ai été certaine que le tien le serait aussi ! Je t'assure, je n'ai pas pensé une minute que le contraire était possible.

Ben ferma très fort les yeux et tenta de reprendre son souffle.

— Comment est-ce que tu as pu faire une chose pareille ? cria-t-il.

Il n'aurait pas cru que sa voix puisse charrier autant de colère.

— Ouvrir ta boîte, c'est une chose, mais tu n'avais pas le droit d'ouvrir la mienne !

— Je sais. Je suis désolée.

Ben garda le silence pendant quelques instants tandis que Claire pleurait, assise en face de lui, les bras resserrés autour d'elle. Il n'arrivait plus à encaisser les coups, alors il s'efforça de se concentrer sur la trahison de Claire. C'était plus prudent que de penser à ce qu'elle avait découvert à l'intérieur de la boîte.

— Je priais pour que nos segments soient identiques. Qu'on partage nos vies, toi et moi, dit-elle. J'espère que tu le sais.

Il finit par poser la question qui lui brûlait les lèvres :

— Il s'arrêtait où, mon segment ?

— Vers quarante-cinq ans, dit-elle d'une voix brisée. Le site n'est pas très… précis.

Quarante-cinq ans.

Ça lui laissait quatorze ans, peut-être quinze.

Il penserait à ça plus tard. Ferait ses calculs plus tard.

Pour l'heure, il avait besoin d'affronter la crise, le fait que sa relation avec Claire était en train de s'achever sous ses yeux.

— Si tu m'aimes, pourquoi pars-tu ? Surtout maintenant ? demanda-t-il.

— Je t'en prie…

Claire enfouit le visage dans ses mains.

Ben ne cilla pas, malgré les larmes qu'il sentait monter.

— Tu me dois bien ça, non ?

Elle prit une bonne inspiration, tâchant de se ressaisir.

— Je ne suis pas de taille. Je ne peux pas rester avec toi et entendre en permanence le tic-tac de ce compte à rebours. Je deviendrais folle. (Elle lui lança un regard empli d'angoisse.) Je sais que je ne mérite pas que tu me pardonnes, Ben, mais je suis vraiment désolée.

Il eut le sentiment d'être un tout petit bateau au cœur d'une tempête imminente. Pris d'un haut-le-cœur, il chercha un ancrage visuel où arrimer ses pensées, ne serait-ce qu'un moment. Son regard tomba sur les mains tremblantes de Claire, sur la table. Il les avait si souvent tenues au cours des dix-huit mois écoulés, pendant des balades, au lit, leurs doigts s'entrelaçant naturellement.

Claire dut remarquer qu'il observait ses doigts, car elle abaissa les yeux à son tour.

Mais à présent, c'étaient ses propres mains qu'il fixait, nouées autour du club de golf.

— Ça va, Ben ? lança Maura par-dessus son épaule.

Un autre homme que Ben aurait sans doute imaginé le visage de Claire sur la balle au moment de la frapper de toutes ses forces. Mais pas Ben. Il n'avait pas envie de faire de mal à Claire.

Il pouvait lui en vouloir de l'avoir trahi, de ne pas lui avoir laissé l'occasion de choisir. Mais il ne pouvait pas lui en vouloir d'être partie.

Elle l'avait dit elle-même : elle n'était pas assez forte. Elle avait besoin de sécurité, de stabilité. D'une garantie à vie. Sa fuite était due à la personne qu'elle était, et des tas d'autres gens auraient fait la même chose. Peut-être *la plupart* des gens, d'ailleurs. Ce qui ne faisait pas d'eux des personnes mauvaises. Et passer le restant de sa vie à mariner dans l'amertume et le dépit ne ferait de bien à personne.

Ben devait maintenant envisager l'avenir, au lieu de ressasser le passé.

Il plissa les yeux et scruta l'horizon qui s'assombrissait, où les derniers rayons s'éteignaient dans un petit tourbillon au-dessus de l'Hudson, pareils aux feux de joie, sur les plages d'Europe, qui engloutissaient les cordelettes.

Puis il raffermit les épaules, arma le bras et expédia la balle en direction du fleuve.

Hank

Après avoir montré les rudiments du golf à Ben et Maura, Hank n'eut plus vraiment envie de travailler son swing. Il s'assit sur l'un des bancs qui permettaient de contempler le terrain et regarda les petits points blancs traverser le green comme des étoiles filantes. Le soleil couchant donnait au paysage une tonalité mystique ; même l'Hudson, en contrebas, si souvent décrié par les New-Yorkais pour ses eaux sales et polluées, lui parut magnifique à cette heure, avec ses douces rides teintées de rose.

Les reflets du fleuve lui rappelèrent la chevelure d'une jeune femme qu'il avait vue au Memorial Hospital, installée sur un lit, dans une des salles de soins préopératoires. L'extrémité de ses longs cheveux noirs était teinte en rose vif, comme ceux de certaines filles de l'immeuble de Hank qui avaient pour habitude de les tremper dans du Kool-Aid. « Elle attend une transplantation », avait annoncé Anika en arrivant derrière lui, avant de lui tendre un café.

C'était la fin mai, un des derniers jours que Hank passait à l'hôpital et le premier qui ait un parfum de retour à la normale après la fusillade du 15 mai. À la suite de l'attaque, le service des urgences était resté désert plusieurs jours, même une fois que la police eut fini de passer les locaux au peigne fin, la plupart des gens préférant faire quelques minutes de trajet supplémentaires pour se rendre dans un hôpital qui ne soit pas une scène de crime. Mais la mémoire de la ville se révéla étonnamment courte, et dès la fin du mois, la salle d'attente était de nouveau bondée. Hank n'avait trouvé qu'un bref instant pour monter voir Anika à l'étage.

— Elle n'est pas encore en haut de la liste, expliqua la chirurgienne, mais le hasard a voulu qu'elle soit venue passer un bilan alors qu'on nous appelait pour nous signaler qu'un poumon était disponible, or il se trouve qu'il pourrait être compatible.

— Sacré coup de chance ! J'espère que ça va marcher.

— Et toi, comment vas-tu ? demanda Anika juste au moment où le bipeur qu'elle portait à la hanche se mit à sonner. Merde, il faut que j'y aille. Prends mon café.

Sur quoi elle lui tendit son gobelet au couvercle encore intact.

— Je n'ai pas besoin d'autant de caféine ! dit Hank avec un sourire, tandis qu'elle s'éloignait déjà à grandes enjambées.

— Je le veux bien, moi, si vous ne le buvez pas.

Il se retourna et vit une femme âgée qui désignait le gobelet.

— Oh, mais bien sûr, dit-il en le lui donnant.

— Merci. Quelle matinée ! soupira la femme en soufflant sur la boisson fumante. C'est ma fille, là, en train d'attendre le poumon.

— Je ne peux pas imaginer votre angoisse, dit Hank. Mais les nouvelles seront peut-être bonnes aujourd'hui.

— Il y a quelques mois, je n'aurais pas supporté toute cette tension. (Puis, se penchant vers Hank, elle ajouta :) Mais je sais que quelque chose va marcher. Si ce n'est pas cette fois, ce sera la prochaine.

Hank, un peu désorienté, admira néanmoins la confiance de la femme. Il espérait simplement qu'elle était capable de supporter une déception.

— Ma fille n'a pas ouvert sa boîte. Et elle nous a tous fait promettre de ne pas le faire non plus, mais… il fallait que je me prépare, murmura la femme en jetant un regard à sa fille, adossée aux oreillers de son lit d'hôpital, en train de lire un livre. Et c'était un long segment. (Elle sourit.) Ma petite a une longue cordelette.

Le médecin lui rendit son sourire.

— Vous devez être soulagée.

— Ne lui parlez surtout pas de ce que je vous ai confié !

La mère trempa les lèvres dans son café.

Hank fronça les sourcils.

— Attendez, vous n'avez pas annoncé à votre fille qu'elle a un long segment ?

— Elle m'a fait *jurer* de ne pas ouvrir sa boîte, dit la femme en secouant la tête d'un air fataliste. Si elle apprend que je l'ai fait quand même, elle ne me le pardonnera pas.

Hank repensa un instant à Anika, à son segment dans la cuisine, et au sentiment de trahison qu'il avait éprouvé. Il songea aussi à la façon dont Ben parlait de sa propre expérience – toujours : « quand ma boîte a été ouverte » et jamais « quand j'ai ouvert ma boîte ». Peut-être avait-il vécu une trahison encore plus terrible.

— Je suis sûr que votre fille vous pardonnerait, dit Hank. Surtout quand elle aura appris la bonne nouvelle.

— Vous ne la connaissez pas. Une fois qu'elle a décidé quelque chose, elle est capable de tout. Même de garder rancune. Elle va bientôt retrouver des forces. Elle n'a pas besoin de savoir que j'ai ouvert sa boîte dans son dos. Tout ce qui compte à présent, c'est qu'elle va vivre.

Quel drôle de nouveau monde ces cordelettes ont façonné, se dit Hank. Malgré la tristesse, les mensonges, les trahisons, malgré toutes les fois où il avait vu des gens arriver à l'hôpital, effrayés, agrippés à leurs boîtes, il restait au moins ça : de l'espoir pour la mère d'un enfant souffrant. La grâce de savoir que les prières allaient être exaucées.

Hank avait pris des nouvelles quelques jours plus tard auprès d'Anika, pour savoir si la transplantation s'était bien passée.

— Malheureusement, nous avons appris par la sœur du donneur qu'il avait été soigné pour un cancer l'année dernière, lui dit-elle. Nous n'avons pas pu utiliser son poumon.

Il n'y avait pourtant pas lieu de désespérer. Hank se remémora les propos de la mère. *Si ce n'est pas cette fois, ce sera la prochaine.*

Il s'adossa au banc, apaisé par le rythme saccadé des clubs frappant les tees. Comme ça devait être étrange, se dit-il, d'être cette femme aux pointes de cheveux roses, qui attendait avec anxiété un poumon sain et compatible, ignorante du salut, du cadeau, qui l'attendait.

Jack

D'ordinaire, Jack ne se souvenait pas de ses rêves, mais le matin suivant son offre à Javi, il se réveilla, sonné et encore fatigué, après avoir rêvé de son grand-père.

Grand-père Cal était le seul membre de la famille qui ne lui avait jamais donné le sentiment d'être un étranger, et qui les avait traités, Javier et lui, avec le respect que se témoignent entre eux les soldats.

Jack les avait présentés l'un à l'autre au cours de sa première année à l'académie, lors d'un match de football. Cal avait les cheveux blancs clairsemés et le dos voûté de n'importe quel nonagénaire, mais il possédait encore la lucidité de quelqu'un de bien plus jeune.

Cet après-midi-là, Jack écouta son grand-père raconter l'histoire familière du jour où il avait menti sur son âge pour s'enrôler et partir combattre pendant la Seconde Guerre mondiale, alors qu'il n'était qu'un ado de quinze ans encore boutonneux – quoique déjà d'une stature impressionnante.

— C'est un noble métier que vous faites, les gars, dit Cal aux deux garçons recroquevillés sur eux-mêmes pour se protéger du vent qui soufflait dans les gradins, avant le coup d'envoi. On a tendance à ne parler que des brebis galeuses, mais les hommes que j'ai rencontrés dans les rangs de l'armée faisaient partie des individus les plus exceptionnels qu'il m'a été donné de connaître.

Jack avait déjà entendu tout cela à chaque réunion de famille ou presque, mais il fut content de voir Javi captivé par le récit de son grand-père.

— Avant de pouvoir prendre part au moindre combat, on passait seize semaines à s'entraîner en Nouvelle-Angleterre. Deux ou trois gars plus âgés m'avaient comme adopté dans leur groupe : ils me refilaient quelques cigares et m'emmenaient au cinéma pendant nos soirées de sortie. Il y en avait un, en particulier, Simon Starr, qui m'avait vraiment pris sous son aile. Il ne laissait jamais personne me dire un mot de travers.

« Mais quand on a reçu nos affectations, j'ai appris que je partais dans le Pacifique alors que tous ces gars-là étaient envoyés en Europe. Je suis sûr que Jack t'a dit que la plupart des hommes de la famille ont servi dans l'armée d'une façon ou d'une autre, donc tout le monde s'attendait à ce que je m'engage un jour ; mais la guerre m'a précipité dans cet univers bien plus jeune qu'aucun de nous aurait pu le prévoir, et on a beau se croire préparé, ça n'empêche pas d'être mort de peur à l'idée d'être expédié au combat.

Javi acquiesça sans un mot.

— Simon voyait bien que ça m'inquiétait d'être séparé du groupe, alors il m'a pris à part et il a sorti de sa poche une petite carte sur laquelle était inscrite une prière, un truc qui ne le quittait jamais. Il m'a dit que c'était le Hashkiveinu, une prière juive demandant à Dieu de veiller sur nous pendant la nuit. C'était sa fiancée qui la lui avait donnée. Et cette carte, il m'en a fait cadeau ! En me disant qu'elle me protègerait.

Cal secouait la tête, comme s'il n'en revenait toujours pas de ce qui lui était arrivé toutes ces décennies plus tôt.

— J'ai beau être chrétien pour ma part, j'ai conservé cette carte en permanence dans la poche de mon uniforme. Simon avait raison, elle m'a protégée.

— Vous êtes resté en contact avec lui et les autres gars, après la guerre ? demanda Javi.

Chaque fois que son grand-père atteignait ce moment-là de ces souvenirs, Jack voyait la honte se peindre sur son visage, et les regrets. C'était l'une des rares occasions où il ait jamais vu un Hunter se départir du blindage familial de façade et révéler sa vulnérabilité.

— Je ne suis pas fier d'avouer qu'en réalité, je ne sais pas ce qu'est devenu Simon, ni aucun des autres. J'avais envie de les retrouver quand j'ai finalement été démobilisé, mais à vrai dire, j'avais peur. Tant que je ne sais pas ce qu'ils sont devenus, je peux tous les imaginer vieux et ridés comme moi, entourés d'enfants et petits-enfants. Bon sang, je peux même me les représenter dans ces gradins, en train d'acclamer notre équipe du jour. Et j'aimerais me dire que c'est pour la même raison qu'aucun d'eux ne m'a recherché.

Jack et Javi gardèrent le silence pendant que Cal scrutait les gradins.

— Bon, je suis vieux mais pas aveugle, reprit Cal. Je sais que les choses ne sont plus comme avant. J'ai compris que tout avait changé en voyant le traitement qu'on a infligé aux pauvres types qui rentraient du Vietnam. Mais pour moi, il n'y a pas de plus belle vocation. Et je considère comme un honneur et un privilège d'avoir servi aux côtés de mes compagnons. Je dois ma vie et ma chance à Dieu, mais aussi à ces gars-là.

Jack et Javi comprenaient parfaitement de quoi il parlait. Ils ne comptaient plus le nombre de fois où ils avaient veillé tard pour s'interroger l'un l'autre en vue des examens, ou s'étaient adressé des encouragements dans la boue et la pluie. C'était ce soutien indéfectible qui leur avait permis de parvenir au bout de leur formation.

À l'arrière du corbillard qui les emmenait à l'enterrement de Cal, l'été suivant, le père de Jack lui avait remis une petite enveloppe sur laquelle était inscrit : « Pour mon petit-fils ». Jack avait détourné la tête pour éviter que son père ne voie ses larmes.

Jack ne voulait pas se lever tout de suite, et se retourna dans son lit. D'une certaine manière, il se réjouissait du fait que grand-père Cal soit mort avant l'apparition des cordelettes. En dépit de toutes les horreurs qu'il avait vues pendant la guerre, Cal était un homme très entier dans sa foi – foi en son Dieu, foi en son pays. Qui sait quels tourments ce nouveau monde lui aurait infligés ?

Il soupira et, relevant la tête de son oreiller, il contempla le mince trait de soleil qui ourlait le store de sa fenêtre et tombait sur la table de nuit où la vieille carte usée du Hashkiveinu dépassait de l'angle du tiroir supérieur.

Bien sûr, Jack était également soulagé à l'idée que son grand-père ne soit plus là pour apprendre que lui aussi projetait de mentir à l'armée – mais cette fois, dans le but d'en *sortir*.

Javier

Javier se réveilla et regarda la date qui s'affichait sur son réveil. Plus que deux jours pour prendre sa décision.

Il ferma très fort les yeux en se demandant s'il devait prier, mais alors, les images de la nuit lui revinrent, flottant dans le noir. Ces pensées, maintes fois rejouées tandis que son esprit divaguait à la lisière du sommeil et de la conscience, s'efforçait de soupeser l'offre de Jack.

Le drapeau. Le prêtre. Le triste hochement de tête.

Javier fut, jusqu'à son dernier souffle, un authentique héros américain.

— Comment tu feras, pour ton père ? demanda-t-il à Jack. Il faudra bien que tu lui dises qu'on a échangé nos segments, sinon il croira…

— Je sais, dit Jack.

Ce dernier avait décidé de dire à son père que l'échange était une idée de Javi, et qu'il s'y était prêté uniquement pour rendre service à un frère d'armes. L'idée qu'ils trompaient l'armée déplairait viscéralement à son père, mais avec un peu de chance, il respecterait la loyauté de son fils envers un ami.

Mais son père serait la seule personne que Jack informerait de l'échange. Personne d'autre ne devait connaître la vérité. Surtout pas sa tante Katherine – qui, supposait-il, se trouvait quelque part au beau milieu des États-Unis ou peut-être en Floride à l'heure qu'il était, en train d'essayer de convaincre un comté d'électeurs potentiellement décisifs de donner des fonds pour soutenir la campagne d'Anthony. Ce n'était pas le moment de provoquer un scandale familial. Ils devraient croire que le segment de Jack était *réellement* court.

— Et… après ? reprit Javi. Plus personne n'y comprendra rien ?

— À mon avis, on a encore quelques années pour voir ce que ça donnera.

Jack avait mis au point ce qu'il dirait à son père, mais ça n'allait guère plus loin.

— Et qui sait, ajouta-t-il, peut-être que les cordelettes n'auront plus autant d'importance à ce moment-là.

Javier hésitait. Plonger la tête la première dans une situation aussi nébuleuse, sans stratégie de retrait, cela ressemblait à tout ce que l'académie leur avait appris à *ne pas* faire.

Mais on leur avait aussi inculqué le courage, même dans l'incertitude.

— OK. Je suis partant.

Bonjour B.,

En me promenant dans mon quartier, je passe souvent devant le Van Woolsey. Je suis sûre que vous le connaissez : c'est un magnifique bâtiment qui occupe un bloc entier de Broadway. L'entrée est gardée non seulement par une immense grille en fer forgé ornée du nom de l'immeuble en lettres d'or, mais aussi par un gardien dans une petite guérite, si bien que seuls ceux qui ont la chance d'habiter là peuvent s'y aventurer. C'est un peu Buckingham Palace dans l'Upper West Side. Depuis le trottoir, entre les barreaux de la grille, on peut voir la cour centrale, ainsi qu'un parc miniature avec des haies impeccablement taillées et des bancs en pierre blanche disposés autour d'une fontaine à étages.

Je suppose que tout le monde, à New York, se choisit un lieu qui symbolise la vie qu'on rêverait d'avoir. Ça peut être un théâtre de Times Square où on voudrait désespérément se produire sur scène, ou un bar de quartier, à Brooklyn, pour lequel on économise pendant des années, dans l'espoir de l'acheter un jour. Mon lieu à moi, c'est le Van Woolsey.

Chaque fois que je passe devant cet immeuble, j'imagine ce que ce serait d'y vivre, d'habiter l'un des appartements à plusieurs millions de dollars que je n'arriverai jamais à m'offrir avec mon salaire de prof. Je pourrais m'asseoir sur le banc à côté de la fontaine et me remémorer tous les merveilleux endroits où j'ai voyagé, les gens que j'ai rencontrés, les livres que j'ai lus, les élèves que j'ai eus en classe. Et, installée sur ce banc, je pourrais lever les yeux vers mon appartement, quelques étages plus haut, où ma famille imaginaire, mes enfants, seraient en train de préparer ensemble un dîner dont je sentirais les arômes portés par le vent depuis la fenêtre ouverte.

Je me sens bête, un peu frivole, lorsque ces pensées me viennent, surtout maintenant que tout est devenu différent et que l'avenir semble tellement fragile. Et je sais que c'est un rêve barbant, pas particulièrement original. Mais, en réalité, il n'y est pas question de fortune, d'opulence, de signes extérieurs de richesse. La version de moi qui habite le Van Woolsey est sereine. Elle contemple sa vie et se sent satisfaite. Elle n'a plus besoin de perdre son temps à rêvasser puisqu'elle vit déjà un rêve.

Je suppose que c'est pour ça que je n'ouvre pas ma boîte, parce que tant que je ne l'aurai pas fait, je pourrai continuer à imaginer le jour où je serai cette personne sur le banc, dans la cour du Van Woolsey. Et tous les rêves pourront encore se réaliser.

A.

Nina

Dimanche soir, alors que Maura était à la séance de son groupe de soutien, Nina invita Amie à aller dîner dans un nouveau restaurant du sud de Manhattan.

Sa sœur ayant un peu de retard, Nina s'installa seule à une table. Elle avait eu vent de l'ouverture de cet établissement quelques jours auparavant et se rappela l'anecdote : le chef, un court-segment, s'était vu refuser un prêt, et son frère avait lancé un financement participatif pour rassembler les fonds. Elle avait découvert cette histoire dans un post sur « La Théorie des cordelettes », à l'époque où elle visitait régulièrement le site.

Nina ne s'y était pas connectée depuis quelque temps, et n'avait pas non plus consulté les autres blogs et forums, bien qu'il en émerge de nouveaux tous les jours. Elle avait interrompu ses recherches à la suite de sa dispute avec Maura, et restait sourde aux appels des sirènes en ligne.

Elle avisa un flyer accroché au menu de leur table, annonçant une soirée karaoké qui se tiendrait la semaine suivante et, au fond de la salle, repéra une petite estrade et un micro. Elle ne put s'empêcher d'imaginer Maura sur scène, le micro dissimulant en partie son visage sans réussir à en atténuer l'évidente beauté, chantant avec enthousiasme, quoique avec quelques notes un peu aiguës, un hommage à Amy Winehouse. Difficile de croire qu'il s'était écoulé plus de deux ans depuis le jour où Nina, assise au comptoir d'un bar avec Sarah, son ancienne colocataire de la fac, avait aperçu Maura pour la première fois.

L'idée du karaoké était venue de Sarah. Chaque fois qu'elle passait à New York, elle s'arrangeait pour revivre le temps des comédies musicales de sa jeunesse – elle avait connu l'apogée de ses années de lycée grâce au rôle d'Adelaide dans *Guys and Dolls** – en se rendant à un spectacle de Broadway ou dans un bar du sud de Manhattan qui proposait des soirées karaoké.

Quand Maura eut salué et quitté la scène, Sarah insista pour que Nina aille se présenter.

— Tu devrais aller lui parler. Elle est jolie.

— Je ne peux pas faire ça, protesta Nina.

— Pourquoi pas ?

— Eh bien, déjà, parce que je ne sais pas si elle est gay.

— Oh, je t'en prie, il n'y a que les lesbiennes qui chantent « Valerie ».

— Ne dis pas de bêtises, riposta Nina. C'est juste un titre qui plaît. Et qui, à l'origine, a été écrit par *un homme*.

Sarah leva les yeux au ciel.

— Tu n'es pas obligée de toujours vérifier toutes les infos.

— Et même si elle est effectivement gay, je ne suis pas comme toi, je n'aborde pas les inconnus dans les bars.

Sarah feignit de prendre la mouche.

— Tu veux dire que je suis une traînée ?

— Non, juste que tu as de l'assurance ! Moi, je n'en ai jamais eu.

— Tu en as assez pour sabrer toutes sortes d'écrits à grands coups de stylo rouge. Tu l'as bien assez fait avec mes dissertations à moi.

— Ce n'est pas pareil. Ça, c'est le boulot.

— Ça aussi, c'est du boulot, rétorqua Sarah. Et la réussite repose à quatre-vingts pour cent sur le cran.

Une gorgée de vodka-cranberry ponctua cette affirmation.

Bien qu'elles ne se soient pas vues depuis six mois – la dernière fois que Sarah avait fait le voyage depuis Los Angeles –, elles retrouvaient sans peine leur complicité d'autrefois, Sarah dispensant des conseils en matière de cœur et Nina se demandant si elle devait l'écouter.

Quand le hasard les avait désignées pour partager la même chambre sur le campus pendant leur première année de fac, Nina n'aurait jamais cru devenir amie avec Sarah, grande blonde pétillante de vitalité, dont la chevelure avait la particularité surnaturelle de sécher en anglaises brillantes. Mais dès la troisième semaine de cohabitation, Nina révéla qu'elle était gay, et Sarah, trop contente de compter une rivale de moins vis-à-vis des beaux mecs du campus, décida de prendre la timide Nina sous son aile.

Pour Sarah, les aventures amoureuses n'étaient qu'un jeu et le flirt, une façon de piquer la curiosité des hommes, de les défier. Elle fit part de sa méthode à Nina : engager la conversation, séduire par petites touches, mais toujours, toujours laisser *l'autre* faire le premier pas. Et Nina se cramponna à ce précepte comme à un bouclier. En laissant les autres agir les premières, elle n'avait jamais à *trop* s'aventurer ni à se sentir vulnérable.

Or, le simple fait de regarder Maura – si assurée, si rayonnante, captivant tout un public sans même avoir une voix remarquable – donnait à Nina le sentiment d'être vulnérable, et de se sentir bien terne.

Le temps que Nina rassemble assez de courage pour aller lui parler, Maura avait déjà regagné le bar, s'asseyant parmi un groupe de personnes en tenues de ville qui semblaient être ses collègues. Par chance, elle était juchée sur un tabouret à la lisière du groupe, facile à aborder.

Lance-toi, se dit Nina. Elle n'était sortie avec personne depuis plus d'un an – elle faisait des heures supplémentaires en vue d'une promotion, prétextait-elle chaque fois que sa sœur ou sa mère posait des questions –, si bien qu'un coup de pouce de la part de Sarah était sans doute sa meilleure chance de remédier à cette situation.

Elle s'éclaircit la voix.

— Super interprétation !

— Ah, merci ! (La chanteuse inclina la tête en souriant.) Tu vas chanter quelque chose aussi, ce soir ?

— Non, j'ai bien trop le trac, ça me paralyse.

— La soirée ne fait que commencer. Tu auras le temps de le surmonter !

— Je m'appelle Nina.

La femme se mit à rire quand Nina avança le bras pour amorcer une poignée de main.

— Moi, c'est Maura.

— Tu es avec des collègues ?

Maura acquiesça.

— On fête un truc. Je travaille dans une maison d'édition et on vient de remporter une enchère coriace pour les droits d'une super série de romans *young adult*. Le nouvel *Harry Potter*, selon nous.

— Félicitations ! Tu travailles chez qui ?

— Ah, *ça*, je ne peux pas te le dire, répondit malicieusement Maura. En théorie, je n'ai rien le droit de révéler tant que le communiqué de presse n'est pas paru.

— Ça vaut sans doute mieux, étant donné que, moi, je travaille pour un magazine.

— Et merde ! Je n'aurais rien dû dire, s'écria Maura en s'esclaffant de plus belle.

— C'est bon, dit Nina avec un sourire. Je promets de garder le secret.

Avec Maura, les choses furent instantanément différentes. Nina avait envie pour la première fois d'être active, dans cette relation, et non passive, – au diable les conseils de Sarah. Elle avait peut-être accepté de mettre en péril ses précédentes liaisons dans le but de maintenir son écran protecteur, mais elle sentait au fond d'elle que quelque chose avait changé. Elle était sidérée qu'une femme comme Maura, audacieuse, courageuse, fière, puisse s'intéresser à quelqu'un d'aussi banal et angoissé qu'elle.

D'habitude, Nina veillait toujours à arriver la deuxième aux rendez-vous, pour éviter d'attendre – ce qui ne manquait pas d'accroître sa nervosité – ou de paraître trop empressée.

Mais avec Maura, elle arrivait chaque fois en avance.

— Je suis désolée d'être en retard ! lança Amie à Nina en se laissant tomber sur la chaise en face de sa sœur. J'ai encore loupé mon arrêt.

Nina n'eut pas l'air étonnée.

— Qu'est-ce que tu lisais, cette fois ?

— *Lady Susan*, avoua Amie. J'avais envie d'un roman épistolaire depuis que je… hum, peu importe. Je me suis rendu compte que c'était mon dernier Austen, et ça, c'est triste.

Nina sourit en se remémorant la fois, pendant ses années de fac, où elle avait envoyé à Amie un exemplaire de *L'Abbaye de Northanger* pourvu d'un faux bandeau publicitaire de sa fabrication qui clamait : « Laissez-vous emporter par vos fantasmes les plus fous ! »

Amie leva les yeux du menu devant elle.

— Tu as entendu parler de cette base de données gigantesque ? Mes voisins en discutaient dans la buanderie commune.

— Quelle base de données ?

— Apparemment, c'est une sorte d'énorme tableur Google qui prétend recenser la longueur de segment de tous les habitants de New York, expliqua Amie. Et ça fonctionne comme Wikipédia, chacun peut y apporter les informations dont il dispose, sur sa propre personne, ou… quelqu'un d'autre. Il paraîtrait qu'ils ont atteint les soixante mille noms hier.

— Mon Dieu, fit Nina d'une voix étranglée. C'est…

— Terrifiant, acheva Amie à sa place. Je crois que la police est en train de rechercher le concepteur, mais le site s'est mis à fonctionner de lui-même. Mon voisin me l'a montré sur son téléphone. J'en ai eu la chair de poule.

— C'est complètement intrusif ! Et si on ne sait pas que quelqu'un nous a inscrit ou a révélé quelque chose d'aussi personnel à notre sujet ?

Un frisson traversa Nina de part en part, lui rappelant le jour où elle avait été dénoncée, à l'école. Elle se sentait presque trop effrayée pour poser la question à Amie, mais il fallait qu'elle en ait le cœur net.

— Tu sais si Maura…

Amie comprit.

— J'ai fait quelques recherches, et je n'ai trouvé personne que je connaisse.

Nina s'autorisa à respirer de nouveau.

Soudain, il lui vint une envie désespérée de changer de sujet. Elle avait juste besoin d'une soirée qui ne soit pas plombée par le stress et la tristesse. Un dîner marrant avec sa sœur, comme « avant ».

Elle s'arma de courage en prenant une grande inspiration.

— Bon, sinon, je me disais que ça ferait un chouette lieu de rendez-vous, ici, non ? Partager des tapas, c'est très romantique, dit Nina en adressant à sa sœur des petits haussements de sourcils facétieux. Tu pourrais peut-être amener quelqu'un ici, comme ça, maman arrêterait de *me* bassiner à propos de ton absence de vie amoureuse.

Amie secoua la tête d'un air faussement contrarié et prit un morceau de pain.

— Elle n'imagine pas à quel point c'est devenu *impossible* de draguer. Alors que c'était déjà pas super simple… Maintenant le sujet ultra-tabou des cordelettes plane au-dessus de nous tout du long.

Nina se borna à hocher la tête. « Avant » était fini, et c'était idiot de sa part de vouloir y revenir.

— J'en conclus que tu ne vois personne en ce moment ?

— Personne d'autre que toi, ma chère sœur, répliqua Amie avec un grand sourire avant de mordre dans sa tranche de pain.

— Peut-être que si tu arrêtais de monopoliser la corbeille de pain et que tu apprenais à partager…, plaisanta Nina en attirant à elle les morceaux rescapés.

— Hé, oh !

Amie plongea deux doigts dans son verre d'eau et d'une pichenette, arrosa sa sœur, comme lorsque, gamines, elles se chamaillaient pour la dernière frite du plat.

— Ça suffit les enfantillages ! lança Nina d'un ton faussement pompeux. C'est un restaurant de *haut standing*, ici.

Amie s'esclaffa.

— Oui, maman.

Le bon vieux temps est bel et bien fini, se dit Nina. *Mais au moins, il nous reste ça.*

Jack

Jack avait la nostalgie du bon vieux temps. Avant le diplôme, avant les cordelettes, avant que Javi et lui soient contraints d'ouvrir leurs boîtes et de dévoiler à l'armée les segments qu'elles contenaient. Avant que son oncle devienne une célébrité.

Anthony n'aurait jamais dû connaître une telle renommée. Et n'aurait jamais dû avoir autant de partisans – ni un nombre aussi inquiétant de détracteurs. Après l'arrivée des cordelettes, Jack pensait que la campagne mal engagée d'Anthony ne survivrait pas au printemps. Mais voilà qu'on était en août, à moins d'un an des conventions électorales des partis, et Anthony ne faisait que gagner du terrain.

Depuis le débat du mois de juin, les discours d'Anthony attiraient de plus en plus d'auditeurs, et Katherine ne cessait d'insister pour que Jack assiste à leurs meetings. (C'était crucial, semblait-il, dans la continuité du projet STAR, afin d'afficher le soutien de l'armée à Anthony.)

Katherine venait d'inviter Jack à les rejoindre lors d'un énorme meeting à Manhattan, mais il n'avait pas encore décidé s'il irait ou pas. Il n'avait toujours pas annoncé à sa tante et son oncle la nouvelle de son « court segment », et ne savait pas trop combien de temps il pourrait encore la différer. Quelqu'un finirait forcément par poser la question.

Jack cherchait à repousser autant que possible cette discussion. Il avait déjà souffert lors de son faux aveu, un mois plus tôt, au bureau de recrutement de l'armée. Ce souvenir ne le quittait pas : assis sur une chaise en face du commandant Riggs, il avait senti qu'il commençait à transpirer dans son pantalon d'été kaki et craint que la sueur détrempe la toile légère, ce qui trahirait l'imposteur qu'il était. Il avait tenté de soulever un peu les cuisses, imperceptiblement, pour éviter qu'elles soient trop en contact avec l'assise de la chaise.

— Avez-vous ouvert votre boîte ? avait demandé son supérieur.

— Oui, mon commandant.

— Et ?

— Un segment très court, mon commandant. Cinq ou six ans, tout au plus.

Le commandant Riggs attira à lui le coffret au nom de Jack Hunter qui recelait le sort de Javier García, et mesura le segment, lèvres pincées, très concentré. Il ne semblait pas apprécier cette mission qui consistait à s'immiscer dans la vie de ses soldats. Mais il restait imperturbable.

— Navré, finit-il par déclarer en notant la longueur officielle dans ses notes.

Jack s'était alors rendu compte que le fait d'être anxieux n'avait pas d'importance. Si le stylo avait failli lui glisser des doigts alors qu'il s'efforçait de signer la déclaration sous serment, le commandant Riggs supposerait simplement que l'angoisse de Jack était due à son sort.

Cherchant désespérément à se changer les idées, à ne plus penser à son oncle ou au commandant Riggs, Jack alluma la télé de son appartement et, par chance, tomba sur la rencontre de base-ball que disputaient les Nationals, de Washington.

La quatrième manche venait tout juste de commencer quand une publicité interrompit le match et qu'un nouveau clip commença à clamer « Rollins, pour l'Amérique ».

Le visage d'une petite femme blonde apparut à l'écran.

« Je m'appelle Louisa. Je me promenais dans les parages du Capitole, le matin du 10 juin, quand la bombe a explosé. Quand un court-segment a fait exploser le dispositif qu'il avait passé des semaines à fabriquer. »

La caméra recula de façon à révéler que la femme était assise, amputée d'une jambe.

« Je comprends la douleur que cet homme a dû éprouver après avoir découvert son segment. Mais quel besoin avait-il d'infliger la même douleur à tant d'autres personnes ? (Les yeux de Louisa étaient embués de larmes.) Je fais confiance au membre du Congrès Anthony Rollins pour assurer la sécurité dans nos villes, pour qu'aucun autre passant innocent ne connaisse les mêmes souffrances que moi. »

Anthony ne fait vraiment pas dans la nuance, pensa Jack. Ce qu'avait vécu cette femme était terrible, bien sûr, mais ça n'arrivait pas tous les jours. Et le pays n'était pas non plus un havre de paix *avant* l'arrivée des cordelettes.

Vers la fin de la vidéo, Anthony déclarait : « C'est pour cette raison que je suis fier de compter parmi les membres du groupe d'experts créé pour répondre à l'arrivée des cordelettes, et d'être l'un des premiers partisans du projet STAR et de la future législation qui protégera tous les Américains comme Louisa contre de nouvelles violences. Je m'appelle Anthony Rollins, et j'approuve ce message. »

Jack en fut choqué. Anthony faisait partie du groupe d'experts du Président ? Anthony avait contribué à l'élaboration du projet STAR ?

— Merde ! hurla-t-il.

Son oncle était à l'origine de l'obligation faite aux soldats d'ouvrir leurs boîtes. Ils avaient dû échanger leurs segments et mentir à tout leur entourage, par sa faute. Et par sa faute, Jack s'était parjuré en signant un document officiel sous le regard plein de commisération du commandant Riggs.

Il empoigna la bouteille d'eau qui traînait sur les coussins à côté de lui et la lança sur le visage d'Anthony.

— Merde, merde, merde !

La bouteille en plastique rebondit à grand bruit contre l'écran et les dernières gouttes en giclèrent juste au moment où le match de base-ball reprenait.

Heureusement, Javi n'était pas là pour voir ce clip et comprendre à quel point Anthony trempait dans l'affaire – au même titre que le reste de la famille qui le soutenait.

Ce même Anthony qui voulait que Jack le rejoigne à New York pour aller se planter comme un idiot sur scène pendant que lui se vanterait d'avoir rédigé ce putain de décret qui, précisément, avait à jamais démoli la vie de Jack et celle de Javi.

Jack entendait encore son père lui dire : « Dans les familles, on se soutient les uns les autres. Surtout dans une famille comme la nôtre. »

Anthony

Anthony était prêt.

Son discours entre les mains, résumé sous forme de motsclés sur une série de fiches, il se carra confortablement contre le dossier beige de son siège, dans un bus au flanc barré de l'inscription « Rollins, pour l'Amérique ». Celui-ci progressait sans encombre sur le trajet menant de Washington à un parc du sud de Manhattan, où une foule nombreuse était en train de s'assembler pour l'entendre ou pour protester.

Le directeur de campagne d'Anthony les avait informés de la présence de manifestants.

— Est-ce qu'il y a lieu de s'inquiéter ? demanda Katherine.

— Il y aura tout le personnel de sécurité voulu sur place, madame, répondit le directeur. Et les chiens artificiers ont déjà flairé les lieux.

— Je voulais dire pour les sondages à venir, rectifia Katherine, agacée.

— Oh, nous avions conscience de ce facteur en prenant la décision de faire des cordelettes le thème du discours. Mais je vois plutôt la présence de ces manifestants comme un signe positif, qui témoigne de l'ascension de votre mari. Les gens ne se déplaceraient pas pour le premier venu.

— Peut-être aurons-nous même la chance de voir des protestataires enragés distribuer quelques coups de poing, renchérit Anthony d'un air songeur. Personne n'aime prendre parti pour ceux qui usent de la violence.

Et tandis que le bus s'approchait du parc bondé, Anthony et Katherine avaient effectivement du mal à distinguer la horde en liesse de leurs sympathisants de celle, tout aussi bruyante, des gens susceptibles de créer des problèmes.

Hank

Hank était prêt.

Il allait retrouver quelques amis du groupe de soutien à Manhattan, où Anthony Rollins devait prendre la parole. Ils avaient prévu de participer à la manifestation. Hank avait enfin le sentiment d'*agir*, pour la première fois depuis son départ de l'hôpital.

Tout en finissant son café, il alluma la télévision pour écouter les nouvelles ; les journalistes étaient encore en train de couvrir les manifestations de la semaine passée en Chine.

« Pour les spectateurs qui viendraient seulement de nous rejoindre, nous suivons actuellement le quatrième jour des manifestations qui se déroulent à Beijing », annonça le présentateur. Une vidéo montra plusieurs milliers de manifestants bloquant les rues du quartier d'affaires situé au cœur de la ville.

« Voilà quelques mois, le gouvernement chinois a exigé de tous les citoyens du pays qu'ils communiquent la longueur de leur segment afin que cette donnée soit enregistrée dans les registres nationaux, au nom de la protection et du recensement officiel de la population », expliqua l'homme. « L'ambiguïté des motivations de cette démarche avait suscité une vive indignation internationale, notamment au sein de l'Union européenne et des États-Unis, mais ce furent les soudaines arrestations, ces dernières semaines, de trois résidents de Beijing ayant refusé de se soumettre à cette obligation, qui ont déclenché les manifestations de grande ampleur auxquelles nous assistons à présent. »

Hank pensa que les nouvelles en provenance de Beijing avaient sans doute partiellement inspiré les foules attendues dans la journée à Manhattan. Il était difficile d'entendre les discours d'Anthony Rollins sans s'inquiéter de voir les États-Unis se rapprocher de plus en plus de l'autoritarisme chinois.

Le bruit courait qu'Anthony Rollins avait participé à l'élaboration des dernières mesures prises par le gouvernement, et son numéro lors du débat de juin était considéré par beaucoup comme le point de départ de l'actuelle discrimination à l'égard des courts-segments – l'étincelle était partie du Congrès pour gagner presque toutes les communautés. À en croire les appels aux ralliements relayés sur les réseaux sociaux, quelque douze mille participants projetaient de converger vers le petit parc de Manhattan où se tenait le meeting d'Anthony Rollins, brandissant pancartes, mégaphones et banderoles pour exprimer leur indignation.

Hank se rappela la fois où Anika l'avait traîné à la Marche pour les sciences. Au début, il ne voulait pas y aller. Il ne pensait pas que cela puisse avoir un impact.

— Ça n'en aura peut-être pas, avait-elle répondu. Mais je vais te dire la même chose qu'à mes amis de la Marche pour la lutte des droits des femmes : on ne manifeste pas uniquement parce qu'on espère que ça déclenchera des changements. On manifeste pour rappeler aux autorités qu'on est nombreux. Et qu'ils ne peuvent pas nous ignorer.

Hank éteignit la télé et se mit en route.

Arrivé au parc, Hank se retrouva environné de « Courts-segments, serrons-nous les coudes ! », « Un long segment ne fait pas tout », « Égalité pour tous » ou « Nous sommes plus que de simples cordelettes ! » écrits en grosses lettres.

Il fut surpris de se sentir aussi ému. C'était un beau spectacle, ce kaléidoscope de pancartes fluo, de slogans à la fois provocateurs et sincères.

Hank fut submergé par une sensation qui le ramena à une autre époque, à un autre lieu, une vingtaine d'années plus tôt ; il se revit aux côtés de son ancienne petite amie Lucy, qui, le prenant par la main, l'avait entraîné jusqu'à la maternité lors de leur première semaine de formation à l'hôpital, et où, ensemble, ils avaient regardé derrière la vitre les rangées de nouveau-nés en train de dormir, s'agiter, bâiller, vagir. Lucy avait les larmes aux yeux, mais Hank ne voulut pas pleurer devant la fille qu'il s'efforçait d'impressionner. Alors il se contenta de rester là, à contempler l'avenir qui se tenait devant lui sous la forme d'une douzaine d'êtres innocents dans des berceaux, pas encore abîmés par le monde extérieur. Une douzaine de raisons de nourrir de l'espoir.

Nombreux étaient les camarades de promo de Hank qui affirmaient vouloir devenir médecins pour contribuer à quelque chose de plus grand qu'eux. Hank acquiesçait toujours en entendant cette formule, mais il ne comprenait pas vraiment ce qu'ils entendaient par là. Lui avait juste envie d'aider les gens.

Mais à présent, plongé au cœur de cette foule, dos à l'estrade, son regard passait d'un visage à l'autre et il comprenait.

L'arrivée d'Anthony Rollins sur scène souleva un mélange d'acclamations et de huées, mais Hank ne se retourna pas tout de suite. Il avait envie d'observer encore un instant la marée de manifestants.

Son regard s'arrêta subitement sur une silhouette.

Une femme aux cheveux auburn fendait la foule, percutant les gens et les écartant d'un geste hâtif en se dirigeant vers le premier rang, la main droite à l'intérieur de sa veste, comme si elle se cramponnait à quelque chose.

Merde. Hank ressentit dans ses tripes *la* sensation, cette certitude nauséeuse qu'il éprouvait lorsqu'on amenait aux urgences un patient n'ayant pratiquement aucun espoir de survie. Son corps avait l'art et la manière de percevoir l'imminence d'un drame.

Quelqu'un présentait Rollins au micro, vantant le courage, la conviction et la foi du politicien, mais Hank l'entendait à peine. Il suivait la femme, se rapprochait d'elle de plus en plus, essayant de comprendre ce qu'elle avait en tête. Elle ne portait peut-être qu'une pancarte particulièrement caustique, ou une poche de sang de porc. En tout cas, elle était pleine de détermination.

Il n'était plus qu'à quelques mètres d'elle quand elle sortit un pistolet.

Hank avait été guidé par son instinct toute sa vie – cela lui permettait de rester vigilant pendant ses gardes de douze heures, d'enfouir la main dans une plaie d'où jaillissait du sang et de pincer l'artère entre deux doigts sans perdre son calme, ou de courir en direction des coups de feu ce fameux matin de mai, au Memorial Hospital. Ce fut le même instinct qui le poussa à agir.

Il ne pensa pas au péril évident qu'il encourait. Il ne pensa pas à sa cordelette. Il ne pensait qu'à l'instant présent, aux gens en danger autour de lui.

Il n'avait pas pu protéger son service des urgences de la fusillade. Cette fois, ce serait différent.

Il vit la main de la femme sur la détente.

Ses doigts tremblèrent légèrement, deux secondes d'hésitation.

Le temps pour Hank de bondir devant l'arme au moment précis où elle se décida à tirer.

Anthony

À peine Anthony entendit-il une détonation qu'une nuée d'agents de sécurité et de flics s'abattit sur lui et l'entraîna hors de la scène jusqu'à une fourgonnette en stationnement. Les hurlements de panique de la foule s'assourdirent sitôt la portière blindée refermée.

— Que s'est-il passé ? demanda-t-il au chauffeur.

— On ne le sait pas encore précisément.

— Où est Katherine ?

— En sécurité. Ils l'ont embarquée dans l'autre voiture.

Anthony hocha la tête, et son regard s'attarda sur son costume froissé par cette sortie précipitée.

Il était sain et sauf. Katherine aussi.

Il venait de survivre à ce qui devait être, selon toute probabilité, un tir ciblé. Une tentative d'assassinat. Le visant *lui*.

Putain de merde, pensa Anthony. Quelqu'un voulait sa mort.

Il avait toujours eu des ennemis : à l'université, des rivaux au sein de la fraternité ; pendant ses années de droit, un détestable concurrent ; au bureau du procureur, un collègue qui ambitionnait les mêmes promotions. Mais là, ce n'était pas pareil : sa vie était en danger.

L'espace d'un instant, Anthony eut vraiment peur.

Puis il se souvint de son long segment, des trois décennies promises et du fait que, mis à part quelques plis sur son costume Armani, il s'en sortait indemne.

Une autre pensée ne tarda pas à lui venir.

C'était très probablement la meilleure chose qui puisse arriver pour sa campagne.

Les gens allaient compatir, voir en lui un survivant victorieux. Combien de dirigeants politiques avaient-ils réchappé de complots visant à les éliminer ? Theodore Roosevelt, Richard Nixon, Ronald Reagan… Et lui, Anthony Rollins, membre du Congrès de Virginie, venait de rejoindre les rangs de cette élite. Grâce à un individu nourrissant un projet effroyable, il venait de faire un énorme pas en avant vers le Bureau ovale.

Dans les jours qui allaient suivre, il rédigerait un discours poignant condamnant la violence et la haine qui avaient failli l'abattre, déplorant les morts tragiques et appelant ses compatriotes à continuer la lutte en bravant la peur.

Ils boiront ça comme du petit-lait, pensa Anthony, *et je vais être un putain de héros.*

Hank

La femme essayait de l'aider, ça, il arrivait à le percevoir. Elle lui avait tiré dessus, et maintenant, elle voulait le sauver.

— Oh non, non, non, répétait-elle sans relâche. Ce n'était pas vous que je visais !

La tireuse appuyait fermement des deux mains sur le trou au ventre de Hank, des larmes ruisselant sur ses joues. Elle se tenait si près de Hank qu'il voyait les sillons de larmes et les bulles qui se formaient dans ses narines. Des mèches de ses cheveux auburn frôlaient le nez de Hank.

— Je suis désolée, sanglotait-elle. Je suis tellement désolée.

Elle tendait encore les bras vers lui après que des courageux près d'eux l'eurent saisie et éloignée.

Le visage de la femme fut aussitôt remplacé par d'autres, plus familiers. Lea et Terrell, s'agenouillant pour prendre la relève en comprimant sa plaie, laquelle se mit tout à coup à lui faire un mal de chien comme l'adrénaline commençait à refluer, sa peau à s'enflammer et ses oreilles à tinter.

— Ça va aller, Hank, murmura Lea.

— C'est bon, il va s'en sortir ! criait Terrell pour tenter de calmer leurs compagnons. Il lui reste encore quelques années à vivre, comme nous tous.

Hank tourna la tête et aperçut Ben qui tremblait de la tête aux pieds, agrippant la main de Maura. Ben allait devoir leur expliquer à tous.

Puis une troisième vague de visages arriva. Des ambulanciers, avec un brancard et un masque à oxygène.

En tant que médecin, Hank avait assisté aux derniers instants de cent vingt-neuf patients. Il gardait de chacun un souvenir plus net que de Lucy, d'Anika, ou de ses parents pendant son enfance. Des instants paisibles, d'autres violents. Des morts prévisibles, d'autres inattendues. Il revoyait toutes les lignes plates sur le moniteur. Une cordelette tendue en travers de l'écran.

Hank avait toujours souhaité que sa propre mort se passe dans l'intimité, mais l'affolement de la foule et les sirènes des ambulances semblaient veiller à ce qu'il en aille autrement.

Tandis qu'on lui passait derrière la tête les élastiques du masque à oxygène, Hank se demanda ce qui l'attendait. Il était terrifié, et n'avait que l'espoir auquel se cramponner. L'espoir de partir pour un bel endroit, où il retrouverait son père. L'espoir que sa mère aille bien et que, le moment venu, elle les rejoigne à son tour.

Le visage de Ben fut le dernier que vit Hank avant de fermer les yeux. À l'évidence, Ben avait couru pour rattraper le brancard sur lequel Hank avait été allongé, juste avant qu'on le charge dans l'ambulance. Ben s'approcha de son oreille et lui chuchota :

— Tous ces gens à longs segments que tu pensais avoir sauvés, tu les as *bel et bien* sauvés. Leurs cordelettes étaient longues parce que tu étais *destiné à* les sauver. Elles étaient longues *grâce* à toi.

Le visage de son ami se fondit aussitôt dans le lointain, de l'autre côté de la portière de l'ambulance, et Hank ferma les yeux, seul avec son espoir.

Jack

Jack était censé assister au meeting d'Anthony à Manhattan. Katherine l'avait pressé de venir, mais il avait menti pour s'en dispenser, prétextant un accès de fièvre.

Dieu merci, il n'avait pas assisté au drame. Un innocent *assassiné* au rassemblement de son oncle, le corps déchiré par une balle destinée à Anthony. Jack n'arrivait pas à comprendre comment les choses avaient pu en arriver là, comment les agissements de sa famille avaient pu avoir de telles répercussions. Comment, par une chaude journée de la fin août, Jack en était à contempler sur Internet le visage de celui qui était mort à quelques mètres à peine de sa tante et son oncle.

L'homme – un médecin, selon les journalistes –, avait les cheveux courts et noirs, le sourire encadré de rides profondes avec une ombre presque imperceptible de barbe, et un stéthoscope autour du cou. C'était sans doute sa photo officielle, se dit Jack, celle qui figurait dans l'annuaire de l'hôpital.

Son père lui donna des nouvelles de Katherine et Anthony.

— Ta tante est bouleversée à l'idée que cette folle les ait pris pour cibles. Mais dans l'ensemble je trouve qu'ils s'en sortent étonnamment bien. D'ailleurs, les scores de ton oncle sont même meilleurs depuis l'agression.

Ils s'en sortaient étonnamment bien ? Et s'étaient déjà remis à surveiller les sondages ? N'avaient-ils pas vu un homme se faire abattre ?

Jack ne voulait pas croire que sa propre famille ait pu provoquer la mort de cet homme. Bien sûr, un grand nombre de ses ancêtres avaient combattu au nom de leur pays, mais ce n'était pas pareil. Il s'agissait ici d'un parc à Manhattan, pas d'un champ de bataille. Et jusqu'à cet été, Jack croyait que les plus grandes transgressions de sa famille avaient été commises contre les leurs, contre ceux comme Jack et sa mère qui n'arrivaient pas à se couler dans le moule façonné par leurs aïeuls.

Jack savait qu'à bien des égards, il avait de la chance d'être un Hunter, avec tout le confort et les relations que cela impliquait. Mais la campagne d'Anthony avait déclenché quelque chose de sombre, néfaste, qui faisait passer tous les autres défauts de la famille pour des broutilles insignifiantes.

La plupart des articles sur l'attentat affirmaient que l'homme avait « sauvé » la vie au candidat Rollins, mais Jack lut une publication en ligne dans laquelle un ami du médecin expliquait qu'il faisait partie ce jour-là de la manifestation anti-Rollins.

Était-ce en fait la haine de ce médecin pour Anthony qui l'avait tué ? Un sacrifice pour défendre la cause des courts-segments ? Jack avait envie d'identifier la logique, la motivation expliquant que cet homme ait décidé de se jeter dans la trajectoire d'une balle de son plein gré. En dépit de tous ses efforts – et il s'y était essayé maintes et maintes fois, au cours de ses études –, il n'arrivait pas à se représenter *quoi que ce soit* d'assez convaincant pour justifier qu'il risque délibérément sa vie. Il avait vu ce sens de l'engagement chez les autres élèves officiers, et le constatait chez Javier qui souhaitait poursuivre sur la voie du service même après avoir découvert sa cordelette. Il se demandait quel effet cela pouvait faire d'être porté par une telle assurance, une telle ferveur. D'avoir le sentiment que rien de ce qu'on faisait ne sonnait faux.

Jack se gara devant la maison de son oncle et sa tante, et prit une profonde inspiration. Il fallait qu'il le fasse aujourd'hui. Malgré ses doutes quant aux failles des siens, en fin de compte ces gens restaient sa famille. Il ne pouvait les éviter éternellement. Du reste, il avait déjà informé l'armée du court segment que sa boîte contenait, il fallait donc que tout ça ait l'air vrai.

Toutefois, il avait sciemment choisi de se rendre chez les Rollins durant l'après-midi ; son oncle serait à son bureau, et il n'aurait que sa tante à affronter.

En ouvrant la porte, Katherine attira son neveu à elle.

— Dieu merci, tu n'étais pas à ce meeting, face à cette abominable manifestation !

Au contraire du père de Jack qui grimaçait au moindre contact physique un peu trop appuyé, Katherine avait toujours embrassé ses proches.

— Je sais que les derniers jours ont été mouvementés pour oncle Anthony et toi mais, euh, je suis venu parce qu'il faut que je vous dise une chose, annonça Jack pendant que Katherine lui servait une tasse de café. Tu sais certainement que j'ai dû faire une divulgation de segment à l'armée, et… je tenais à ce que vous appreniez de ma bouche que… j'ai un court segment.

Katherine reposa la cafetière d'une main tremblante.

— Court à quel point ? demanda-t-elle dans un souffle.

— Il semble aller jusqu'à vingt-six ou vingt-huit ans, dit-il.

Jack désignait toujours sa cordelette comme *le* segment, de façon à s'en détacher le plus possible. Il lui était impossible de dire *mon* segment.

— Oh, Jack, je ne sais pas quoi dire. Je suis vraiment désolée.

La voix de Katherine se brisa dans un sanglot.

— Je t'en prie, ne pleure pas, supplia Jack, déconcerté par la réaction de sa tante.

À quoi s'attendait-il donc ? Il savait que sa tante pouvait se montrer aussi froide et ambitieuse que son oncle, qu'elle soutenait ce dernier quoi qu'il advienne, mais c'était quand même elle qui lui avait offert ses premières figurines de GI Joe et Captain America quand il était petit, qui lui avait apporté des kyrielles de plateaux-repas surgelés après le départ de sa mère. Alors, bien sûr qu'elle allait pleurer en apprenant la nouvelle de sa mort imminente.

Il ne méritait pas ses larmes.

— Je vais bien, je t'assure, dit-il.

Malgré ses remords, il ne put s'empêcher de penser que le dilemme auquel il se confrontait était dû aux agissements du mari de sa tante. Si encore il avait pu dire quelque chose pour défendre Javier, ou même avouer la vérité à Katherine.

Quand sa mère l'avait abandonné, Jack avait espéré que sa tante, la jeune sœur de son père, allait combler le vide. Elle y était parfois parvenue. Mais elle n'avait jamais cherché à remplacer la mère de Jack. Ce qu'elle voulait être, c'était Mrs Rollins.

Elle voulait former le couple idéal, accéder au statut social envié ; elle voulait régner sur les dîners, les collectes de fonds, les réceptions mondaines et peut-être, un jour, sur le pays. Et les Hunter obtenaient *toujours* ce qu'ils voulaient.

— Tu es très courageux, finit-elle par dire. Toute la famille serait fière de toi.

Une affirmation peut-être encore pire que les larmes, pour Jack.

— Merci, murmura-t-il, incapable d'en dire plus. Je crois que je vais devoir y aller. Pour éviter les bouchons.

— Si tu as besoin de moi, je suis là, ajouta Katherine. Et ton oncle aussi.

Jack ne fut pas convaincu par cette dernière affirmation.

De retour chez lui, il se laissa tomber sur son lit, épuisé et écœuré de culpabilité.

Mentir était déjà bien assez difficile, fallait-il qu'en plus sa tante le félicite de son *courage* ? De cette bravoure légendaire des Hunter qui faisait la fierté de la famille ?

Il ne méritait ni l'admiration de sa tante ni sa pitié. Penser qu'elle pleurait à cause de lui et de son prétendu court segment, alors que personne ne pleurait pour Javier, le rendait malade. Or, c'était bien *lui*, Javier, qui faisait véritablement preuve de courage, et non Jack.

En se redressant sur son lit, Jack jeta un regard vers son placard dont la porte entrouverte laissait voir les vêtements roulés en boule les uns sur les autres, les vestes de travers sur les cintres. L'armée n'aurait jamais accepté un tel désordre. Et n'aurait certes pas admis les mensonges qu'il venait de raconter à sa tante… Des mensonges inspirés par la peur, qui plus est.

Soudain, en avisant son uniforme repassé et toujours sous la housse en plastique du nettoyage à sec, un déclic se produisit en lui.

Jack sortit tous les vêtements de sa penderie : polos accrochés sur les cintres, tee-shirts et pantalons de jogging entassés dans les tiroirs. Tout ce qui provenait de l'académie ou de l'armée – autant de preuves qu'il avait un jour essayé de s'intégrer. Il ramassa ensuite la pile en un gros ballot et fourra le tout sous son lit.

Anthony

Comme s'y attendait Anthony, ses scores s'envolèrent après le meeting avorté. Son message trouvait un écho chez les gens. Ils avaient peur. Ils se tournaient vers lui pour quêter de l'aide.

Alors même qu'Anthony ne voyait pas comment la situation pourrait lui être encore plus favorable, la police découvrit, en fouillant l'appartement de celle qui avait voulu l'assassiner, une boîte contenant un court segment ne dépassant pas quelques années. La femme, en détresse, avait dû perdre la tête, conclut le public. Une raison de plus de ne pas se fier aux détenteurs de courts segments. Ce qui prouvait en outre qu'Anthony avait raison sur toute la ligne.

La nouvelle enflamma Twitter.

Encore un taré de court-segment !! Pas étonnant !

L'hôpital, la galerie commerciale, l'attentat à la bombe et maintenant ça. On ne peut pas laisser ces gens terroriser notre pays !

L'enseignant de CM1 de ma fille est un court-segment. Dois-je m'inquiéter pour sa sécurité à l'école ?

Honte à tous ceux qui continuent de défendre la tireuse du parc et d'incriminer Rollins. Un court segment n'excuse pas le meurtre.

Qui est l'abruti qui a laissé cette féminazie à court segment mettre la main sur un flingue ??

Anthony se moquait bien des sujets dont débattaient les moutons d'Internet, du moment que cela servait sa cause, mais son directeur de campagne, lui, était ravi. L'opinion publique semblait prendre un virage qui leur était de plus en plus favorable.

Les cordelettes étant encore un phénomène relativement récent, toutes les violences engendrées par leur arrivée étaient d'un genre *nouveau*. Le fait que l'auteur de la tentative d'assassinat se soit révélé une femme ne fit que servir davantage la cause d'Anthony. Avant les cordelettes, le pays ne connaissait que rarement des agressions perpétrées par des femmes, mais désormais, chaque individu détenteur d'un court segment pouvait être considéré comme une menace potentielle. Les vieux principes de l'ordre public ne s'appliquaient plus. Et Anthony était le seul candidat à se positionner comme un soldat armé pour la lutte en cours.

Bien que Wes Johnson continue à en appeler au meilleur de chacun de ses concitoyens, la plupart des autres candidats étaient affublés de stéréotypes : la professeure de l'Ivy League était hors-sol, le gouverneur incisif, trop rustre, la représentante du Congrès conservatrice, trop maternelle. Anthony avait eu l'intelligence de s'emparer du sujet des cordelettes, d'associer sa personne à la question la plus marquante de leur époque, avant que quiconque puisse l'étiqueter ou, pire, le décréter incompétent.

Il ne fallut que quelques jours pour que les gens en viennent à exiger que les courts-segments n'aient plus le droit d'acheter des armes, et Anthony prit sur lui de rédiger un avant-projet de loi. La science elle-même semblait de son côté. La semaine où Anthony se mit au travail, une équipe de chercheurs japonais et américains lâcha une bombe sur Internet. Après six mois de collecte de données par rapport aux cordelettes, les scientifiques avaient pu perfectionner l'outil de mesure des segments. Finies les approximations avec des fourchettes de plusieurs années, finies les estimations incertaines.

Désormais, un seul chiffre. L'âge exact de la mort de chacun.

Désormais, les gens pouvaient mesurer leurs cordelettes au mois près.

Anthony songea que plus la technologie était précise, plus il serait facile de contrôler les courts-segments.

— J'ai passé une excellente journée, annonça-t-il, tout sourire, en suspendant son blazer sur l'une des patères de l'entrée. La nouvelle loi destinée à interdire la vente d'armes à feu aux courts-segments pourrait bien être le premier texte en faveur du contrôle des ventes d'armes ratifié par le Congrès depuis des années, poursuivit-il. C'est incroyable.

— Je ne suis pas certaine qu'on doive continuer à les prendre pour cibles, lança Katherine du salon.

— Qui ça ?

— Les courts-segments.

Cette réponse déconcerta Anthony. En pénétrant dans la pièce, il trouva sa femme assise sur le divan, l'air affligé.

— Pourquoi dis-tu cela ?

— D'abord, ça t'a presque valu de te faire assassiner. Ensuite, je n'ai pas le sentiment que nous ayons évalué toutes les conséquences.

Anthony savait que l'épisode avait angoissé Katherine, bien que la balle ne les ait pas du tout frôlés. Mais peut-être ne s'était-il pas rendu compte du souci que se faisait sa femme.

— Nous avons l'un et l'autre de très longs segments, dit-il d'un ton aussi apaisant que possible. Il ne nous arrivera rien. Les cordelettes nous le garantissent.

— C'est loin d'être aussi rassurant que tu sembles le penser, dit Katherine. Ça signifie seulement que nous ne serons pas *tués*. Mais il peut nous arriver toutes sortes de choses terribles.

— Nous avons tous les deux choisi de devenir des personnages politiques, dit-il. Nous savions dans quoi nous nous engagions.

— Mais peut-être que cette voie-là… exploiter les cordelettes… n'est plus vraiment la bonne.

— Tu as l'air d'oublier qu'utiliser la cordelette de Wes Johnson contre lui était *ton* idée, au départ ! *Moi*, je n'ai fait que te suivre. D'ailleurs, pourquoi remets-tu en question une stratégie qui marche si bien pour nous ?

Katherine déglutit, avant de déclarer d'une voix faible :

— Jack est venu me voir, aujourd'hui. Il m'a annoncé qu'il a un court segment.

Anthony soupira et s'assit à côté de sa femme. Il lui prit doucement la main.

— C'est affreux. Jack est un bon gamin.

— Oui, et c'est pour ça que je ne peux pas accepter qu'il subisse une épreuve pareille ! Notre famille s'est toujours sacrifiée pour ce pays, et voilà comme nous en sommes récompensés ! Mon frère va perdre son unique enfant ? Après que cette marginale l'a abandonné en le laissant élever Jack seul ? Et après toutes ces années passées à trimer, à poursuivre l'œuvre de son grand-père, voilà que Jack se retrouve relégué dans un minable placard de l'armée pour y mourir avant d'atteindre ses trente ans ? C'est juste, tout ça ?

Anthony laissa sa femme pleurer contre son épaule, ne sachant ce qu'il allait pouvoir dire.

Il ne pouvait pas laisser ces considérations les dévier de leur trajectoire, surtout maintenant, en plein élan. Il avait besoin de Katherine à ses côtés. Depuis leur rencontre à l'université, lui, fringant étudiant de quatrième année visant l'entrée en école de droit et elle, timide étudiante de deuxième année, il savait qu'elle était la compagne qu'il lui fallait. Elle partageait ses rêves et son ambition, et son milieu était inégalable. Les origines de sa famille remontaient à la Guerre d'indépendance, merde ! C'est pourquoi il s'était accommodé de son puritanisme initial, de son côté vertueux par moments condescendant. Elle avait l'arbre généalogique et tout le savoir-vivre nécessaire à la réussite, sans parler du cran que cela exigeait. Quand, quelques minutes avant le concours universitaire d'éloquence, elle avait renversé « accidentellement » son café sur les vêtements de l'adversaire qu'il devait affronter, Anthony lui avait déclaré son amour.

Katherine croyait en lui. Croyait en *eux*. Elle avait toujours été un atout. Anthony ne la laisserait pas devenir un obstacle.

— Ta famille est plus soudée qu'aucune autre. Tu sauras surmonter cette épreuve.

Katherine tira un mouchoir de la boîte sur la table basse et s'essuya le nez.

— Et si c'était le signe qu'il faut… qu'on revoie les choses ?

— Pour le moment, tu es bouleversée. Et c'est bien compréhensible, poursuivit-il calmement. Mais tout ça ne change rien. Nous sommes à deux doigts de la Maison Blanche, je le sens dans ma chair. Et nous méritons ça. *Tous les deux*.

— Et penses-tu que Jack *mérite* ce qui lui arrive ? demanda Katherine, troublée par l'apparente indifférence de son mari.

— Non, bien sûr que non. En revanche, je crois que nous avons mérité notre réussite. Nous protégeons l'avenir du pays. En donnant aux gens ce dont ils ont besoin. Tu te souviens de notre premier rendez-vous, au café du bâtiment de philo ? Je t'ai dit que mon rêve, c'était de devenir Président et toi, tu m'as répondu : « OK, je suis partante. » Et tu t'es remise à siroter ton *latte* comme si de rien n'était. Je n'aurais pas su dire si tu étais folle, ou si tu plaisantais. Pourtant, ce n'était rien de tout ça. Tu parlais sérieusement, conclut Anthony avec un sourire.

— Oui, je m'en souviens.

— Tu avais déjà tant de foi en nous, à ce moment-là, alors que nous n'étions que deux gamins. (Il effleura sa joue mouillée de larmes, puis regarda Katherine droit dans les yeux.) Est-ce que tu as toujours foi en nous, aujourd'hui ?

— Tu sais bien que oui.

— Et as-tu foi dans le fait que la volonté de Dieu est avec nous ?

— Oui.

— Eh bien, moi aussi. C'est notre *destin.*

Il enveloppa d'un bras les épaules de sa femme. Katherine posa la tête contre son torse, se détendit dans le réconfort de ces muscles familiers.

— Cette voie dans laquelle nous nous sommes engagés… elle est difficile, je le sais, dit Anthony en caressant les cheveux de sa femme. Mais c'est la seule qui nous mènera à la victoire.

Ce fut seulement une fois Katherine endormie qu'Anthony réfléchit à la situation de Jack.

Anthony et Katherine n'avaient jamais souhaité avoir d'enfants. Il n'y avait pas de place pour des gosses dans leurs emplois du temps respectifs, et Katherine semblait tout à fait satisfaite de jouer les tantes gâteuses aux anniversaires et aux remises de diplômes, ou d'apporter son aide chaque fois que son frère croulait sous le travail, puis de retourner à la vie palpitante qu'elle construisait avec Anthony.

Anthony était navré pour son neveu, bien sûr. Cependant, il avait toujours trouvé que Jack détonnait un peu dans les réunions de famille ; un gamin timide et maigrichon, que l'on choisissait en dernier pour la course à trois jambes. Selon lui, Jack n'avait jamais eu la pugnacité propre au reste du clan. Sans doute tenait-il trop de son écervelée de mère qui s'était enfuie en Europe comme une vulgaire communiste. Anthony espérait simplement que la cordelette de Jack ne le pousserait pas à faire quoi que ce soit d'irréfléchi, des choses susceptibles de nuire à la réputation de son oncle et de sa tante.

Soudain, il esquissa un sourire. Les manifestations et la tentative d'assassinat avaient braqué les projecteurs sur l'absence de popularité d'Anthony auprès des électeurs à courts segments. Or, peut-être Jack venait-il de lui fournir une solution.

Maura

Les médias diffusèrent la nouvelle de l'attentat et de la mort de Hank pendant des jours : « Un médecin new-yorkais érigé en héros ». Ils relataient le martyre du médecin dévoué qui avait sauvé d'un possible carnage un membre du Congrès et la foule de spectateurs présents. Peu d'entre eux précisèrent que Hank n'avait pris part au rassemblement que pour protester contre l'action du politicien.

Au cours des jours et des semaines qui suivirent ses obsèques, Maura se sentit angoissée, déboussolée. Mais il fallait pourtant qu'elle mette son réveil chaque matin et prenne le métro pour aller travailler, qu'elle s'installe à son bureau et contemple un tableur des heures durant avec, en fond sonore, les bruits de mastication de chewing-gum de sa collègue. Même s'il n'était pas dans la nature de Maura de se définir par son travail, elle aimait ce qu'elle faisait dans l'édition : concevoir des titres accrocheurs pour les posts sur les réseaux sociaux, réfléchir à de nouvelles stratégies publicitaires, prendre part à des réunions stimulantes avec des esprits créatifs. Jusqu'alors. Maintenant, Hank était mort, sa propre vie vacillait, le monde entier semblait en proie aux flammes, et pourtant elle était encore censée envoyer des communiqués de presse et surveiller son budget, comme si rien n'avait changé.

Elle avait besoin d'un salaire, bien sûr. Elle ne pouvait pas démissionner simplement à cause de sa cordelette. Et elle ne pouvait pas non plus envisager la moindre initiative sans entendre les mises en garde incessantes : *Tu as un court segment. Tes possibilités sont limitées. Ton temps est précieux. Que veux-tu faire du reste de ton existence ?*

C'est alors qu'elle comprit pourquoi la mort de Hank l'avait tant perturbée. Ce n'était pas parce qu'il s'agissait d'une perte profonde ni à cause de la violence de cette scène.

Hank était le premier.

Pas la première personne de l'entourage de Maura qui disparaisse, bien sûr, mais le premier *court-segment* qu'elle avait rencontré à atteindre la fin de sa cordelette. À se trouver à court de temps.

Et sa mort amenait Maura à s'interroger sur la façon dont se produirait la sienne. Quand la paire de ciseaux trancherait le fil.

Nina, elle, avec son segment, recevait en fait deux cadeaux : une longue vie *et* la capacité de supposer que sa mort surviendrait naturellement, dans son sommeil peut-être, quand elle serait vieille, fatiguée et prête. La fin paisible que tout le monde méritait, mais que seuls quelques rares chanceux connaissaient.

Maura, elle, n'aurait pas cette chance.

La science se faisait plus incisive, et les mesures plus précises. Le créneau dans lequel se situait la fin d'une vie se restreignait d'une minute à l'autre, et tous, aussi bien courts que longs-segments, étaient retournés consulter le site actualisé pour corriger leurs prévisions. Mais ces précisions ne firent qu'alimenter la peur tandis que ce qui avait été quelques années se révélait être une saison, voire un mois.

Et Maura entendait ces histoires de courts-segments approchant de la fin, sans maladie particulière, tenaillés par la crainte et le désarroi, hésitant avant de traverser une rue, se tenant loin des voies du métro. Un abîme d'angoisse incommensurable. Un affreux sentiment d'impuissance. Elle n'était pas étonnée d'apprendre que certains courts-segments avaient constitué un réseau leur permettant, semblait-il, de se procurer des cachets spéciaux auprès de médecins compatissants ou bien de revendeurs à l'étranger, et qu'ils choisissent de partir en douceur, entouré des gens qu'ils aimaient, plutôt que d'attendre quelques jours de plus que survienne un accident potentiellement douloureux. C'était un sujet épineux – que le magazine de Nina venait de couvrir –, car ces courts-segments étant a priori en bonne santé, leurs actions étaient illégales. *Mais n'ont-ils pas les mêmes droits que les malades en phase terminale ?* se demandait Maura. La possibilité d'user de leur pouvoir, de leur liberté, à la toute dernière heure de leur vie ?

Elle décida de ne pas réévaluer la durée qu'il lui restait.

Elle en savait déjà assez.

Et la question lancinante – l'unique information que Maura n'avait pas –, elle s'efforça de l'enfouir au plus profond d'elle-même, la refoulant de son mieux. Mais elle persistait à resurgir de temps à autre, et les rares fois où Maura se laissait submerger, elle essayait de se concentrer plutôt sur des éventualités qui ne surviendraient probablement jamais.

Attaque de requin. Accident de saut en parachute. Ça, au moins, elle pouvait éliminer.

Serpent venimeux. Foudre. Sous-alimentation. Hautement improbables.

Et pourtant, la mort de Hank – abattu par balle lors d'une manifestation – était tout autant inattendue. Un an plus tôt, si quelqu'un avait dit à Hank qu'il mourrait dans un « meeting de courts-segments », il n'aurait pas compris ce que cela signifiait. Qui aurait pu deviner qu'il se ferait tirer dessus par une femme visant le politicien corrompu qui se trouvait derrière lui ?

Mais peut-être était-ce une évidence, qu'il meure comme il avait vécu, comme le voulait son serment : en sauvant la vie des autres, même ceux qui n'en semblaient pas dignes.

Quand Maura arriva à l'école, le dimanche soir, Chelsea était assise sur les marches de l'entrée et fumait une cigarette avec nonchalance, en sueur dans la touffeur moite de l'été, à peine atténuée par l'arrivée de la nuit.

Il restait encore quelques minutes avant le début de leur séance, alors Maura s'assit à côté d'elle.

Chelsea lui tendit sa cigarette comme pour partager.

— Tu fumes ?

— Ça m'est arrivé quelques fois, à la fac, dit Maura. De *l'herbe*, bien sûr…

Chelsea se mit à rire, puis tira une nouvelle bouffée.

— Si le toubib était encore là, je suis sûre qu'il m'engueulerait, dit-elle. Mais par moments, j'ai l'impression que le *seul* avantage d'avoir un court segment, c'est que je peux me remettre à fumer autant que ça me chante. Ce qui m'emportera est déjà en route, que ce soit un cancer des poumons ou autre.

Au cours des premières séances, en avril, Maura s'était souvent posé des questions en regardant Chelsea, avec sa chevelure aux reflets naturellement cuivrés assortis à la couleur orange totalement artificielle de son teint. Elle était fascinée par le fait qu'en dépit du segment qu'elle avait reçu, Chelsea continuait à accorder de l'importance à son bronzage bihebdomadaire. Mais là, assise sur le perron à ses côtés, Maura admirait la détermination de Chelsea. Elle avait un court segment, et alors ? Elle n'en avait pas moins envie de vivre sa vie. Et d'avoir l'air bronzée.

— Alors, tu y es retournée ? demanda Chelsea. Sur le site web ?

Maura secoua la tête.

— Tu as bien fait, reprit Chelsea. On flippe plus facilement quand c'est beaucoup plus précis. Au moins, Hank n'a pas eu à se réveiller ce matin en pensant : *Ça pourrait être la fin*, aujourd'hui.

Chelsea écrasa le mégot de sa cigarette sous le talon compensé de sa sandale, puis se leva lentement.

— On y va ?

Quand les deux femmes entrèrent dans la salle, le reste du groupe était déjà en pleine discussion.

— Il aurait dû nous dire la vérité sur son segment, dit Lea.

C'était la première séance, depuis les obsèques de Hank.

— Le docteur Singh a prononcé un bel éloge, lança Terrell. En disant que Hank lui avait donné le courage de rejoindre Médecins sans frontières. Je crois qu'aucun de mes ex n'aurait cette délicatesse.

— On en sait un peu plus sur la tireuse ? demanda Sean.

— Elle visait Rollins, selon les infos, répondit Ben. Donc ça n'aurait sans doute pas été une tuerie de masse.

— Une seule chose est sûre, intervint Nihal. Le segment de la tireuse est pratiquement à son terme.

Chelsea gémit.

— Déjà, elle assassine notre ami, et en plus elle nous colle à *tous* une sale image sur le dos.

Mais c'est Anthony, en réalité, qui a établi un lien entre l'attentat perpétré et la cordelette de la tireuse, songea Maura, *et dépeint sa motivation comme la furie d'un court-segment*. Très peu de détails avaient émergé concernant la femme elle-même. Elle avait une petite quarantaine d'années, n'était pas mariée, n'avait pas d'enfants. Ni famille ni amis ne s'étaient fait connaître, que ce soit pour la défendre ou pour exprimer leur horreur.

Maura avait la conviction que cet attentat – de même que les violences précédentes – allait indéniablement alimenter le parti pris inconscient d'un grand nombre de gens. La prochaine fois que l'une de ces personnes rencontrerait un court-segment, se méfierait-elle un instant, en se demandant : *Puis-je lui faire confiance ? Avec tout ce qu'il endure ? Toute cette souffrance ? Ce fardeau ?*

Comment pourrait-il être… normal ?

AUTOMNE

Amie

Certains élèves ne revinrent pas à l'automne.

Lorsqu'un segment trop court annonçait une perte de revenus, il arrivait que des parents retirent leurs enfants de l'école privée, dans l'incapacité de justifier cette dépense additionnelle. Plusieurs familles fuirent Manhattan, conscientes, désormais, que la vie était courte et espérant qu'elle serait de meilleure qualité hors de la ville. Quelques-unes quittèrent carrément le pays.

De fait, en septembre, six mois après l'arrivée des cordelettes, le *Times* avait collecté assez de données pour révéler qu'un pourcentage très restreint mais tout de même important de la population américaine avait émigré depuis l'apparition des boîtes. La plupart des gens se contentaient de traverser la frontière canadienne, tandis que d'autres poursuivaient leur voyage plus loin vers le nord, jusqu'en Scandinavie dont la bonne réputation – ces régions figurant parmi les plus heureuses du monde et les plus égalitaires – semblait contrebalancer toutes les craintes que suscitait l'hiver interminable.

Longtemps avant les cordelettes, Amie avait elle-même caressé l'idée de partir, trouver un nouveau chez-elle où la vie quotidienne aurait été un peu moins chère et un peu moins difficile. Mais New York réussissait toujours à la faire changer d'avis, à l'accaparer de plus belle. Pour chaque rat d'égout qui filait à son approche, il y avait un jardin de quartier débordant de couleurs. Pour chaque agression nocturne que rapportaient les médias, il y avait une balade au parc en fin d'après-midi, où, de toutes parts, musiciens et chanteurs composaient une partition différente. Des choses que même les cordelettes ne pouvaient changer.

Si seulement son école avait pu en faire partie.

Au mois d'août, une semaine après le meurtre du médecin lors du meeting de Rollins à Manhattan, le directeur avait envoyé à l'ensemble du personnel un e-mail déplorant la violence qui avait cours dans le pays et présentant ses condoléances à tous ceux qui s'étaient vus frappés par la fatalité avec l'arrivée des cordelettes.

« Je comprends la nécessité impérieuse que ressentent bien des enseignants de dispenser des conseils à leurs élèves en ces temps difficiles », écrivait le directeur. « Toutefois, étant donné la nature de plus en plus brûlante du sujet et les récentes avancées en matière de mesures de nos cordelettes, je préconise aux enseignants de s'abstenir de toute évocation détaillée des cordelettes dans leurs classes cet automne. »

Les représentants des parents d'élèves étaient, semblait-il, arrivés à la conclusion qu'un sujet aussi sensible devait être réservé à la sphère familiale.

Amie comprenait, bien sûr, les épreuves qu'affrontaient les parents, mais elle n'était pas d'accord avec ce nouveau mot d'ordre qui mettait les enseignants sur la touche. Elle pensait que l'école avait une réelle occasion de valoriser son action en parlant frontalement des cordelettes, en enrichissant ses programmes d'ouvrages sur la mortalité et la perte, sur l'empathie et les préjugés. Elle avait même eu l'idée de créer un projet d'échange de lettres entre les élèves de sa classe et un groupe de résidents d'une maison de retraite toute proche, inspiré de sa propre correspondance avec

« B. ». Elle espérait que découvrir l'histoire de personnes qui avaient survécu à tant de décennies dans un monde en constant bouleversement puisse être une perspective utile à ceux qui s'acheminaient aujourd'hui vers l'âge adulte, mais elle craignait que cette expérience soit faussée s'il fallait s'abstenir de mentionner les cordelettes.

Amie avait exposé ses préoccupations au directeur à la fin de l'été, sans résultat.

— Avez-vous des enfants, Miss Wilson ? lui demanda-t-il.

— Eh bien, non.

— Alors, bien que j'admire votre idéalisme, je crains que vous ne puissiez pas évaluer les sentiments qui animent les parents d'élèves. Vous savez, je reçois chaque année une vingtaine de coups de fil à propos de nos cours d'éducation sexuelle, certains disant qu'il est trop *tôt* pour ça, d'autres trop *tard*, le reste mettant en cause le contenu lui-même. Il est impensable de contenter tout le monde. Mais ce sont les *parents* qui paient les enseignements que reçoivent nos élèves. Il faut donc qu'ils puissent décider quand, où et comment aborder le sujet des cordelettes avec leurs propres enfants. (Le directeur s'interrompit un instant.) Quand vous serez mère à votre tour, Miss Wilson, je suis sûr que vous comprendrez leur point de vue.

Peu surprise par la repartie, Amie s'était contentée de hocher la tête, encaissant l'insulte sans broncher.

Quelques semaines plus tard, des chiffres parurent. La baisse des inscriptions était sidérante. Puis, à peine quatre jours après la rentrée, survint la première radiation officielle d'un professeur.

En arrivant à la Connelly Academy ce matin-là, Amie trouva un groupe de collègues et quelques parents mécontents déjà rassemblés devant le bureau du directeur.

— Ç'a été un choix très difficile, tenta d'expliquer celui-ci. Mais nous devons respecter le nouveau code de conduite édicté au mois d'août.

— Que s'est-il passé ? demanda Amie.

— C'est Susan Ford, répondit un collègue. Apparemment, elle a fait tout un exposé sur les cordelettes hier, de sa seule initiative, en expliquant aux élèves de dernière année qu'il ne fallait pas qu'ils redoutent d'avoir un court segment… ni qu'ils aient peur des courts-segments.

— Ce n'est pas ce que j'appellerais un message nocif…

— Ouais… Mais ça a mis certains parents en rogne. C'est un sujet super délicat.

Quand Mrs Ford sortit, l'air sombre, du bureau du directeur et jeta sans cérémonie un carton d'affiches dans une poubelle à proximité, la colère de la foule éclata.

— C'est ridicule ! cria un des parents. On ne paie pas pour envoyer nos enfants à l'école dans une dictature ! On devrait *encourager* la discussion, pas l'étouffer !

— Le conseil d'administration et les parents d'élèves ont pris leur décision, annonça le directeur. Nous pourrons rouvrir le débat lors de la prochaine réunion, en octobre.

La sonnerie de 8 heures retentit et les premiers flots d'élèves déferlèrent dans l'enceinte de l'établissement, obligeant le groupe à se disperser à contrecœur pour ne pas les inquiéter. Deux des mères mécontentes prirent Mrs Ford par le bras, la réconfortant comme s'il s'agissait d'un de leurs enfants et non d'une femme adulte.

Amie, quant à elle, contempla tristement la poubelle près du bureau du directeur ; les coins froissés des affiches de Mrs Ford en dépassaient, comme pour chercher, en vain, à s'échapper.

Maura

Maura se rendit à l'école le nez sur son téléphone, faisant machinalement défiler des posts Facebook plus déprimants les uns que les autres. Elle ne pouvait plus supporter la moindre anecdote à propos de la campagne en plein essor d'Anthony Rollins ou des raisons pour lesquelles tel ou tel milliardaire croyait judicieux de migrer sur Mars en abandonnant les cordelettes sur Terre, mais elle marqua un temps d'arrêt en tombant sur un titre inattendu : « Un site de vente de faux segments dénoncé, son propriétaire arrêté ». Un individu du Nevada avait semblait-il fabriqué dans son garage des répliques de courts segments qu'il vendait en ligne. Avant qu'il ait pu être arrêté, des centaines de gens avaient acheté ces cordelettes frauduleuses destinées à jouer des farces odieuses en remplaçant le véritable segment d'une personne par l'un de ces courts segments. Comme s'il s'agissait du pire sort envisageable. Et de la meilleure blague du monde.

De rage, Maura faillit jeter son téléphone sur le trottoir.

Quelques-uns des membres du groupe discutaient de cette nouvelle quand elle entra dans la classe.

— Quelqu'un d'autre a vu cette histoire de faux segments ? demanda Nihal. Le type n'avait vraiment rien de mieux à faire ?

— D'abord, on a eu droit à ce site de merde qui collectait les longueurs de segments, et maintenant ça ! maugréa Carl.

— N'oubliez pas la nouvelle loi sur les armes à feu, ajouta Terrell. Avant, n'importe quel citoyen de ce pays avait le droit de se balader avec un fusil de guerre sans que personne ne se soucie des risques, et voilà qu'à présent, après des années de débat, ils décident soudain d'en interdire la vente aux courts-segments.

— Franchement, ça paraît dérisoire à côté de ce que mon père m'a raconté, intervint Chelsea. Une de ses collègues de bureau réclame la garde exclusive de ses enfants sous prétexte que son ex-mari est un court-segment. J'imagine qu'elle a dû mettre en doute la stabilité émotionnelle de son ex, prétendre épargner aux gamins des traumatismes inutiles.

— Bon sang, grommela Terrell.

— Eh bien, j'espère qu'il se bat pour continuer à les voir, dit Ben. Même s'ils doivent inévitablement le perdre, au moins ils sauront qu'il ne voulait pas renoncer à eux.

— Et je suis sûr qu'il y aura de nouvelles manifestations si cette histoire de garde d'enfants prend de l'ampleur, ajouta Nihal.

Soudain, Maura explosa :

— Vous n'en avez pas marre de tout ça, vous ? Ce n'est pas juste que *nous* soyons obligés de tout faire.

— Qu'est-ce que tu veux dire ? demanda Sean.

— On est enfermés dans cette obligation de devoir faire nos preuves. De prouver qu'on n'est ni dangereux ni fous. Qu'on est exactement ceux qu'on a *toujours* été, avant l'arrivée des cordelettes et avant que tout le monde commence à nous regarder comme des parias, répondit Maura, sa voix se brisant sous l'effet de la contrariété. On est tous allés manifester. On se réveille tous les matins avec la boule au ventre. Pourquoi est-ce que ce serait à *nous* de faire changer les choses ? Les courts-segments n'ont pas assez de soucis comme ça ? Comment se fait-il que nous soyons les *seuls* à nous battre ?

Lorsque Maura claqua la porte d'entrée de leur appartement derrière elle, Nina perçut instantanément la tension qui la crispait.

— Tout s'est bien passé ? lui demanda-t-elle.

— Ouais, je suis juste… fatiguée. Ç'a été six longs mois.

— Tu as envie qu'on en parle ?

Maura soupira.

— J'avais déjà l'impression de me retrouver sans horizon, d'être dans une impasse au boulot… Mais là, les nouvelles n'arrêtent pas d'empirer, les gens font des trucs tellement merdiques que je me demande si je ne devrais pas consacrer mon temps à lutter contre ça au lieu de rester assise dans un bureau. Mais même le fait de devoir continuer à me battre pour mes droits me donne le sentiment d'être moi-même une forme… de piège.

— Je suis désolée, dit Nina. Est-ce qu'il y a quelque chose que je puisse faire ?

Ses traits étaient tirés par la fatigue. Maura esquissa un faible sourire.

— Tu veux bien t'allonger à côté de moi, le temps que je m'endorme ?

Les deux femmes se mirent au lit en silence, et quelques instants s'écoulèrent sans qu'aucune des deux ne parvienne à fermer l'œil, puis Nina tourna la tête vers elle et murmura :

— Et si on allait quelque part ?

Maura la regarda, un peu déconcertée.

— Je ne te savais pas aussi noctambule.

— Pas *là, tout de suite*, répliqua Nina en souriant. Mais bientôt. Loin d'ici.

Maura était surprise par cette proposition.

— Tu parles sérieusement ?

— Si tu te sens piégée, c'est qu'il est peut-être temps qu'on s'évade.

— Ce serait génial, mais… est-ce qu'on en a les moyens ?

— On ne sort pratiquement jamais de New York, on mérite bien de s'offrir une folie, pour une fois.

— D'accord, concéda Maura. Où est-ce qu'on irait ?

— Je ne sais pas, n'importe où ! Un endroit qu'on ne connaît ni l'une ni l'autre. La France ou l'Italie par exemple, ce serait romantique !

— Eh bien, j'ai fait un an d'italien à la fac qui ne me sert jamais… dit Maura, avant d'ajouter : Tu sais, tu n'es pas obligée de faire ça pour moi.

— Tu plaisantes ? Tu sais à quel point j'adore planifier. Je me réjouis rien qu'à l'idée de toutes les heures que je pourrais passer sur Tripadvisor.

Maura se mit à rire.

— Je voulais juste dire que… Je sais que tout a l'air sinistre par moments, mais… je me sens bien.

— Ça, je n'en doute pas. Tu es la personne la plus forte que je connaisse.

Maura lui déposa un tendre baiser sur le front.

— Dans ce cas, on commencera à mettre nos idées en commun demain matin.

Elle enfouit la joue dans l'oreiller et tous les incidents déprimants de la journée – l'homme vendant de fausses cordelettes, la femme portant plainte contre son ex-mari – s'évanouirent dans le lointain. Soudain, elle se surprit à repenser à l'affiche qu'elle avait découverte à l'école quelques heures plus tôt, dans une poubelle pas encore vidée. Elle l'avait repérée en sortant de la séance et l'avait prise en douce pendant que personne ne regardait.

Dessus figurait une foule de photos de personnalités célèbres toutes prématurément décédées. Selena Quintanilla, Kobe Bryant, Lady Di, Chadwick Boseman. *Des vies marquantes*, *quelle qu'en soit la longueur*, disait l'inscription en majuscules qui barrait le haut de l'affiche.

Maura ignorait qui avait conçu cette affiche et pourquoi, mais, une fois qu'elle l'eut entre les mains, elle s'était sentie moins seule. *Quelqu'un* était avec elle. Quelqu'un percevait la valeur de sa vie, de la vie de tous les courts-segments. Peut-être n'était-elle pas seule à se battre.

Alors, dans les ultimes secondes qui s'écoulèrent avant que le sommeil ne l'enveloppe, Maura sut où elle voulait aller.

Elle revoyait les photos dans ses manuels d'italien. Les canaux, les gondoles, les masques éblouissants.

Les avertissements plus alarmistes d'année en année, annonçant que la ville sombrait. *C'est sans espoir, l'eau monte, inexorablement. Mais la ville est toujours là*, se dit Maura.

Une battante.

Javier

Javi espérait assister à un combat.

Le débat des primaires de septembre avait été présenté comme le match retour opposant Anthony Rollins, que l'offensive contre les courts-segments avait propulsé sur le devant de la scène du jour au lendemain, et Wes Johnson, orateur sensible dont les propos lors du premier débat avaient ému un grand nombre de gens sans toutefois suffire à enrayer la progression de son adversaire. Javi mourait d'envie de voir Johnson prendre l'avantage d'une façon ou d'une autre, sans avoir la moindre idée de la direction qu'allaient emprunter les deux candidats.

Jack étant parti voir son père, Javi était seul dans l'appartement et regardait le débat en direct sur son ordinateur portable.

« Je souhaiterais profiter de ma déclaration préliminaire pour répondre aux rumeurs qui entourent ma campagne depuis le mois de juin », lança Wes Johnson. Après une brève pause, il déclara : « Je n'ai pas honte de dire que je suis détenteur d'un court segment. »

Il poursuivit, en dépit des murmures qui s'élevaient de la foule tout aussi surprise que Javier lui-même :

« Certains se serviront de cette information pour remettre en cause ma capacité à endosser le rôle de Président. J'aimerais leur rappeler que *huit* de nos Présidents sont morts durant leur mandat, et certains d'entre eux furent les meilleurs dirigeants que notre pays et le monde entier aient jamais connus. C'est en leur honneur que je continue ma campagne. »

Il s'interrompit un instant et inspira profondément. « J'aimerais aussi m'adresser à mes frères et sœurs courts-segments qui nous écoutent ce soir. Le grand écrivain américain Ralph Waldo Emerson a écrit que ce qui compte, "ce n'est pas la longueur de la vie, mais sa profondeur". On n'a pas besoin d'une existence entière pour marquer ce monde. Il suffit d'avoir la *volonté* de le faire. »

Les acclamations enthousiastes du public trouvèrent un écho en Javier. Pour la première fois depuis qu'il avait accepté l'échange de segments avec Jack, il était convaincu d'avoir fait le bon choix. Il allait marquer l'histoire. Il en avait la volonté, comme disait Johnson, et la cordelette de Jack allait ouvrir la voie.

Le présentateur se tourna vers Rollins et Javi se rembrunit à la vue de l'oncle de Jack, ses cheveux divisés par une raie stricte et miroitants sous les projecteurs, un sourire factice plaqué sur son visage rasé de près – jusqu'au menton fendu d'une fossette. Un homme avait été tué lors de son meeting à New York, mais cela ne paraissait guère l'affecter.

« Je voudrais d'abord applaudir le sénateur Johnson pour le courage et la… *vulnérabilité* dont il vient de faire preuve ce soir, commença Anthony. Je sais que certains ont critiqué ma réaction à la vague de violences qui déferle sur notre pays et estiment que je me montre injuste envers les courts-segments. Toutefois, il n'est pas question de justice mais de sécurité nationale. Pour avoir moi-même été la cible d'une agression manquée, je ferai tout ce qu'il faut pour faire régner la sécurité aux États-Unis. Alors que notre capacité à mesurer les cordelettes devient plus précise, les tensions se font sentir. Quant à ceux qui prétendent que je n'ai aucune sympathie pour les courts-segments, ils se trompent lourdement. Mon neveu est second lieutenant dans l'armée des États-Unis, et je suis fier d'être son oncle. Il a un court segment, lui aussi. Quand je serai Président, je dirigerai le pays non seulement avec la force d'un citoyen déterminé à protéger sa nation, mais aussi avec la compassion d'un homme dont la famille a été frappée par les cordelettes. »

Tandis que le public applaudissait Rollins, Javier resta figé sur son lit, éberlué, l'élan insufflé en lui par les propos de Wes Johnson balayé en un instant. Rollins faisait étalage du court segment de Jack – qui était en réalité le *sien* – pour en tirer un bénéfice politique personnel.

Javi était écœuré. Sa propre malchance était dévoyée, transformée de telle manière qu'elle risquait bel et bien de mener au pouvoir cet homme avide de pouvoir, égocentrique.

Jack avait-il été mis dans la confidence du discours de Rollins ?

Il n'avait pratiquement pas mentionné son oncle et sa tante ces dernières semaines, mais Javi savait qu'il avait commencé à informer sa famille de « son » court segment. Javi en avait déduit que c'était la raison pour laquelle Jack passait de plus en plus de temps affalé sur le canapé, à broyer du noir en sifflant des bières et en grignotant des chips. De toute évidence, qu'il ait mis Anthony au courant ne datait pas d'hier. Mais savait-il que son oncle allait se servir de lui comme d'un putain de pion, lors d'un direct sur une chaîne de télévision nationale ?

Trop furieux pour continuer à regarder le débat, Javier abattit d'un coup sec l'écran de son ordinateur, enfila ses baskets et partit courir. Il se rendit à grandes foulées jusqu'aux abords de l'université de Georgetown où, hors d'haleine, il s'arrêta sur les marches de Dahlgren Chapel.

Il contempla les étudiants qui bavardaient, révisaient ou flirtaient sur les pelouses alentour, le campus de brique rouge bourdonnant de cette énergie de début d'automne typique des écoles, lycées ou universités. Beaucoup d'établissements avaient doublé le nombre de conseillers d'éducation pour la nouvelle année scolaire, dont certains spécifiquement formés pour aider les étudiants à aborder leur vingt-deuxième anniversaire.

Javi avait entendu dire qu'un grand nombre d'étudiants de master avaient émis le souhait, à leur arrivée, de ne pas ouvrir leurs boîtes, le hashtag « JeNeVeuxPasSavoir » connaissant un pic de popularité en ligne. *Mais c'est plus facile à tweeter qu'à faire*, songea Javi. Même au bout de quatre ans d'entraînement, il savait qu'il était impossible de prédire comment il réagirait en situation de stress intense. Aussi sincères que pensaient être ces étudiants, ils ne connaîtraient le moment de vérité que face à leur boîte.

Javi essuya la sueur qui coulait sur son menton puis se tourna vers la petite église, plissant les paupières dans la lumière du couchant.

Il se sentait un peu honteux de n'être pas allé à la messe de tout l'été. Quand il était plus jeune, ses parents l'emmenaient à l'église tous les dimanches et sa mère lui glissait des petits bouts de tamarin confit pour l'occuper et l'empêcher de trop s'agiter sur le banc. À l'académie, il assistait à la plupart des offices religieux de l'année, mais peu à peu il en était venu à oublier d'y aller.

L'arrivée des cordelettes avait suscité un regain de foi chez bon nombre de fidèles épisodiques comme lui. Javi se rappelait avoir vu à la télévision plusieurs reportages expliquant que, toutes religions confondues, la pratique s'était accrue au cours des mois qui avaient suivi l'apparition des boîtes – photos d'églises et de synagogues bondées à l'appui. Ses propres parents avaient même mentionné que leur paroisse était plus fréquentée que jamais, revirement bienvenu après des années de raréfaction des effectifs.

Javi avait baigné dans le christianisme dès l'enfance. Il comprenait pourquoi la pratique religieuse avait le vent en poupe, pourquoi des gens venaient chercher de l'aide auprès d'un ou plusieurs dieux. Pour beaucoup, les cordelettes étaient soit une preuve de prédestination, soit un rappel de plus de la dimension aléatoire de la vie, de l'inégalité des chances. Mais sans doute le chaos paraissait-il moins effrayant quand on croyait qu'il faisait partie du projet de Dieu.

Mais Javi n'était pas persuadé qu'il existe un tel *projet*, et il voulait croire que les humains étaient plus que de simples véhicules circulant sur une piste créée par Dieu. Toutefois, il ne pouvait nier que la foi apportait la consolation, le confessionnal un soulagement secret, et les mains du prêtre l'absolution. Il se demanda alors s'il ne devait pas confesser l'échange des segments, le mensonge qu'il partageait avec Jack, ces choses qui lui accaparaient l'esprit continuellement. Peut-être cela apaiserait-il sa conscience. Cependant, Javi s'inquiétait beaucoup plus de la punition qu'il encourait sur Terre que de possibles répercussions divines. La discipline militaire était réelle, ses principes scrupuleux notoires. Javi se rappelait encore son troisième mois à l'académie, quand sept élèves officiers avaient été radiés pour avoir triché et qu'il avait vu son voisin de dortoir faire sa valise, couvert de honte.

Il soupira et s'approcha lentement de la porte en bois de l'église pour l'examiner. Il avait encore les jambes flageolantes d'avoir couru sur les pavés sans penser à s'octroyer quelques étirements, tout à sa colère. Si dur qu'il s'entraîne, si robustes que soient ses muscles, son corps avait ses limites.

« Dieu ne nous donne jamais plus que nous ne pouvons affronter », répétait souvent la mère de Javi.

Que dirait-elle maintenant, si Javi leur révélait la vérité à propos de son segment ? Que Javi était assez fort pour affronter ça ? Qu'ils pouvaient, *eux*, affronter ça ?

Sur une impulsion, Javi poussa le battant, s'étonnant de le trouver ouvert, puis pénétra dans l'édifice juste au moment où les derniers rayons du couchant se déversaient à travers des vitraux bleu roi et rouge vif, derrière l'autel. Mais au lieu de s'avancer davantage, il préféra s'attarder à l'entrée de l'église, à côté d'un présentoir à cierges ; il n'était pas certain d'avoir le droit d'être là, compte tenu de son état d'esprit actuel.

Il en voulait à Dieu, évidemment. Car n'était-ce pas Dieu qui lui avait attribué son court segment ?

Il entendit les gonds de la lourde porte grincer. Une religieuse passa près de Javi, lui adressant un hochement de tête et un sourire discret avant d'aller s'asseoir dans une des rangées de chaises. Les rides de sa peau brune, les pattes-d'oie rieuses aux commissures de ses paupières, la paire de lunettes glissant le long de son nez… Tout ou presque chez cette femme rappelait à Javi sa grand-mère, qui avait vécu avec lui et ses parents lorsqu'il était tout petit, jusqu'à sa mort prématurée. L'image qu'il gardait d'elle provenait principalement de la photo posée sur la table de nuit de sa mère. « C'est ton *abuela* », disait cette dernière en lui montrant le cliché, désirant que son fils se souvienne de sa grand-mère même s'il était bien trop jeune pour cela. « Elle est au ciel, avec Dieu. Ça veut dire qu'un jour, nous la reverrons, toi et moi. »

Javi s'adossa au mur derrière lui, les larmes lui montant aux yeux.

Il savait que les autres religions avaient leurs propres théories sur la vie après la mort – réincarnation, karma et deuxièmes chances étaient des alternatives qui l'intriguaient –, mais il avait toujours trouvé la notion de Paradis, de même que la confession, étonnamment réconfortante. Mourir restait effrayant, bien sûr, mais cela paraissait bien moins terrible lorsqu'on avait foi en un *quelque chose* par-delà ce monde. Le terme de son segment n'était pas nécessairement une *fin* dès lors qu'il était le début d'autre chose, d'une chose éternelle. Son père, sa mère et sa grand-mère le croyaient. Et peut-être qu'en quittant le foyer familial, en cessant d'aller à la messe et en étant entouré de soldats stoïques, il avait oublié que lui aussi partageait cette croyance.

Sa famille lui manquait terriblement, tout à coup, beaucoup plus que durant ses années à l'académie, quand ses objectifs, sa motivation et son meilleur ami le guidaient. Javier avait vu Anthony Rollins s'emparer de son segment pour en faire une sorte de combine politique retorse, se servir de son destin comme d'un accessoire dans sa campagne basée sur la peur et la haine. Jamais Javi ne s'était senti aussi seul.

Il contempla les mouvements de l'habit de la religieuse tandis qu'elle inclinait la tête pour prier et, sans réfléchir, se dirigea vers le petit autel sur sa droite, orné de quelques cierges incandescents, et s'agenouilla.

En entrelaçant les doigts, il se rendit compte qu'il n'avait pas prié depuis un certain temps. La dernière fois, il avait demandé à Dieu de lui accorder un long segment.

— Mon Dieu, dit-il tout bas, je sais qu'il est trop tard pour changer les choses en ce qui me concerne, mais j'ai besoin de savoir que mes parents traverseront cette épreuve. Que vous les guiderez.

Il sentit sa voix trembler, chargée de désespoir.

— Aidez-les, s'il vous plaît, mon Dieu. Ne les laissez pas s'effondrer.

Il s'inclina un peu plus vers le sol froid de la chapelle.

— Et je vous en prie, donnez-moi de la *force*.

En hâte, il s'essuya le nez dans la manche de son sweat-shirt, bien que l'unique témoin potentiel de ses larmes soit une religieuse âgée qui lui tournait le dos.

— S'il vous plaît, aidez les autres courts-segments, ajouta-t-il. Ne laissez pas les choses empirer.

Il entendit la religieuse se relever, prendre appui contre le dossier de sa chaise. Il serra les paupières un peu plus fort.

— Et s'il vous plaît, *s'il vous plaît*, le moment venu, faites que mon *abuela* vienne m'attendre. Et que tous les autres membres de ma famille que j'ai connus, ainsi que ceux que je n'ai pas connus, s'il vous plaît, faites qu'ils soient tous là aussi, supplia Javi. Pour que je ne sois pas seul.

Enfin, il rouvrit les yeux et prit quelques secondes pour se ressaisir devant la faible lueur orangée des cierges. Puis il se releva et quitta silencieusement l'église.

Le ciel commençait à s'obscurcir, dehors, et en longeant le campus, Javi passa près d'une fenêtre ouverte, par laquelle il perçut quelques dizaines d'étudiants qui s'étaient regroupés dans une salle commune pour suivre le débat du soir, presque terminé à cette heure. Javi s'arrêta devant la fenêtre au moment où Wes Johnson apparaissait à l'écran pour sa déclaration finale.

« Si je pouvais revenir au mois de mars, je m'abstiendrais peut-être d'ouvrir ma boîte. Et je conseillerais à tout le monde de s'abstenir. Mais on ne peut pas revenir en arrière. Nous devons accepter que, dorénavant, ces cordelettes font partie de nos vies. On n'est pas tenu pour autant *d'accepter* ce qui se passe. J'entends parler de gens qui perdent leurs emplois, perdent leurs assurances maladie, perdent leurs prêts, tout cela à cause des cordelettes. Je ne suis pas disposé à me contenter de suivre les directives sans rien dire. Je vois ce que font Mr Rollins et notre gouvernement actuel – qui contraignent les membres de certaines professions à ouvrir leurs boîtes alors qu'ils avaient choisi de ne pas le faire, remettent en cause l'aptitude de certains individus à servir leur pays et traitent les gens différemment en fonction d'un simple accident du destin. Or, pour ma part, je crois à la liberté de choix. Je crois en l'égalité. Les militants pour les droits civiques, pour les droits des femmes et pour les droits des homosexuels mènent tous ce combat depuis des générations. Ceux d'entre nous qui se sont découvert un court segment ne sont peut-être pas aussi nombreux que ces communautés-là, mais nous ne sommes pas insignifiants. Et nous ne cesserons pas non plus de nous battre. »

Maura

Il était 21 heures, les candidats, qui avaient achevé leurs déclarations finales, saluaient avant de quitter la scène, et Maura était seule. Nina restait tard au bureau pour aider à la rédaction des articles suite au débat. Maura attrapa son téléphone et rédigea un texto à l'intention de Ben : « Partant pour aller boire un coup ? »

À 21 h 30, ils étaient assis au comptoir en bois foncé d'un tranquille petit boui-boui de quartier.

Arrivée quelques minutes en retard, Maura avait observé Ben en catimini pendant qu'il griffonnait sa perception du bar sur une serviette en papier.

— J'avais oublié à quel point tu es doué ! lança-t-elle avec un sourire en examinant son minuscule croquis comme s'il était encadré dans une galerie.

Puis, d'un signe, elle demanda au serveur de lui apporter une bière.

— Tu crois que Rollins a vraiment un neveu court-segment ? demanda-t-elle de but en blanc. Je ne serais pas trop étonnée qu'il l'ait inventé.

— Il l'aurait peut-être fait avant l'avènement du fact-checking, répondit Ben en riant. Mais maintenant, plus moyen.

— Eh bien, en tout cas, l'Union américaine pour les libertés civiles a officiellement déposé une plainte contre sa connerie de projet STAR, c'est déjà un bon point. Et en plus, Johnson reste en course. Mais je n'en reviens pas que les rumeurs aient fini par le contraindre à se déclarer, comme un candidat gay qui serait obligé de faire son coming out. Les gens supposent que sa cordelette s'achèvera aux environs de cinquante ans. Il est donc officiellement considéré comme un court-segment.

Ben hocha la tête, songeur.

— C'est fou, parce que je ne souhaiterais à *personne* d'avoir un court segment, dit-il, mais au fond, je devais espérer que les rumeurs disaient vrai. Que quelqu'un sur cette scène, là-bas, puisse être… un des nôtres.

Maura fourra les mains dans la poche ventrale de son vieux sweat-shirt et pencha la tête d'un air intrigué.

— Tu as quelqu'un en ce moment ?

Ben faillit s'étrangler avec sa bière.

— Sacré changement de sujet. D'ailleurs, je croyais que tu étais gay ? ajouta-t-il en souriant.

— Oui, sinon, je serais *forcément* intéressée, riposta Maura pour le taquiner. Mais je réagis à ce que tu viens de dire : que Wes Johnson est « un des nôtres ». C'est tout un débat en soi, non ? Que les gens comme nous puissent ou ne puissent pas sortir avec des gens de « l'autre camp ».

— Eh bien, en fait, *j'avais* quelqu'un, quand les boîtes sont arrivées. Mais nous ne sommes plus ensemble.

— Qu'est-ce qui s'est passé ?

Ben contempla le goulot de sa bière, le fit doucement tournoyer avec ses doigts.

— Elle a ouvert ma boîte, dit-il en articulant chaque syllabe. Avant que *moi* j'aie décidé quoi faire. Et elle a rompu, après avoir vu mon court segment.

— Ah, merde, fit Maura, choquée. Excuse-moi.

— Je t'en prie, répondit Ben, sans amertume.

— Pourquoi est-ce que tu n'en as pas parlé au groupe ?

Ben soupira.

— Je crois que j'avais juste envie de passer à autre chose. Et c'est ce que j'ai fait, en réalité. Je lui ai pardonné, en partie. Je sais que tout le monde n'a pas les épaules pour tenir bon dans des circonstances aussi difficiles, donc je ne peux pas lui en vouloir. Sauf que maintenant, je crains que ce soit pareil avec ma *prochaine* compagne, et avec *celle d'après*. C'est sans doute pour ça que je n'ai même pas *cherché* à sortir avec une fille depuis cette rupture.

Bien qu'elle sache que Ben avait un segment plus long que le sien, Maura était désolée pour lui. Tout ce qu'il aurait voulu, c'était que quelqu'un lui dise ce que Nina lui avait dit à elle : « Jamais je ne te quitterai. »

Elle se laissa aller contre le dossier de son tabouret. La bouteille de bière était fraîche contre sa peau. Voyant un journal qui traînait sur le siège d'à côté, elle le saisit et le brandit sous les yeux de Ben.

— Tu as vu ça ? lui demanda-t-elle en montrant du doigt le titre en une.

Le quotidien, datant de la veille, retraçait la prolifération de toutes nouvelles sociétés de « téléchargement d'intellect », qui espéraient découvrir un moyen de scanner le cerveau humain et d'en enregistrer les données dans un ordinateur afin de garantir une sorte d'éveil éternel. N'importe quoi qui puisse répondre au désir accru des courts-segments de prolonger leurs vies dans cette génération ou la suivante.

Ben parcourut la page que tenait Maura. « Jamais la demande pour ce type de recherche n'a été telle », déclarait l'un des fondateurs, cité par le journal. « Par le passé, très peu d'entre nous savaient quand prenait fin leur vie ; aujourd'hui, il est possible de le savoir. Si nous parvenons à trouver une solution technologique, alors peut-être les cordelettes perdront-elles toute importance. Nous serons à même de proposer une échappatoire à la limite dictée par l'enveloppe charnelle, par notre segment. »

L'article rapportait des entretiens avec deux candidates enthousiastes, arrivant l'une et l'autre à la fin de leur segment : une scientifique rêvait d'assister aux futures avancées majeures de l'humanité, et une mère de cinquante-cinq ans souhaitait quitter sa fille maintenant dans l'espoir de revenir un jour pour connaître ses petits-enfants.

« La science a connu une progression étonnamment rapide en matière de mesure des segments, disait l'une des deux candidates. Nous avons pu, en moins d'un semestre, restreindre la fourchette de nos prévisions de quelques années à un simple mois. Alors, qui sait, la science pourrait aussi évoluer à grands pas sur cette question ! »

— Ça fait un moment que les gens travaillent dans ce domaine, commenta Ben. Certaines sociétés privées font des tests de cryogénisation des corps dans des chambres réfrigérantes. Je suppose que ces gens veulent renaître dans l'intégralité de leur forme actuelle. (Il s'interrompit.) Je ne crois pas vraiment que ce soit pour moi.

— Je voulais juste m'assurer que tu ne projetais pas secrètement de faire numériser ton cerveau et de me laisser toute seule dans le groupe, dit Maura avec un sourire.

— Ah, c'est un rêve exaltant. Mais ça ne nous aide guère pour le moment.

— C'est quand même dingue qu'on ait autant de technologies à notre disposition, sans compter celles qui se bousculent au portillon. Et tous ces brillants cerveaux décidés à *résoudre* le problème des cordelettes. Alors qu'ailleurs, il y a des pans énormes de la population mondiale qui n'ont rien de tout ça. Nina, ma petite amie, travaillait sur un article à propos des gens qui vivent dans des lieux sans accès Internet. Pas de sites de mesure des segments à la maison, aucun moyen de savoir ce qui se passe dans les autres pays.

— Tu veux dire, des communautés entières dans lesquelles personne ne sait ce que la longueur du segment de chacun signifie réellement ?

— Eh bien, ils peuvent se livrer à de simples comparaisons, voir qui a la plus longue cordelette, dit Maura. Et certains groupes établissent tant bien que mal leurs propres critères de décryptage, par exemple, en prenant note de l'âge auquel un individu donné meurt, puis en utilisant son segment comme référence. Les êtres humains trouvent toujours un moyen de s'adapter, non ? Mais il y a des tas de gens qui ne font même pas ça. Qui se contentent d'avancer… comme avant.

Ben hocha la tête et prit une gorgée de bière.

— Comment Nina vit-elle tout ça ?

Maura se remémora leur échange houleux à propos de l'obsession de Nina, puis leur accord sur le fait de ne pas avoir d'enfants. Et toutes les fois où Nina avait dit « Je t'aime » depuis l'arrivée des cordelettes.

— On a traversé quelques moments difficiles, bien sûr, mais… elle n'a jamais hésité pour ce qui a trait à *nous*. Elle est même en train de nous organiser une escapade à deux pour le mois prochain. À Venise.

— Super idée ! dit Ben en souriant.

— Je crois qu'on avait toutes les deux besoin d'aller quelque part où on ne soit encore jamais allées. De sortir de notre appartement et de vivre un peu l'aventure. C'est ce que disait Wes Johnson ce soir : revenir en arrière, on ne peut pas, mais au moins on peut aller partout ailleurs.

Anthony

Anthony était très satisfait du débat de septembre, les électeurs ayant réagi favorablement à son annonce concernant Jack, et sans conteste *défavorablement* à l'aveu de Johnson.

Un grand sourire aux lèvres, il contemplait la une du jour : « Johnson en perte de vitesse après l'annonce de son court segment ».

« Je suis bien sûr navré pour le sénateur Johnson, disait un électeur anonyme, mais je ne me sentirais pas à l'aise d'élire quelqu'un qui ne pourra pas aller au terme de son mandat. »

« J'admire vraiment le talent de Johnson, affirmait un autre, mais je crains qu'avoir un court-segment à la tête de notre pays nous affaiblisse aux yeux des autres nations. Surtout si la personne en question ne dit même pas combien de temps il lui reste. »

Un troisième formulait la chose de façon plus brutale : « Ce n'est pas la compassion qui attire les suffrages. C'est la force. Et cette force, nous l'avons vue chez Rollins. »

À ce jour encore, la fusillade du meeting d'août restait une aubaine pour la campagne d'Anthony dont l'image était devenue un modèle de détermination. Après cet épisode, les courts-segments et leurs défenseurs cherchaient une explication quelconque pour prouver que la frénésie de la femme n'était *pas* due à son segment. Mais ces théories s'évanouirent vite pour la plupart, invalidées par le silence de la principale intéressée.

Raison pour laquelle Anthony ne s'attendait absolument pas à la réunion de crise convoquée par son directeur de campagne et responsable de la recherche sur l'opposition.

— On a trouvé quelque chose. À propos de la tireuse.

L'un des participants poussa vers Anthony une chemise contenant divers documents : deux certificats de naissance, un acte de décès, et, en dernier, la copie d'un article scanné dans le journal de l'université d'Anthony qui relatait la mort d'un étudiant, lors d'une soirée organisée par une fraternité.

Il se figea.

— Mais ils portent des noms différents… Vous me dites que la tireuse et ce garçon étaient parents ?

— C'était son demi-frère, semblerait-il.

Merde.

Anthony croyait avoir laissé cette soirée-là loin derrière lui. Cela datait de *trente ans*, après tout.

— Accordez-moi une minute, dit-il en examinant de près l'article.

Il se souvenait du garçon, bien sûr. Il faisait partie d'un petit groupe d'élèves recrutés par la fraternité d'Anthony pour se marrer, et traînés à la soirée d'initiation sans qu'il soit vraiment question d'en faire des frères. Pourtant, les futurs initiés croyaient *toujours* que c'était sérieux. C'est ce qui rendait la chose comique.

Anthony était président de la fraternité, à l'époque, mais ce n'était pas lui qui avait sélectionné ces garçons. Ça, c'était le privilège du maître de l'initiation. Anthony ne se souvenait pas précisément des critères pour lesquels la fournée de cette année-là avait été choisie, mais les gars faisaient généralement partie des étudiants boursiers qui n'avaient pas les moyens d'acquitter les cotisations, qui ne pouvaient pas non plus rêver de frayer avec les fils de capitaines d'industrie.

Les souvenirs qu'Anthony gardait de cet incident étaient rares, décousus et hachés, tels des éclats de verre : il se rappelait quelqu'un décochant un coup de pied dans les baskets crasseuses du garçon, pour essayer de le ranimer. Il se rappelait quelqu'un vomissant sur ses propres mocassins flambant neufs après avoir compris ce qui arrivait. Il se rappelait l'arrière de la tête du garçon, la masse d'épais cheveux noirs, le visage par chance détourné, tandis que le garçon gisait par terre, inerte. Il se rappelait la panique aiguë qui le transperça et le laissa étourdi, le souffle court.

Mais il ne gardait pratiquement aucun souvenir de ce qui se passa ensuite, quand plusieurs pères d'étudiants – dont le sien – se précipitèrent sur le campus au beau milieu de la nuit et s'enfermèrent dans le bureau du président de l'université pendant presque deux heures avant d'appeler la police.

Il fut décidé que le garçon, un invité de la soirée, avait trop bu, de son propre aveu. La cause du décès n'était autre qu'une intoxication éthylique et la mort fut jugée accidentelle.

En tant que président de la fraternité, Anthony se vit chargé de faire, avec l'aide de l'avocat de sa famille, une déclaration publique dans laquelle il déplorait la tragédie qu'était une vie perdue, adressait pensées et prières aux proches. Tout le monde affirma qu'il s'était posé en meneur, en individu promis à de grandes choses.

La vie d'Anthony avait poursuivi son chemin.

Celle de la tireuse, apparemment, non.

— Et elle n'a rien dit ? À propos de son… frère ? demanda enfin Anthony.

— Elle n'a pas prononcé une syllabe depuis son arrestation. On pense qu'elle est sous le coup d'une sorte de stress post-traumatique depuis qu'elle a abattu ce médecin.

— Alors, laissons donc les choses couler d'elles-mêmes. Cette histoire a déjà été enterrée une fois.

Après le départ de son équipe, Anthony s'envoya deux verres de whisky pour essayer de calmer ses nerfs. Il décida de ne rien dire à Katherine, craignant de sa part une réaction excessive.

L'étudiant aurait pu s'en aller n'importe quand, se remémora Anthony. C'est ce que les frères avaient dit sur le moment. Ils l'avaient peut-être incité à boire, lui avaient peut-être même hurlé de le faire et peut-être qu'en effet, certains des frères les plus agressifs avaient versé de l'alcool dans la bouche grande ouverte des futurs initiés, et peut-être qu'on les avait aussi bombardés d'objets non contondants (ballons de football ou de basket, sans doute). Mais concrètement, la porte n'avait jamais été fermée à clé. Il aurait pu partir.

Aujourd'hui, Anthony se rendait compte qu'il y avait, par ailleurs, un élément dont ils n'avaient pas conscience à l'époque. Un élément qui n'existait pas, alors. Ce garçon était un court-segment. Et ce soir-là, entre les murs de la fraternité, sa cordelette était arrivée à son terme. Si l'alcool ne l'avait pas tué, autre chose l'aurait fait, non ?

Dès lors que le segment de ce type était court – et il l'avait *toujours* été –, Anthony n'était pas en faute. Il lui était impossible de voir autrement la situation. Il ne pouvait pas envisager la possibilité qu'il y ait une *raison* particulière, décidée à l'avance, pour expliquer la taille de la cordelette de cet étudiant. Anthony croyait en Dieu, bien sûr, mais il ne pouvait pas se persuader que Dieu avait vu l'avenir, vu qu'Anthony et ses frères se mettraient en quatre pour entraîner ce garçon parmi eux, lui faire croire qu'il avait une chance, le provoquer aussi bien physiquement que verbalement jusqu'à ce qu'il s'imbibe au point de ne plus tenir debout.

Alors Anthony s'autorisa à oublier cette nuit, ces cris, ce corps, tandis que le whisky circulait dans ses veines, que déjà sa capacité d'attention se restreignait et son intellect ralentissait. Il se servit le dernier verre de la soirée.

Le lendemain matin, sa vie poursuivrait son chemin.

Bonjour A.,

À la fin de l'université, un de mes amis a pris un emploi de responsable des investissements dans une banque. Il craignait tellement d'en arriver à détester son boulot et ne le conserver que pour le salaire qu'il avait programmé sur son téléphone une alerte lui répétant tous les ans, le jour de son anniversaire : « Arrête-toi une minute et demande-toi si tu es heureux. »

Nous nous sommes perdus de vue depuis des années, mais hier, c'était le jour de ses trente ans, et je me demande s'il s'est une fois de plus posé la question : suis-je heureux ?

Je crois que notre éducation nous amène à estimer que le bonheur est une chose qu'on nous a promise. Que nous méritons tous d'être heureux. Je pense que c'est la raison pour laquelle le sale merdier qui s'abat sur certains d'entre nous est si dur à accepter. Parce que nous sommes censés être heureux. Mais voilà que cette boîte est arrivée devant nos portes et nous annonce que nous n'aurons pas droit au même dénouement heureux que les gens que nous croisons dans la rue, au cinéma, à l'épicerie. Eux continueront à vivre mais pas nous, sans que la logique le justifie. Et maintenant, le gouvernement et toutes sortes de gens en rajoutent une couche, en affirmant que nous valons moins que tout le monde.

Voilà des semaines que je n'ai pas eu de nouvelles de la plupart de mes amis longs-segments. Peut-être éprouvent-ils le besoin de se dissocier de nous, de nous ranger dans une autre catégorie que la leur, parce que leur éducation leur a enseigné qu'ils méritent d'être heureux. Et désormais, ils veulent savourer ce bonheur en gardant une distance confortable par rapport à nous, pour ne pas avoir à se sentir coupables chaque fois qu'ils nous regardent. Pour que notre malchance ne déteigne pas sur eux.

Sans compter qu'on leur a expliqué qu'ils doivent avoir peur de nous. Nous, les courts-segments déjantés, les sauvages.

Je vous prie de m'excuser pour ces pensées si négatives. Un de mes amis est mort le mois dernier, et par moments on a l'impression que tout part à vau-l'eau. L'animateur de notre groupe de soutien nous encourage à formuler tout haut ces pensées, or ça paraît plus facile, curieusement, de les exprimer par écrit.

B.

Amie

Amie avait lu et relu la dernière lettre de « B. » une dizaine de fois maintenant, mais ne savait toujours pas quoi répondre.

Assise sur le canapé de la salle des professeurs, la feuille sur les genoux, elle se disait que « B. » avait raison. Une brèche s'était ouverte entre longs et courts-segments, que seules quelques rares personnes comme Nina et Maura avaient réussi à combler.

Pour la première fois, elle craignait d'avoir fait une erreur en répondant à la lettre initiale, au printemps. Elle avait compris sur le moment, ou tout au moins soupçonné, que son auteur était un court-segment. Et voilà que leurs échanges devenaient plus sérieux, plus intimes. Amie avait-elle dit ce qu'il fallait ? Ou le contraire de ce qu'il fallait, par maladresse ?

Elle contemplait la lettre, lorsque la révélation la frappa soudain.

Elle faisait exactement ça, elle aussi.

Tout ce que « B. » décrivait.

Émettre des suppositions au sujet des courts-segments. Prendre des gants avec eux. Se demander si cette amitié n'était pas trop pesante. Craindre que, à cause de leurs cordelettes, ils soient fragiles, délicats, *différents*.

La lettre était dans son sac, attendant toujours une réponse, quand Amie retrouva Nina pour aller faire une balade dans West Village, avant qu'elle et Maura partent en voyage.

Les deux sœurs déambulèrent dans Washington Square Park où, en cette chaude soirée de septembre, grouillaient skateurs, chiens accompagnés de leurs maîtres, familles, amoureux, et au moins deux dealers qui opéraient chacun à un bout du parc, profitant d'une demande accrue aussi bien de la part des longs-segments souhaitant faire la fête que des courts-segments cherchant une échappatoire.

Amie et Nina coupèrent sous l'arc de triomphe en marbre, à l'entrée du parc. Sur l'un des piliers blancs, quelqu'un avait écrit à la bombe : *Et si VOUS aviez un court segment ?*

En temps normal, Amie adorait tous les « et si… » qu'elle explorait en refaisant le monde. Mais en l'occurrence, c'était une question qu'elle ne pouvait aborder, une boîte qu'elle ne pouvait ouvrir. Que la réponse soit cinquante ou soixante, elle ne voulait pas avoir de chiffre en tête. Son refuge, Amie le trouvait dans ses rêveries à propos de l'avenir. Un nombre aurait tout détruit. L'aurait broyée. Elle ne pouvait vivre que dans l'ignorance, en faisant comme si sa cordelette était sans fin. C'était le seul moyen qu'elle connaisse.

Et elle peinait sincèrement à comprendre comment tant de gens – Nina, Maura, « B. » – parvenaient à vivre avec ce poids sur les épaules.

— Par moments, je pense à tout ce que Maura et toi devez affronter, et je sais pas comment vous faites pour tenir le coup.

Nina réfléchit un instant.

— Je crois que je m'efforce juste de me rappeler que, si dur que ce soit pour moi, ça l'est beaucoup plus pour Maura. C'est pour ça que j'ai prévu ce voyage.

— Alors je ne dois pas être aussi forte que vous deux, dit Amie en soupirant.

— Parce que tu n'as pas ouvert ta boîte, tu veux dire ?

— Non, pas seulement… (Elle repensa à la lettre qui se trouvait dans son sac à main.) J'entretiens un genre de correspondance avec un court-segment, expliqua-t-elle, et j'ai de plus en plus de mal à lui répondre alors que je sais que cette personne est en train de vivre un truc affreux.

Nina eut l'air déconcertée.

— C'est qui, ce correspondant ?

— Eh bien, en fait, bredouilla Amie, je ne sais pas vraiment. Nous ne nous sommes jamais dit nos prénoms.

— Comment ont commencé vos échanges ?

— C'était via l'école. (L'histoire semblait trop étrange pour être racontée par le menu.) Ça remonte au printemps. Je pensais que ça s'arrêterait petit à petit pendant l'été, mais chaque semaine, en arrivant dans ma classe, il y avait une nouvelle lettre.

— Tu sais combien de temps il lui reste ?

— Environ quatorze ans, je crois.

— Et il ou elle a quel âge ?

— Ah, encore une information que je n'ai pas. Autour de nos âges à nous, je dirais. Il a été question d'un de ses amis qui venait d'avoir trente ans.

Amie se tut quelques secondes, avant de reprendre.

— J'ai beau savoir que je ne suis pas à proprement parler un long-segment puisque je n'ai pas ouvert ma boîte, je me sens quand même coupable. Et très triste pour la personne qui m'écrit.

Comme elles passaient devant un couple d'octogénaires pelotonnés sur un banc, enlacés dans les bras l'un de l'autre, Nina scruta le visage inquiet de sa sœur.

— Tu sortirais avec un court-segment ? lui demanda-t-elle.

— Oui, je pense que je n'hésiterais pas, répondit Amie bien qu'elle ne soit sortie avec personne depuis longtemps.

La propension d'Amie aux fantasmes entraînait une fâcheuse tendance à se représenter son mariage dès le deuxième ou le troisième rendez-vous, et son imagination avait le chic pour exagérer même les plus infimes défauts d'un homme. Dans ses envolées romanesques, quelqu'un qui lui coupait la parole lors d'une conversation l'interrompait au pied de l'autel au moment où elle prononçait son consentement, et quelqu'un qui semblait mal à l'aise en présence de mères donnant le sein en public refusait de s'occuper de leur enfant fictif.

Et parfois, en dépit de tous ses efforts, elle n'arrivait pas à se représenter l'avenir avec un partenaire. Les images ne voulaient pas prendre forme dans son esprit, ou bien étaient troubles et sombres, oblitérant le visage du pauvre garçon. Ce qui était encore moins engageant que les visions négatives.

Deux hommes, seulement, avaient réussi à se qualifier jusqu'alors. Amie les avait fréquentés peu après ses vingt ans : un avocat qui n'avait pas le temps de s'engager, et un poète encore plus rêveur qu'Amie.

Nina la tira de sa réflexion :

— Alors, tu sortirais peut-être avec un court-segment, mais est-ce que tu *l'épouserais* ?

— Franchement, je n'en sais rien.

Ce n'était pas la première fois qu'elle envisageait le problème.

— Je suis sûre que si j'étais *déjà* amoureuse de la personne en question, comme toi de Maura, ça ne serait pas pareil, mais je ne sais pas comment ce serait si on commençait une relation. Je sais que vous, vous ne voulez pas d'enfants, mais moi je suis à peu près sûre que si, alors il ne serait pas que question de *nous*. Ce serait amener sciemment mes enfants à vivre un deuil terrible. Choisir de leur donner un avenir sans père.

— Je comprends, dit Nina.

— La vie est déjà assez dure… (Elle regarda sa sœur bien en face.) Ça fait de moi quelqu'un d'horrible, tu crois ?

— Je crois surtout que ça veut dire que tu ne connais pas ta force.

Tout près de là, un groupe d'artistes de rue – un quartet de jazz – entonna un air.

— Maura ne passe jamais devant un spectacle de rue sans s'arrêter pour écouter, ne serait-ce qu'une minute.

Une petite foule s'était déjà formée autour des musiciens, battant le rythme du pied.

— On danse ? proposa Amie avec un sourire en se mettant à onduler des épaules et des hanches.

Nina fit un pas en arrière et croisa les bras.

— Non, merci.

— Allez, implora Amie.

Elle déplia doucement les bras de sa sœur jusqu'à la voir se détendre et se laisser aller, son corps commençant à se mouvoir sans grande coordination, encore un peu raide mais prenant de plus en plus de plaisir.

Alors les deux sœurs se joignirent à la foule des spectateurs qui dansaient, se balançaient, tous ravis d'être ramenés, le temps d'un morceau, à une époque plus légère.

Javier

Après le débat de septembre, Javier espérait que Jack allait évoquer de lui-même le fait que son oncle avait exploité l'histoire dramatique de son neveu soldat pour sa carrière politique. Comme s'il y avait là matière à se faire mousser. Comme si c'était *son histoire à lui* qu'il livrait.

Mais, lorsque Jack regagna leur appartement, le lendemain du débat, il n'y fit pas la moindre allusion. Javi se persuada que Jack se préparait mentalement à aborder le sujet, peut-être même discutait-il du comportement critiquable d'Anthony avec les autres membres de sa famille avant de venir trouver son ami avec une résolution. Mais après avoir éludé la question durant plusieurs jours, Javi en eut assez de son silence.

Il décida d'aborder le sujet pendant que Jack et lui étaient à la salle de boxe. Jack avait pratiquement arrêté les entraînements de combat après avoir dévoilé « son court segment » à l'armée, mais il continuait d'enfiler les gants et de mettre le casque chaque semaine pour servir de partenaire à Javi.

Javi peaufinait ses coups contre le bouclier de frappe que tenait Jack, lorsqu'il lança :

— Dis, ce que ton oncle a fait au débat de la semaine dernière, on finira par en parler ou pas ?

— Ouais, c'était pourri, dit Jack entre deux coups de poing. Même venant de lui.

Javi attendit que Jack développe un peu, mais, à l'exception du bruit de ses gants contre le cuir du bouclier, le silence régnait dans la salle.

— Tu lui en as reparlé depuis ? reprit Javi.

— Pas facile de le choper, en ce moment.

— Peut-être avec ta tante, alors ? Ou ton père ?

— Non, je ne voulais pas en faire toute une histoire... éluda Jack en haussant les épaules.

— Mais *c'est* toute une histoire ! explosa Javi. J'aimerais bien que tu prennes ça plus au sérieux !

— Écoute, je préférerais éviter d'attirer *plus* d'attention sur ma cordelette. Pour des raisons évidentes.

— Je refuse que ton oncle se serve de mon segment pour se faire élire, dit Javi en se frappant le cœur avec son gant. C'est *ma* vie, il n'a pas le droit de l'exploiter.

Jack soupira en hochant la tête.

— Je sais, Javi. Tu as raison. Il n'aurait pas dû faire ça. Et je suis désolé de ne pas avoir eu l'occasion d'en discuter avec ma famille. Je me suis laissé déborder par tous les gens qui m'envoyaient des textos ou m'appelaient pour me demander si c'était *moi* le court-segment auquel mon oncle faisait allusion. Et maintenant, tout le monde me harcèle pour avoir de mes nouvelles, sauf que je ne veux rien avoir à faire avec eux.

Javi n'en revenait pas d'entendre son ami se soucier à ce point de sa petite personne. Ce n'était pourtant pas Jack qui avait prié pour sa famille en pleurant, agenouillé sur le sol de l'église.

— Ah ouais ? Navré, mec. J'étais loin de me douter que tu te coltinais un tel merdier, cracha-t-il avec amertume. Ça doit vraiment craindre d'être un court-segment.

— Ce n'est pas ce que je voulais dire, tu le sais bien. Parler à ces gens me donne l'impression d'être un putain d'escroc !

Sur ces mots, Jack jeta le bouclier contre le mur, faisant sursauter quelques autres boxeurs disséminés dans la salle, ce qui leur rappela à l'un comme à l'autre qu'ils devaient faire attention à ne pas se trahir.

Javi savait que son ami vivait mal leur échange de segments. Ses yeux tombèrent sur le tee-shirt de Jack, à l'image de la mascotte de son lycée. Javi se rendit compte qu'il y avait quelque temps qu'il n'avait pas vu Jack porter une quelconque tenue aux couleurs de l'académie.

Il se réjouissait que Jack *éprouve* au moins quelque chose, que leur décision pèse sur ses épaules à lui aussi. Mais il avait envie de le secouer, de l'arracher à sa trouille, de lui faire prendre conscience de tout ce qu'il pouvait accomplir dans le temps qui lui était offert.

— Je ne comprends pas pourquoi tu laisses ton oncle s'en tirer comme ça, insista Javi. Dans tous les domaines. Avec toutes ses conneries anti-courts-segments.

Il s'efforçait de contenir sa colère quand il se souvint d'avoir vu quelques tweets récemment qui semblaient confirmer qu'Anthony Rollins se trouvait dans la pièce au moment où le projet STAR avait été conçu.

Une chose que Jack, en supposant qu'il en soit informé, avait omis de lui dire.

— D'ailleurs, tous ces mensonges, tout ce bordel dans lequel on s'est fourrés, c'est la faute de ton oncle, siffla-t-il entre ses dents.

— Tu te figures que je ne le sais pas ? Quand j'ai découvert que c'était *lui* qui avait manigancé tout ça, je me suis senti une vraie merde ! Mais je n'y peux rien, Javi. Ce mec ne m'adresse jamais la parole à moins d'avoir un service à me demander. Et même si j'allais l'affronter bille en tête, il ne m'écouterait pas.

— Mais tu fais quand même partie de sa famille ! Il doit bien y avoir quelque chose que tu puisses faire.

— Il fait partie de ma famille, en effet. C'est bien pour cette raison que je ne peux pas lui dire de retirer sa candidature à la présidentielle alors que tout le reste des Hunter se démène au service de sa campagne.

— Eh bien, tu peux au moins lui dire d'arrêter d'en faire baver aux gens qui souffrent *déjà*, répliqua Javi.

Jack tenta d'apaiser son ami.

— Écoute, je sais qu'il donne l'impression de mener la danse sur ce coup-là, mais à l'évidence il n'y a pas que lui. Je n'essaie pas de l'excuser mais… peut-être qu'il est embringué dans un truc plus gros qu'on ne l'imagine.

— Dans ce cas, il devrait se servir de sa tribune pour changer les mentalités des gens ! Pas pour mettre de l'huile sur le feu.

Javi fulminait, et il ne comprenait pas que Jack ne soit pas furieux, lui aussi. Soudain, une pensée désagréable lui traversa l'esprit.

— À moins qu'en réalité, tu sois d'accord avec lui…

— Mais bien sûr que non, mec ! s'écria Jack, levant les mains au ciel. C'est juste que je ne vois pas l'intérêt de m'opposer à mon oncle. Il fera ce que bon lui semble, quoi qu'on lui dise, toi ou moi.

La résignation, la pitoyable soumission de Jack à son oncle firent redoubler la colère de Javi.

— Et qu'il y ait des vies humaines en jeu dans l'histoire, ça ne te gêne pas ? Ce médecin qui s'est fait tirer dessus à New York est mort uniquement à cause de ton oncle !

Javi constata à la mine de Jack que sa remarque l'avait touché au vif.

— C'est affreux ce qui est arrivé à ce médecin, dit Jack. Mais si je commence à critiquer mon oncle maintenant, je risque d'être mis au ban de toute la famille. De quel côté crois-tu qu'ils se rangeront ? Avec le jeune qui est tout juste venu à bout de sa formation militaire, ou avec l'homme qui pourrait bien devenir *Président* ? Et je ne vois pas pourquoi ce serait à *moi* de l'affronter. Je n'ai pas demandé à ce qu'il devienne mon oncle, c'est juste un putain d'égocentrique qui s'est infiltré dans notre famille grâce à son mariage. Ses conneries, ça ne devrait pas être mon problème.

— Eh bien, elles le sont devenues quand il s'est permis de parler de toi au monde entier, coupa sèchement Javi. Ou plutôt, de *nous*.

Le responsable de la salle de boxe se dirigeait vers les deux garçons, faisant tinter les clés accrochées à son pantalon.

— Tout se passe bien, les gars ? Il y a eu quelques plaintes.

— Ouais, ne vous inquiétez pas, dit Jack. De toute façon, je m'en vais.

Sur ces mots, il partit à grandes enjambées en direction du vestiaire. Javi le suivit des yeux jusqu'à ce que la porte se referme derrière lui, mettant un point final à leur première vraie dispute en plus de quatre ans d'amitié.

Au-delà de la fortune et des relations des Hunter, Javi savait que l'enfance de Jack n'avait pas été aussi heureuse que la sienne, que sa famille était exigeante, qu'il se démenait pour être à la hauteur de leurs attentes et portait son nom comme un fardeau. Aussi, Javi n'arrivait-il pas à comprendre *pourquoi*, en cette période critique, Jack se rangeait de *leur* côté plutôt que du sien, son meilleur ami.

Craignait-il leurs reproches ? Recherchait-il si ardemment leur approbation ?

Ou bien était-il si doué pour compartimenter sa vie qu'il parvenait Dieu sait comment à dissocier les gens des souffrances qu'ils causaient ?

Mais peut-être s'agissait-il de tout autre chose, d'une chose que Javi ne percevait pas.

Il s'apprêtait à quitter la salle à son tour quand il avisa un grand sac de frappe suspendu à l'écart, dans un coin. Il cogna dedans avec une telle rage que le sac alla ricocher dans le mur tout proche.

Bonjour B.,

Je crois que vous avez raison en ce qui concerne les longs-segments. Certains d'entre eux ne se rendent sans doute pas compte de ce qu'ils font. Ils cherchent juste à mettre de la distance entre eux et la tristesse, la culpabilité, ou tout ce qui peut leur rappeler leur propre mortalité. Quelle que soit la durée qu'il nous reste à vivre, personne n'a envie de penser à la fin.

C'est curieux parce que la société était beaucoup plus à l'aise autrefois vis-à-vis de la mort. Chaque année, j'explique à mes élèves qu'à l'époque victorienne les gens vivaient avec la mort à leurs côtés. Les veillées funèbres se tenaient dans leurs salons ; ils portaient des pendentifs contenant des cheveux de proches décédés ou encore se prenaient en photo avec des défunts aimés, à titre de souvenir. De nos jours, nous tenons à éviter autant que possible l'idée de la mort. Nous n'aimons pas parler de maladie, nous isolons les mourants dans des hôpitaux, des maisons de retraite, et reléguons leurs restes dans des cimetières éloignés. J'imagine que le groupe des courts-segments est le dernier en date à souffrir de notre aversion pour la mort, et peut-être plus que tous ses prédécesseurs.

Vous vouliez savoir si tout le monde mérite d'être heureux. Je le crois, assurément. Et je ne pense pas qu'avoir un court segment signifie que le bonheur soit interdit. Si toutes les histoires que j'ai lues – d'amour ou d'amitié, d'aventure et de courage – m'ont *appris quoi que ce soit, c'est que vivre longtemps, ce n'est pas forcément <u>vivre</u>.*

Hier soir, j'ai ressorti ma boîte pour la première fois depuis des mois. Je ne l'ai pas ouverte mais j'ai relu l'inscription gravée dessus. « À l'intérieur se trouve la mesure de votre vie. »

Il est question, bien sûr, de ce que contient la boîte, la cordelette ; mais peut-être n'est-ce pas la seule mesure dont nous disposons. Peut-être des milliers d'autres moyens de mesurer notre vie – la qualité effective de notre vie – existent-ils en nous, plutôt qu'à l'intérieur d'une boîte.

Et en vertu de notre propre mesure, on peut encore être heureux.

On peut vivre.

A.

Maura

Ce fut un soulagement d'arriver à Venise après le tumulte à l'aéroport.

Le terminal international grouillait d'une foule comme jamais Maura ne se souvenait d'en avoir vu. Pendant qu'elle attendait Nina à l'extérieur d'un bureau de presse, trois groupes de touristes passèrent, menés par des guides portant des coupe-vent frappés de logos. Par centaines, des voyages organisés de « liste de choses à faire avant de mourir » se popularisaient parmi les longs-segments aussi bien que les courts, chacun ayant le sentiment d'arriver au crépuscule de sa chance de voir le monde.

Un assortiment bigarré de routards s'était attardé un peu plus loin, sacs à dos bourrés à craquer, duvets et tapis de yoga calés sous les bras. Quelques bribes saisies au passage laissèrent supposer à Maura qu'ils se rendaient dans l'Himalaya, ce qui n'avait rien de surprenant. Selon certaines informations, plusieurs régions d'Asie auraient vu déferler des hordes d'Occidentaux dès les premières semaines qui avaient suivi l'arrivée des boîtes.

Au mois d'avril, au tout début de la crise, quelques monastères bouddhistes avaient ouvert leurs portes aux visiteurs étrangers en quête de conseils, mais ils avaient sous-estimé le nombre d'âmes recherchant l'illumination. À l'été, certaines régions du Bhoutan et de l'Inde se trouvèrent tellement débordées que les gouvernements en vinrent à limiter le nombre de voyageurs qu'elles pouvaient accepter. Des endroits autrefois paisibles étaient désormais recouverts des drapeaux de prière des touristes – des étendues tibétaines entièrement sillonnées d'étonnants alignements d'étoffes arc-en-ciel.

La plupart des lieux les plus sacrés de la planète attiraient des millions de nouveaux pèlerins apportant leurs boîtes au pied du mur des Lamentations de Jérusalem, à la Kaaba de La Mecque, à la grotte de Lourdes, certains cherchant à renouer avec leurs origines spirituelles en ces temps d'immense désarroi, d'autres priant pour que survienne un miracle.

Maura avait pris part à toutes sortes de meetings sur le climat et manifesté contre le tourisme de masse. Mais elle ne pouvait pas vraiment en vouloir à ces nomades d'avoir envie d'explorer tant qu'ils le pouvaient encore, d'espérer que quelque pays lointain détiendrait la réponse qu'ils ne trouvaient pas chez eux.

Comme ces lieux sacrés, Venise était elle aussi envahie de visiteurs. Toutefois, sitôt montées à bord de la navette fluviale qui desservait l'aéroport, Nina et Maura avaient été subjuguées par le spectacle de la ville semblant surgir des eaux qui l'entouraient ; puis, en traînant tant bien que mal leurs valises à roulettes dans les rues cahoteuses et sur les marches des petits ponts qui enjambaient les canaux, elles sentirent à chaque souffle leurs poumons s'emplir de la jubilation d'être dans un lieu inconnu. Les sens aux aguets, elles saisissaient visions, sons et odeurs, sachant qu'il s'agissait d'une occasion unique, d'un bref moment d'audace dont il fallait garder le souvenir.

Bien que ce soit le mois d'octobre et que le gros des foules infernales de l'été se soit déjà dispersé, familles et groupes bourdonnaient encore sur les vastes places écrasées de soleil, si bien que dès leur deuxième jour sur place, Maura et Nina avaient appris à s'écarter des itinéraires principaux pour s'aventurer dans les ruelles ombragées dont certaines permettaient tout juste de marcher côte à côte, et déambuler sans but précis dans le dédale de la ville.

Bordées de murs en pierre délabrés, les petites rues étaient, à leur grand étonnement, abritées du vacarme environnant. Où qu'elles aillent, l'écho des marteaux-piqueurs et les lointains fracas métalliques leur rappelaient la fragilité de la ville, son inévitable disparition. Venise travaillait inlassablement, semblait-il, à se réparer, à tenter de déjouer son sort.

Un après-midi, Nina et Maura tombèrent sur un endroit particulièrement pittoresque où l'une des ruelles désertes débouchait sur un petit quai en bois bordant un étroit canal, loin des voies d'eau plus larges où des gondoles promenaient les touristes pour un prix exorbitant.

Maura s'avança sur le quai avec l'idée de tremper les orteils dans le canal, mais Nina s'y opposa, citant un article qu'elle avait lu qui traitait de la pollution des canaux et de leur manque d'entretien. Elles se contentèrent donc de s'asseoir au bord, et Maura posa la tête sur l'épaule de Nina.

Elle contempla, plus bas, l'eau verte opaque qui se mouvait lentement. Elle était plus trouble qu'elle l'avait imaginé, comme si un peintre venait d'y rincer ses pinceaux.

— On a de la chance de voir ça pendant que c'est encore possible, dit-elle. Je n'en reviens pas qu'ils aient bâti cette ville. Un monde sur l'eau.

— J'ai lu un article là-dessus dans l'avion. En fait, ils ont planté des pieux en bois dans la boue et l'argile, sous l'eau, puis posé dessus des plates-formes en bois, puis des plates-formes en pierre, et finalement les bâtiments proprement dits.

— Et le bois n'a pas pourri ? demanda Maura.

— Celui qu'ils ont utilisé était imputrescible, et comme il était immergé, donc pas exposé à l'air, il ne s'est pas du tout abîmé. Il tient bon depuis tous ces siècles.

Les rues avaient beau parfois sentir aussi mauvais que dans un port de pêche, la ville était envoûtante. Elle ne ressemblait à aucun autre endroit qu'elles connaissent. Les demeures aux couleurs pastel dont les arches gothiques se fondaient dans l'eau scintillante, les rangées de gondoles amarrées devant qui dansaient sur le canal, tout était exactement tel qu'on le voyait en rêve ou sur les cartes postales.

Les figures étranges qu'elles croisaient à tous les coins de rues les émerveillaient. Sculptures juchées sur les toits, silhouettes peintes sur les fresques des plafonds, façades ornées de petits bustes, jusqu'aux poignées des portes en forme de tête – où qu'elles aillent dans la ville, des yeux suivaient leur parcours.

À un moment donné, Maura sursauta presque à la vue d'une dizaine de visages peints qui la fixaient de leurs regards vides, fantomatiques, dans la vitrine d'une petite échoppe.

Nina la suivit à l'intérieur. Murs et plafond y étaient intégralement couverts de masques vénitiens traditionnels – des centaines de visages de porcelaine ayant chacun leur propre personnalité. Là, le bouffon, avec son bonnet à grelots. Ici, le sinistre médecin de peste avec son long bec. Et des masques de toutes les couleurs que comptait la palette du peintre. Certains ornés de rubans, de plumes, de motifs sophistiqués dorés à la feuille d'or. D'autres avaient l'air triste ou un sourire malicieux. Maura s'approcha un peu plus pour admirer un masque blanc décoré de délicates notes de musique.

Une femme âgée surgit de l'arrière-boutique, s'appuyant sur une canne en acajou. Elle salua Nina et Maura d'un signe de tête. Ses cheveux noirs ondulés, striés de mèches grises, étaient retenus en chignon, et elle portait en sautoir ses lunettes à monture rouge.

— *Ciao*, fit-elle. De quel endroit du monde venez-vous ?

— De New York, répondit Nina.

— Ah, *the Big Apple* ! s'exclama la femme en riant.

Elle semblait parler anglais sans peine, quoique avec un fort accent.

— Connaissez-vous l'histoire de nos masques ? reprit-elle.

Nina et Maura secouèrent la tête.

— Eh bien, tout le monde sait que nous portons des masques pendant notre fameux Carnaval, mais il fut un temps où les gens de Venise portaient des masques *ogni giorno*, tous les jours. Pas seulement pour les grandes occasions.

D'un geste, la femme désigna le vaste monde, derrière la vitrine de l'échoppe.

— Même pour sortir se promener dans la rue, on pouvait porter un masque, si bien que personne ne savait qui on était.

— Ça paraît très… libérateur, dit Maura.

— La liberté. *Sì*, acquiesça solennellement la femme. À Venezia, les classes sociales d'autrefois – *nobile*, *classe inferiore* – étaient très strictes. Mais avec le masque, on pouvait être… n'importe qui. Homme, femme, riche, pauvre. Un peu comme à New York, oui ? On y va pour être qui on veut.

Nina était d'accord avec elle.

— Pourquoi les gens ont-ils arrêté d'en porter ?

— Eh bien, comment dit-on, déjà… anonyme ? *Sì*. Être anonyme, ça a un coût. On croit qu'on peut faire n'importe quoi. On boit, on triche, on fait des paris…

La femme regarda en direction du plafond et sourit aux rangées interminables de visages qui la contemplaient de là-haut.

— Mais au moins, on a conservé le Carnaval.

Maura voulut choisir un masque à accrocher dans leur appartement. Nina en essaya une sélection pour elle, tous plus resplendissants les uns que les autres. La façon dont chacun la rendait méconnaissable avait quelque chose de saisissant. Maura repensa à ce qu'avait dit la propriétaire de l'échoppe sur la liberté que les masques procuraient à ceux qui les portaient. Le sentiment d'invincibilité. C'était sans doute ce que ressentaient les longs-segments, comprit-elle.

Et bien que leur séjour en Italie ait été jusqu'alors magnifique et leur ait fait oublier ces derniers mois, Maura ne put s'empêcher d'imaginer ce que ce serait de mettre un masque et changer de peau quelques heures, de devenir quelqu'un détenant une tout autre cordelette. De ressentir ce soulagement, cette paix, rien qu'une journée.

Tout en regardant la vieille femme ôter délicatement un masque du visage de Nina, Maura ne put s'empêcher de demander tout à coup :

— Que s'est-il passé ici, en Italie, à l'arrivée des boîtes ? Est-ce qu'une majorité de gens les ont ouvertes ?

La femme hocha la tête, comme si elle s'attendait à cette question depuis le début.

— Certains, oui, mais je crois que la majorité ne l'a pas fait. Ma sœur, c'est une catholique très traditionnelle. Elle n'a pas ouvert sa boîte parce qu'elle dit qu'elle s'en ira quand Dieu jugera bon de la rappeler à Lui. Et moi je ne l'ai pas ouverte parce que… je suis contente de la vie que j'ai. (Elle haussa les épaules.) J'entends parler de ces Américains qui disent que les cordelettes les ont fait réfléchir sur leurs vies. Sur leurs… comment dites-vous ?

— Leurs priorités ? proposa Maura.

— *Sì, sì*. Leurs priorités. Mais en Italie, je crois qu'on les connaissait déjà. On place déjà l'art, la cuisine, la passion au premier plan, expliqua-t-elle avec un geste qui englobait son échoppe tout entière. Tout comme la famille. On n'avait pas besoin des cordelettes pour se souvenir de ce qui est le plus important.

Jack

Les derniers sacs de voyage de Javier étaient dans l'entrée, prêts à être chargés dans la fourgonnette de son père pour entamer les quatorze heures de route jusqu'au poste que l'armée lui avait attribué dans l'Alabama, où Javi commencerait sa formation d'officier dans l'aviation. Mais comme Mr et Mrs García ne devaient arriver qu'une demi-heure plus tard, Javi attendait, assis sur sa valise.

Il n'était pas censé partir si tôt – Jack et lui avaient prévu de passer leur dernière semaine ensemble. Mais à la suite de leur dispute, il avait décidé de passer ces quelques jours avec ses parents.

Évidemment que Javi a envie d'être avec sa famille, pensa Jack. Il appréciait sa famille. Pour autant que le sache Jack, le seul mensonge que Javi ait jamais dit à ses parents concernait sa cordelette. Et il leur épargnait cette vérité-là par amour.

Jack n'avait jamais fait preuve d'une telle honnêteté vis-à-vis de sa propre famille, du moins pas dans les situations les plus cruciales. Son père, après le départ de sa femme, s'était entièrement voué à sa carrière, supervisant les contrats du ministère de la Défense. À la demande de sa sœur Katherine, il fréquentait quelques femmes riches, de bonne famille, mais son travail accaparait toute son attention. Jack sentait que son père *se devait* de réussir, pour maintenir leur statut au sein de la famille, effacer la flétrissure infligée par sa femme – et il fallait que Jack réussisse, lui aussi.

Grand-père Cal était peut-être le seul qui aurait pu comprendre Jack ; il ne se serait pas moqué ou mis en colère contre lui, s'il avait exprimé son avis. Mais il était inenvisageable pour Jack d'entrer dans le salon lambrissé de chêne de son grand-père, où trois mousquets du XIXe siècle ayant appartenu à ses ancêtres étaient accrochés au mur aux côtés d'une médaille de l'Étoile de bronze encadrée, et d'avouer qu'il ne voulait pas suivre la route tracée par les Hunter.

Jack ne pouvait tout simplement pas admettre qu'il existait une autre voie pour lui, une voie qui ne lui infligerait ni terreurs nocturnes ni migraines quand il pensait à l'avenir. Et il ne pouvait pas non plus déclarer une chose pareille sans proposer d'alternative respectable – dans le droit ou la politique, par exemple. Pourtant, il avait beau savoir qu'il n'était pas fait pour la carrière militaire, il ne savait pas pour *quoi* il était fait. Il n'avait aucune vraie passion, aucune ambition, et était incapable de suivre une autre direction que celle indiquée par sa famille. Il n'était pas comme grand-père Cal, Javier et le reste de l'armée ou encore ce médecin qui était mort lors du meeting. Même Anthony et Katherine avaient un but, si déplorable soit-il. Et maintenant, depuis que son « court segment » l'avait relégué à un emploi de bureau de bas étage à Washington, Jack se sentait plus démotivé que jamais, son uniforme n'étant plus qu'un costume mal ajusté.

Il dut se rappeler que ne pas savoir ce qu'il voulait faire de sa vie n'était pas un crime – il n'avait que vingt-deux ans, après tout. N'était-ce pas le moment où on avait le droit de se sentir à la dérive ?

Et l'arrivée des boîtes n'avait-elle pas désorienté un grand nombre de gens, telle une tornade qui leur avait fait perdre leurs repères ?

L'ironie gênante de la situation n'échappait pas à Jack : il avait reçu un long segment et ne savait qu'en faire, alors que Javi, lui, avait un but.

Jack éprouvait un sentiment d'échec sur tous les plans – en tant que soldat, fils, membre actif de la société.

Il n'avait pas envie d'échouer aussi en tant qu'ami. Il avait besoin de prouver à Javi combien il était désolé et à quel point il était reconnaissant de leur amitié, depuis leur entrée à l'académie jusqu'au soir où Javi avait accepté sa proposition d'échange.

Leur amitié était la seule chose dans sa vie dont Jack n'avait jamais douté.

Quand Jack sortit de sa chambre, Javier était toujours assis sur ses bagages, plongé dans ses pensées.

— Je sais que je suis sûrement la dernière personne que tu aies envie de voir à l'heure qu'il est, mais je ne pouvais pas te laisser partir sans te dire au revoir, dit Jack. Et te demander de m'excuser.

Javi se borna à acquiescer sans rien dire.

— Je sais aussi que j'ai été un ami pourri depuis le jour de notre échange, et que tu n'as pas à endurer les conséquences de *mes* problèmes. Et j'espère que tu sais que je suis vraiment fier de toi, Javi. Je n'arriverai jamais à la cheville de l'homme que tu es.

Javier leva le regard vers son ami, touché par son hommage.

Jack avait les yeux bouffis et une barbe naissante lui brunissait les joues, alors que Javi, lui, était le même qu'au premier jour de leur cohabitation, quand Jack avait rencontré ses parents, remarqué leur nervosité, leur hésitation à prendre congé de leur fils. Il leur avait alors promis de veiller sur Javi. Ils étaient liés l'un à l'autre.

— Merci, Jack, dit enfin Javi.

Jack sourit, puis, désignant le Baby-foot :

— Un dernier match ?

— Je voudrais rester seul, si ça ne te dérange pas. Pour garder les idées claires.

— Pas de problème. (Bien sûr qu'il se trompait en se figurant que quelques mots d'excuses suffiraient.) Je… je voulais juste te donner ça, avant ton départ.

Il tendit à Javi une mince enveloppe blanche barrée de l'inscription : « À mon meilleur ami ». Javi glissa le doigt sous le rabat et une vieille carte aux coins cornés, défraîchie par des décennies de manipulations, tomba dans le creux de sa paume. Il lut la prière qui s'y trouvait.

— Je ne peux pas accepter, dit-il en la tendant à Jack qui refusa de la reprendre.

— Bien sûr que si. Tu la mérites plus que moi.

Javi secoua la tête.

— Non, Jack, je ne peux pas.

— Je sais que tu es catholique, et que cette carte est une prière juive, mais… c'est le même Dieu, non ?

— Il ne s'agit pas de ça. (Javi posa la carte sur un rayon de livres tout proche.) C'est l'héritage de *ta* famille. Pas de la mienne.

Ces mots firent mal à Jack. Javi avait davantage été un frère pour lui qu'aucun des membres de sa propre famille. Et il n'y avait que lui qui connaisse ses véritables sentiments vis-à-vis des Hunter, de l'armée, de tout.

— Ma famille, c'est *toi*.

Javi garda un instant le silence. Dans l'appartement, seuls se faisaient entendre les bruits étouffés de la circulation, dehors.

— J'apprécie, Jack. Mais… je réfléchis pas mal ces derniers temps… et je crois que j'ai besoin d'un peu de temps pour moi, en ce moment, avec *ma* famille, loin de toutes les histoires des Hunter-Rollins. Ne le prends pas mal, mais… ils prennent beaucoup de place.

Jack soupira. Il ne pouvait pas le contester.

— Tu sais, le seul Hunter qui ait jamais possédé cette carte, c'était mon grand-père, dit-il. Et c'était son ami Simon qui la lui avait donnée, pour qu'elle le protège. C'est tout ce que je cherchais à faire.

— C'est un beau geste, Jack… Désolé, je n'ai pas envie de parler de ça.

Jack perçut la contrariété dans la voix de son ami.

Il avait abandonné le ton mordant du début de leur échange, et sa colère avait fait place à ce qui s'apparentait davantage à de la tristesse. Comme si Jack ne valait plus la peine qu'il s'emporte. *Cause perdue.*

— Bon, je ne vais pas t'embêter plus longtemps, dit Jack en se dirigeant d'un pas traînant vers la porte d'entrée. Mais je laisse quand même la carte ici, des fois que tu changes d'avis.

Javi détourna la tête. Debout sur le seuil, Jack fixa longuement son ami. Son regard se posa sur les lacets des baskets de Javi : deux cordelettes nouées comme le seraient celle de Javi et la sienne.

Jack se réjouissait sincèrement que le fait de lui avoir donné sa cordelette puisse permettre à Javi d'accomplir son objectif. Mais ils savaient l'un comme l'autre que le rêve de Javi n'était qu'une partie de ce qui avait poussé Jack à proposer l'échange – une infime partie.

Jack avait donné sa cordelette à Javier pour sauver sa peau. Et Javi ne l'en avait jamais blâmé, ne l'avait jamais traité de lâche. Jack était le seul responsable de la distance qui s'était installée entre eux.

Non, Javi ne voulait pas d'un vieux bout de carton défraîchi. Il avait dit à Jack ce qu'il *voulait*, au cours de leur dispute à la salle de boxe, mais Jack n'avait pas accédé à sa demande. Il ne pouvait pas affronter son oncle, pas plus qu'il ne pouvait affronter quiconque de sa famille. Et Anthony était maintenant l'héritier présomptif, le Président potentiel, alors que Jack restait celui qu'il avait toujours été : le dernier à être choisi dans les jeux d'équipe, lors du pique-nique annuel des Hunter. Le fils délaissé par les siens.

Qu'est-ce qu'il foutait, bon sang ? Pourquoi permettait-il à sa famille, à ceux qui n'avaient jamais voulu l'écouter, d'éloigner l'unique personne qui le comprenait ?

Jack pensait savoir ce qu'était la solitude, lui l'éternel étranger à son clan, le mouton noir. Mais il n'avait jamais souffert que d'une *absence* d'amour.

Or, perdre quelque chose était infiniment plus dur, plus solitaire, que se passer de ce qu'on n'avait jamais connu.

Jack ne pouvait pas perdre Javi. Pas maintenant. Pas avant d'y être obligé. Et certainement pas du fait de sa propre faiblesse, de son abdication face à sa famille.

Jack fit quelques pas vers son ami et ex-colocataire, et ses yeux s'emplirent de larmes malgré lui.

— Je jure de trouver un moyen de me racheter, Javi, de mériter ton pardon. Et ton respect. Parce que j'ai un immense respect pour toi. Je sais que tu feras la fierté de l'armée.

Ben

Quand Ben avait retrouvé Maura autour d'un verre en septembre, elle lui avait demandé un service : elle souhaitait préparer une surprise pour sa petite amie pendant leur voyage en Italie.

Une fois qu'elles furent parties, Ben prit donc le métro pour se rendre chez elles et sortit la clé que Maura lui avait remise.

Il s'attendait à trouver l'appartement vide. Mais quand il ouvrit la porte et s'avança dans le salon, il faillit percuter une femme qui brandissait une plante verte au-dessus de sa tête.

Il recula d'un bond, lâchant ses clés de surprise.

— Merde, vous m'avez fait peur !

— Qui êtes-vous ? s'écria l'inconnue qui semblait aussi effrayée que lui.

— Un ami de Maura, expliqua Ben. C'est elle qui m'a prêté la clé.

— Ah, fit la femme en se rendant soudain compte de sa posture défensive. Excusez-moi. Je savais que Nina et Maura n'étaient pas à New York, alors, quand je vous ai entendu entrer, j'ai attrapé la première arme que j'ai pu trouver.

Ben jeta un coup d'œil à la rangée de plantes vertes, derrière elle.

— Le cactus aurait été un meilleur choix. Super urticant.

Les épaules de la femme se détendirent, et elle reposa doucement la plante sur l'étagère.

— Je suis la sœur de Nina, dit-elle avec un sourire. Amie.

— Ravi de faire votre connaissance. Moi, c'est Ben.

Amie et Ben avaient tous les deux été chargés d'une mission, semblait-il, pendant le voyage en Italie : Nina avait demandé à Amie d'arroser les plantes et de relever le courrier, et Maura avait confié à Ben un projet artistique.

Ben tira plusieurs documents du tube à affiches qu'il avait apporté, et les étala sur la table basse.

— C'est vous qui avez dessiné tout ça ? demanda Amie, stupéfaite.

Elle se pencha pour examiner de plus près la série de croquis : un bar à karaoké du quartier à Manhattan, la terrasse d'un café bordée de guirlandes lumineuses, le dôme de la serre du Jardin botanique de Brooklyn.

— Maura m'a vu plusieurs fois gribouiller, et il faut croire qu'elle apprécie mon œuvre, dit Ben en riant. Mais *ceux-là*, j'ai essayé de leur donner une allure un peu plus professionnelle. Je voulais prendre quelques mesures du mur aujourd'hui, pour pouvoir faire encadrer ça.

Amie hocha la tête, reconstituant l'histoire au fur et à mesure.

— Alors, le karaoké, c'est là où elles se sont rencontrées et le Jardin botanique, là où Nina a dit « Je t'aime » pour la première fois. Mais je ne sais pas à quoi correspond le café, au milieu.

— Premier rendez-vous, répondit Ben. Maura voulait tous les endroits marquants de leur histoire.

— C'est un beau cadeau. Et les dessins sont superbes. Vous êtes artiste-peintre ?

— Architecte.

— Un artiste bon en maths, donc, conclut Amie en souriant.

— Et vous ?

— Oh, moi je suis nulle en maths.

Ben s'esclaffa.

— Je voulais savoir ce que vous faites dans la vie.

— Je suis prof de littérature. Pas de chiffres, juste des lettres.

Ben s'apprêtait à demander dans quel établissement elle enseignait quand quelqu'un tambourina à la porte.

— Nina ! Maura ! cria une voix affolée.

Ben se précipita dans l'entrée et ouvrit à un vieil homme dont la maigre silhouette disparaissait sous des vêtements ruisselants.

— Qui êtes-vous ? demanda-t-il. Où sont Nina et Maura ?

— Euh, elles se sont absentées… Nous sommes des amis. Que pouvons-nous faire pour vous ?

— Je ne sais pas. Je ne savais pas où aller. D'habitude, Maura et Nina sont là quand j'ai besoin d'un coup de main, bafouilla l'homme d'un air anxieux. Il est arrivé un problème. Je crois qu'un tuyau a dû éclater, il y a de l'eau partout.

Le vieil homme semblait sur le point de fondre en larmes.

— D'accord, venez vous asseoir sur le canapé et expliquez-nous, proposa Ben pour tenter de le calmer. Où ce tuyau a-t-il éclaté ?

— Au bout du couloir. Je suis dans l'appartement B.

— Je vais prendre de quoi éponger, lança Amie pendant que Ben se dirigeait au pas de course vers l'appartement en question.

En entrant dans la minuscule kitchenette, il faillit s'étaler. De l'eau jaillissait effectivement d'un tuyau, et une belle flaque se répandait à toute vitesse sur le carrelage noir et blanc, envahissant le plancher du couloir et menaçant le tapis qui se trouvait un peu plus loin. Surpris par la giclée en s'agenouillant près de l'évier, Ben ferma les yeux et chercha à tâtons le robinet d'arrêt.

Il venait de le trouver et de réussir à stopper l'inondation quand Amie surgit, les bras chargés de serviettes de toilette. S'il n'avait pas été aveuglé par l'eau et l'adrénaline, Ben se serait félicité d'avoir réussi à résoudre le problème à temps pour impressionner la jeune femme.

— Un plombier arrive, annonça-t-elle en jetant quelques serviettes à Ben qui s'en servit pour emmailloter le tuyau.

Le voisin, qui avait suivi Amie, resta prudemment sur le seuil tandis que Ben et Amie commençaient à éponger les sols.

— Je suis vraiment désolé, vous ne devriez pas avoir à faire ça, dit-il, gêné de les avoir sollicités. Je m'en serais chargé moi-même mais… j'avais peur de glisser sur le sol mouillé et de ne pas arriver à me relever.

— Ce n'est pas du tout un problème, lui assura Amie.

Elle réprima alors un petit rire en relevant les yeux vers Ben.

— Qu'est-ce qu'il y a ? demanda-t-il.

— Vous êtes… trempé jusqu'aux os. Vous en mettez partout !

— Eh bien, vous, comme par hasard, vous avez fait votre entrée pile au bon moment, rétorqua Ben en s'efforçant de repousser de son visage ses cheveux mouillés. Vous avez raté la scène où j'ai plongé tête baissée dans un geyser.

Quand le plombier arriva, le vieil homme raccompagna Ben et Amie sur le palier et les remercia de nouveau profusément.

— C'était héroïque, s'exclama Amie à Ben alors qu'ils apportaient la pile de linge sale à la buanderie.

— Nous autres, mathématiciens, nous sommes connus pour notre courage, plaisanta Ben.

— J'espère que vous l'êtes aussi pour votre discrétion, dit Amie, parce qu'on ne pourra jamais dire à Nina qu'on a utilisé ses luxueuses serviettes de toilette pour éponger une inondation. Elle s'affole dès que je bois un verre d'eau trop près du canapé.

— Le secret ne franchira pas mes lèvres, promit Ben en souriant.

— Très bien, acquiesça Amie avec un air faussement sérieux. Sur ce, je suppose que vous aimeriez bien rentrer chez vous pour vous changer…

Mais Ben n'avait pas envie de s'en aller. Une petite voix, au fond de son esprit, lui conseillait de rester.

— En fait… j'ai plutôt envie de boire un verre. Avec vous, si ça vous dit ?

Le verre fut suivi d'un dîner dans une trattoria toute proche ; c'était une suggestion d'Amie, pour faire comme s'ils étaient, eux aussi, en Italie.

— J'ai demandé à Nina de rapporter des porte-clés en forme de gondoles pour tous mes élèves, expliqua-t-elle une fois qu'ils eurent englouti leur repas.

— C'est une super idée ! C'est le genre de chose que ma mère aurait faite. Mon père et elle étaient tous les deux enseignants, eux aussi.

— Alors comme ça, je vous rappelle votre mère ? le taquina Amie au moment où le serveur arrivait avec deux cappuccinos fumants. Les filles *adorent* qu'on leur dise ça.

Ben, qui trouvait déjà qu'ils serraient de près la limite entre amitié et flirt, soupçonna Amie de la franchir délibérément.

Était-ce là ce qu'on ressentait lors d'un premier rendez-vous ? Cela faisait si longtemps qu'il avait presque oublié.

Il craignit soudain de renverser son verre, ou que la mousse du cappuccino lui reste collée aux commissures des lèvres. Ne mastiquait-il pas les *biscotti* trop bruyamment ? Toutes ces petites inquiétudes, ces insécurités envahissantes. Les ressentir à nouveau, c'était presque un luxe.

Tandis que Nina et Maura savouraient leur voyage à l'étranger, Ben s'élança lui aussi dans une sorte d'aventure, dans un tourbillon de sorties avec Amie.

Ils se revirent à l'appartement de Nina et Maura, pour que Ben puisse finir de prendre les mesures, puis Amie l'aida à choisir le cadre qui plairait à sa sœur.

En l'espace d'à peine plus d'une semaine, se succédèrent repas et promenades dans le parc. Bagels au petit déjeuner et verres au dîner. Un soir, au moment de se quitter, Amie lui demanda si leur rendez-vous devait *obligatoirement* se terminer. Ben dut se faire violence pour l'inviter dans un café encore ouvert plutôt que chez lui. Il ne s'estimait pas encore capable de franchir cette étape, du moins pas sans en éprouver de la culpabilité.

Pas avant qu'Amie ne sache.

Ils avaient passé tout ce temps ensemble sans que le sujet des cordelettes soit jamais évoqué. Amie semblait contente d'éviter d'en parler et Ben, lui, ne savait pas comment l'aborder.

Au moment du café, un soir, Amie sortit son téléphone pour parcourir ses messages. Ben l'observait, suivant des yeux la ligne de son profil. Pour un architecte soucieux de symétrie, il était curieusement ravi de constater qu'Amie avait une petite constellation de taches de rousseur sur la joue droite, et rien sur la gauche.

— Regarde, s'exclama-t-elle en lui montrant une photo de la campagne italienne. Nina vient de m'envoyer ça. C'est magnifique, non ?

Tenant la tasse fumante au creux de ses mains, elle poussa un soupir de satisfaction.

— Ça t'arrive d'envisager de t'installer dans un petit village en Europe ? lança-t-elle soudain. De quitter la frénésie new-yorkaise et d'emménager dans une petite maison d'où on peut aller en ville à vélo, où tout le monde se connaît, où on peut se nourrir de confitures, fromages et pain frais jusqu'à la fin de ses jours ?

— Pour être honnête, pas souvent, dit Ben en riant. Mais décrit comme ça, c'est en effet alléchant.

— Je suis sûre que le rêve est mieux que la réalité, reprit Amie avec un haussement d'épaules. C'est curieux, les gens ont souvent le fantasme d'une « vie simple », ou se focalisent sur « les choses simples ». À mon avis, ce n'est pourtant pas parce qu'on vit à la campagne, loin des choses superficielles, que la vie est moins compliquée pour autant.

Ben approuva d'un hochement de tête.

— Mais au moins, on affronte les problèmes en mangeant des fromages et du pain frais.

Amie sourit.

— Nina et Maura vont à Vérone demain, pour y passer leur dernière journée. Je n'arrête pas de penser à *Roméo et Juliette*. Tu savais qu'il y a une tradition à Vérone qui consiste à écrire des lettres à Juliette ?

— La Juliette de la pièce ?

— Eh bien, en quelque sorte, répondit Amie. Chaque année, des milliers de gens adressent des lettres à Juliette, pour lui demander conseil sur leurs amours. D'ailleurs, certains habitants de Vérone se nomment eux-mêmes les « secrétaires de Juliette » et répondent à toutes les lettres. À la main.

— Ça paraît une lourde responsabilité.

— En tout cas, il ne faudrait pas se fier à *mes* conseils en matière de vie amoureuse, fit-elle.

Une expression ravie se peignit sur ses traits ; une idée, ou peut-être un souvenir, devait lui traverser l'esprit.

— Tu sembles perdue dans tes pensées, murmura Ben.

— Oh, excuse-moi, ça m'arrive par moments.

Elle eut un air un peu gêné.

— Je me rappelais une femme qui aurait vraiment dû demander conseil à Juliette.

— Une de tes amies ?

— Non, loin de là. Juste une personne dont l'histoire m'avait intriguée, un jour. Ça va te paraître étrange, mais c'est dans une lettre que j'avais eu vent de son existence. Elle s'appelait Gertrude.

En entendant ce prénom, Ben faillit tomber de sa chaise, comme traversé d'une décharge électrique. *Gertrude*.

Ces quelques syllabes le sortirent de la torpeur dans laquelle il s'était laissé glisser, les similitudes entre Amie et la mystérieuse « A. » qui s'étaient lentement accumulées depuis leur rencontre atteignant alors une densité suffisante pour ne plus être ignorées. « A. », aussi bien qu'Amie, enseignait la littérature à Manhattan et habitait l'Upper West Side. Et cette lettre parlant de Gertrude, ça ne pouvait être que celle qu'il avait *lui-même* écrite, non ?

Son cœur s'emballa. C'était impossible. Oui, impossible. *Ou alors ?…*

— Je me rends compte que je ne sais pas dans quelle école tu enseignes, dit Ben.

— Oh, un établissement appelé la Connelly Academy, dans l'Upper East Side, répondit Amie. Je sais, c'est beaucoup plus chic que je le suis.

Ben ouvrit la bouche pour dire quelque chose, n'importe quoi, mais aucun son n'en sortit ; il porta sa tasse de café à ses lèvres pour masquer son visage, se donner un instant pour se ressaisir. Mais il faillit s'étrangler avec son café.

Amie enseignait dans l'école même où Ben se rendait tous les dimanches soir, où il laissait ses lettres chaque semaine. C'était forcément *elle*. Ben le sentait dans sa chair.

Son cerveau lui disait qu'il pouvait y avoir une autre explication, mais il *sentait* que celle-ci ne tiendrait pas.

C'était elle.

Nina

Lors de leur dernier jour en Italie, Nina et Maura prirent le train pour aller jusqu'à Vérone, située à une heure de Venise.

Cette excursion leur avait été recommandée par Amie, et Nina comme Maura trouvaient que cette ville littéraire méritait une visite. Vérone était aussi beaucoup moins fréquentée que Venise, à l'exception d'un coin de la *piazza* principale où amoureux, amateurs de Shakespeare et touristes faisaient le pèlerinage jusqu'à la *Casa di Giulietta*.

Pour se rendre dans la cour de la maison de Juliette, elles passèrent un porche voûté aux murs couverts de noms inscrits les uns sur les autres au fil des ans. De loin, on aurait dit un enchevêtrement désordonné de graffitis illisibles gribouillés à l'aide de gros marqueurs noirs ou de crayons de toutes couleurs. Mais en y regardant de plus près, elles parvinrent à isoler des prénoms et des signatures : *Marko et Amin. Giuli & Simo. Angela + Sam. Manuel and Grace. Nick & Ron. M+L. Signé Teddy.*

Maura glissa un regard à Nina. Elle pouvait toujours compter sur sa compagne pour avoir un stylo dans son sac. Elles inscrivirent chacune leurs initiales sur le mur, là où elles purent trouver un peu d'espace.

Puis elles débouchèrent dans un petit patio intérieur où quelques dizaines de visiteurs contemplaient le fameux balcon de pierre, à l'étage ; d'autres prenaient des photos de la statue en bronze de Juliette qui se tenait au centre, dans une posture pleine de modestie. Elles découvrirent alors, à leur consternation, qu'une autre coutume couramment observée consistait à frotter les seins de la jeune fille, comme on touche les pieds ou les chaussures de certaines statues pour se porter chance.

— *Mi scusi*, lança Maura à une femme qui se tenait à côté d'elles. *Perché la toccano ?*

Elle désignait un touriste posant une main sur la poitrine de Juliette. La femme, qui se révéla elle aussi américaine, sourit à sa remarque.

— Vous voulez savoir pourquoi ils lui palpent les nichons, c'est ça ? Je crois que c'est censé porter bonheur dans la vie amoureuse.

— C'est vrai que Juliette a eu de la chance dans ce domaine ! murmura Nina, sceptique.

— C'est affligeant, fit Maura avec une grimace en regardant deux jeunes garçons visiblement très soucieux de leur vie amoureuse.

Elles quittèrent la file des visiteurs attendant de pouvoir s'approcher de la statue et se dirigèrent vers le mur situé derrière Juliette, couvert de centaines de messages rédigés sur de simples Post-it ou des pages de carnet arrachées, chaque visiteur se pliant à la tradition consacrée qui voulait qu'on laisse en partant une lettre à l'intention de l'héroïne tragique.

— Celui-là est mignon, lança Maura. « Tu t'appelles Taylor mais tu es ma *Giulietta*. Nous sommes à Vérone et n'oublierons jamais ça. »

— Tu peux traduire ce que celui-là signifie ? demanda Nina en désignant un autre message.

Maura examina le bout de papier jaune que Nina pointait du doigt.

Se il per sempre non esiste lo inventeremo noi.

Maura plissa le front, cherchant les mots.

— « Si toujours n'existe pas, dit-elle, c'est nous qui l'inventerons. »

L'après-midi, Nina et Maura déambulèrent le long de l'Adige en direction du Ponte Pietra, le pont principal de Vérone. L'ouvrage, datant de l'époque romaine, alliait briques rouges et calcaire, un mélange de matériaux qui, pour Nina, parvenait à avoir l'air à la fois miteux et magnifique.

Au bord de l'eau, le vent soufflait fort. Quelques passants tenaient fermement leurs chapeaux. Le courant du fleuve charriait des moutons d'écume.

— C'est l'esprit de Juliette, hasarda Maura. Elle est venue perpétrer sa vengeance sur tous ceux qui ont peloté sa statue.

Un petit rassemblement s'était formé au bout du pont, autour d'un autel de fortune composé de fleurs, de bougies et de quelques ours en peluche.

— On dirait un lieu de commémoration, remarqua Nina.

Quand elles arrivèrent à proximité, Nina reconnut l'homme et la femme qui figuraient sur l'une des photos encadrées. Les jeunes mariés qui s'étaient jeté du pont au printemps.

— Continuons par là, proposa Nina, craignant que cette vision bouleverse Maura.

Mais chaque fois que son regard tombait sur le fleuve, elle ne pouvait s'empêcher de repenser au couple, à cette mariée au court segment qui s'était noyée. Au moins, cette femme avait-elle vécu un grand amour avant de mourir. Que disait ce fameux Post-it, déjà ? *« Peut-être pouvons-nous inventer notre propre toujours » ?*

— À quoi penses-tu ? demanda Maura. Tu es bien silencieuse.

— À cette phrase en italien que tu as lue, répondit Nina. *Si sempre no existe…* ?

Maura s'esclaffa.

— Je crois que ça, c'est de l'espagnol.

Une nouvelle bourrasque arriva. Nina sentit une étrange vague d'énergie la traverser. Elle s'arrêta et se tourna face à Maura, l'air sérieux.

— Tu sais, pendant les premières semaines où on sortait ensemble, je m'attendais à ce que tu rompes. Je n'arrivais pas à croire que quelqu'un d'aussi incroyable, d'aussi… inoubliable… puisse seulement se souvenir de mon prénom.

Elle s'interrompit, puis reprit :

— Et nous voilà deux ans plus tard, en train d'affronter le fait que « toujours » n'existe pas. N'existe pour personne. Mais moi, j'ai envie de l'inventer avec toi.

Il n'arrivait pas souvent à Maura de rester sans voix, mais en cet instant précis, elle semblait figée sur place.

— Je suis en train de te demander de m'épouser, clarifia nerveusement Nina.

— Je sais, finit par dire Maura. Et en fait… j'aurais dit oui, si la proposition n'avait pas été aussi gnangnan.

Nina, à la fois soulagée et transportée de bonheur, éclata de rire.

— Tu me laisses une deuxième chance ?

Maura lui sourit.

— Oui.

Ben

Les parents de Ben louaient un garde-meubles dans le sud de Manhattan depuis qu'ils avaient vendu leur maison du New Jersey pour s'installer dans leur appartement ; or, la mère de Ben avait occupé les premiers temps de sa retraite à lire un peu trop d'ouvrages sur les façons de ranger ses affaires et de s'alléger l'esprit, si bien qu'elle était convaincue qu'une bonne moitié de leurs possessions était maintenant superflue. C'est ainsi qu'un samedi après-midi, Ben prit la direction de Manhattan pour aider ses parents à faire du tri.

Quand il arriva, ses parents étaient déjà en train de fouiller dans les piles de cartons et jetaient le rebut dans d'immenses sacs-poubelles noirs.

— On jette ou on donne tout ce qu'on ne veut pas garder, dit sa mère.

— Tout ce qui ne suscite pas l'étincelle du bonheur ? taquina son fils.

Sa mère l'ébouriffa du bout des doigts, comme elle le faisait souvent lorsqu'il était enfant. À l'époque, il trouvait ce geste agaçant et puéril, mais aujourd'hui ça ne l'ennuyait plus autant.

— Tu devrais aller te faire couper les cheveux, lança-t-elle, incapable de réfréner ses impulsions maternelles.

— Concentrons-nous plutôt sur les cartons, d'accord ?

Il s'assit donc sur le couvercle d'un grand coffre et commença à écumer le contenu de valises de vieux vêtements, séparant ceux destinés aux boutiques solidaires de ceux en trop mauvais état. Face à cette tâche répétitive, son esprit ne mit pas longtemps à divaguer ; Ben repensa à Amie, à toutes les vérités qui restaient à dire – à propos de sa cordelette, de leurs lettres.

Mais il n'y avait pas de solution évidente. Ben appréciait Amie. Il aimait son grand sourire, ses taches de rousseur asymétriques, la passion qu'elle vouait à son travail et le fait que tout soit si facile entre eux deux, aussi bien de visu que par écrit.

Et bien sûr, ce que Ben appréciait par-dessus tout chez Amie, c'étaient les réflexions, les craintes et les rêves enfouis sous la surface. Ce qu'elle dévoilait dans ses lettres.

Il se disait qu'il ne serait pas impossible qu'Amie l'apprécie, elle aussi. Mais que se passerait-il si elle n'aimait que les aspects de lui qu'elle avait découverts cette semaine – le héros au grand cœur qui aide un inconnu sans hésiter –, et non le court-segment triste, qui s'apitoie sur son propre sort ?

Il regarda ses parents, tous deux âgés d'une petite soixantaine d'années, occupés à vider méthodiquement les cartons pleins des souvenirs de leur vie commune de décennies passées côte à côte. Comment Ben pourrait-il demander à une femme de le choisir *lui*, alors qu'il ne serait jamais capable de lui donner ça ?

Au cours des derniers mois passés avec Claire, alors qu'il arrivait à son trentième anniversaire, Ben avait pensé au mariage et aux enfants de façon concrète et non plus sous forme d'hypothèses vagues. Mais après le départ de Claire, une fois qu'il fut confronté à son court segment, les étapes qu'il avait toujours considérées comme allant de soi – se marier, fonder une famille, voir grandir ses enfants tout en vieillissant aux côtés de sa femme – furent soudain compromises.

Il était douloureux pour lui de se dire que si les cordelettes n'étaient jamais arrivées, ou si Claire n'avait pas ouvert sa boîte, il se serait tout bonnement marié un jour et aurait fondé une famille, sans se poser de questions, sans y réfléchir à deux fois. Mais désormais, les doutes lui torturaient l'esprit.

— Ah, mon Dieu, regarde ça ! lança sa mère en brandissant un petit déguisement de citrouille extrait du carton « Halloween ».

Ben s'approcha pour examiner d'autres déguisements de son enfance : le chapeau de cowboy de Woody, un sabre-laser télescopique, et même la fausse barbe datant de l'année où, au retour de vacances familiales en Espagne, il ne jurait plus que par Antoni Gaudí.

— Ça fera le bonheur de quelques gamins, poursuivit sa mère en souriant, avant de fourrer le tout dans le sac des affaires à donner.

Son père allait jeter le carton vide quand Ben avisa une petite carte restée au fond. Au recto, un petit fantôme criait « Bouh ! » et à l'intérieur, ses parents avaient écrit : « N'aie pas peur ! Nous veillons toujours sur toi ! »

— Je crois qu'on était un peu nunuches, à l'époque, commenta son père.

— *À l'époque ?* plaisanta Ben.

Sa mère décocha alors un petit coup de coude à son père.

— Eh, oh, c'était une jolie carte, dit-elle. Et on était sincères.

Tandis que ses parents retournaient à leurs tas respectifs, Ben relut la phrase rédigée avec l'écriture brouillonne de sa mère, et un picotement lui monta aux yeux.

Sa mère avait raison. Il n'avait pas le souvenir de s'être jamais senti en insécurité lorsqu'il était avec ses parents. Il avait toujours su qu'ils le protégeraient.

Même après sa chute de vélo, pendant son adolescence ; cloué sur un lit d'hôpital aux urgences et attendant avec angoisse les résultats des radios, la seule vue de ses parents qui avaient accouru pour le retrouver l'avait instantanément apaisé. Et qu'ils aient passé l'heure qui suivit à lui reprocher son imprudence n'avait aucune importance. À leurs côtés, il se sentait en sécurité.

Comment ne pas se tourner vers eux, maintenant, à l'heure la plus effrayante de sa vie, quand il avait besoin par-dessus tout de leur réconfort ?

Oui, la vérité leur ferait mal, mais ne souffriraient-ils pas davantage s'ils devaient l'apprendre lorsqu'il serait trop tard ? Se dire que leur fils n'avait pas eu assez confiance en eux, alors qu'ils avaient toujours été là ?

Ben prit une grande inspiration.

— Il y a une chose qu'il faut que je vous dise. J'ai ouvert ma boîte. C'est d'ailleurs pour ça que Claire et moi avons rompu. En fait… selon ma cordelette, il me reste environ quatorze ans à vivre. Une décennie et demie, ajouta-t-il avec un maigre sourire. Ça paraît mieux formulé comme ça.

Tout à coup, le temps parut suspendu ; un moment durant lequel personne ne parla ni ne bougea. Ben craignit que quelque chose se soit irrémédiablement brisé chez ses parents, rompu en une fraction de seconde.

Puis sa mère l'attira à elle et le serra avec l'intensité incommensurable d'une mère cherchant à protéger son enfant. Ben était plus grand et plus massif qu'elle, et ce depuis la fac, mais, comme lorsqu'il était petit garçon, elle semblait l'envelopper de tout son corps. Le père de Ben posa la main sur l'épaule de son fils, une main lourde et chaude, exerçant juste assez de pression pour empêcher Ben de s'effondrer.

Ben se rappela alors que, pas une fois, Claire ne l'avait touché ce fameux soir où elle lui avait avoué la vérité. Elle avait noué les bras autour de *ses propres flancs*, et cherché à *se* rassurer. Mais les parents de Ben, eux, ne se souciaient pas d'eux-mêmes, en cet instant. Ils ne se souciaient que de leur fils.

Installé sur ce coffre dans les bras de sa mère, la main de son père sur son épaule, Ben sentit que tout ce qui devait être dit l'était au travers de ce silence, de cette étreinte.

Jack

Quelques semaines après le départ de Javier, Jack éprouva le besoin de fuir l'appartement, ce lieu qui, tout entier, lui rappelait leur amitié brisée. Ils avaient à peine échangé trois mots à la suite de leur dispute, et Jack comprit alors pourquoi son père les avait fait déménager quand sa mère était partie, et comment les souvenirs peuvent gangrener un lieu.

Aussi, un vendredi soir, au terme d'une semaine de formation en cybersécurité en vue de sa nouvelle fonction à Washington, Jack se dirigea droit vers Union Station et monta dans le premier train pour New York.

Installé dans la dernière voiture, il regarda dehors par la vitre couverte de traces de doigts d'inconnus. Il avait hâte d'arriver à New York. Il n'y était pas allé très souvent, mais il savait que c'était le seul endroit au monde où il y avait toujours foule, où qu'on aille et à n'importe quelle heure. Le seul endroit où son anonymat et une vie presque normale étaient à peu près garantis.

Il passa deux jours à écumer les rues de Manhattan, dormant sur le vieux futon gris d'un copain, buvant et jouant au billard dans un petit bar de quartier, tâchant de déchiffrer les annonces inintelligibles du métro, se fondant dans la masse. Mais tout le ramenait à Javier.

Le moindre hélicoptère vrombissant au-dessus de la ville lui faisait penser à son ami, pilote en formation. Bien qu'il dorme dans le salon, fenêtres ouvertes, entendant sirènes, cris ou bruits de verre fracassé dans les poubelles traînées sur le trottoir, son esprit revenait sans cesse à Washington, à leur dortoir de l'académie. Même New York ne parvenait pas à l'en libérer. Les diversions qu'offrait la ville ne parvenaient pas à contrebalancer la culpabilité qui le tenaillait et lui rappelait qu'il ne s'était toujours pas acquitté de la promesse faite à Javier. Qu'il ne méritait pas son pardon.

Comme le week-end tirait à sa fin, Jack marchait dans la rue, les mains dans les poches, déprimé de n'avoir pu se changer les idées. Il n'était pas encore 20 heures, mais il n'y avait pas grand-monde, à peine quelques passants pressés, un militant politique demandant timidement des signatures derrière une table pliante, un batteur tapant du plat de la main sur des seaux retournés.

Jack vit deux adolescents se diriger vers le militant cramponné à son bloc-notes, un petit homme à lunettes. Il y avait quelque chose dans la démarche de ces garçons, une arrogance belliqueuse qui occupait plus de place qu'elle n'aurait dû, et qui rappela à Jack ses harceleurs à l'académie. En les voyant se rapprocher en fanfaronnant du militant, Jack pressa le pas.

L'homme tenta de leur soumettre son plaidoyer, avec un sourire innocent.

— Vous avez une minute pour soutenir Wes Johnson ?

L'un des garçons inclina la tête.

— Tu veux dire, l'autre *court-segment* ?

— Le sénateur Johnson a prouvé qu'il se ferait l'avocat de *tous* les Américains, ce qui inclut les détenteurs de courts segments, répondit le militant.

— Pourquoi est-ce que j'irais perdre mon temps à voter pour quelqu'un qui va casser sa pipe ? Il ferait mieux de dégager, ce con. C'est un boulet, le mec.

L'un des deux garçons arracha le bloc-notes des mains du militant et commença à parcourir la liste des noms.

— Putain, mais qui peut bien apprécier ce minable ?

Une mère qui passait par là, remarquant la scène, empoigna nerveusement son enfant par la main, l'entraînant loin de l'explosion imminente, pendant que Jack s'attardait à proximité et attendait.

— Rendez-moi ça, s'il vous plaît, demanda l'homme.

Le garçon lui adressa un sourire mauvais puis jeta le bloc-notes sur le trottoir. Le batteur cessa de jouer.

Jack vit l'angoisse se peindre sur le visage du militant qui s'efforçait de soupeser la meilleure attitude. S'il se penchait pour ramasser son bloc-notes, il quitterait des yeux les deux jeunes et, plus crucial, la table sur laquelle se trouvait la boîte contenant les dons.

Jack jeta un regard à la ronde. Le témoin le plus proche était une jeune femme enceinte qui se tenait en retrait un peu plus loin, son téléphone à la main, sans doute prête à composer le 911 si la situation devait dégénérer. Où était la foule quand on avait le plus besoin d'elle ? songea Jack. Il adressa un signe de tête à la jeune femme qui lui répondit de même.

— T'attends quoi pour le ramasser ? lança le garçon au militant, tandis que son ami se tenait presque collé à la table.

T'attends quoi pour lui rendre ses coups ? Jack entendait encore les railleries des spectateurs de bagarres, à l'école. *Dommage que ta famille ne soit pas là. Dommage que ton oncle ne soit pas là. Dommage que tu ne sois pas costaud comme eux.*

Sa colère éclata soudain.

— Vous allez laisser ce type tranquille et on pourra tous retourner à notre soirée, lança-t-il d'une voix ferme en s'avançant, offrant ainsi à l'homme une brève diversion pour récupérer son bloc-notes sur le trottoir.

— Occupe-toi de tes affaires, connard !

— Je ne suis pas là pour chercher la bagarre.

— Alors dégage de là.

— Pas tant que vous ne laisserez pas cet homme reprendre son boulot en paix.

Le garçon ricana.

— T'en es un, à tous les coups. Vous deux, en fait. Des *courts-segments*, lâcha-t-il d'un ton empreint de malveillance.

Voyant que Jack refusait de riposter ou de s'éloigner, le jeune tourna légèrement la tête, comme s'il se lassait de la situation, mais pivota sur lui-même, le poing en direction du menton de Jack.

À sa propre surprise, Jack arrêta le coup.

Le second type l'attaqua par le côté, mais Jack réussit de nouveau à parer.

Aussi stupéfaits que furieux, les deux garçons tentèrent une autre manœuvre, mais Jack les repoussa une nouvelle fois. Jack n'était plus dans les rues de New York, il était sur le ring avec Javier. Servant de partenaire à son meilleur ami, son frère. Se remémorant inconsciemment les déplacements de Javier, et trouvant les gestes pour les déjouer.

Il n'avait aucune envie de frapper ces gamins, mais il comprit qu'il ne pourrait pas s'en sortir autrement. Alors il leur décocha à chacun un direct à l'estomac, rien de trop violent, juste de quoi faire passer le message que l'affrontement était terminé.

Et en voyant les deux garçons reculer en titubant, il se rendit compte de ce qui venait de se passer et sourit intérieurement. Même absent, Javier était derrière lui.

Après que les garçons eurent déguerpi, un agent de police arriva. Il prenait la déposition du militant quand la jeune femme enceinte, qui avait dû l'appeler, s'avança vers Jack.

— Vous savez vous battre ! lança-t-elle.

Jack était encore tremblant d'adrénaline et avait mal aux poignets, mais ce n'était rien à côté de la bagarre brutale qu'il avait connue en première année à l'académie, où il s'était retrouvé à terre devant tous ses nouveaux camarades – Javi avait dû aller piquer des glaçons en cuisine pour faire désenfler le visage tuméfié de son ami.

— Merci. En temps normal, je ne suis pas aussi… adroit.

— Je m'appelle Lea, dit la jeune femme en souriant.

— Moi, c'est Jack.

— Eh bien, Jack, je suis en route pour une séance avec un groupe de parole, ce soir. Merci de m'avoir fourni une bonne histoire à partager.

Jack remarqua alors qu'elle portait une broche en or épinglée à son pull, ornée d'un motif qu'il n'avait encore jamais vu : deux lignes entrelacées, à la manière des serpents du caducée d'Hermès, si ce n'est que ces lignes n'étaient pas de même longueur.

Lea surprit son regard.

— Ce sont deux cordelettes, expliqua-t-elle. Une longue et une courte. En signe de solidarité.

— C'est vous qui avez fabriqué ce bijou ?

— Mon frère me l'a offert. Je crois que ces broches commencent à se vendre sur Etsy, mais elles ont l'air de se répandre très vite. Wes Johnson en portait une la semaine dernière.

Le genre de détail que mon oncle détesterait, se dit Jack.

— Vous pensez que c'est *vraiment* pour ça que ces garçons étaient aussi hargneux ? Parce que cet homme travaillait pour Johnson ? reprit Lea.

Jack haussa les épaules.

— Je n'en reviens pas de ce qu'ils ont sorti à propos des courts-segments, ajouta-t-elle en frissonnant.

— Eh bien, espérons qu'à l'avenir, ils réfléchiront à deux fois avant d'affirmer des choses pareilles.

— Merci, dit Lea d'un ton grave qui frappa Jack.

— Ce n'était que deux brutes qui cherchaient à s'amuser, et peut-être à choper un peu de fric. Mais ce n'était rien.

— Vous avez vu que quelque chose se tramait et vous n'avez pas détourné le regard. Ce n'est pas rien.

Jack se rappela ce que Javi avait dit pendant leur dispute. Qu'il n'était plus seulement question de l'ego d'Anthony. Désormais, des vies humaines étaient en jeu. De gens pour qui la donne était bien pire que pour Jack, quelles que soient les souffrances que sa famille lui avait causées, quel que soit son désir de vivre *sa* vie. Javi essayait de le lui faire comprendre, de l'arracher à son égocentrisme.

Mais comme d'habitude, Jack n'avait rien vu et Javier avait raison.

Jack ne savait pas trop ce qui l'avait poussé à intervenir, d'où lui était venu ce courage, mais il reprit malgré tout le chemin de Washington le soir même en se disant qu'il n'était peut-être pas si faible que ça. Peut-être avait-il simplement besoin d'attendre le bon moment, loin de sa famille, de l'œil inquisiteur de la presse, de l'armée, de tous ceux à qui il avait pu mentir un jour ou qu'il avait cherché à impressionner. Après tout, à force d'années passées à ses côtés, Javier lui avait sans doute appris davantage que le simple art de boxer.

C'était exaltant, cette sensation grisante d'avoir eu un impact sur une situation, même si elle ne durait qu'un instant. Toute sa vie durant, Jack s'était contenté d'obéir mollement à des ordres, recroquevillé à l'intérieur de lui-même. Il lui semblait n'avoir jamais rien fait de son propre chef.

Mais ce qu'il avait fait, en l'occurrence, ce n'était pas *rien*.

Il savait que d'ici quelques jours à peine, tomberait la prochaine invitation à rejoindre sur scène Anthony et Katherine. Et peut-être que, cette fois, il saurait faire entendre sa voix.

Ben

Dimanche matin, le lendemain du jour où il avait avoué la vérité à ses parents, Ben se rappela au réveil qu'il n'avait toujours pas rédigé de réponse à la dernière lettre d'Amie/« A. ». Il ne savait que lui écrire, or le soir même se tenait une nouvelle réunion, une énième séance dans *sa* classe. C'était la seule occasion qu'il aurait de laisser une lettre comme d'habitude, de faire comme si rien n'avait changé.

Mais avant de pouvoir réfléchir davantage à la question, Ben jeta un coup d'œil à son téléphone et remarqua la date.

Cela faisait deux mois, jour pour jour.

Moins d'une heure plus tard, il était dans le métro en direction de Manhattan. Il y avait un endroit où il devait se rendre.

Il n'y était pas retourné depuis ce fameux après-midi d'août, quand le parc était bondé de spectateurs, partisans et détracteurs.

En arrivant près de l'entrée, Ben vit un petit attroupement au pied d'un immeuble tout proche, dont quelques personnes prenant des photos. Une question lui traversa brièvement l'esprit – étaient-ils là pour la même raison que lui ? – jusqu'à ce qu'il se rende compte qu'ils photographiaient une sorte de graffiti sur le mur.

Comme les gens s'éloignaient, Ben découvrit ce qu'ils regardaient : une fresque en noir et blanc représentant le mythe de Pandore, qui montrait la jeune femme agenouillée devant sa boîte ouverte. Le contenu du coffret – volutes ténébreuses et faces démoniaques – s'était déjà échappé et rampait en direction du haut du mur. Ben en eut la chair de poule et se détourna de Pandore pour rejoindre le parc.

Son souvenir sembla guider instinctivement ses pas vers l'endroit où il s'était tenu ce jour-là, et en approchant, Ben fut surpris de voir une femme figée, presque en méditation, au beau milieu de l'allée animée, l'immobilité de son corps n'étant rompue que par le léger mouvement de sa jupe au niveau de ses chevilles. Elle sortit de son sac un bouquet de fleurs et s'agenouilla pour le déposer sur la chaussée.

Elle était à quelques mètres de l'endroit où Hank était tombé, comme si elle aussi s'était trouvée sur place ce jour-là – à moins qu'elle ne se fie aux descriptions diffusées par les médias. Pour autant, Ben sentit qu'elle était concentrée et n'osa pas l'aborder. Si cette femme pleurait Hank, n'était-il pas grossier de faire irruption dans son chagrin ?

Ben s'efforça de deviner son lien avec Hank. À sa connaissance, ce dernier n'avait pas de sœur, et la femme ne ressemblait pas à celle qui avait prononcé son éloge funèbre, le docteur Anika Singh. Peut-être une cousine, une collègue, une ex ?

N'étant maintenant plus qu'à quelques pas derrière elle, il se lança et lui demanda doucement :

— Excusez-moi de vous déranger, ces fleurs sont-elles pour Hank ?

Sa voix fit sursauter la femme.

— Oh, oui, en effet, dit-elle. Vous le connaissiez ?

— Oui, acquiesça Ben. Enfin, depuis peu…

La femme marqua un temps de silence, la tête inclinée de côté.

— Comment était-il ?

La question surprit Ben. Il avait supposé que cette femme était une connaissance de Hank, mais elle ne faisait pas partie de son entourage, semblait-il. Quelque admiratrice éperdue qui avait entendu son histoire ?

— Euh, eh bien, c'était l'une des personnes les plus intéressantes que j'aie jamais rencontrées, dit-il.

Sa méfiance initiale se dissipa quand il vit l'intérêt que manifestait la femme.

— J'ai le sentiment qu'il refusait d'être un fardeau ou de laisser les autres le plaindre. Il a toujours voulu être un héros, ajouta Ben en souriant. Et il l'était.

— C'est pour ça que j'ai voulu venir ici, dit la femme. Pour le remercier.

Mais bien sûr, se dit Ben. Une patiente qui n'avait côtoyé que le médecin, pas l'homme.

— C'était votre médecin, c'est ça ?

— En fait, non, dit la jeune femme tandis qu'un souffle de vent soulevait ses longues mèches noires aux extrémités d'un rose vibrant. Il m'a… donné ses poumons.

L'espace d'un instant, Ben sentit les siens lutter pour reprendre sa respiration. Il fixa la femme qui lui faisait face, dont la poitrine se soulevait et s'abaissait dans l'air automnal.

Ben ignorait que Hank était donneur d'organes, personne ne l'avait mentionné lors des obsèques. Pourtant, c'était cohérent. Le geste ultime d'un héros.

— Ça fait deux mois, et c'est la première fois que je suis en mesure de venir. Mais je pense constamment à lui.

— Je suis sûr qu'il aurait été très heureux de vous connaître.

Il se rappela soudain une conversation avec Maura, à propos de cryogénie et de numérisation des cerveaux, de tous les sacrifices auxquels se livraient désormais les gens dans l'espoir de poursuivre un jour leur vie. Face à son interlocutrice,

Ben pensa à la cordelette de cette jeune femme, au fait que la moindre bribe de ce segment qui se prolongeait au-delà de cet après-midi d'août était un cadeau de Hank, au fait que la vie de cette femme perdurait grâce à la disparition de son ami, et il comprit alors qu'il y avait plus d'une façon d'exister au-delà de la mort.

— Je n'ai toujours pas ouvert ma boîte, dit-elle comme si Ben avait formulé à haute voix ses réflexions. Au début, avant d'entendre parler de l'opération, j'avais trop peur de ce que j'y trouverais, et j'avais fait jurer à tous les membres de ma famille de ne pas ouvrir la leur non plus. Dorénavant, quelle que soit la longueur de mon segment, chaque jour est sacré. Et je ne veux plus perdre de temps à me sentir triste ou affolée. J'ai juste envie d'être reconnaissante. De vivre, autant que je le peux.

La femme s'adressait à Ben, mais elle ne le regardait plus. Elle suivait des yeux les autres promeneurs, dans le parc – le couple en train de partager discrètement une bouteille de vin sur une couverture, le joggeur courbé au-dessus de la fontaine, l'adolescent lisant au pied d'un arbre.

Son téléphone se mit soudain à sonner dans son sac à main. Elle consulta l'écran.

— Zut, il faut que je file, s'excusa-t-elle.

Puis ses lèvres se retroussèrent en un sourire inattendu et elle tourna la tête vers Ben.

— Vous savez, j'ai longtemps utilisé cette expression pour la forme, parce que j'aurais été bien incapable de filer, faute de souffle. Maintenant que deux mois se sont écoulés depuis mon opération, une amie et moi allons commencer à marcher ensemble, puis à courir. Et l'an prochain, je participerai à un semi-marathon.

Ben se réjouit de l'optimisme de la jeune femme, de sa confiance en ses progrès futurs.

— Bonne chance, lui dit-il.

Quand elle se fut éloignée, Ben contempla les roses thé qu'elle avait déposées par terre. Combien de personnes allaient passer devant et se demander ce qu'elles faisaient là, et à qui elles étaient destinées ? Peut-être que certains le sauraient.

En ressortant du parc et en se dirigeant vers le métro, Ben repassa devant la fresque en noir et blanc, mais cette fois il n'eut pas peur de s'approcher. En contemplant le visage décomposé de Pandore et la boîte vide entre ses mains, il remarqua que quelque chose avait été peint par-dessus la fresque, un détail bleu ciel qu'il n'avait pas vu plus tôt. Ce devait être un ajout d'un autre peintre, se dit Ben, avec un pinceau plus fin.

Seule une petite partie de l'intérieur du coffret était dévoilée par la fresque originale, mais là, dans un recoin sombre, le second peintre était intervenu pour inscrire un mot. *Espoir*.

Amie

Le lundi matin, Amie trouva la lettre dans sa classe.

Elle constata avec stupeur que son auteur s'adressait à elle par son prénom plutôt que son initiale. Elle essaya de se rappeler si elle l'avait accidentellement révélé dans un précédent message, mais elle ne s'en souvenait pas, et en retournant la feuille, elle s'aperçut que « B. » avait signé de son prénom.

Bonjour Amie,

J'ai entendu parler d'une île lointaine des Galápagos – à peine cent habitants y vivent de nos jours – où, au XVIII*e siècle, des chasseurs de baleines installèrent un tonneau vide sur la grève en guise de « bureau de poste ». Ainsi débuta la tradition qui veut que tous les bateaux qui passent par l'île emportent les lettres déposées dans le tonneau et les rapportent en Angleterre, en Amérique, ou dans le pays d'où ils viennent, acheminant le courrier pour leurs compagnons marins. Aujourd'hui encore, les visiteurs peuvent laisser leurs propres cartes postales et lettres dans le tonneau – pas besoin de timbre – et prendre en échange le pli de quelqu'un d'autre en promettant de le remettre à son destinataire. Je n'ai trouvé aucune statistique, mais il paraît que ce système fonctionne étonnamment bien.*

Je ne sais pas trop pourquoi je te raconte cette anecdote, si ce n'est qu'elle me permet de croire que, même dans les circonstances les plus étranges, une lettre finit par trouver la bonne personne.

Voilà quelques mois, par un hasard inexplicable, ma lettre a fini par te trouver.

Et aussi fou que ça puisse paraître, nous en sommes venus à nous trouver, littéralement. Je me suis rendu compte que tu travaillais dans l'école où je passe tous mes dimanches soir depuis le mois d'avril, dans un groupe de soutien pour courts-segments. C'est aussi dans ce groupe que j'ai fait la connaissance de Maura, mais je ne lui pas parlé de ces lettres ni de toi.

Entre vingt et trente ans, j'ai passé beaucoup de temps à m'inquiéter de la façon dont mon boss accueillerait mes dessins, à me demander si je gagnais autant d'argent que je le devrais, ou si je menais enfin une vie qui donne l'impression à mes anciens copains de classe que j'étais quelqu'un de mieux, de plus fort que le gamin bûcheur qu'ils avaient connu. Bien sûr, c'est important de se construire une carrière, de gagner de l'argent, mais il n'y a pas que ça qui compte. Les cordelettes me l'ont plus que jamais confirmé. Et maintenant, j'ai envie d'accorder la priorité à autre chose.

Je comprends aujourd'hui que mes parents m'ont fait deux merveilleux cadeaux : ils ont illustré ce qu'est un lien authentique, un lien d'amour, et ils ont bâti un cocon dans lequel je me suis toujours senti en sécurité, protégé.

Je pense en être capable, moi aussi. Être un bon partenaire pour la personne que j'aime, et transmettre à mes enfants ce bel héritage de mes parents.

Pardonne-moi, Amie. Je suis désolé de t'infliger le choc que sera sans doute cette lettre, et désolé aussi parce que tu m'as demandé un jour d'écrire à propos de sujets légers, alors que j'évoque celui qui est sans doute le plus grave de tous. Mais tu m'as dit aussi que chacun de nous pouvait trouver sa propre mesure de bonheur.

Hier, une inconnue m'a dit qu'elle ne voulait plus perdre de temps à se sentir triste. Qu'elle voulait vivre, autant qu'elle le pouvait. C'est une mesure qui en vaut une autre, je trouve.

Merci pour tout,

Ben

Amie posa la lettre, les mains moites.

C'était *Ben* qui lui écrivait, depuis le début. Ben qu'elle avait réconforté, qui s'était tourné vers elle en quête de réconfort.

Et Ben avait un court segment.

> *PS : Pour bien vivre et poursuivre ma quête de ce qui compte à mes yeux, j'aimerais te revoir. Sans plus de secrets.*

Amie, fébrile, avait un peu le tournis. Elle refoula les larmes qui lui étaient montées aux yeux. Elle avait besoin de temps pour réfléchir, pour tout démêler. Son dernier cours de la journée étant terminé, elle quitta l'école de bonne heure et attrapa le premier bus qu'elle vit passer.

Elle prit place sur un siège, s'efforçant de rester calme, mais une vague nausée la traversa. Elle ferma les yeux pendant tout le trajet, tandis que le bus avançait par petits à-coups dans les embouteillages, puis, arrivée à son arrêt, elle sortit du bus en courant et gravit les marches de son immeuble, soulagée d'être de retour dans son appartement.

Amie avait gardé toutes les lettres de « B. », avant de savoir qui en était l'auteur. En arrivant chez elle, elle sortit jusqu'au dernier feuillet du tiroir de sa commode et les relut tous, un par un. Assise en tailleur sur le sol de sa chambre, elle contemplait les pages éparses qui jonchaient la moquette. Chacune ornée de l'écriture soignée de Ben, toujours à l'encre bleu foncé.

Se pouvait-il qu'elle ait reconnu quelque chose chez Ben, quelque chose en provenance de ces lettres ?

C'était peut-être pour cela qu'elle était aussi enthousiaste et spontanée lors de leurs rendez-vous, qu'elle avait instantanément perçu la chaleur de la familiarité – qui mettait pourtant si longtemps à se diffuser. Elle avait même insisté pour retourner chez lui au bout d'à peine quelques jours, ce qui était bien plus tôt qu'elle n'en avait l'habitude.

Était-ce pour cela que Ben avait voulu attendre, ce soir-là ? Pour pouvoir d'abord lui dire la vérité ?

Amie savait qu'elle était attirée par Ben, et ce depuis le début, lorsqu'il n'était qu'une ombre impalpable derrière ses phrases.

Mais il ne lui restait que quatorze ans à vivre. Il l'avait précisé une fois par écrit, Amie ne l'avait pas oublié.

Elle savait qu'il fallait qu'elle parle à Ben, mais elle n'était pas encore prête. Elle avait l'estomac noué, tout l'intérieur en guerre. Elle avait envie de hurler, de pleurer, et aurait voulu que « B. » soit encore cette voix anonyme à laquelle elle puisse confier ses sentiments.

Parmi le tapis de feuilles devant elle, Amie repéra la toute première lettre que Ben lui avait écrite. Sauf que, en réalité, cette première lettre ne lui était pas adressée. Il avait simplement lancé un message au vaste monde, et elle avait choisi de répondre.

Pourquoi avait-elle répondu ? Elle n'aurait pas su l'expliquer.

Les yeux rivés sur la lettre, Amie attrapa son téléphone et composa le numéro du musée national de la Seconde Guerre mondiale, à La Nouvelle-Orléans.

— Bonjour, je m'appelle Amie Wilson et je suis enseignante à New York. Je... j'espérais pouvoir obtenir un peu plus d'informations à propos d'une lettre de votre collection.

— Avec plaisir. C'est pour un cours d'histoire ? demanda la réceptionniste.

Amie détestait mentir, mais elle ne savait pas comment formuler la vérité.

— Oui, répondit-elle. Je prépare un cours sur les femmes pendant la guerre.

Une fois en communication avec une conservatrice, Amie décrivit la lettre :

— Il s'agit de celle dans laquelle un soldat demande à sa mère de dire à Gertrude : « Quoi qu'il arrive, mes sentiments resteront les mêmes. » Je voudrais savoir ce qu'il a pu advenir de ces deux personnes.

— Oui, c'est une belle lettre, dit son interlocutrice avec des inflexions chantantes du Sud. Je vais faire une vérification rapide… Je reviens vers vous dans un instant.

Amie attendit donc au bout du fil, chaque minute de silence accentuant ses incertitudes – qu'espérait-elle découvrir ? Mais elle avait le sentiment qu'il lui serait impossible de prendre une décision concernant sa vie personnelle à moins de savoir ce qui s'était passé pour Gertrude.

Soudain, la conservatrice reprit le combiné.

— Allô, vous êtes toujours en ligne ? J'ai trouvé la lettre en question mais… le soldat qui l'avait écrite, Simon Starr, n'est hélas pas revenu de la guerre. Il a été tué en France en 1945. La femme à laquelle il était fiancé à l'époque, Gertrude Halpern, a vécu en Pennsylvanie jusqu'à l'âge de quatre-vingt-six ans. Apparemment, elle ne s'est jamais mariée.

Amie soupira.

— J'ai des informations du même genre concernant une dizaine d'autres lettres. Voulez-vous que je vous en envoie quelques-unes pour que vous les montriez à vos élèves ?

Amie accepta poliment puis épela son adresse e-mail, mais elle avait l'esprit ailleurs, se demandait s'il fallait qu'elle informe Ben de ce qu'étaient devenus Gertrude et son soldat.

Après une nuit d'insomnie, Amie comprit qu'elle ne pourrait pas tout démêler seule. Il lui fallait l'aide de sa sœur. Elle avait déjà parlé de Ben à Nina par SMS, lorsque les filles étaient encore en Italie. Elle lui avait chanté les louanges de l'ami de Maura. Ben occupait alors toutes ses pensées ; c'était toujours le cas, mais pour une raison différente à présent.

Amie ne tenait pas à aller chez Nina, de peur que Maura entende leur conversation, mais par un hasard opportun, Nina appela Amie ce matin-là pour lui demander si elle pouvait passer la voir en rentrant du bureau.

En arrivant chez sa sœur, Nina eut à peine le temps de frapper que, déjà, Amie ouvrait la porte.

— J'ai trop hâte que tu me racontes votre voyage, lança Amie sans reprendre son souffle, mais il m'est arrivé un truc dingue. Tu ne vas pas le croire, Nina. Tu te souviens de la personne à qui j'écris des lettres depuis des mois ? Eh bien, c'est l'ami de Maura, Ben. Celui avec qui j'ai fait tout un tas de sorties ces derniers temps.

Nina s'assit à la table de la cuisine en hochant lentement la tête, le front plissé.

— Celui qui a fait les croquis pour nous ? Je, euh… Tu es sûre ? Comment le sais-tu ?

— Il me l'a dit lui-même, expliqua Amie. Dans une lettre. Il fait partie du groupe de soutien de Maura qui se réunit dans mon école.

Nina eut l'air ébranlée par cette avalanche d'informations.

— Tu aurais quand même pu me dire que c'est comme ça que Maura et lui ont fait connaissance, quand je t'ai envoyé un premier texto à propos de lui, reprit Amie sur un ton teinté d'accusation.

— Tu as seulement écrit que tu étais tombée sur l'ami de Maura chez nous et que vous étiez allés boire un verre ensemble. Tu n'as pas précisé que tu étais en train de tomber amoureuse de lui !

— Je ne… je ne sais pas s'il s'agit d'*amour*, protesta Amie en croisant les bras sur sa poitrine. Il est juste question d'un échange de lettres.

— Écoute, même si j'avais été au courant de tout, ce n'était pas *à moi* de dévoiler cette vérité-là. Si je t'avais « confié » que Ben avait un court segment, ça m'aurait rabaissée au même niveau que les filles qui m'avaient ostracisée au lycée.

Amie laissa retomber ses bras le long du corps.

— Je sais, tu as raison… Et ça m'énerve.

— Et *Ben*, tu lui en as parlé, de tout ça ?

Amie secoua la tête et se radossa au plan de travail.

— Je ne sais pas quoi lui dire. Ça me rend dingue. À ton avis, qu'est-ce que je dois faire ?

— Ça, je ne peux pas te dire.

— Oh, allez Nina ! Si on était encore au lycée et que je venais te demander conseil, tu serais trop contente d'avoir l'occasion de me dire quoi faire.

— Ça concernait toujours des petites choses, du genre quel cours de gym éviter. Là, c'est… important.

— Je sais que c'est important ! s'écria Amie en fendant l'air de ses bras. (Quand elle était angoissée, elle perdait toujours le contrôle de ses membres.) C'est bien pour ça que je ne… Que je ne pense pas pouvoir continuer à le fréquenter, murmura-t-elle. De près ou de loin.

Nina écarquilla les yeux.

— Sérieusement ?

Amie baissa les yeux et contempla le sol, incapable d'affronter l'expression de sa sœur.

— C'est juste qu'il aborde tout un tas de sujets graves dans sa lettre, son envie d'être un bon partenaire, d'avoir des gosses… (Amie prit une lente inspiration.) Je sais que j'en ai aussi envie, et… j'apprécie Ben, dit-elle. Mais je ne sais pas si je suis la personne dont il a besoin.

Nina se prit la tête entre les mains et se massa les tempes du bout des doigts.

— Je t'en prie, dis quelque chose, supplia Amie.

— Je t'avoue que je ne m'attendais pas à ça… En fait, je suis venue parce que j'ai quelque chose à t'annoncer.

— Que se passe-t-il ? la pressa Amie, soudain inquiète.

— Eh bien, ce n'est pas tout à fait comme ça que j'avais l'intention de te le dire…

Nina laissa mourir sa phrase. La nouvelle de sa demande en mariage impromptue était censée être une heureuse surprise, mais compte tenu de l'état dans lequel se trouvait Amie, cela semblait n'être que la réplique d'un séisme.

— On va se marier, Maura et moi, finit-elle par déclarer.

Amie en fut stupéfaite.

— *Quoi ?*

— Je lui ai demandé sa main quand on était à Vérone, et, en rentrant, on a décidé qu'attendre ne servait à rien. La cérémonie aura lieu dans deux mois.

— Deux mois ? (Amie se mit à faire nerveusement les cent pas devant sa sœur.) Papa et maman sont au courant ?

— Je les appelle ce soir. Mais je voulais te le dire en premier !

— Mais vous… Vous êtes sûres d'y avoir bien réfléchi ?

— Ça a l'air soudain, je sais, mais c'est ce que je souhaite. Ce qu'*on* souhaite, Maura et moi.

Amie, toute pâle, semblait désemparée.

— Tu ne crois pas qu'il faudrait freiner un petit peu ?

— Qu'est-ce que tu racontes ? Ça fait deux ans qu'on est ensemble. Où pensais-tu que ça mènerait ?

— Tu ne m'avais jamais dit que tu prévoyais de la demander en mariage ! Et je ne pensais pas que Maura le voulait, elle non plus. Surtout depuis l'arrivée des cordelettes.

Amie grimaça, consciente que ses propos étaient blessants.

La remarque de sa sœur lui fit mal, mais Nina ne voulait pas s'énerver. Elle s'efforça de se rappeler qu'Amie était déjà sens dessus dessous à son arrivée, que sa réaction était due au stress lié à Ben.

— Ce n'était pas prévu. C'est arrivé, tout simplement. Mais tu es bouleversée au sujet de Ben, alors ce n'est peut-être pas le moment d'en parler.

— Tu sais que j'adore Maura, mais là c'est si rapide, dit Amie. Je veux juste m'assurer que tu as pris le temps de bien réfléchir avant de franchir le pas.

— Il ne s'agit pas de je ne sais quelle inconnue rencontrée à Vegas, Amie ! Maura est la femme que j'aime.

— Et moi, je ne suis pas en train de te dire de la quitter ! (Amie se rendit compte que son va-et-vient paniqué commençait à agacer sa sœur et s'immobilisa enfin.) Mais le mariage est une affaire sérieuse, Nina. Et épouser quelqu'un qui est sur le point de mourir, c'est une affaire plus que sérieuse, merde !

À peine eut-elle prononcé ces mots qu'elle se mordit la lèvre. Elle jurait rarement et, en toute franchise, le mot était sorti tout seul. Il n'en fit pas moins aux deux sœurs l'effet d'une gifle.

— Je sais que c'est une affaire sérieuse, *merde* ! rétorqua Nina, furieuse. Mais Maura n'est pas *sur le point* de mourir. Il pourrait nous rester encore huit ans.

Amie savait que sa sœur incarnait la raison, le bon sens face à sa propre sensibilité. Or, pour une fois, elle mourait d'envie de raisonner avec elle, que Nina comprenne ses craintes.

— Je m'inquiète juste que tu sois tellement focalisée sur le fait qu'il reste encore des années que, pour le moment, ça ne te semble pas *réel*, tenta-t-elle d'expliquer. Tu n'as pas l'air de penser à la situation dans laquelle tu te retrouveras quand tu seras une veuve de trente-huit ou trente-neuf ans !

Nina regarda froidement sa sœur.

— J'y pense tous les jours, depuis qu'on a ouvert nos boîtes.

— Très bien, mais les enfants, alors ? demanda Amie, la voix brisée par l'angoisse.

— Tu sais bien qu'on n'en veut pas.

— Je sais que c'est ce que tu souhaites *aujourd'hui*, mais tu n'as que trente ans, il se pourrait que tu changes d'avis. Et quand tu auras quarante ans et que tu seras seule…

— C'est la *vie* ! s'écria Nina. Avant l'arrivée des cordelettes, c'était un risque que *tout le monde* prenait en se mariant, ou en ayant des gosses. Rien n'était garanti. Malgré ça, on s'engageait pour le meilleur et pour le pire et on se promettait quand même de vivre ensemble jusqu'à ce que la mort nous sépare sans avoir la moindre idée du moment où ça surviendrait. (Nina marqua un temps d'arrêt.) Et maintenant qu'on a les cordelettes, ce risque accepté depuis des millénaires serait devenu inenvisageable ?

Amie savait que sa sœur ne prenait pas cette décision à la légère. Tout comme elle savait qu'elle s'y prenait terriblement mal, mais elle ne pouvait plus revenir en arrière à présent. Elle était trop engloutie dans ses craintes et ses hésitations, convaincue que sa sœur avait besoin d'elle.

— J'essaie juste de te protéger ! insista-t-elle.

— Sauf que tu n'as pas à le faire. Je ne te l'ai jamais demandé.

— Mais enfin, Nina ! Il n'y a pas que toi qui t'inquiètes pour les gens et qui as envie de les protéger. Tu l'as toujours fait pour moi, et Dieu sait que tu le fais aussi pour Maura, et il nous arrive à *nous aussi* de vouloir le faire !

Amie était presque hors d'haleine.

— Ce n'est pas pareil, dit Nina en fixant sa sœur d'un regard dur. Et tu sais quoi ? Je pense qu'il n'est même pas question de moi dans tout ça. Il s'agit plutôt de *Ben*, et du fait que tu es une sale hypocrite ! Pendant des mois, tu lui écris tout un tas de lettres d'amour sans te l'avouer, et dès que tu commences à tomber amoureuse de lui dans la *vraie vie*, plus question de lui laisser la moindre chance ! Tout ça parce que son segment te fait peur.

— Ce n'est pas vrai, souffla Amie.

Elle se trompe. Sa peur pour l'avenir de Nina n'avait pas de lien avec Ben. Ça ne se pouvait pas.

— Je ne veux pas te voir souffrir, reprit-elle. Tu es ma sœur !

Mais Nina en avait assez. Elle se leva brusquement, faisant crisser les pieds de la chaise sur le sol.

— Ce n'est pas parce que tu es lâche et que tu préfères préserver ton cocon de sécurité plutôt que tenter ta chance avec quelqu'un, que je dois faire le même choix égoïste, lança-t-elle avec amertume. Ma décision est prise. Et si mon mariage t'inquiète tant que ça, tu n'es pas obligée d'y assister.

Elle claqua la porte en quittant l'appartement.

Amie resta un instant figée, les yeux rivés sur l'entrée, en se demandant s'il fallait qu'elle rattrape sa sœur. Mais elle en était incapable. Elle tenait à peine debout. Ses jambes fléchirent et elle se laissa lourdement tomber sur la chaise que Nina venait de quitter.

Alors, enfin, elle se mit à pleurer.

HIVER

Jack

Jack picorait des crudités sur un plateau dans la suite d'un grand hôtel franchisé, environné de divers tons de beige, tout en tâchant de se préparer.

Il flottait un peu dans son costume – sa masse musculaire avait spectaculairement fondu depuis qu'il avait arrêté l'entraînement au combat, quelques mois plus tôt. Derrière la vitre, il voyait la nuée des manifestants assemblés devant l'hôtel qui brandissaient des panneaux sur lesquelles on lisait « Soutien aux courts-segments ! » ou « Non à Rollins ! ».

Dans quelques minutes, Jack serait sur la scène, sous une arche de ballons bleus et rouges. Devant lui, son oncle prononcerait un discours à propos de l'avenir de la nation avec Katherine à ses côtés, saluant la foule qui semblait plus nombreuse et plus bruyante à chaque nouvelle étape. Le rassemblement de ce soir, le plus grand jusqu'alors, était même retransmis à la télévision nationale.

Il tourna la tête vers son père qui lisait dans un fauteuil club, et lui adressa un faible sourire.

— Tu ferais bien d'affûter ce sourire avant de passer devant les caméras, lui dit son père, croisant les jambes avant de tourner la page de son journal. Viens t'asseoir et te détendre un instant. Et arrête de grignoter.

En apprenant l'échange de cordelettes, le père de Jack avait d'abord été soulagé et heureux de savoir que son fils avait une longue vie devant lui. Mais il fut aussi horrifié de ce qu'avaient fait les deux garçons. Il avait fustigé Jack pendant des heures, effaré de voir son fils compromettre l'héritage des Hunter et entretenir une supercherie pareille. Jusqu'à ce que Jack lui rappelle les histoires que racontait grand-père Cal à propos de son propre temps de service au sein de l'armée. Ce qui importait par-dessus tout, dans ces récits, c'était la fraternité, la loyauté entre frères d'armes.

Jack avait expliqué à son père que Javier souhaitait cet échange plus que tout, et que c'était pour cela qu'il s'y était prêté. Son père ne devrait jamais connaître l'entière vérité.

Mais Jack savait que son père continuait à faire des cauchemars dans lesquels le mensonge de son fils était dévoilé, mettant en péril la réputation de la famille.

— Il n'y a que trois personnes au monde qui soient au courant, lui avait assuré Jack à maintes reprises. Toi, Javi et moi. Et aucun de nous ne révélera rien.

Pourtant, comme les feux de la rampe illuminaient de plus en plus Katherine et Anthony, le père de Jack avait du mal à réprimer son inquiétude. Et il redoutait le jour où, dans cinq ans, la vérité éclaterait inévitablement.

De son côté, Jack voyait enfin un avantage à l'éducation qu'il avait reçue. On lui avait appris à se débrouiller seul. Le moment venu, il trouverait un moyen d'affronter la situation.

Pour l'heure, Jack devait simplement se tenir au fond de la scène et signifier son soutien. Mais son projet était tout autre.

Il savait que rien de ce qu'il pourrait faire à présent ne gommerait les motivations égoïstes qui l'avaient poussé à proposer l'échange de segments, en juin, que rien de ce qu'il dirait ce soir n'effacerait ses mois de silence. Mais, *peut-être*, cela suffirait-il à tenir la promesse qu'il avait faite à Javier.

Un agent de sécurité de haute taille, le nez chaussé de lunettes de soleil, passa la tête à l'intérieur de la salle.

— Mr Hunter ? Jack ? C'est l'heure.

Le père de Jack se leva.

— Mon costume est présentable ? demanda-t-il à Jack. Pas de plis ?

— C'est parfait.

Le plaisir qu'il éprouva à entendre son père solliciter son aide, même pour une question minime, faillit presque amener Jack à revoir son projet, sachant que les reproches ne manqueraient pas d'incriminer son père, par ricochets. Mais il était trop engagé pour renoncer maintenant.

Dans l'ascenseur, Jack repensa aux manifestants massés devant l'hôtel, qui continuaient à clamer leurs slogans. Il repensa au meeting du mois d'août, où un médecin avait trouvé la mort. Ainsi qu'à la mort de Javier qui surviendrait bien trop tôt, sous l'uniforme du soldat qu'il avait toujours voulu être et qu'on avait failli l'empêcher de devenir. Un jour, ce serait aussi un acte de protestation.

Jack avait reçu un long segment, plus long que ceux de ce médecin et de Javier. Le moins qu'il puisse faire, c'était de rejoindre leur rang. De voir ce qui n'allait pas et de refuser de détourner le regard. Comme cette jeune femme, Lea, le lui avait dit. Sa dispute avec Javi l'avait tellement absorbé qu'il n'avait pas vu au-delà. Mais la lutte dépassait Anthony, Jack, Javier, l'homme au bloc-notes, les ados de New York. Elle les dépassait tous autant qu'ils étaient, à présent.

Lorsque son père et lui sortirent de l'ascenseur pour retrouver le régisseur qui les attendait, Jack glissa la main dans sa poche et en retira furtivement une petite broche en or faite de deux cordelettes entrelacées. Il la tourna dans sa paume moite tout en suivant le régisseur dans le couloir, et l'épingla au revers de sa veste juste au moment où les projecteurs aveuglants de la scène inondèrent son champ de vision.

Anthony venait à peine d'entrer dans le vif de son discours quand Jack passa à l'action.

Il s'avança brusquement et arracha le micro des mains de son oncle, surprenant tout le monde sur scène et dans le public, lui-même étonné par son audace. Une fois qu'il eut le micro en main, le temps se figea un instant, deux secondes d'une tension extrême, de souffles retenus, durant lesquelles des centaines de paires d'yeux le fixaient et attendaient de voir ce qui allait se passer.

Anthony, Katherine et le père de Jack semblaient figés eux aussi, suspendus dans l'incertitude, sans savoir comment réagir. Jack en profita pour se lancer.

— Je suis le neveu d'Anthony Rollins. Le soldat au court segment dont il vous a tant parlé.

Les phrases affluaient aux lèvres de Jack qui s'efforçait d'en dire un maximum avant que quelqu'un le fasse taire. Anthony et Katherine le regardaient toujours, bouche bée. Peut-être espéraient-ils éviter une scène humiliante en le laissant parler un instant, en faisant comme s'il ne s'agissait pas d'une fronde spontanée.

— Mais en vérité, mon oncle ne se soucie pas de mon sort, pas plus que de celui des autres courts-segments ! déclara Jack. Il est temps pour nous d'avoir le courage de nous dresser contre lui ! Les gens ne sont pas différents du fait de leurs cordelettes. Toutes les vies ont la même importance. Nous sommes tous *humains*, non ? (Jack suppliait presque dans le micro.) Mais Anthony Rollins ne se soucie que de remporter cette élection ! Ne le laissons plus nous terroriser. Ne le laissons pas corrompre…

Jack fut brutalement arraché du podium quand un garde du corps l'entraîna hors de la scène, lui ceinturant les bras.

Un silence sidéré s'abattit sur le public, seulement rompu par le couinement des chaussures vernies de Jack traînant sur le sol ciré.

Une vingtaine de minutes plus tard, Jack était assis dans un fauteuil en coulisses, surveillé de près par deux des membres de l'équipe de sécurité d'Anthony, comme un enfant puni.

Sur l'écran fixé en hauteur, il avait regardé Anthony présenter ses excuses pour cette interruption et achever son discours, puis quitter la scène avec sa femme en adressant des remerciements au public.

En se penchant sur le côté, Jack vit sa tante et son oncle arriver avant qu'eux ne le repèrent. Le père de Jack suivait, un peu en retrait.

Le directeur de campagne d'Anthony les accueillit avec un sourire crispé.

— Vous vous en êtes très bien sortis, tous les deux. Le discours était super. Vous avez mené ça comme un pro, Anthony.

Mais dès qu'Anthony se fut éloigné des caméras, son visage se contracta en une grimace furieuse.

— Où est ce petit con ?

— On l'a gardé dans les coulisses, dit le directeur.

Anthony se tourna aussitôt vers Katherine et son beau-frère.

— L'un de vous deux était-il au courant ?

— Mais bien sûr que non ! protesta Katherine tandis que le père de Jack secouait vigoureusement la tête en signe de dénégation.

— Il est devenu cinglé ou quoi ? cria Anthony.

— Je ne… je n'en sais rien, bafouilla Katherine. Il a peut-être pensé que ce serait un moyen de s'identifier aux autres courts-segments.

Anthony fronça les sourcils et pivota pour se diriger vers son neveu pendant que Katherine, le père de Jack et le directeur de campagne lui emboîtaient le pas.

Voyant son oncle arriver, Jack se leva, la broche en or épinglée à sa veste scintillant légèrement sous l'éclairage des coulisses.

Anthony piqua droit sur lui, l'empoigna par le revers et se mit à le secouer avec violence.

— Qu'est-ce qui t'a pris, nom de Dieu ? hurla-t-il en postillonnant au visage de Jack.

Sa femme et les deux autres hommes lâchèrent une cacophonie de cris effrayés.

— Anthony !

— Lâche-le !

— S'il vous plaît, Anthony, calmez-vous.

Seul, Jack garda le silence, fixant les yeux pleins de rage de son oncle, le cœur battant la chamade. Il crut qu'Anthony allait même le frapper, mais son père et sa tante le retinrent, le tirant en arrière pour tâcher de le raisonner.

Le père de Jack toisa son beau-frère du haut de son mètre quatre-vingt-dix.

— C'est *mon* fils, Anthony.

— Peut-être, mais ses putains de commentaires pourraient me coûter la Maison Blanche !

— Je n'ai certes pas besoin de te rappeler le rôle que *nous*, les Hunter, jouons pour t'y conduire, répliqua d'un ton cinglant le père de Jack. Alors tu es prié de ne porter la main sur *aucun* des membres de la famille.

Anthony foudroya son beau-frère du regard sans se laisser impressionner.

— Qui plus est, ajouta ce dernier, nous sommes tous à cran, nos réactions sont probablement excessives. Le public sait que Jack a un court segment. C'est un stress susceptible de faire perdre son sang-froid à n'importe qui. Je suis sûr que les gens comprendront.

Katherine posa une main apaisante sur le torse de son mari et se tourna vers son neveu d'un air navré.

— Pourquoi as-tu dit des horreurs pareilles, Jack ?

Jack comprit alors que Katherine avait choisi son camp, mais une bouffée d'assurance l'envahit. Il lança à son oncle un regard de défi.

— Je croyais que tu voulais que le monde entier sache que je fais partie des courts-segments, Anthony.

Le directeur de campagne s'interposa avant qu'Anthony puisse réagir :

— Il faut qu'on y aille. Nous devons enchaîner trois interviews et il est déjà tard.

— Très bien, cracha Anthony avant d'adresser une œillade assassine à son neveu. Mais lui, je veux qu'il dégage. Tout de suite.

Amie

Amie ne s'était jamais sentie aussi seule.

Un mois s'était écoulé depuis cette soirée dans la cuisine. Cette dispute avec Nina était la pire qu'elles aient jamais eue, c'était la première fois qu'elles s'ignoraient aussi longtemps. Le mariage de Nina se rapprochait. Amie avait désespérément besoin de se confier à quelqu'un, n'importe qui, pour exposer son point de vue, mais elle avait trop honte pour divulguer les circonstances de leur différend à ses parents.

Il semblait que Nina ne leur en avait pas parlé et elle avait passé Thanksgiving chez les parents de Maura, cette année, laissant Amie seule avec leurs cousins.

Assise à son bureau, à l'école, Amie entendait encore résonner les mots de sa sœur. En dehors des heures de cours, sa classe lui paraissait étouffante, oppressante, elle ne pouvait rien avaler sans avoir la nausée. Elle avait l'impression que quelque chose la rongeait de l'intérieur ; elle aurait voulu se convaincre que ce n'étaient que les reliefs de sa colère, mais elle savait qu'il n'y avait pas que ça.

C'était la culpabilité.

Elles avaient beau s'être insultées, Nina n'en restait pas moins son unique sœur, son amie de toujours, sa plus grande confidente. Voilà qu'à présent, elle se mariait, et Amie ne serait pas à ses côtés.

Comment pourrait-elle continuer à vivre en sachant qu'elle avait manqué l'un des jours les plus importants de la vie de Nina ? Et qu'elle l'avait *gâché* par ses propos ?

Elle se rappela le jour où Nina, rentrée de l'école en pleurant, s'était enfermée dans sa chambre avec leur mère pendant qu'Amie, assise par terre, dans le couloir, attendait que sa sœur ressorte.

Amie avait fermé les yeux très fort et prié pour que le chagrin de Nina se dissipe, imaginant la vengeance qu'elle exercerait sur toutes les filles qui lui avaient fait du mal.

Quand Nina finit par rouvrir la porte de sa chambre, ce soir-là, Amie lui spécifia qu'elle n'était pas obligée de dire quoi que ce soit.

— Tout ce qui compte, c'est que tu es ma sœur et que je t'aime, déclara-t-elle. Il n'y rien de changé entre nous. Je suis juste désolée que tu doives endurer ça toute seule, et que ça risque de te rendre la vie plus dure… C'est déjà le cas, j'imagine.

Nina avait les joues rouges et les yeux gonflés, mais son expression était calme, décidée.

— Ça sera peut-être plus dur, mais au moins ça sera vrai.

C'était tellement facile pour Amie de soutenir Nina à l'époque, de se ranger à ses côtés sans la moindre hésitation. Pourquoi n'y arrivait-elle plus aujourd'hui ?

Peut-être que les accusations de Nina étaient fondées et qu'il n'était pas *vraiment* question d'elle et Maura. Peut-être la culpabilité qu'Amie éprouvait concernait-elle plutôt Ben.

Cela faisait maintenant des semaines qu'elle devait répondre à sa dernière lettre. Il devait la détester, à cette heure, se dit-elle. Elle avait plus que tout envie de lui écrire, mais elle ne savait pas quoi dire et craignait de rédiger une réponse précipitée, de rompre le lien qu'ils partageaient, quel qu'il soit.

Elle tenta de se remémorer toutes les questions qu'elle avait posées à Nina : « Es-tu bien sûre de ta décision ? As-tu pensé au chagrin que tu ressentiras ? Est-ce que ça en *vaut la peine* ? »

Si ces questions étaient venues si vite dans la bouche d'Amie, il y avait sans doute une raison. Elle se les était déjà toutes posées après avoir lu les aveux de Ben.

Mais elle était incapable ne serait-ce que d'essayer de comprendre les sentiments qu'elle éprouvait pour Ben alors que sa dispute avec Nina pesait si lourd, si douloureusement dans ses pensées.

Entre deux cours, Amie passa en revue ses e-mails sur son ordinateur portable et découvrit avec étonnement qu'un des professeurs avait transféré à tous les autres une vidéo sur YouTube : « Une étudiante sud-africaine de vingt et un ans fait un discours enthousiasmant sur les cordelettes. »

Amie hésita d'abord à la regarder. Les cordelettes avaient déjà semé tant de trouble dans sa vie. Elle finit par cliquer sur le lien et vit une jeune femme face à une foule, sur ce qui semblait être un campus universitaire. La vidéo avait déjà engrangé près de trois millions de vues.

« Ici, en Afrique du Sud, et partout dans le monde, disait la jeune femme, nous avons dépassé l'ère de la ségrégation et de l'apartheid officiels, mais sans abandonner pour autant nos a priori et nos comportements d'exclusion habituels. L'inégalité a simplement pris un nouveau masque. L'injustice s'est contentée de changer de costume. Si bien que, d'une décennie à l'autre, la souffrance reste la même. Que se passerait-il si nous brisions ce cycle ?

« Dans quelques mois, j'aurai vingt-deux ans. Je recevrai alors ma boîte. Un grand nombre d'entre vous, mes camarades d'études, ont encore plusieurs années à attendre.

Ouvrir ou ne pas ouvrir. C'est le choix de chacun. Mais ce n'est pas le *seul* choix auquel nous sommes confrontés.

« Nous avons maintenant l'occasion d'agir pour changer les choses. Les cordelettes sont encore récentes. Nous en sommes encore à apprendre comment y réagir. Ce qui signifie que nous pouvons repartir de zéro. Rejeter les schémas du passé. Nous engager à ne pas répéter les erreurs d'autrefois. Que nous pouvons gouverner avec compassion et empathie. Nous défendre contre ceux qui cherchent à nous diviser ou nous dresser les uns contre les autres, à dévaloriser un groupe de la population mondiale. C'est à *nous* – nous qui n'avons pas encore reçu nos boîtes – qu'il appartient de décider de quel genre de monde nous voulons hériter, quelle que soit l'espérance de vie que nous indiquent nos cordelettes. »

La foule d'étudiants applaudit et acclama la jeune fille.

« Un ami vient de me faire voir une vidéo dans laquelle un jeune homme prend la parole lors d'un meeting pour la présidence des États-Unis, poursuivit-elle. Il dit que personne n'est différent en raison de sa cordelette, nous restons tous des êtres humains. J'encourage tout le monde à faire de même, à se dresser contre les gens de notre entourage qui agissent de façon injuste. Aidons-les à comprendre que nous sommes tous semblables, tous unis. Que nous sommes liés les uns aux autres. »

La jeune fille était posée, passionnée, éloquente – une combinaison de qualités étonnante chez quelqu'un d'aussi jeune, se dit Amie. La vidéo étant filmée d'assez près, Amie discernait sur la robe de l'oratrice un genre de broche, un petit bijou doré.

Nous pouvons repartir de zéro, se répéta Amie.

Peut-être n'était-il pas trop tard pour rattraper les choses avec Nina. Amie n'avait pas encore manqué le mariage.

Aujourd'hui plus que jamais, elle avait besoin d'être encore celle qui avait attendu des heures devant la porte de Nina ce soir-là, celle qui lisait à côté de Nina, assise sur le tapis de la librairie, ou qui lui envoyait à l'autre bout du pays des romans bourrés de commentaires griffonnés sur des Post-it. Amie avait besoin d'être la *sœur* de Nina, qu'elles soient liées l'une à l'autre, toujours.

Ben

Ben fut déçu de ne trouver toujours aucune réponse d'Amie en retournant dans sa classe. Mais il ne pouvait pas perdre foi. Pas encore. Il regarda Lea, enceinte de sept mois à présent, dont la frêle silhouette semblait presque mangée par son ventre, et il ne put s'empêcher de ressentir de l'espoir.

Lea s'assit précautionneusement sur une chaise, puis elle poussa un petit cri de surprise en voyant son frère, accompagné de son conjoint, s'engouffrer dans la salle, tenant à la main des dizaines de ballons jaunes.

— Qu'est-ce qui se passe ? demanda-t-elle.

Chelsea entra d'un air dégagé, portant un gros gâteau au chocolat.

— Tu ne pensais pas qu'on allait zapper ta *baby shower* ?

Elle posa le plat devant Lea d'un geste théâtral.

— Il est important de fêter tous les beaux moments que nous offre la vie, dit Sean. Et *ça*, c'est un beau moment.

Le reste de la séance se mua en réjouissances. Terrell s'était inscrit sur *Share Your Time*, la nouvelle application de rencontres pour courts-segments, et demandait aux membres du groupe leur avis sur les prétendants potentiels. Maura et Nihal se délectaient de l'humiliation infligée à Anthony Rollins par son neveu. Et Chelsea tâchait de convaincre Lea d'auditionner avec elle pour la saison suivante de *Bachelor*, récemment divisée en deux émissions distinctes : *Bachelor longs-segments* et *Bachelor courts-segments*.

— Allez, insistait-elle d'un ton enjôleur. Tu es aussi jeune que menue, c'est le type qu'ils préfèrent.

— Menue, c'était *avant*… dit Lea en baissant les yeux vers son ventre distendu.

— Tu fondras en un rien de temps, décréta Chelsea. Et le fait d'être mère porteuse sera un super bonus. Je suis sûre que tu deviendras la star de l'émission !

Bien que la soirée soit teintée d'un peu de tristesse – chacun savait bien que les jumeaux vivraient la majeure partie de leur vie sans Lea –, elle étincelait d'une indéniable sérénité. Lea était heureuse. Sa famille l'était aussi. Ils incarnaient la preuve, songea Ben, que la Terre ne s'était pas arrêtée de tourner avec l'arrivée des cordelettes. Les gens continuaient à aller de l'avant, de nouvelles vies allaient éclore.

— D'ailleurs, je vais avoir besoin de vous tous à mes côtés, reprit Lea.

— À *tes côtés* ? releva Chelsea, incrédule.

Lea s'esclaffa.

— Pas dans la salle d'accouchement, voyons. Mais après, ça serait bien.

Elle caressa doucement son ventre.

— Je fais ça pour mes proches, bien sûr, mais je pense qu'au fond je le fais aussi pour moi… et pour nous tous. C'est peut-être juste hormonal, ou dû au fait qu'aujourd'hui je sens les bébés pédaler comme des fous, mais j'ai l'impression qu'un changement s'annonce enfin. Comme si, peut-être, tout allait bien se passer.

Toute la salle comprit.

Ils avaient tous vu la vidéo, virale à présent, dans laquelle une jeune femme sud-africaine appelait les jeunes comme elle à lutter contre la résurgence des a priori.

Suite à son discours, le hashtag « TousLiés » s'était répandu dans le monde entier, les internautes venant y partager les récits de divers gestes de compassion : entreprises promettant d'embaucher davantage de courts-segments, une université avançant sa cérémonie de remise des diplômes pour qu'un étudiant court-segment puisse recevoir le sien en même temps que ses compagnons d'études. Il y avait même une ville au Canada où les courts-segments étaient encouragés à se déclarer publiquement pour que leurs voisins puissent leur prêter main-forte. Ben se rappela un post : *Si nous savions que notre serveur, notre chauffeur de taxi, notre prof, avait un court segment, lui témoignerions-nous plus de gentillesse ? Prendrions-nous le temps de réfléchir avant d'agir ? #TousLiés.* Une poignée de journalistes et de politiciens considéraient déjà qu'il s'agissait d'un « mouvement ».

Plus tard dans la soirée, Ben se trouva à côté de Nihal.

— Je commence à comprendre ce que mes parents disaient quand ils parlaient de « renaissance », déclara ce dernier.

— Qu'est-ce qui t'a amené à changer d'avis ?

— Peut-être le fait de voir Lea. Et de me demander d'où viennent ces jumeaux auxquels elle va donner naissance. Je veux dire, on sait d'où ils viennent *physiquement*, mais leurs *âmes* ? On conçoit ça comme une chose distincte du corps, une chose plus… éternelle. Alors pourquoi n'auraient-ils pas déjà vécu et connu la mort par le passé, et ne seraient-ils pas en train de revenir sur Terre ?

Ben repensa un instant à la femme rencontrée au parc en octobre, qui respirait grâce aux poumons de Hank. Deux personnes liées, sans s'être jamais rencontrées.

— Tout est possible, je crois, renchérit-il.

Nihal sourit.

— Au moins, après tout ce qu'on a enduré, je suis sûr qu'on sera tous rois et reines dans nos prochaines vies !

À la fin de la séance, Ben se retrouva assis près de Maura, pendant que le groupe grignotait les dernières miettes du gâteau.

— Ça t'arrive d'envisager d'avoir des enfants ? lui lança Maura tout à coup, un sourire aux lèvres en regardant le pull qu'il portait. Tu t'habilles presque déjà comme un père.

Ben se mit à rire et contempla Lea, un peu plus loin, qui berçait son ventre en échangeant avec son frère. Depuis le fameux jour passé au garde-meubles, il y pensait de plus en plus. Il avait pensé, bien sûr, aux bals de lycéens, aux remises de diplômes, aux mariages et aux petits-enfants. Toutes ces choses qu'il ne verrait pas. Chaque fois, sa gorge se nouait et il sentait monter en lui une boule noire d'amertume à laquelle il n'échapperait sans doute jamais. Mais il avait découvert récemment qu'il parvenait à s'apaiser en songeant au reste, à toutes ces choses auxquelles il pourrait quand même assister s'il avait un jour des enfants.

Le premier jour d'école. Les galas de danse. Les matches de basket.

Les parties de luge dans le jardin. Les tournées de bonbons à Halloween. La cueillette des pommes en automne, celle des cerises en été.

L'expression sur le visage de ses parents quand ils prendraient leur petit-fils ou leur petite-fille dans les bras pour la première fois.

— J'aurai peut-être des enfants… dit-il. Mais bon, ce n'est pas *moi* qui m'apprête à me ranger.

— Argh, ne présente pas les choses comme ça ! s'écria Maura, horrifiée. Ça me donne l'impression d'être *croulante*.

Au-delà de ses protestations, Ben voyait combien elle était heureuse.

Et il repensa à toutes les séances qui avaient précédé celle-ci, tous ces dimanches soir à partager les récits des incidents qu'ils avaient vécus dans la peur et la colère, la violence dont ils avaient été témoins. Quelque chose, ce jour-là, rappelait à Ben son prof de fac lui expliquant la troisième loi de Newton en appuyant les mains sur le tableau pour montrer quelle pression le mur renvoyait. *Toute force exercée déclenche en réaction une force opposée d'égale intensité. Les forces n'existent que par deux.*

Et voilà qu'enfin, Ben voyait la force de réaction repousser des mois de souffrance dans un jaillissement de jours heureux. Grâce à cette solidarité, dans la salle 204.

Maura

Nina avait prévu de consacrer une journée entière aux préparatifs du mariage : fleuriste, traiteur, pâtissier, boutique de robes – toutes les courses étaient calées sur un seul samedi pour régler ce qui avait trait à la noce, à peine quelques semaines plus tard.

Quand Maura entra dans la cuisine, son téléphone à la main, Nina était déjà en train de préparer des œufs brouillés pour démarrer la matinée de bonne heure.

— Terrell vient d'appeler, dit-elle. Apparemment, il est prévu un énorme meeting cet après-midi à Washington. Nihal et lui vont louer une voiture pour y aller.

— C'est, quoi… le troisième, ce mois-ci ? répondit Nina. Tout le monde en parlait au journal. La vidéo de la jeune Sud-Africaine a vraiment déclenché quelque chose.

— Ce meeting-là était prévu pour n'être qu'une petite manifestation près de la statue de Martin Luther King, qui coïncide avec une levée de fonds qu'Anthony Rollins organise dans les environs, expliqua Maura. Mais le mouvement TousLiés a pris son envol en ligne, du coup l'événement va sans doute attirer des milliers de gens.

— Incroyable, commenta Nina sans cesser de s'occuper des œufs qu'elle venait de verser dans une poêle chaude. C'est dommage qu'on ne puisse pas y aller.

— Eh bien… en fait… lança Maura, puis elle se mordit la lèvre.

Nina posa la spatule sur le bord de la poêle.

— Tu es en train de me demander si, par hasard, on ne pourrait pas annuler le programme d'aujourd'hui ?

— Je sais que ça tombe mal, mais il faut que j'y aille, insista Maura.

— Est-ce que tu sais à quel point j'ai eu du mal à tout caser à la dernière minute ?

— Oui, j'en suis bien consciente. Et j'apprécie tout ce que tu as fait. Mais je ne suis pas en train d'annuler la cérémonie. Et puis, c'est juste une journée où on devait faire du shopping et goûter des petits-fours.

Nina secoua la tête en soupirant, puis se rendit compte que les œufs commençaient à attacher. Elle éteignit aussitôt le gaz, reprit la spatule et se mit à gratter les bords roussis de sa préparation.

Maura regardait fixement le dos de sa compagne. Nina était d'humeur un peu imprévisible ces dernières semaines, depuis sa querelle avec Amie, dont elle n'avait pas voulu parler.

— Nina ?

— Je ne sais pas ce que tu veux que je dise. (Elle fit face à Maura.) Moi, je pensais que ce serait un jour marquant dans notre vie. Un jour de fête. Mais apparemment, ce n'est qu'un ramassis de conneries superficielles.

— Ce n'est pas ce que j'ai voulu dire. Mais cette manifestation pourrait être importante.

— Et notre *mariage*, ce n'est pas important ?

— Bien sûr que si ! s'exclama Maura. Mais la journée d'aujourd'hui, elle est, comme tu dis, consacrée à une fête. Alors que ce meeting, il concerne… ma *vie*.

— Et j'enrage de savoir que tu souffres. Mais tu fais déjà tellement de choses avec ton groupe. Et tu as déjà pris part à des manifestations. Ce serait peut-être bien pour toi de prendre un jour de congé et de savourer les *autres* facettes de ta vie.

Maura garda un instant le silence et prit une lente inspiration. Que Nina ne voie pas les choses comme elle la contrariait, par moments.

Le couple qu'elles formaient suffisait à Nina. Leur alliance était la preuve tangible qu'elle se moquait des cordelettes et aimait Maura pour la femme qu'elle était et non en fonction du temps qu'il lui restait à vivre. La famille qu'elles construisaient était sa priorité numéro un. Pour Maura, bien sûr, cela comptait plus que tout. Mais parfois, elle avait besoin d'autre chose. Besoin de voir au-delà du petit cercle de leurs vies. Besoin que le reste du monde la considère de la même façon que Nina. Comme une personne digne d'exister et d'être aimée. Une égale.

— Bon sang, je voudrais bien *pouvoir* prendre une journée de congé. Sauf que *tous les jours*, je dois m'efforcer de ne pas avoir l'air trop en colère, trop menaçante ou ingrate parce que ça rejaillirait sur l'ensemble des Noirs, ou de ne pas avoir l'air trop sensible, trop idiote ou timorée parce que ça rejaillirait sur l'ensemble des femmes, et voilà que *maintenant* il ne faut pas que j'aie l'air instable, émotive ou violente parce que ça rejaillirait sur l'ensemble des courts-segments. C'est sans fin ! s'écria-t-elle en tremblant de tout son corps. Et tu sais, c'est primordial pour moi de sentir que ce que je fais a *réellement* de l'importance. Je veux employer le temps qu'il me reste à faire quelque chose de bien.

Nina ferma les yeux.

— Vas-y, dit-elle avec douceur. Je m'occuperai de ce qu'il y a à faire.

— Tu es sûre ?

— Oui. Et je te promets de venir à la prochaine manif.

Après s'être garés près du National Mall, Maura et ses amis rejoignirent la foule de presque vingt mille personnes massées au pied de la statue de Martin Luther King et débordant sur les pelouses voisines encadrées par les arbres dépouillés de leurs feuilles couleur de rouille. Un grand groupe, au centre, chantait et criait des slogans sous une banderole de deux mètres de long « Toutes cordelettes, courtes ou longues ».

Une demi-douzaine d'équipes de presse couvrait l'événement, sans doute parce que le bruit courait que le neveu dissident d'Anthony Rollins rejoindrait les rangs des manifestants. Mais malgré ce surcroît d'attention – et même avec la vague de soutien générée par le nouveau mouvement Tous Liés – Maura doutait que la manifestation suffise à empêcher Rollins de remporter l'élection en été. Dès qu'elle apprenait qu'une fusillade ou un accident de voiture mortel avait eu lieu, elle se surprenait à prier pour qu'un court-segment ne soit pas incriminé. Pourtant, le reste de son groupe de soutien semblait convaincu que le vent avait déjà tourné. Chaque progression du hashtag sur les réseaux sociaux, chaque personnalité publique qui exprimait son soutien, chaque émission télévisée interrogeant l'étudiante sud-africaine, était la preuve, aux yeux de ses compagnons, que leurs vies ne pouvaient que s'améliorer. Mais Maura savait qu'il fallait se défendre d'une confiance aveugle ou d'une baisse de vigilance. Elle savait que les choses pouvaient *toujours* empirer, à moins que les gens continuent à lutter.

En rentrant chez elle, tard dans la soirée, Maura referma la porte le plus discrètement possible et gagna le salon plongé dans le noir. Elle passa devant le triptyque des croquis de Ben accroché au mur, telles des cartes postales de sa vie. Nina adorait ces dessins et avait failli fondre en larmes en les découvrant. Maura était fière de ce cadeau, même si l'effet de surprise avait été éclipsé par la demande en mariage.

Elle se dirigea vers la cuisine, où Nina avait laissé juste une lampe allumée, et avisa un mot scotché au réfrigérateur :

J'espère que la manif s'est bien passée. Échantillon du gâteau dans le frigo. Tu vas adorer, crois-moi.

Je suis fière de toi. Je t'aime.

Maura ne regrettait pas son choix.

Elle était contente d'avoir fait le déplacement à Washington, d'avoir fait front avec les autres courts-segments. Malgré cela, elle était heureuse aussi de revenir chez elle, auprès de Nina qui, si elle ne la comprenait pas toujours, au moins acceptait son combat.

Elle jeta un coup d'œil à l'intérieur du réfrigérateur, et repéra une part de gâteau au chocolat dont le glaçage la fit saliver. En sortant la barquette, Maura remarqua un autre bout de papier, en-dessous.

Tu avais raison, on n'a pas besoin d'une réception compliquée. On se suffira toi et moi. Et je n'ai pas envie d'attendre plus longtemps. Si on doit se disputer de nouveau, je préférerais avoir affaire à ma femme.

Acceptes-tu de m'épouser lundi, à l'hôtel de ville ?

Maura referma la porte, emplie d'allégresse. Elle gagna la chambre sur la pointe des pieds, dégrafant avec soin la broche en or aux deux cordelettes entrelacées qu'elle avait épinglée à son pull et se déshabilla. Puis elle souleva le drap avec délicatesse et se glissa dans le lit déjà réchauffé par la femme endormie qui, dans deux jours à peine, deviendrait son épouse.

Maura savait que ses parents auraient préféré un mariage à l'église, ou peut-être sur la pelouse d'un beau domaine à la campagne, mais une grande partie de ce qu'elle avait fait dans sa vie ne correspondait pas vraiment aux souhaits de ses parents. Au moins, après avoir papillonné d'un emploi à un autre, d'une petite amie à l'autre, elle se fixait enfin, s'attachait à une femme que ses parents appréciaient beaucoup. (« Nina a l'air d'avoir la tête bien sur les épaules », avait dit le père de Maura, la première fois qu'ils l'avaient vue.)

De fait, elle était très contente que la cérémonie se déroule à l'hôtel de ville. Ça semblerait moins guindé sans la longue marche vers l'autel. D'ailleurs elle ne s'était jamais sentie du genre à faire un mariage conventionnel.

Les unions civiles se déroulaient dans le Bureau des mariages, un grand édifice gris entouré d'autres bâtiments administratifs, au cœur du sud de Manhattan.

Les Services de l'immigration, des impôts, et le procureur du district avaient tous leurs locaux dans les bâtiments jouxtant le Bureau des mariages de New York, mais le voisin le plus proche était l'Agence de la santé, où étaient conservés les certificats de naissance et de décès. Maura trouva ce détail curieusement pertinent.

Une fois à l'intérieur du bureau, Maura trouva que l'endroit ressemblait, en plus chic, au Service des immatriculations, avec de grands canapés le long d'un mur, une rangée d'ordinateurs de l'autre côté, et de grands écrans fixés en hauteur, que les couples scrutaient pour y voir s'afficher le numéro qui leur avait été attribué, signalant que leur tour était venu d'aller échanger leurs consentements dans la salle privée. « Le délai de vingt-quatre heures entre la publication des bans et la cérémonie de mariage peut être abrogé sur présentation d'un segment en voie d'expiration », pouvait-on lire sur l'une des affiches placardées près de l'entrée.

Maura sentait que Nina avait un peu accusé le coup face au kiosque kitsch, à l'entrée – une petite boutique proposant tout un attirail de souvenirs frappés du logo NYC, ainsi que des accessoires nuptiaux de dernière minute tels que fleurs, voiles et même alliances. Peut-être, l'espace d'un bref instant, Nina avait-elle regretté que son impulsivité inhabituelle les ait amenées là.

Mais où qu'elles se tournent, elles voyaient de l'amour. Des hommes en smoking et des femmes en robe longue, des jeunes d'une vingtaine d'années en jean et casquette de base-ball, plusieurs petits enfants emmaillotés de tulle courant comme des fous. Quelques autres couples étaient venus seuls, comme Maura et Nina, mais la plupart arrivaient avec leurs témoins dont les appareils photos illuminaient le hall de flashes.

La tenue de Nina était simple et élégante en dentelle blanc cassé, tandis que Maura avait opté pour une robe couleur or un peu plus chatoyante.

— Tu es la plus jolie mariée de la salle, lui dit Nina en lui caressant la joue.

Quand leur numéro finit par s'afficher sur l'écran, Maura et Nina allèrent se poster ensemble devant l'officier de l'état civil, un vieil homme à la calvitie naissante portant moustache et lunettes, quasiment englouti dans son costume marron trop grand. À leur soulagement, l'homme abordait chacune des cérémonies avec bienveillance, comme quelqu'un qui n'en célébrerait qu'une par jour plutôt que des dizaines.

Le couple suivant, une femme en robe Liberty, une couronne de fleurs dans les cheveux, et un homme à la cravate rouge assortie, avait gentiment accepté de leur servir de témoins, les mains enlacées par le petit doigt.

Maura ne se serait jamais attendue à vivre un instant pareil. Bien sûr, avant les cordelettes, elle avait parfois pensé qu'une demande en mariage allait survenir – lors d'un moment de faiblesse, sa curiosité l'avait même poussée à fouiller dans les tiroirs impeccablement rangés de la commode de Nina – mais tout avait changé en mars. Depuis, même dans leurs moments les plus intimes, même emportées par le romantisme des ruelles pavées et des fontaines paisibles d'Italie, il était impossible pour Maura d'imaginer que Nina veuille l'épouser. Pas après l'arrivée des cordelettes.

De fait, Maura n'aurait pas pris cette initiative d'elle-même ni placé Nina dans cette situation. Elle n'éprouvait aucune honte à l'idée de vivre avec elle en union libre. Elle n'avait pas besoin d'être la moitié d'un couple marié pour se sentir entière. Mais une fois que Nina lui eut posé la question, une fois que l'éventualité fut soudain devenue réalité, incarnée par la seule femme avec qui avait eu envie de s'installer, Maura se dit que ce serait sans doute agréable d'être mariée, d'avoir quelque chose de solide et constant dans sa vie par ailleurs désordonnée. En dépit de tout ce que sa cordelette lui avait volé, cette joie serait une chose qu'elle pourrait connaître.

Après que l'officier eut déclaré Maura Hill et Nina Wilson officiellement mariées, le couple regagna le hall principal. Nina garda la main de Maura serrée dans la sienne en allant retrouver leurs familles et quelques amis proches dans un restaurant près de l'hôtel de ville – prouesse quasi miraculeuse organisée par Nina durant le week-end.

Dans une arrière-salle éclairée de chandelles, les parents de Nina et Maura, avec Amie, deux cousins de Maura, les collègues préférés de Nina, quelques amis de fac de Maura, et tout le groupe de soutien s'étaient rassemblés autour de quatre tables.

Avant l'arrivée des cordelettes, Maura trouvait déjà que le mariage avait quelque chose d'un peu fou. Il s'agissait quand même de se lier à quelqu'un pour le restant de sa vie avant d'en avoir soi-même vécu une partie. Et, assurément, certaines personnes trouveraient son mariage avec Nina plus difficile encore à comprendre. Pourtant, tous ceux qui se trouvaient dans ce restaurant, ces parents, ces amis, avaient annulé leurs projets au dernier moment et réorganisé leurs existences pour être là. Pour signifier qu'ils soutenaient cet acte extravagant. Et remplir la salle d'amour.

Une fois le repas terminé, Nina se dirigea vers le fond de la salle où Maura bavardait avec un de ses cousins.

— J'ai une surprise pour toi, dit-elle.

Maura, un sourire aux lèvres, la regarda d'un air faussement soupçonneux. Quand les violons commencèrent à se faire entendre dans les haut-parleurs, Maura se rendit soudain compte que les quatre tables avaient été disposées en U. Nina avait tout prévu. Incapable de prononcer un mot, Maura se laissa entraîner dans les bras de Nina, pendant que la voix de Nat King Cole emplissait la salle.

— Je n'en reviens pas que tu aies fait ça, murmura Maura contre la joue de Nina. Tout ça.

— Si quelqu'un le mérite, c'est bien toi.

Enlacées, elles évoluèrent sur la minuscule piste de danse improvisée.

That's why, darling, it's incredible
That someone so unforgettable
*Thinks that I am unforgettable, too**.

Amie

Tout le monde se leva et gagna la petite piste de danse, laissant Amie seule à sa table, en train d'admirer Maura et sa sœur qui évoluaient parmi les invités. Et dire qu'elle avait failli manquer ce moment.

Une semaine avant le mariage, elle s'était présentée sur le seuil de Nina, submergée de regrets et d'excuses. À peine quelques jours plus tard, Nina l'avait appelée pour lui annoncer que la cérémonie était passée à la trappe, remplacée par un dîner intimiste après le passage à l'hôtel de ville.

Amie s'efforçait de se concentrer sur les danseurs pour ne pas fixer Ben, assis à l'autre bout de la salle, avec les membres du groupe de soutien de Maura. Elle se sentait trop nerveuse pour l'aborder, mais elle supposait que, de son côté, il s'attendait à ce qu'*elle* fasse la démarche. Après tout, c'était elle qui avait laissé leur correspondance en suspens.

Elle avait déjà prévu ce qu'elle voulait lui dire, quelques mots polis proposant de rester amis, mais en le voyant, là-bas, plaisanter avec une petite brune enceinte vêtue d'une robe rose toute simple et une blonde cendrée au bronzage artificiel, elle lui en voulut de rire avec d'autres femmes qu'elle-même. Ses joues s'empourprèrent et son pouls s'accéléra. *Tu es complètement ridicule*. Enfin quoi, elle était une femme de vingt-neuf ans ! Pas une ado jalouse et possessive.

Elle pensait avoir pris sa décision concernant Ben, avait estimé qu'il serait plus sûr de ne pas se fier à ses sentiments. Mais peut-être se trompait-elle.

La chanson n'était toujours pas finie, elle avait encore une chance. Ben aurait-il seulement envie de lui adresser la parole ?

Amie prit une bonne inspiration et se dirigea vers la table de Ben.

— Excusez-moi de vous interrompre, dit-elle avec timidité. Mais je me demandais si tu aurais envie de danser, Ben.

Il y eut un bref instant de silence, puis Ben sourit et le soulagement réchauffa Amie comme un rayon de soleil.

— Bien sûr.

Ils gagnèrent ensemble le milieu de la salle, puis Ben passa le bras autour de la taille de sa cavalière.

Ce fut lui qui se lança.

— Je commençais à croire que tu ne voulais plus entendre parler de moi, dit-il, plissant les yeux et haussant les sourcils.

Il la taquinait, elle le comprit. Nouvelle bouffée de soulagement.

— Je… Nina et moi avons traversé une sale passe, expliqua Amie. Et ça a occupé toutes mes pensées, ces dernières semaines.

— Ah, fit Ben d'un air inquiet. Tout va bien ?

— Maintenant, oui.

— Alors tu n'as plus à te soucier que de toi et moi. Et de ma lettre.

— Comment as-tu démêlé tout ça ? demanda-t-elle.

— Eh bien, il y a eu plusieurs petits indices, à propos de toi, des lieux où tu habitais et où tu travaillais, et finalement, tout s'est mis en place quand tu as parlé de cette lettre concernant Gertrude. Mais je suppose que c'était un peu risqué de ma part, si je m'étais trompé, la vraie « A. » n'aurait rien compris.

Amie se mit à rire et sentit l'étreinte de Ben se raffermir. En réponse, elle se rapprocha un peu plus à son tour.

— Pardon, je ne suis pas un très bon danseur, murmura-t-il.

— Mais je t'en prie. Les plus récentes expériences de danse auxquelles j'ai eu droit consistaient à chaperonner des élèves qui ont l'air d'oublier que leurs profs les surveillent.

— Il faut donc user de la force pour séparer ces pauvres gamins malmenés par leurs hormones ?

— Ça arrive, reconnut Amie. Mais pas s'ils ressemblent à ces deux-là... ajouta-t-elle en désignant de la tête Nina et Maura qui tournoyaient, à l'écart des invités.

— Elles ont l'air très heureuses, dit Ben.

— Et complètement dans leur bulle.

Ben haussa les épaules.

— C'est censé se passer comme ça, non ?

Il contemplait Amie avec une telle gentillesse, une telle sincérité, qu'elle ne put soutenir son regard. Elle se serra contre lui, le menton au-dessus de son épaule, et se laissant bercer par la musique qui flottait autour d'eux.

Amie pensa aux nombreuses fois où elle s'était posé des questions sur l'identité de son correspondant anonyme, et s'émerveilla de ce hasard qui lui permettait d'être avec lui à cette heure, de sentir sa chaleur, de percevoir l'effluve de son eau de toilette. Elle se sentait à l'aise avec Ben, aussi détendue que s'ils avaient dansé ensemble auparavant.

Elle ferma les yeux et tenta de se représenter l'avenir, comme elle l'avait déjà fait avec l'avocat, le poète et les quelques autres qui l'avaient tenue dans leurs bras au fil des ans.

Elle se vit avec Ben à Central Park, tous deux assis sur un banc près du lac, ou en train de peindre au rouleau les murs d'un appartement vide. Elle se vit en blanc, tenant les mains de Ben, puis souriant dans un lit d'hôpital tandis qu'ils embrassaient tous les deux le minuscule paquet qu'elle tenait dans ses bras.

Elle visualisait en détail chacune de ces scènes ; elles n'étaient pas floues comme certaines de ses rêveries passées. Elle pouvait presque les *ressentir*. Et toutes avaient un parfum de bonheur.

Contrairement à ses précédentes visions de sa vie amoureuse, celle-ci ne caricaturait pas les défauts de Ben. Le problème qui freinait Amie n'était pas une faille de caractère chez Ben. La faute incombait non pas à sa personne mais aux astres qui gouvernaient sa vie.

Elle battit des paupières, se vit debout dans l'herbe avec deux petits enfants vêtus de noir, puis en train de pleurer dans une cuisine exiguë, seule cette fois, face au plan de travail débordant dc casseroles, poêles et boîtes à sandwiches.

Amie avait dû lire sa dernière lettre une dizaine de fois. Elle savait ce que Ben voulait dans la vie, savait qu'il le voulait sans plus tarder. Et il méritait de l'obtenir.

Bien sûr, à aucun moment il n'avait dit expressément qu'il espérait que ce serait avec *elle*, mais c'était *elle* qu'il avait embrassée à peine quelques semaines plus tôt, elle qui dansait avec lui en ce moment, et soudain l'image se brouilla – tout allait trop vite. La tête commença à lui tourner et elle se sentit submergée.

— Excuse-moi, il faut que j'aille prendre un peu l'air, dit-elle en lâchant Ben avant de s'enfuir en direction de la porte de derrière.

Une fois dehors, Amie s'assit sur le trottoir et se frotta les bras dans l'air froid de la nuit. La plupart des bâtiments de la rue abritaient des bureaux administratifs déjà fermés à cette heure, si bien que le silence régnait autour d'elle.

Elle se sentait coupable et honteuse de s'être ainsi dérobée à son étreinte, mais elle ne savait pas si elle arriverait à retourner dans la salle, si les belles visions seraient jamais à même d'effacer les plus sombres qui suivaient.

Un couple d'âge mûr passa sur le trottoir d'en face, main dans la main, se murmurant à l'oreille, conspirant contre le monde. Il lui sembla un instant les avoir déjà vus, mais dans la pénombre il était difficile de savoir.

Amie, bien sûr, désirait ce que ce couple, ses parents, Nina et Maura partageaient.

« Quand tu m'as parlé du mariage, j'aurais dû te dire en fait que tu es forte », avait dit Amie, en larmes, à sa sœur, la suppliant de lui pardonner. « Tu es extrêmement forte, Nina. Et Maura aussi. Tu as choisi l'amour par-dessus tout le reste et je t'admire pour ça. Alors je ne peux qu'espérer que tu me laisseras revenir dans ta vie, pour que je puisse être là pour vous deux. Parce que je sais que ça sera dur. Mais je sais aussi que vous faites le bon choix. »

Amie avait envie d'être forte, elle aussi. Elle ne voulait pas être lâche, égoïste, ou hypocrite, tous ces mots durs que Nina lui avait lancés. Elle ne voulait pas faire partie des gens dont avait parlé Ben dans ses lettres, qui mettaient les courts-segments sur la touche, leur donnant le sentiment qu'ils ne méritaient pas d'être aimés. Ces gens qui avaient fait descendre des milliers de personnes dans la rue pour manifester.

Si seulement c'était aussi simple que sa sœur le laissait penser : tenter sa chance avec quelqu'un. Voir où ça mène. Qu'est-ce qu'on a à perdre ?

Tout, se dit Amie.

Comment Nina faisait-elle ?

Et surtout, comment Ben, Maura et les autres courts-segments faisaient-ils ? Comment trouvaient-ils chaque jour le courage de se lever ?

Amie se rappela ce que sa sœur lui avait dit une fois : *Tu ne sais pas de quoi tu es capable*. Peut-être Nina avait-elle raison. Mais, dans l'entourage d'Amie, tout le monde semblait capable de *tellement plus*. Pour sa part, elle n'arrivait même pas à ouvrir sa boîte.

Elle ramena les genoux contre sa poitrine, la soie bleue de sa longue robe glissant en cascade jusqu'au sol, et noua les bras autour de ses jambes en réfléchissant à ce qu'elle allait pouvoir faire.

C'est alors qu'elle entendit un son, d'abord ténu, puis de plus en plus fort. Surgissant du silence qui l'entourait.

When I was just a little girl
I asked my mother, "What will I be ?"

— Pas possible, murmura-t-elle, n'en croyant pas ses oreilles.

Elle se leva d'un bond, tâchant de localiser la provenance de la musique.

"Will I be pretty, will I be rich ?"
Here's what she said to me

La mélodie arrivait du bout de la rue. Amie se mit à courir à sa rencontre, ses talons claquant sur le trottoir. Elle atteignit le carrefour juste à temps pour apercevoir le cycliste de dos qui s'éloignait en pédalant, sa veste rouge vif battant doucement au vent.

Que será, será
Whatever will be, will be
The future's not ours to see
Que será, será

Amie s'arrêta à l'angle de la rue, éberluée, le souffle court.

Puis elle se mit à rire à gorge déployée, au point d'en venir à être gênée, quand bien même il n'y avait qu'elle dans la rue.

Comme elle retrouvait son calme, un souffle de vent froid passa, soulevant le bas de sa robe, et elle se sentit soudain revigorée, l'esprit clair.

Il fallait qu'elle retourne dans la salle du restaurant. Qu'elle trouve Ben.

Advienne ce qui doit advenir.

Anthony

Anthony et Katherine furent les derniers à quitter l'hôtel de ville. Ils avaient retrouvé le maire dans son bureau lors d'une brève halte de campagne électorale à New York, dans le cadre d'une communication de grande ampleur visant à réparer les dégâts causés par l'intervention de Jack sur scène.

Durant les jours qui suivirent l'incident, les images du coup d'éclat de Jack circulèrent en ligne et furent rediffusées sur les ondes, tandis que la mine furibonde d'Anthony engendrait des dizaines de photomontages regrettables. Les Rollins se préparaient à affronter un mois pour le moins désastreux. Mais pratiquement tous les politiciens ou riches donateurs avaient à leur actif une anecdote similaire de dysfonctionnement familial – d'enfants ou petits-enfants s'étant rebellés pour rallier l'adversaire. (« Si vous entendiez ce que ma nièce et mon neveu disaient de moi ! » lançaient-ils tous en riant.) Et si la révolte puérile de Jack avait sans doute éveillé des échos auprès des électeurs indécis de moins de trente ans, elle n'eut qu'un impact négligeable sur le noyau dur des partisans d'Anthony, plus âgés, inquiets, estimant que leurs paisibles vies de longs-segments étaient menacées par la colère et l'instabilité, ce dont Jack avait fait preuve à la tribune.

Pour éviter de trop se faire accoster – par des sympathisants souhaitant prendre une photo ou des opposants cherchant la bagarre –, Anthony et Katherine avaient fixé leur entrevue au siège de la mairie juste avant 17 heures, de façon à pouvoir quitter le bâtiment une fois que la plupart des employés seraient partis.

Dans ce quartier-là, les rues étaient désertes après la tombée du jour, si bien qu'en se dirigeant à pied vers leur voiture, Anthony et Katherine ne virent qu'une seule personne sur leur chemin, une jeune femme en robe bleue et talons hauts, assise sur le trottoir. Katherine se demanda tout haut si quelqu'un avait posé un lapin à cette pauvre jeune fille, ou l'avait peut-être laissée tomber à l'issue d'un dîner dans un restaurant des environs. Dieu merci, elle n'eut pas l'air de les reconnaître.

Leur chauffeur n'étant pas encore arrivé au point de rendez-vous, ils attendaient au coin de la rue, un peu irrités de ce contretemps, quand l'écran du téléphone d'Anthony s'éclaira pour afficher la une du lendemain. Les scores du candidat Rollins avaient baissé pour la première fois depuis le mois de juin.

Katherine remarqua la moue imperceptible de son mari.

— Que se passe-t-il ? demanda-t-elle en essayant de lire par-dessus l'épaule d'Anthony.

— Ce n'est rien. Une fluctuation négligeable de nos statistiques.

— Due à ces foutaises sur Twitter, c'est ça ? Le fameux discours de la Sud-Africaine ? Il paraît que ce serait devenu un genre de mouvement.

— Un hashtag ne crée pas un *mouvement*, répliqua Anthony. Rien n'est organisé, c'est juste un ramassis de témoignages larmoyants postés en ligne.

— En tout cas, ils ont déjà mis sur pied plusieurs meetings, insista Katherine sur le ton de la mise en garde. Et le bruit court à présent qu'ils cherchent à organiser une sorte de journée mondiale de… « conscience court-segmentale » ou je ne sais quoi.

— Ce ne sont pas quelques manifestations par-ci, par-là et le discours d'une gamine qui vont éradiquer les peurs essentielles des gens. La convention va se tenir incessamment. Ça ne laisse guère de temps pour monter une véritable offensive.

Il parcourut le reste de l'article. Le sénateur Johnson gagnait apparemment des soutiens pour la première fois depuis qu'il avait révélé en septembre être détenteur d'un court segment, mais ses scores restaient inférieurs à son pic de fin d'été.

— Tiens, regarde, dit Anthony en désignant les propos rapportés d'un interviewé : « L'incident sur scène avec le neveu de Rollins était assurément perturbant, mais ça ne remet pas en cause tout ce que le candidat a fait jusqu'à maintenant. Et en toute franchise, ça ne fait que révéler ce à quoi on est confronté. »

Il reprit, un sourire aux lèvres :

— Je suis sûr qu'un tas d'autres gens ressentent la même chose, même s'ils ne le disent pas. Nous savons tous les deux que ce que les gens postent en ligne ou ce qu'ils racontent à leurs amis ne correspond pas toujours à la façon dont ils votent derrière le rideau.

Anthony et Katherine, rassérénés à cette idée, entendirent alors flotter jusqu'à eux une mélodie familière.

When I grew up and fell in love
I asked my sweetheart what lies ahead
Will we have rainbows, day after day ?
Here's what my sweetheart said

Ils s'aperçurent que la musique provenait d'un cycliste arrivant dans leur direction, un haut-parleur fixé sur le porte-bagage de son vélo.

— New York est vraiment un drôle d'endroit, dit Katherine d'un ton railleur.

Anthony était convaincu de l'imminence de son triomphe. Qui se souciait du contenu d'un article de presse ? Il se rapprochait de jour en jour du soleil mais ne craignait pas la chute, ses ailes étaient indestructibles.

Il ouvrit le bras en un geste d'invite amoureuse.

— M'accordes-tu cette danse ?

— Tu es fou ? Nous sommes en pleine rue !

— Il faut répéter en prévision de notre bal inaugural.

Katherine se laissa amadouer, un grand sourire aux lèvres, et prit la main de son mari juste au moment où passait le cycliste qui souleva un chapeau imaginaire dans leur direction.

Que será, será
Whatever will be, will be
The future's not ours to see
Que será, será

— Nous serons beaucoup plus beaux que les précédents locataires de la Maison Blanche, s'exclama joyeusement Katherine en tournoyant dans les bras de son mari. Tu te souviens de la robe hideuse que portait la Première Dame ?

Advienne ce qui doit advenir.

Jack

Ils avaient beau être sortis de l'académie depuis maintenant sept mois, les fêtards n'en continuaient pas moins à s'imbiber de bière bon marché, comme durant leurs quatre années de formation. Si ce n'est que, pour l'occasion, ils étaient affublés de lunettes en strass ou de chapeaux en papier « Happy New Year » et munis de sacs de confettis. La télévision du salon montrait les millions de gens assemblés sur Times Square.

Dans le salon d'un copain, à Washington, à l'occasion de la Saint-Sylvestre, Jack et Javi se retrouvaient dans la même pièce pour la première fois depuis le départ de ce dernier vers l'Alabama. Jack perçut instantanément le changement survenu chez son ami.

Javi semblait confiant, plein d'assurance, et régalait le groupe d'anecdotes sur ses premiers mois de formation dans l'aviation. Il paraissait même plus grand que dans le souvenir de Jack.

— Et là, sans prévenir, le pilote renverse l'avion tête en bas et enchaîne deux vrilles coup sur coup. Le type à côté de moi vomit partout contre le flanc de l'avion et moi, je n'ai rien pu manger de la journée. (Javi s'esclaffa.) Mais apparemment, on s'y habitue.

Jack fut frappé de constater à quel point la vie de son ami avait changé. Il partait voler tous les matins, apprenait à mener des missions dangereuses, alors que lui-même occupait un poste sans risque dans la cybersécurité – ses tâches quotidiennes étant plus administratives qu'opérationnelles, puisque son segment lui interdisait l'accès à toute habilitation de haut niveau.

— Hé ! s'exclama l'un des invités en consultant son téléphone. Wes Johnson vient de diffuser une nouvelle vidéo.

— Il se retire de la course ? demanda une fille.

— Pourquoi se retirerait-il maintenant ?

— Il reste à la traîne derrière Rollins.

— Ouais, mais un tas de gens sont bien remontés contre Rollins. (Le garçon jeta alors un coup d'œil à Jack, se rappelant soudain son lien de parenté avec Anthony.) Sans vouloir te vexer, mec.

Jack chassa d'un geste la remarque.

— Je suis sur la page de sa campagne, là, annonça un autre.

Jack et Javi se joignirent au petit groupe assemblé pour regarder.

Wes Johnson était assis dans un fauteuil en cuir, au milieu de ce qui semblait être son bureau personnel, la pièce étant décorée de photos de famille, de diplômes encadrés et d'une bibliothèque murale bourrée de biographies.

« Je vais être bref pour que chacun puisse reprendre les festivités sans tarder, commença-t-il sur un ton solennel. Je sais qu'à plusieurs reprises, certains ont appelé au retrait de ma candidature, mais je suis ici pour vous assurer que je reste indéniablement engagé dans cette campagne. Une cause nouvelle s'est imposée à moi durant les mois passés sur les routes et je promets que jamais je ne cesserai de lutter pour tous les Américains détenteurs de courts segments et pour tous ceux qui se sentent par ailleurs maltraités ou exclus par les pouvoirs en place.

« J'ai eu le grand honneur de rencontrer beaucoup d'entre vous au cours de ma tournée et de bénéficier de votre soutien pendant l'année qui vient de s'écouler, et je suis profondément reconnaissant envers tous ceux qui ont contribué à cette campagne. »

Il s'avança dans son fauteuil, se rapprochant de la caméra.

« Je sais que, depuis l'arrivée des boîtes, nous avons souvent eu le sentiment de régresser, mais si j'ai souhaité m'exprimer ce soir plutôt qu'un autre jour, c'est parce que *ce moment* précis, à l'orée d'une nouvelle année, est le seul durant lequel le monde entier est uni dans l'espoir d'un renouveau et de meilleurs lendemains. Et, plus que jamais, je garde espoir pour les citoyens de notre grande nation. J'ai, moi aussi, suivi les nombreux récits et témoignages du mouvement TousLiés, et je vous invite à investir toute cette énergie, cette compassion et ce courage – et, plus important encore, votre *espoir* – dans la campagne qui se joue actuellement. Le combat n'est pas fini, je vous le promets. »

Les jeunes restèrent figés à la suite de cette déclaration, jusqu'à ce que l'un d'entre eux, plus éméché que les autres, bredouille d'une voix pâteuse :

— Putain, j'adore ce mec.

— Mais à l'entendre, on croirait qu'il sait qu'il va perdre.

— Impossible ! Vous n'êtes pas au courant du super grand rassemblement de TousLiés qui aura lieu le mois prochain ? Apparemment, ça sera à l'échelle mondiale. J'ai entendu dire que Johnson y prendra part.

— Ça a tout l'air d'un micmac de relations publiques pour courts-segments, dit un invité en levant les yeux au ciel. Un battage médiatique sur du vide.

— Ça dépasse ce niveau-là de loin. Très loin. Vous verrez.

— Je n'en suis pas si sûr, dit un garçon en se tournant vers Jack. Ton oncle est peut-être un enfoiré, mais au moins il est solide. Il pourrait faire évoluer le bordel. En plus de ça, il est cash. Ça mérite le respect.

Jack se dandina d'un pied sur l'autre, mal à l'aise, et sut gré à quelqu'un de soudain brailler : « C'est l'heure des shots ! » de l'autre bout de la pièce, sur quoi le groupe se dispersa en un clin d'œil.

Cela faisait des semaines que Jack n'avait assisté à aucun meeting. Sa tante lui avait annoncé que sa participation à tous les événements à venir n'était plus désirée, scellant ainsi la destinée de paria qui attendait Jack. Il voyait encore son père de temps à autre – dans la mesure où Anthony n'était pas dans les parages –, mais il en était venu à comprendre que la famille qu'il perdait ne valait pas grand-chose. À l'heure actuelle, en tout cas. Peut-être que, du vivant de grand-père Cal, les Hunter défendaient encore le courage et le pays, mais maintenant qu'Anthony et Katherine étaient à la barre, il n'était plus question que d'intérêts personnels et d'emporter la victoire à tout prix. D'une certaine manière, c'était *Javier* qui continuait de porter les valeurs originelles des Hunter, qui vouait sa vie au service, si injustement brève qu'elle soit.

Avant de quitter l'appartement de Jack pour la dernière fois, Katherine avait tout de même tenté de justifier le comportement de son mari.

— Écoute, Jack, je me doute que ça doit être dur pour toi, mais crois-moi, ton oncle sait que tous les courts-segments ne sont pas dangereux. Il cherche juste à nous protéger de ceux qui le sont.

Anthony le valeureux défenseur. Gardien des longs-segments. L'homme qui assurerait la sécurité des États-Unis, qui dirigerait le pays d'une poigne de fer.

Quelque chose avait changé, dernièrement, c'était vrai. Et peut-être l'esclandre public de Jack avait-il un peu joué dans l'histoire. Mais Anthony restait inarrêtable, même si « #TousLiés » devait être tapé des milliers de fois sur un clavier, même si ce mystérieux rassemblement se révélait phénoménal, même si Johnson nourrissait un espoir immense.

Incroyable à quel point une combine, certes habile – Anthony dévoilant sa cordelette en juin dernier –, avait pu prendre de l'ampleur en six mois ; les gens, terrorisés par les attentats à la bombe et les fusillades, se sentaient vulnérables, la tentative de meurtre à Manhattan transformait Anthony en héros, le court segment de Wes Johnson le faisait passer pour quelqu'un de faible, et plus d'un long-segment opprimé en venait à se sentir puissant en écoutant Anthony, aux dépens de ses concitoyens courts-segments.

Comment un mouvement neuf, qui commençait tout juste à gagner du terrain, pourrait-il suffire à inverser les choses ?

Pendant que le reste des invités de la fête se servait des shots de tequila, Jack et Javi se retrouvèrent enfin seuls sur l'un des canapés du salon.

— Je pensais t'appeler, dit Javi. Mais on nous a fait travailler comme des forcenés. C'est la première permission que j'ai depuis des mois.

— Ça a l'air de bien se passer.

— Oui, répondit Javi en souriant. Alors, ton oncle était en rogne après ton coup d'éclat ?

— Je crois qu'il m'a définitivement renié en tant que neveu, dit Jack. Mais au moins, il ne parle plus de ma cordelette.

Javi acquiesça.

— Tu sais, tu m'as dit une fois que tu ne m'arriverais jamais à la cheville mais… c'était couillu de faire une chose pareille, s'exclama-t-il en riant.

Les reliefs de leur dispute flottaient toujours entre eux, teintant leurs propos d'une gaucherie qui n'existait pas auparavant. Jack se demanda si tout redeviendrait normal un jour, s'ils retrouveraient la fluidité et le naturel des débuts de leur amitié.

— Dis, tu crois que ce vieux bar de vétérans qu'il y avait dans le coin existe toujours ? lança Jack. Tu veux aller boire un coup ?

Les deux garçons récupérèrent leurs blousons en essayant de ne pas se faire remarquer et s'éclipsèrent de la soirée.

À quelques rues de là, se trouvait le bar de quartier à l'ancienne, avec lambris sombre aux murs, boxes verts obscurs et toutes sortes d'accessoires militaires pendus au plafond. L'endroit était presque exclusivement fréquenté par des vétérans et chaque fois que Jack et Javi y entraient en uniforme ou dans leur ancienne tenue de l'académie, on les y accueillait avec enthousiasme en soulevant les casquettes et en levant les mugs. Javi portant son blouson de l'armée, ce soir-là ne ferait pas exception.

Lorsqu'ils pénétrèrent dans l'établissement, la foule des clients était plus clairsemée que d'ordinaire et surtout composée de vieux coiffés de casquettes de base-ball siglées « Vietnam » ou « Corée », et de quelques plus jeunes soldats en treillis.

Sur les écrans fixés en hauteur, les célébrités animant les festivités de la Saint-Sylvestre commentaient l'année qui s'achevait.

— Eh bien, c'est peu dire que cette année a été riche en péripéties, plaisanta l'un des hommes à la coiffure impeccable. Espérons que la nouvelle n'apportera pas *plus* de surprises.

Jack et Javi prirent place dans un box et passèrent l'heure qui suivait à évoquer leurs années à l'académie – les matières dans lesquelles ils avaient failli échouer, les filles avec qui ils auraient dû sortir, les coups de pied au cul reçus lors des entraînements à ne plus pouvoir ni s'asseoir ni se lever. Ces souvenirs semblaient dater d'un passé lointain, et Jack se demanda si c'était cela, l'âge adulte, si la vie passait bien plus vite lorsqu'on l'avait atteint.

Ce fut Jack, finalement, qui aborda le sujet de leur brouille.

— Je suis désolé d'avoir mis si longtemps à faire quelque chose, dit-il.

— Et il reste encore beaucoup à accomplir, dit Javi. De mon côté, je te suis tombé dessus pour un tas de raisons, de rancœurs qui ne te concernaient pas *toutes*. Et j'aurais peut-être dû m'impliquer davantage dans notre échange de segments, endosser un peu plus de la pression que ça engendrait pour nous deux. Ce n'est pas comme si tu m'avais forcé à cet échange. C'était une décision partagée.

— Tu ne regrettes pas ? demanda Jack.

Javi trempa les lèvres dans sa bière le temps de soupeser la question.

— J'adore les types avec qui je suis en formation, et j'ai beaucoup de respect pour nos officiers, du coup, c'est dur de leur mentir. Mais sans ce mensonge, je ne serais pas à leurs côtés, poursuivit-il. Je ne serais pas en mesure de sauver un jour des vies humaines. (Il sourit et secoua la tête, l'air lui-même incrédule d'en être arrivé là.) Et malgré tout ce qui s'est passé après notre échange, je crois que je te serai reconnaissant à tout jamais.

— Eh bien, je n'étais pas seul dans l'histoire, dit Jack avec un sourire chaleureux. C'était en effet une décision partagée.

Le serveur commença alors à brailler le compte à rebours dans la salle du bar :

— Dix ! Neuf ! Huit ! Sept !

Les dix ou douze inconnus qui peuplaient le bar échangèrent des regards enthousiastes et se joignirent au décompte :

— Six ! Cinq ! Quatre !

Jack tira de sa poche les deux sarbacanes en papier qu'il avait piquées un peu plus tôt chez leur ancien camarade de promo, et en tendit un à Javi.

— Trois ! Deux ! Un !

Les deux amis soufflèrent ensemble dans les petits tubes pendant que le reste de l'assemblée s'écriait « Bonne année ! » à l'unisson.

À l'autre bout du bar, l'un des plus vieux clients entonna « Auld Lang Syne* », d'une voix fausse et hésitante, mais avec une sincérité qui captiva l'attention générale.

Should old acquaintance be forgot,
and never brought to mind ?

Et bientôt, chacun se joignit à lui.

Should old acquaintance be forgot,
and days of auld lang syne ?

Tout en chantant, Jack pensa à son oncle et sa tante, les imaginant en train de trinquer au champagne dans une belle demeure à quelques kilomètres de là, et à Wes Johnson, sans doute chez lui en famille, se reposant après des mois sur les routes, se demandant s'il pouvait encore l'emporter.

We too have paddled in the stream,
from morning sun to night.
But the seas between us broad have roared,
from auld lang syne.

Et il pensa à son meilleur ami Javier qui fredonnait superbement la mélodie dont il ne connaissait pas les paroles et portait un toast à l'aube d'une nouvelle année, alors même que le passage du temps n'incitait peut-être pas à la réjouissance.

Jack ne savait pas si Javi lui avait pardonné, ou si les propos qu'il avait tenus sur scène étaient venus trop tard pour qu'il lui pardonne un jour. Tant qu'il s'abstiendrait de poser la question, Jack n'aurait pas à affronter la réponse. La seule chose qu'il pouvait faire, c'était espérer que Javi comprenne à quel point il s'en voulait, et sache qu'il faisait tout son possible pour regagner son respect.

We'll take a cup o' kindness yet.
For auld lang syne.

Ben

Le monde entier paraissait rassemblé là.

Les gens, semblait-il, attendaient tous de voir ce qu'allait livrer ce moment qui avait suscité tant de commentaires, de tweets et d'interrogations pendant des semaines.

Les emplacements n'avaient été révélés que trois jours plus tôt, avec des centres névralgiques dans plus de vingt pays – on aurait dit une mappemonde au mur de la maison d'un voyageur, piquée de punaises sur presque tous les continents. C'était la première fois que les voix éparses de TousLiés parvenaient à converger, à se rejoindre en un seul refrain international, et tout le monde voulait savoir qui avait œuvré à ce regroupement, qui en étaient les organisateurs anonymes. Les noms de concepteurs de Silicon Valley ou de célébrités déclarées se murmuraient en même temps que ceux d'ONG importantes, d'élus locaux et de chapeaux blancs. Beaucoup se demandaient si Wes Johnson y avait apporté son soutien. Et quid de la jeune femme de la vidéo virale ? Le mystère ne faisait qu'enrichir l'engouement.

Le groupe de soutien de Ben était venu au grand complet pour l'occasion, accompagné de Nina, Amie et un ami de Nihal, tous serrés les uns contre les autres sur Times Square où la ville s'était massée pour fêter le nouvel an à peine quelques semaines plus tôt. Il faisait froid, mais personne ne semblait s'en soucier, les milliers d'individus soufflant dans leurs mains jointes et tapant des pieds avec entrain.

Le meeting commença une minute après 9 heures : c'était le matin sur le continent américain, l'après-midi en Europe et en Afrique, le soir en Asie-Pacifique. Le noir se fit sur tous les écrans géants de l'avenue, puis les mots « TousLiés » en illuminèrent les surfaces numériques. Un tonnerre d'acclamations monta de la foule.

Tout en regardant les images défiler sous ses yeux, à Manhattan, Ben s'interrogea fugacement à propos de ce qu'il se passait dans les autres pays, sans savoir que la vidéo était diffusée partout. Sur les panneaux d'affichage de Piccadilly Circus à Londres, du Carrefour Hachikō à Tokyo, du Dundas Square à Toronto. Projetée sur des écrans et des façades d'immeubles au Zócalo de Mexico, au Greenmarket Square du Cap, place de la Bastille à Paris. En streaming instantané sur Facebook, YouTube et Twitter. Même la page d'accueil de Google avait été mobilisée pour cet instant, les lettres du logo arc-en-ciel jointes par deux cordelettes entrelacées.

« Aujourd'hui, sur toute la planète, nous saluons les contributions de ceux d'entre nous qui détiennent un court segment », commença la vidéo, les mots d'un blanc dépouillé s'affichant telles des étoiles sur un ciel nocturne. « En voici quelques-unes :

— A sauvé deux cents vies en les opérant.

— A élevé seule ses trois enfants.

— A dirigé le tournage d'un film qui a remporté un Oscar.

— A mené à bien deux doctorats.

— A développé une appli iPhone. »

À chaque nouvel hommage, chaque nouvelle prouesse, les applaudissements se renforçaient.

« — A épousé son amoureux du lycée.
— A écrit un roman.
— A défendu notre pays.
— S'est présenté à l'élection présidentielle. »

Ben regarda les membres de son groupe, autour de lui, et se demanda ce que la vidéo pourrait dire de chacun d'eux. Nihal était sorti major de sa promotion, Maura venait de se marier, Carl était tonton, Lea portait les jumeaux de son frère, Terrell produisait un spectacle à Broadway, Chelsea faisait rire tout le monde. Et Hank, bien sûr, avait été médecin. Il y avait des milliers d'autres choses que Ben ignorait encore de ces gens, malgré tout le temps qu'ils avaient passé ensemble. Chacun d'entre eux avait connu qui une histoire d'amour passionnelle, qui une rupture douloureuse, ou eu des boulots aussi bien barbants qu'épanouissants. Ils étaient fils, filles, frères, sœurs. Amis.

— On vous aime ! cria quelqu'un près de Ben.

— TousLiés ! hurla un autre.

Ben ne s'était pas attendu à cette effervescence.

Il s'était dit qu'il allait entendre des dirigeants gouvernementaux ou des acteurs énumérer des platitudes. Qu'ils plaideraient pour la tolérance. Qu'on leur montrerait des photos de courts-segments d'ores et déjà disparus. Que ce serait une journée triste et pesante. Une cérémonie de commémoration de grande ampleur.

Or ce n'était pas ça du tout.

C'était exubérant, bruyant, joyeux. Une célébration de la vie. Une heure de solidarité absolue. En chaque lieu, chaque pays, chaque place publique, des gens se penchaient aux fenêtres, sortaient sur les balcons et montaient sur les toits, applaudissant, braillant et tapant sur les rambardes.

Dans cette nation – ce monde – qui n'avait aucun scrupule à déclencher des guerres, à alimenter les peurs et à se diviser, on n'avait pas oublié comment se rassembler.

Maura

Plus tard, le lendemain matin, Maura se rendrait compte que les événements avaient parfaitement, de façon presque risible, coïncidé. Que quelque chose, le destin peut-être, leur avait permis de savourer le moment à Times Square en toute quiétude, sans heurts, avant que la panique s'en mêle.

La vidéo avait pris fin depuis à peine quelques minutes, et les gens dans la rue et aux fenêtres poussaient encore cris et acclamations, portés par le courant festif, quand Lea devint soudain livide.

— Ça va ? lui demanda Maura.

— Je crois que je perds les eaux.

En quelques secondes, Maura rassembla le groupe qui forma un rempart protecteur autour de Lea et se fraya un chemin en force dans la foule compacte. Mais les participants au rassemblement ne percevaient pas l'urgence, et la progression s'en trouvait insupportablement freinée. Pendant que Ben appelait en hâte le frère et les parents de Lea, Maura jetait de petits coups d'œil à son amie qui s'efforçait de tenir bon tandis que les contractions commençaient à se succéder.

— Je vous en prie, sortez-moi de là ! supplia Lea. Je ne veux pas accoucher au Hard Rock Cafe !

— Poussez-vous ! cria Maura à la cantonade. Accouchement imminent !

Au bout d'interminables minutes de souffrance – les membres du groupe débattraient, ce soir-là, du temps *effectif* qu'ils passèrent sur Times Square, bloqués par la foule –, ils émergèrent enfin de la cohue et Carl héla un taxi.

Quand le véhicule s'arrêta, Ben et Terrell installèrent Lea sur la banquette arrière avec délicatesse.

— Je ne peux pas y aller seule ! cria-t-elle.

Les membres du groupe échangèrent de brefs coups d'œil, puis Maura, voyant les mines décomposées et les regards effrayés de ses amis, se glissa à l'arrière du taxi et donna des indications au chauffeur.

Tout au long du trajet, Lea tenta de réprimer ses cris, les cheveux déjà collés au front, trempés de sueur. Sans maquillage, les joues rougies, elle avait l'air très jeune, se dit Maura. À peine une jeune fille. Lui faire vivre de telles souffrances paraissait inhumain.

— Respire bien, lui dit calmement Maura, sans être sûre de la validité de ce conseil.

— Est-ce que quelqu'un a appelé mes…

Un gémissement interrompit sa phrase.

— Ta famille est en route, répondit Maura en caressant la main crispée de Lea qui semblait ne plus jamais devoir lâcher la ceinture de sécurité.

— Tout ça sera vite oublié une fois qu'ils seront nés, dit Lea en posant une main sur son ventre. Et on va tous les aimer très fort.

Maura fut étonnée et émue de l'assurance que manifestait la jeune femme, de l'amour qui, d'ores et déjà, émanait d'elle. Rien, dans l'épreuve que vivait Lea, n'inspirait l'envie chez Maura, mais une pensée teintée de tristesse lui traversa pourtant l'esprit. Pour ce que Nina et elle ne connaîtraient sans doute jamais.

Profitant d'un rare instant de répit, Lea murmura :

— Je suis contente d'avoir pu faire ça pour mon frère. Il a toujours été très attentionné avec moi et… il sera un super papa. Et son compagnon aussi. Peu importe si… (Elle contempla son ventre.) Je ferai toujours partie de leur histoire.

La beauté de l'instant fut brisée par une contraction, et Lea étreignit la main de Maura.

— On est presque arrivés à l'hôpital, s'exclama Maura. Ils vont te donner des antidouleurs dans peu de temps.

Lea secoua vigoureusement la tête.

— Pas de médicaments.

— Tu es folle !

— Je veux tout sentir, dit-elle, le souffle court.

— Mais tu vas devoir expulser *deux* êtres humains de ton corps !

— Je veux juste savoir si c'est vrai.

— Si c'est vrai que ça fait mal ? Je crois que tu as déjà une idée de la réponse.

Lea esquissa un sourire, les lèvres desséchées.

— Si une fois ce moment-là passé, avec le bébé dans les bras, on n'a même plus le souvenir de la douleur ?

Quand le taxi arriva à l'hôpital, la famille de Lea était déjà sur place et délivra la main de Maura de l'étreinte de son amie. Comme elle se dirigeait vers la salle d'attente en massant ses doigts engourdis, Maura fut stupéfaite d'y trouver les membres du groupe au grand complet. Chelsea était assise à côté de Sean, le contour des yeux barbouillé de mascara. Terrell s'était débrouillé pour entrer clandestinement une bouteille de champagne et se vantait de ses exploits à Nihal. Même Carl, toujours ronchon, était là.

Maura rejoignit sa femme, flanquée de Ben et Amie un peu plus loin, tous les trois encore ébahis par les événements de la matinée.

— Sacrée journée, souffla Nina.

— Comment va Lea ? demanda Ben.

— Elle n'en a pas fini, dit Maura. Mais elle est plus forte qu'on pourrait le croire.

Les heures qui suivirent virent alterner les moments d'euphorie due à la caféine ou à l'adrénaline, et un curieux mélange d'anxiété et d'ennui. Quand les pleurs se firent enfin entendre dans la salle d'attente, Maura revenait d'une expédition café. Elle s'arrêta en entrant : Terrell était en train de servir du champagne dans des gobelets en carton. Sean et Nihal échangeaient des *checks* enthousiastes et Chelsea bondissait sur place, ses bottes à talons claquant sur le sol.

Maura observa chaque visage de ce groupe d'inconnus qui en était venu à former une famille. Tous avaient pleuré ensemble à la mort de Hank, et ils se réjouissaient maintenant que Lea ait mis au monde deux nouvelles vies.

Elle déposa le café sur une table et se glissa vers Nina qui lui tournait le dos, l'étreignit et lui embrassa la nuque, emportée par l'émotion du moment.

— Te voilà ! s'écria Nina en souriant. Tu as failli manquer ça.

Mais Maura savait qu'elle n'avait rien manqué. Ce dont elle avait été témoin dans le taxi, quand Lea caressait les deux bébés qu'elle portait encore, c'était de l'amour sous sa forme la plus pure, la plus intense. Et Maura le connaissait, elle aussi. Elle tenait dans ses bras tremblants d'émotion *sa* source d'amour.

Quelques minutes plus tard, les battants de la salle de naissance s'ouvrirent en grand et le frère de Lea en surgit.

— Un garçon *et* une fille ! lança-t-il, encore bouleversé.

Quel bel augure, songea Maura, *de venir au monde un jour pareil, quand le monde entier se rassemble pendant un instant lumineux.*

Et ses amis – ivres de joie et un peu de champagne – accueillaient en leur cercle ces nouveau-nés, plus jeunes habitants de la planète, membres les plus récents d'un monde de souffrances inimaginables et de joies infinies, les secondes jamais loin des premières.

Quand Maura put aller voir Lea, la jeune femme tourna vers elle un regard plein de larmes.

— Merci d'être restée à mes côtés dans le taxi.

— Je t'en prie, dit Maura en admirant l'un des jumeaux niché au creux du bras de Lea.

Tous deux étaient aussi épuisés l'un que l'autre, et aussi bien l'un avec l'autre. Maura lisait quasiment la réponse à sa question dans l'attitude de Lea, formant un cocon autour de l'enfant, mais sa curiosité l'emporta :

— Alors, c'est vrai ? demanda-t-elle.

Et Lea se borna à lui répondre d'un sourire espiègle, gardant pour elle le plus grand secret qui soit.

PRINTEMPS

Amie

Amie avait passé sa vie à lire des romans à l'eau de rose et à rêver du grand amour. Mais voir Ben au mariage de Nina et Maura lui avait rappelé que la vie ne se déroulait jamais comme dans les livres ou les fantasmes qu'elle orchestrait elle-même. Et elle ne pouvait pas tourner le dos à Ben sans se demander à tout jamais ce qui aurait pu se passer.

Des mois plus tard, elle se souvenait des moindres détails de ce rendez-vous. Ben l'avait courageusement réinvitée quelques jours après le mariage et elle avait accepté. Ils s'étaient rejoints à l'angle sud-est de Central Park, puis avaient marché en direction du nord, longeant l'étang puis le zoo et piquant peu à peu vers le lac, à l'ouest. C'était un de ces jours de printemps exceptionnels où brillait un soleil flamboyant tandis que le vent restait modéré. Amie et Ben sentaient à peine le froid, assis sur un banc au bord du lac et admirant les tours San Remo qui culminaient au-dessus des arbres. Amie trouvait qu'elles faisaient partie des plus beaux immeubles de la ville.

— Les temples corinthiens qui les coiffent sont inspirés d'un monument d'Athènes, dit Ben.

Amie sourit.

— Tu connais des anecdotes amusantes dans tous les domaines.

— Surtout celui de l'architecture. (Il se pencha en avant, brandissant un index très professoral et prit un accent snob :) *Saviez-vous* que Central Park compte près de dix mille bancs ? Et que, pour une moitié d'entre eux, ils ont été adoptés ?

— Je suppose que pour « adopter » un banc, il faut verser une donation substantielle au parc ?

— Environ dix mille dollars, précisa Ben en riant. Mais ensuite on a le droit de mettre sur le banc une plaque mentionnant absolument ce qu'on veut, ce qui n'est pas mal du tout. Les bancs proches du lac étaient parmi les plus courus. Ils sont vendus depuis des années.

Amie se retourna pour voir si leur banc était pourvu d'une plaque. Les mots d'un certain E.B. White y figuraient, gravés sur une mince plaque métallique fixée sur le dossier : « Je me lève le matin partagé entre le désir de sauver le monde et celui de le savourer. Ce qui n'aide en rien à programmer la journée. »

Au cours des mois qui suivirent cette balade au parc, Amie et Ben avaient fait tout ce qu'ils pouvaient pour savourer le temps qu'ils passaient ensemble. Il l'emmena faire le tour de ses immeubles et lieux préférés, et elle, dans ses librairies préférées. Elle le rejoignit au meeting TousLiés sur Times Square et il vint dans sa classe pour la Journée d'orientation. Amie fut émerveillée de l'aisance dont il fit preuve avec les élèves.

Au fil de leurs lettres, ils s'étaient déjà familiarisés, si bien qu'une fois face à face, ils se sentirent presque instantanément bien, sans le stress des débuts. Ils savaient tous deux que l'enjeu de leur relation naissante était plus élevé que dans la plupart des cas, mais Amie éprouvait le même sentiment d'urgence que le soir du mariage de Nina. Son avenir avec Ben – qu'ils vivent une brève aventure ou quelque chose de plus sérieux – était pour l'heure encore incertain. La seule chose dont elle était *sûre*, c'était qu'elle voulait saisir cette chance et voir où cela pouvait mener.

Bien sûr, Amie n'avait pas oublié ses hésitations initiales ni ses craintes persistantes. Elle avait peur de ne pas être assez forte pour soutenir Ben, de ne pas réussir à rester la femme de ses lettres, de devenir la personne anxieuse qui ne pouvait pas s'empêcher de redouter le deuil.

Ben percevait bien ces tiraillements. Quand il invita Amie à venir déjeuner chez ses parents, il formula la chose avec beaucoup d'égards.

— Ils seraient heureux de faire ta connaissance. Et moi je serais heureux que tu les rencontres, mais je ne veux pas précipiter les choses si tu ne te sens pas à l'aise. À aucun moment je ne veux que tu te sentes piégée.

Piégée. Le mot était lourd de sens, se dit Amie, suggérant clairement que c'était plus qu'un simple dîner pour Ben.

Mais elle avait décidé de se joindre à eux, elle en avait *envie*. Elle prit place en face des parents de Ben, à table, et ils se racontèrent les hauts faits de leurs carrières d'enseignants – les dix centimètres de cheveux qu'il avait fallu couper à Amie pour en extraire un chewing-gum collé, les trois paires de lunettes de Ben piétinées par les élèves inattentifs de son père, les menaces de renvoi brandies à l'encontre de sa mère par des parents furieux des mauvaises notes de leurs enfants.

Comme la mère de Ben servait des petits gâteaux avec le café, Amie la vit lancer à son fils un bref regard qu'elle reconnut pour l'avoir elle-même adressé à Nina la première fois qu'elle avait rencontré Maura, presque trois ans plus tôt. Un regard qui disait : *Cette fille me plaît, elle est bien pour toi.*

Un regard plein d'enthousiasme, de joie et, plus important encore, d'espoir. Amie se rendit alors compte que Ben et elle n'étaient plus les seuls concernés par leur histoire. Elle savait que Ben avait beaucoup hésité à révéler à ses parents la vérité au sujet de son segment. Elle se demandait donc si les parents de Ben se disaient que, désormais, tous *leurs* rêves – le bonheur de leur unique enfant, la possibilité d'avoir des petits-enfants – reposaient sans doute sur elle.

Pendant un instant terrible, elle ne fut pas sûre d'être capable de répondre à leurs désirs, et sentit l'étau se resserrer autour de sa gorge. Jusqu'à ce que le père de Ben aborde le sujet des cordelettes, pour la première fois de la soirée.

— Je vais vous dire une chose, Amie, je suis content que ma femme et moi ayons pris notre retraite avant toute cette histoire. Je ne vous envie vraiment pas d'avoir à faire face à toutes les interrogations et angoisses des élèves.

— En réalité, nous avons pour consigne de ne pas parler des cordelettes en classe, expliqua Amie. Honnêtement, j'ai beaucoup de mal avec ça. Par moments, j'ai l'impression de mentir aux élèves, ou de trahir leur confiance en évitant d'approfondir le sujet avec eux. J'ai l'impression de ne même pas pouvoir honorer leurs questions d'un semblant de réponse, si incomplet soit-il.

La mère de Ben posa une main sur le bras d'Amie.

— Vous avez l'air d'être attachée à vos élèves. Au fond, tout ce qu'ils ont besoin de savoir, c'est que s'il leur arrive d'avoir peur, mal, ou de traverser des difficultés, ils peuvent venir vous trouver. Et ça, je suis sûre qu'ils le savent, sans même que vous ayez à le formuler.

En écoutant la mère de Ben, Amie se rendit compte que c'était ainsi qu'elle se sentait avec Ben. Elle lui faisait confiance de tout son être, lui montrait ses bons et mauvais côtés sans gêne, et ce, depuis la toute première lettre qu'elle lui avait écrite. Que les parents de Ben nourrissent des espoirs de leur côté n'avait pas d'importance, ce n'était pas un fardeau supplémentaire. Amie était en train de tomber amoureuse de Ben. Quels que soient les souhaits de ses parents, elle les partageait.

Tandis que le dessert se muait en partie de mimes – Ben et Amie raflèrent la victoire avec une imitation de la scène des pilules bleue ou rouge dans *Matrix* –, Amie se laissa envelopper, une fois de plus, par cette bulle de bonheur, cette détente chaleureuse qu'elle avait ressentie en dansant avec Ben au mariage.

Elle se sentait bien, paisible même. Tout sauf piégée.

Le printemps venu, Amie et Ben projetaient déjà de s'installer ensemble. Aussi, quand, un après-midi, il lui demanda de le rejoindre à Central Park, elle comprit ce qu'il préparait.

Elle enfila alors une de ses robes préférées et partit pour le parc, comptant sur la marche pour dissiper l'anxiété qui lui tordait le ventre.

Cela lui faisait un drôle d'effet de se dire que la prochaine fois qu'elle emprunterait cet itinéraire, tout serait différent. Elle serait fiancée à l'homme qu'elle aimait, la personne en qui elle avait eu confiance avant même de connaître son nom.

Elle était heureuse. Elle fut donc stupéfaite de se retrouver soudain devant la grille en fer forgé de l'immeuble Van Woolsey et comprit que, inconsciemment, ses pas la menaient peut-être jusque-là depuis le début.

Elle s'arrêta devant, comme elle l'avait fait bien souvent, et leva la tête pour en embrasser du regard toute l'immensité : la façade néo-Renaissance, les rangées de fenêtres entrouvertes, l'arche monumentale qui laissait entrevoir la cour.

Et tandis qu'elle contemplait ce bel immeuble, la vérité la submergea. Jamais elle ne vivrait là.

Depuis le début, Amie savait que Ben voulait élever ses enfants dans une petite maison de quartier résidentiel, comme celle de son enfance, avec une cour juste assez en pente pour faire de la luge quand il neigerait. Ce qu'Amie trouvait parfait. Mais si elle épousait Ben, elle serait un jour seule pour élever ses petits avec son unique salaire d'enseignante, et qui pouvait dire où ils vivraient, à ce moment-là ?

Peut-être, une fois les enfants à l'université, retournerait-elle vivre à Manhattan ? Elle transférerait son nid vide – beaucoup trop vide, alors – dans un immeuble moins coûteux que celui devant lequel elle se trouvait à cette heure.

Le gardien s'étant éloigné de sa guérite, Amie s'approcha timidement de la grille et regarda le jardin impeccable. Pour l'heure, il était désert, et Amie se rendit soudain compte qu'il l'était *toujours*, chaque fois qu'elle passait. En fait, elle ne se rappelait pas avoir jamais vu quiconque assis à côté de la fontaine ou en train de boire un café sur l'un des bancs blancs en arc de cercle, et certes pas un couple ou une famille profiter de ce paradis privé.

Des centaines d'habitants menaient sans doute des vies heureuses au-delà de cette grille, pourtant l'immeuble semblait dénué de vie, surtout comparé au quartier toujours animé de Broadway où Ben et elle s'étaient si souvent promenés main dans la main.

— En quoi puis-je vous aider, madame ?

Le gardien avait surgi devant elle et la toisait d'un air soupçonneux.

— Oh, excusez-moi, je regardais, c'est tout.

— Vous envisagez de louer un appartement ? demanda-t-il.

Amie marqua un temps d'arrêt, contempla la cour déserte, derrière elle, et le fantasme qui la berçait depuis son installation à New York, huit ans plus tôt.

— Non, dit-elle avec un sourire.

Le gardien lui adressa un petit signe de tête, puis elle se détourna de l'immeuble, du rêve qu'elle ne devait pas vivre, et s'éloigna dans la rue, l'esprit empli de nouveaux désirs. Elle avait dû s'imaginer dix versions différentes de la demande en mariage imminente : sur la passerelle de Bow Bridge, sur le lac à bord d'une barque, dans le Shakespeare Garden.

Mais elle savait que ce ne serait rien de tout cela. Ce serait plutôt en quelque lieu secret possédant une histoire que seul Ben connaissait.

Et tandis qu'elle marchait dans la rue pour aller le rejoindre, la mélodie lui revint en tête, cette chanson qui les avait unis tous les deux. « *Whatever will be, will be.* » *Certaines choses ne peuvent pas se maîtriser*, songea-t-elle.

Mais tout le reste ?

Toutes les décisions que l'on prend, jour après jour ? L'individu que l'on choisit d'être, la façon dont on choisit d'aimer ?

La décision d'ouvrir ou de ne jamais ouvrir sa boîte.

La décision qu'Amie avait prise le jour du mariage de sa sœur, de rentrer pour rejoindre Ben.

La décision qu'elle allait prendre dans quelques instants, la réponse qu'elle donnerait à Ben.

Et la vie qu'ils construiraient ensemble, autour des rêves qu'ils décideraient de poursuivre.

Ben

Un dimanche après-midi, comme il sortait de son appartement, Ben fut accueilli par les premiers frémissements du printemps : les arbres commençaient à s'ébrouer, une brise légère charriait l'odeur de l'herbe fraîche et les effluves en provenance des food-trucks. Le groupe de parole se réunissait plus tôt ce jour-là pour aller à la bibliothèque publique de New York ; tous voulaient voir la nouvelle exposition organisée par des membres éminents du mouvement TousLiés pour marquer le premier anniversaire de l'arrivée des cordelettes, – et dont la pièce maîtresse était une sculpture constituée des cordelettes authentiques de cinq cents personnes.

Cette manifestation marquait l'entrée de TousLiés dans le monde de l'art, ainsi que celle des cordelettes, phénomène toujours au cœur de l'actualité. *Peut-être, dans les années à venir, y en aura-t-il d'autres*, se dit Ben. Les cordelettes et leurs boîtes ne pouvant être détruites, les musées du monde entier avaient endossé la mission de recueillir auprès de quiconque souhaitait en faire don ces objets inaltérables, reliques d'autant d'existences, pour les conserver. Les segments qui n'étaient pas légués à des musées trouvaient habituellement leur place parmi les objets de famille, conservés sur les linteaux de cheminées ou dans des malles. Nombreuses étaient les boîtes qui tenaient lieu d'urnes funéraires. D'autres, cependant, étaient enterrées avec leurs propriétaires, ouvertes ou à tout jamais closes.

Pendant le trajet en métro menant à la bibliothèque, Ben repensa à son groupe de soutien dont l'effectif était réduit, désormais, depuis le décès de Hank, le départ de Chelsea qui, grâce au réseau d'échange de domicile pour courts-segments, habitait maintenant sur la côte mexicaine, et le déménagement de Terrell à San Francisco. Il s'était réveillé un matin dévoré par l'envie de prendre un nouveau départ et, en l'espace d'une semaine, s'était installé à l'autre bout du pays, devançant la tournée nationale imminente de sa comédie musicale.

Ben jeta un coup d'œil aux publicités horizontales qui défilaient à la limite du plafond de la voiture : une nouvelle entreprise diététique, un médicament contre les troubles de l'érection, et une annonce fleurie de roses pour les premières de « Bachelor, le gentleman célibataire long-segment » et « Bachelor, le gentleman célibataire court-segment ». (La candidature de Chelsea n'avait pas donné suite, à la grande déception de la jeune femme.)

— J'ai trop hâte de voir les nouvelles saisons, s'écria une adolescente assise non loin de Ben.

— Tu m'étonnes. Moi, je regarderai les deux, c'est sûr, renchérit son amie. J'ai peur que la version court-segment soit trop triste pour moi, mais il y aura sûrement plus de rebondissements.

Neuf mois plus tôt, leur conversation aurait empli Ben d'un sentiment d'angoisse, de solitude ou de colère, mais à présent elle semblait se fondre dans le décor de sa vie, tandis que les propos de ces deux filles étaient absorbés par le raffut ambiant du métro.

Non que Ben soit devenu insensible. Il était toujours profondément affligé d'entendre la plupart des experts annoncer la nomination d'Anthony Rollins en juillet, et son installation à la Maison Blanche en novembre. Sa campagne avait bénéficié du fait que, juste avant le début des primaires dans les États, la femme qui avait abattu Hank faute d'assassiner Anthony avait été condamnée à la prison à vie. Elle était la seule des courts-segments auteurs d'attentats à avoir survécu, si bien que sa peine faisait sans doute symboliquement justice pour tous ceux qui l'avaient précédée. Du reste, la campagne de Rollins n'avait pas lésiné sur les moyens pour dépeindre la prévenue comme une *terroriste*, maintenir le souvenir de son agression dans tous les esprits et entretenir la nervosité des électeurs. Anthony Rollins allait crier victoire.

Ben était déçu, mais il refusait de désespérer. Le changement, véritable, durable, prendrait du temps, il le comprenait, et exigerait plus que des coups d'éclat. Mais TousLiés évoluait tous les jours, ne cessant d'apprendre des mouvements de défense des minorités qui l'avaient précédé. Depuis le rassemblement de janvier, les gens continuaient à partager les contributions que des courts-segments apportaient dans leurs vies sous le hashtag TousLiés. Il y avait des conférences TED, des collectes de fonds et des tables rondes d'experts. Des portraits de courts-segments et de militants TousLiés dans de nombreux magazines internationaux. Des personnalités courts-segments commençaient même à faire des apparitions à la télévision et dans des films. La jeune fille sud-africaine de la vidéo virale atteignit l'âge de vingt-deux ans au printemps et décida de ne pas ouvrir sa boîte. On s'attendait à ce que son exemple soit largement suivi.

De plus, l'avenir personnel de Ben était empli d'événements heureux. Dans quelques mois, il allait couper le ruban à l'inauguration du splendide centre des sciences du nord de l'État de New York, point d'orgue de près de deux ans de travail. Il avait demandé en mariage la femme qu'il aimait et qui, par ce qui lui semblait un miracle, lui rendait son amour. Ses parents étaient ravis. Peut-être était-il devenu plus apte à vivre avec son court segment, comme le lui avait un jour promis le dépliant du groupe de soutien.

En se levant pour descendre de la rame, Ben ne put s'empêcher de penser qu'il s'était écoulé une année entière depuis l'arrivée des boîtes. Trois cent soixante-cinq jours, une révolution terrestre. Son monde était incroyablement différent désormais, et beaucoup des personnes qu'il aimait le plus, il les avait rencontrées dans ce laps de temps.

À l'intérieur de la bibliothèque, vaste édifice en marbre, Ben et Maura contemplèrent une sculpture représentant un arbre de presque trois mètres de haut dont les branches étaient ornées de cordelettes en lieu et place des feuilles. Sur le socle, au pied de l'arbre, figuraient cinq cents noms.

— Le magazine de Nina vient de faire un portrait de l'artiste, dit Maura. Apparemment, il a réalisé son œuvre en se servant de cordelettes, mais il n'a toujours pas regardé la sienne. Il dit que s'il se découvrait un court segment, il se sentirait trop angoissé par le délai limité pour faire du bon travail, et au contraire, s'il s'en découvrait un long, pas assez soumis à la pression du temps.

Un peu plus loin dans l'exposition, Lea et Nihal regardaient une vidéo qui passait en boucle, une interview du plasticien – un homme d'une petite quarantaine d'années avec un lourd pendentif en or au cou. Ben les rejoignit juste au moment où la vidéo redémarrait du début.

« L'idée de ce projet m'est venue pendant un voyage au Japon, racontait-il. J'ai visité Teshima Island, où Christian Boltanski avait créé en 2010 une pièce intitulée *Les archives du cœur*, un enregistrement audio de battements de cœur glanés partout dans le monde.

« J'ai voulu faire quelque chose de similaire avec les cordelettes. Pour beaucoup d'entre nous, c'est un objet très personnel, que seuls un petit nombre de proches et nous-mêmes serons amenés à voir. J'ai donc voulu créer un aperçu qui aille dans le sens inverse, une présentation publique de ces cinq cents cordelettes, de ces cinq cents âmes, nées dans différents pays et différentes villes, avec des segments de toutes longueurs. Mais il était important à mes yeux que tous les noms et toutes les cordelettes soient traités de façon identique. Les spectateurs ne sauront jamais quel segment correspond à quel nom.

« L'arbre, bien sûr, était la structure idéale. L'arbre de vie. L'arbre de la connaissance. Qui nous rappelle que nous prendrons tous notre ultime repos sous terre, en nourrissant la vie qui pousse au-dessus de nous.

« Nous, les humains, sommes tous à un moment de notre existence tentés de signaler notre présence d'une façon qui semble définitive. Nous griffonnons nos noms sur les tables d'école. Nous les peignons à la bombe sur les murs. Nous les gravons dans l'écorce. Je voulais que cette sculpture ait la même fonction, qu'elle proclame que ces cinq cents humains-là – avec leurs longs, moyens et courts segments – ont été *là*. »

QUELQUES ANNÉES PLUS TARD

Javier

Javi se révéla un soldat exemplaire, respecté de ses camarades et véritablement apprécié de tous. Et il était toujours prêt à se lancer dans l'action.

Y compris maintenant, alors qu'il affrontait seul ce qu'il savait être la fin de sa cordelette. Il était prêt.

Il écrivit à ses parents une lettre leur expliquant le mensonge qui avait lancé sa carrière, et la cacha sous sa couchette, sachant que quelqu'un l'y trouverait après son décès, quand on rassemblerait ses effets personnels. Il avait mis des mois à trouver les bons mots, mais il ne pouvait pas laisser ses parents dans le chagrin et l'ignorance. Ils méritaient de connaître la vérité sur l'échange de cordelettes, de savoir que c'était le choix de leur fils. Toutefois, à aucun moment Javi ne cita Jack, en espérant que cela suffise à protéger son ami.

Chaque matin, tel un rituel, Javi vérifiait que la lettre était à sa place, sous le matelas, effleurant l'enveloppe du bout des doigts avant de s'en aller pour la journée.

Un après-midi, alors que Javier se trouvait en compagnie de son ami le capitaine Reynolds, l'officier supérieur les fit appeler par radio. On avait besoin de leurs services pour le sauvetage en urgence d'un pilote et de deux médecins dont l'avion venait d'être abattu en territoire ennemi. Les trois passagers avaient été éjectés de l'appareil, on les supposait en vie.

Javi et Reynolds rassemblèrent rapidement leur équipement et se dirigèrent vers l'hélicoptère.

— Où sont les paras-sauveteurs ? demanda Reynolds.

— Ici, mon capitaine !

Deux militaires surgirent derrière l'appareil, prêts à partir. Javi s'installa à la place du copilote, à droite de Reynolds, tandis que la mécanicienne et les sauveteurs prenaient place à l'arrière.

Pendant que l'hélico s'élevait dans les airs, une voix les informa par radio :

— Vous recherchez deux hommes et une femme. Notre pilote et deux bénévoles de Médecins sans frontières.

Le temps était trop couvert pour permettre de repérer et hélitreuiller les survivants. Ils furent donc obligés de se poser. Reynolds et la mécanicienne restèrent à bord de l'engin ; Javi et les deux paras-sauveteurs partirent crapahuter dans les bois clairsemés.

Une chance, se disait Javier. Le camouflage était plus facile parmi des arbres que dans des plaines désertiques.

Au bout d'une vingtaine de minutes de marche, ils localisèrent les rescapés, le visage et les membres maculés de boue et de sang, cachés derrière un tronc d'arbre imposant. Les deux hommes étaient blessés – le pilote souffrait de brûlures et l'un des médecins avait la jambe en sang – et la femme s'efforçait de s'occuper d'eux.

Javi appela par radio Reynolds et leur commandant, à la base.

— Nous avons les trois survivants. Terminé.

Les deux paras s'accroupirent pour examiner les blessures de chacun. Javi s'adressa à la femme.

— Capitaine Javier García, annonça-t-il. Vous avez fait du très beau boulot, madame.

— Anika, répondit la femme. Docteur Anika Singh.

— On va vous ramener en sécurité, docteur Singh.

Le pilote pouvait marcher, mais le médecin blessé eut besoin d'aide même pour se redresser. Ils allaient se mettre tous les six en route, le médecin appuyé sur l'épaule du plus jeune des paras, quand la radio grésilla. La voix de l'officier supérieur s'éleva :

— On nous signale des forces ennemies près de votre position. Vous me recevez ?

— Bien reçu, répondit Javi.

Anika et son confrère s'immobilisèrent, quêtant du regard les ordres des soldats.

— On est nombreux, énonça le para le plus âgé qui réfléchissait tout haut. Faciles à repérer.

— Avec deux blessés, compléta Anika.

Comme un fait exprès, le rugissement d'un moteur d'engin tout-terrain se fit entendre au loin.

Javi lut la peur sur les visages des médecins trempés de sueur – ou peut-être de larmes. *Ce ne sont que des civils*, se dit-il, *et ils sont là parce qu'ils voulaient changer la donne.*

— Je vais faire diversion, proposa Javi. Courir dans la direction opposée à la vôtre, tirer quelques coups de feu en l'air pour attirer leur attention, puis décrire un cercle et vous retrouver à l'hélico.

— Ça ne me dit rien, dit le para le plus âgé en secouant la tête.

— C'est notre seule chance, contra le pilote en grimaçant.

— Ça va aller, objecta le jeune para. Il ne risque rien, hein !

Le premier sauveteur eut envie de réprimander son camarade pour sa désinvolture, mais il savait que ce n'était pas sa faute. La plupart des membres de la section raisonnaient de la même manière. Il était lui-même de cet avis, avant. Et puis il avait vu un ami s'engager sans hésiter dans un champ de mines, persuadé qu'il ne pouvait pas mourir, et perdre brutalement les deux jambes. *Conneries de cordelettes*, songea le para. *À cause d'elles, tout le monde se sent invincible.*

Jusqu'à ce qu'un drame survienne.

— Je vous laisse juger si c'est la bonne décision. Mais je suis prêt, déclara Javi.

L'aîné des paras n'avait aucune envie de se séparer d'un des membres de son groupe, mais il ne pouvait faire abstraction des civils dont il était maintenant responsable. Et il voyait mal comment ils auraient pu couvrir plus de deux kilomètres à pied sans se faire repérer alors que deux personnes boitaient.

— C'est bon, finit-il par dire. Vous êtes un type courageux, García.

Après un temps qui lui sembla beaucoup trop long, Reynolds vit le groupe apparaître entre les arbres. Ils n'étaient que cinq.

— Où est mon copilote ? cria-t-il pendant que les paras aidaient les deux blessés à grimper à l'arrière de l'hélico.

— Il arrive, dit le plus jeune.

Le reste du groupe monta à bord. Reynolds était prêt à entamer la procédure de décollage, mais Javi n'arrivait toujours pas.

Une minute s'écoula, puis une autre.

Ils entendirent alors les moteurs.

— Merde.

Reynolds sentit un frisson d'angoisse l'étreindre, mais il continua d'attendre.

Le rugissement des tout-terrain se précisa. Le médecin blessé gémit. Le pilote qui venait d'être sauvé haletait, le souffle court, et le genou de la mécanicienne tressautait nerveusement. Le para le plus âgé, assis juste derrière Reynolds, se pencha vers lui.

— Rappelez-vous que nous avons deux civils avec nous, capitaine.

— Je ne veux pas laisser García.

Les engins ennemis se rapprochaient.

Le jeune para, à voix basse pour ne pas alarmer les médecins, glissa :

— Putain, Reynolds, on est archi visibles au sol !

— Laissez-lui une chance d'arriver ! rétorqua l'intéressé, à cran.

Puis il se souvint d'une chose que son supérieur lui avait dite un jour : malgré tous les dégâts qu'elles avaient causés, les cordelettes avaient au moins été bénéfiques sur un plan : aucun soldat, sachant quand il devait mourir et choisissant sa voie en conséquence, n'aurait plus à mourir seul.

Reynolds réfléchissait : même s'il décollait maintenant, s'il abandonnait son ami en territoire ennemi, Javi avait de toute façon un long segment. Il survivrait.

Des détonations éclatèrent. Leurs assaillants les avaient repérés.

— Reynolds, nom de Dieu !

— Nous reviendrons le chercher, dit-il plus pour lui-même que pour les autres.

Adossé à un tronc d'arbre, Javi entendit l'hélicoptère passer au-dessus de lui et vit son unique chance de salut s'éloigner.

Non, pas de salut. L'hélico lui aurait fait gagner quelques heures, peut-être. Une chance d'envoyer un ultime message à ses parents. Mais depuis cinq ans, il terminait tous ses appels téléphoniques à sa famille par les trois mots qu'il leur aurait dits à présent. Les seuls qui comptaient.

Javi comprima de nouveau la plaie qu'il avait au torse, la balle enfouie quelque part en lui, puis chercha quelque chose tant bien que mal dans son sac à dos. Il mit un moment mais finit par trouver. Une vieille carte de prière aux coins usés, que ses doigts tachèrent de sang.

Il la tint à la hauteur de son visage.

La carte que Gertrude avait transmise à son amoureux, puis Simon à son camarade Cal, celui-ci à son petit-fils, et enfin Jack à Javi, que ce dernier avait d'abord refusée.

Et Javi récita d'une voix faible cette prière que tous les précédents possesseurs de la carte avaient lue un jour. Ainsi, il ne mourrait pas seul.

Jack

La mort de Javier avait causé un choc au sein de l'armée, tout le monde pensant qu'il était un long-segment. Bien que personne ne soit au courant des actes et intentions du jeune officier, le haut commandement ne tarda pas à supposer qu'une supercherie avait dû se jouer entre sa formation et son ultime mission. Les cordelettes ne mentaient jamais, les humains, si.

Les autorités militaires avaient pris contact avec Mr et Mrs García après la restitution des effets personnels de leur fils, en leur demandant de ne parler à aucun organe de presse tant que les instances de l'armée n'auraient pas décidé de la meilleure stratégie à adopter.

Javier n'était pas le premier court-segment mort au combat après le vote de la loi STAR, car beaucoup de soldats avaient été maintenus à leur poste au nom de la clause d'antériorité. Mais la mort de Javi fut la première à instiller un soupçon de fraude délibérée. Les parents de Javi reçurent l'autorisation de faire procéder à des obsèques de vétéran, mais la fonction précise de leur fils au sein de l'armée – notamment son habilitation au combat – ne devait pas être abordée.

Peu après l'avoir reçue, Mr et Mrs García donnèrent à Jack une lettre qui leur avait été envoyée non décachetée par le capitaine Reynolds, qui l'avait découverte sous le matelas de Javi.

Lorsque Jack tenta de la lire, il ne put aller au-delà de la deuxième ligne sans se mettre à pleurer. Mais il était décidé.

Mami y Papi,

Je sais qu'à cette heure, vous êtes en état de choc, plongés dans le chagrin, et je suis vraiment désolé de la souffrance que je vous ai causée. Mais je veux que vous sachiez que je ne pouvais pas faire autrement.

Il y a cinq ans, après l'arrivée des boîtes, un ami proche et moi avons décidé d'échanger nos cordelettes pour que je puisse entrer dans l'armée en tant que long-segment et obtenir une affectation sur le terrain, où on avait le plus besoin de moi.

Je voulais laisser mon empreinte sur le monde et aider les gens. Vous m'avez tous les deux appris à accorder la priorité aux autres. Je ne pouvais pas laisser mon court segment m'en empêcher.

Voilà un an, j'ai vu un petit garçon se perdre dans la zone de tirs et je l'ai sorti de là avant qu'il lui arrive quelque chose. Je repense souvent à lui, avec ses cheveux noirs en broussaille et ses bras aussi maigres que les miens ont dû l'être par le passé.

Je prie pour que vous trouviez du réconfort dans la certitude que nous nous reverrons un jour. Que je vous attendrai, aux côtés du reste de notre famille. C'est cette foi – la foi que vous m'avez inculquée – qui m'a permis de rester fort pendant tout ce temps.

Je m'en veux beaucoup d'avoir menti – à mon pays, à ma famille – au sujet de mon segment. Mais je ne considère pas avoir falsifié la vérité à propos de qui je suis. Je pense au contraire l'avoir découverte, en devenant le capitaine Javier García, soldat de l'armée des États-Unis. Et j'espère vous avoir rendus fiers de moi.

Los amo mucho,
Javi

Les parents de Javier supposèrent que Jack était « l'ami proche » mentionné dans la lettre, aussi celui-ci avoua-t-il, au moins en partie. Il ne parla pas de ce qui avait motivé l'échange de son côté, ni du fait que c'était *lui* qui l'avait initialement proposé, car il ne voulait pas entacher le récit de Jack.

Mais les parents de Javi ne savaient que faire de cette lettre à présent. Ils étaient accablés de chagrin. Et ils craignaient des conséquences potentielles si quelqu'un d'autre venait à lire la confession de Javi. Pourtant, Jack savait qu'en dissimulant la vérité sur la mort de Javi, les instances militaires cherchaient surtout à gagner du temps pour le Président Rollins. Son oncle était en pleine campagne pour sa réélection, personne n'avait envie que se répande l'histoire d'un jeune court-segment latino ayant sciemment grugé l'armée des États-Unis et enfreint l'une des mesures fondatrices du nouveau gouvernement. Jack craignait que la vie de son ami et son sacrifice suprême soient passés sous silence, gommés afin de préserver la réputation chancelante de son oncle. Il ne pouvait pas laisser faire ça… quelles que soient les conséquences qu'il aurait à affronter.

Il s'ouvrit de ses craintes aux parents de Javi, leur raconta comment leur fils l'avait encouragé à se battre au nom de tous les courts-segments. Peut-être était-il en mesure de le faire à présent, en dévoilant son histoire et celle de Javi.

Ils savaient tous les trois que révéler l'échange de cordelettes risquait de provoquer un retour de bâton, mais se taire aurait été prendre le parti du gouvernement, en suggérant que la mort de Javi était source de honte. Or les parents de Javi n'éprouvaient pas de honte. Ils étaient aussi fiers de leur fils qu'ils l'avaient toujours été.

Avec leur bénédiction, Jack mit un plan au point.

Quatre ans plus tôt, Jack avait demandé à être réaffecté à New York afin de quitter au plus vite Washington, une fois son oncle et sa tante installés à la Maison Blanche. Il avait noué quelques amitiés parmi les informaticiens de son petit bastion de cyber-commandement, et il était sorti avec des jolies filles dont la plupart, toutefois, ne s'intéressaient à lui que parce qu'elles le croyaient détenteur d'un court segment qui leur permettrait d'assouvir le fantasme pervers d'une destinée à la Jackie Kennedy en épousant le fils maudit d'une dynastie de pouvoir.

Jack s'était fait un devoir de prendre part à chaque rassemblement de TousLiés qui avaient lieu dans la ville. Javi et lui s'échangeaient alors des lettres plusieurs fois par an, mais celles de Javi étaient toujours infiniment plus intéressantes.

La jubilation que Jack éprouvait à défier son oncle s'était atténuée avec le temps, surtout depuis son élection, et ni le travail ni les moments de plaisir ne lui apportaient beaucoup de satisfaction. Il s'était peu à peu laissé gagner par le désœuvrement d'autrefois. Privé du soutien qu'étaient pour lui les attentes de sa famille, il courait le risque de basculer facilement, de se perdre dans le marasme de cette vie ordinaire à laquelle il avait tant aspiré par le passé.

Mais en cet instant, une photocopie de la lettre de Javier entre les mains, il se sentait à nouveau investi d'un but.

Il arriva à l'entrée de l'immeuble en grès rouge abritant le QG de la Fondation Johnson. Après avoir perdu les présidentielles, le sénateur Wes Johnson avait mis sur pied cette organisation à but non lucratif destinée à fournir des ressources aux courts-segments et à promouvoir l'égalité des détenteurs de tous segments. En dépit des grandes avancées menées par le mouvement TousLiés, il restait beaucoup d'obstacles à surmonter car les préjugés en défaveur des courts-segments se révélaient plus faciles à établir qu'à éradiquer.

Jack s'était tenu au courant des activités de la fondation ces dernières années, l'équipe œuvrant à instaurer des protections juridiques pour les courts-segments dans divers domaines : emploi, inscriptions dans les établissements scolaires et universitaires, emprunts bancaires, soins médicaux, adoptions. Un mois plus tôt, la fondation avait lancé une initiative en faveur du droit à mourir dans la dignité pour toute personne en fin de segment qui préférait s'éteindre paisiblement, entourée d'êtres chers, plutôt que s'en remettre au hasard du destin.

Passé les portes à tambour, un assistant le conduisit à l'étage, au bureau de la nouvelle directrice de la communication, Maura Hill.

— Asseyez-vous, je vous en prie, monsieur Hunter.

Maura, décontractée, resta debout en appui sur le bord de son bureau. Jack, lui, s'assit dans un fauteuil en cuir.

— Je dois dire que j'ai été très étonnée d'apprendre que le neveu du Président sollicitait un entretien, lança-t-elle.

Jack lui adressa un hochement de tête poli.

— Je viens de la part de mon ami, Javier García, capitaine de l'armée de l'air. Il a récemment été tué au combat.

La bouche sèche, tout à coup, il prit le verre d'eau placé devant lui et but une gorgée.

— Je suis navrée de l'apprendre…

Jack s'éclaircit la voix et s'arma de courage. Il s'apprêtait à prononcer des mots qu'il n'avait encore jamais dits à des inconnus.

— Il y a cinq ans, nous étions tous les deux seconds lieutenants dans l'armée juste au moment où la loi STAR est passée. Javi avait un court segment et moi un long, mais nous savions l'un comme l'autre que, de nous deux, c'était *lui* qui devait devenir soldat. Un héros, en fait. Nous avons donc échangé nos cordelettes et il est parti au combat, à ma place.

Maura écarquilla les yeux puis se frotta la nuque.

— Nom de Dieu !

Jack lui tendit la copie de lettre qu'il avait apportée dans une chemise.

— Sachant qu'il allait bientôt mourir, Javi avait écrit ceci.

Jack regarda Maura lire lentement la lettre, en prenant tout son temps. Plusieurs fois, elle entrouvrit les lèvres comme si elle allait dire quelque chose, mais elle garda le silence.

Jack espérait avoir apporté la lettre au bon endroit. Au cours des six derniers mois, la fondation avait fortement épaulé le principal rival d'Anthony Rollins dans la course à la présidence, un sénateur de Pennsylvanie, ardent défenseur des courts-segments. Rollins perdait déjà des soutiens, surtout depuis la révélation de l'année précédente : les aveux griffonnés par celle qui avait tenté de l'assassiner, retrouvés dans sa cellule après sa mort.

Le monde entier s'était trompé, cinq ans plus tôt. La tireuse ne devait pas sa rage à son segment. Elle n'avait même pas ouvert sa boîte, jamais vu ce qu'elle contenait. Mais c'était une sœur endeuillée, qui ne se remettait pas de l'ascension, trente ans plus tard, de l'un de ceux qu'elle tenait pour responsables du décès de son frère. Elle savait, bien sûr, qu'elle ne pouvait pas tuer Anthony – elle avait vu le long segment qu'il avait présenté à la télévision –, mais elle voulait le punir d'une façon ou d'une autre. Rendre enfin justice. Puis un innocent – Hank – s'était trouvé sur la trajectoire de la balle, et la femme avait perdu l'envie de parler, réduite au silence par sa culpabilité.

Une fois le véritable mobile dévoilé au grand jour, il y eut des appels à la destitution de Rollins, mais il était impossible de prouver qu'Anthony en savait plus que le public. Il nia toute implication directe dans ce qu'il appelait « ce malheureux incident ». Quant à sa campagne de diffamation contre cette dernière, il soutint qu'il avait simplement supposé, *comme tout le monde*, que sa cordelette était à l'origine de ses agissements.

Mais à présent, les sondages les plus récents concernant la réélection d'Anthony donnaient un écart minime entre les deux candidats. Il faudrait très peu de choses pour faire pencher la balance.

Au bout de quelques minutes, Maura le dévisagea avec intensité.

— Pourquoi nous apportez-vous cette lettre ?

— Je veux que vous la fassiez fuiter dans la presse. En incluant mon nom et en confirmant que c'est moi, « l'ami » qui avait échangé sa cordelette avec celle de Javier. J'aimerais que ça puisse être le coup décisif qui fera tomber le gouvernement Rollins – pour que tous se rendent compte de l'étendue des dégâts causés par sa politique, et combien il était idiot de ne pas permettre à quelqu'un d'aussi courageux et engagé que Javier de servir son pays. De réaliser son rêve. C'est le courage qu'a montré Javi lors de sa dernière mission qui a permis à son équipe de sauver trois personnes. (Jack s'interrompit un instant.) Cela dit, il n'est pas seulement question de l'armée, mais de tous les courts-segments dont la route a été barrée parce que les gens sont pleins d'a priori, ou ignorants. J'espère que tous ceux qui entendront parler de Javi comprendront que les courts-segments ont autant de valeur que les longs-segments. Et qu'ils méritent d'avoir les mêmes chances de le prouver.

Jack savait, bien sûr, que la lettre de Javier ne ferait pas changer d'avis des Anthony ou Katherine Rollins – ni ceux qui leur avaient permis d'accéder au pouvoir. Ça ne changerait certes rien. Mais c'était peut-être un début.

— Vous pourriez avoir de gros ennuis si vous avouez ça, reprit Maura. Vous êtes sûr de vouloir révéler cette affaire ?

— Oui, affirma Jack d'une voix ferme.

Il n'entretenait déjà plus de liens avec sa famille biologique. Il était temps pour lui de se ranger aux côtés de celle qu'il s'était choisie.

— Dans ce cas, je serai fière de vous aider. L'histoire de Javier mérite d'être connue.

Après avoir confié la lettre à Maura, Jack regagna la rue et leva la tête vers le ciel. Ces quatre dernières années, Javi avait été pilote. Qui sait combien de fois il avait volé tout là-haut, dans les nuages ?

Il espérait que Javi, où qu'il soit désormais, apprécierait l'ironie du moment. Rollins avait sans vergogne utilisé la cordelette de Javi pour promouvoir sa carrière cinq ans plus tôt, or à présent, cette même cordelette allait, avec un peu de chance, jouer un rôle dans son éviction de la Maison Blanche.

Le service de commémoration fut restreint, ce jour-là. N'y assistaient que la famille de Javier, Jack et deux soldats en permission.

Jack se tenait à côté du cercueil recouvert d'un drapeau américain, quand une femme vint lui glisser quelques mots.

— Votre ami était un soldat très courageux.

Elle était arrivée en retard, se glissant au fond de la salle à quelques minutes de la fin de la cérémonie. Son visage ne disait rien à Jack.

— Il nous a tous sauvés ce jour-là, murmura-t-elle.

Jack comprit alors qu'elle devait être l'une des deux médecins civils auxquels Javi était allé porter secours avant de mourir. *Ce doit être Anika Singh*. Tous les individus concernés par cette mission avaient, paraît-il, signé un accord de confidentialité, mais le capitaine Reynolds avait raconté l'acte héroïque de leur fils à Mr et Mrs García.

— Javi ne méritait pas ça, dit Jack, dont la voix menaçait de se briser. Il ne méritait pas d'avoir un court segment.

Anika le regarda alors avec une douceur et une compréhension dont il avait toujours terriblement manqué, dans son enfance – celles qu'une mère éprouve pour son fils.

— Vous savez, Javier me rappelle un homme que j'ai connu par le passé, dont la cordelette était beaucoup plus courte qu'elle aurait dû. Comme lui, Javier a su marquer son entourage par son parcours de vie. Leur rayonnement restera perceptible pendant des années, des générations, même. Je crois que, d'une certaine façon, ces deux hommes avaient les plus longues cordelettes qui aient jamais été.

Nina

Les anniversaires de l'arrivée des boîtes s'étaient succédé, les années avaient passé, et bientôt, l'humanité avait vécu près d'une décennie en compagnie des cordelettes.

Certaines personnes se réjouissaient de l'apparition des boîtes qui leur donnaient l'occasion de dire adieu, de ne pas regretter les mots qu'ils avaient prononcés. D'autres puisaient du réconfort dans le pouvoir troublant des cordelettes qui leur permettait de se dire que les vies des courts-segments qu'elles aimaient, en fait, n'étaient pas abrégées – simplement, elles n'excédaient pas la durée prévue le jour de leur naissance. D'une certaine manière, accepter un deuil était plus facile dès lors qu'on savait que rien n'aurait pu modifier l'issue, que la mort d'un être cher ne reposait sur aucune décision personnelle, aucune action ou absence d'action. Avec les cordelettes, il était inutile de se demander ce qui aurait pu se passer si un disparu avait vécu dans une autre ville, mangé autre chose, ou pris un autre itinéraire pour rentrer chez lui. La perte faisait toujours mal, bien sûr, et restait incompréhensible, mais ne pas être tenaillé par les questionnements était un soulagement.

Mais cela n'apportait aucun réconfort aux courts-segments eux-mêmes, ceux qui affrontaient cette injustice de près. Contrairement aux longs-segments qui leur survivaient.

Les parents de Maura demandèrent à Nina de dire quelques mots lors des obsèques.

C'était la première fois qu'elle prononçait un éloge funèbre ; elle dut rassembler toutes ses forces pour lâcher la main de sa mère et se présenter face à la foule qui assistait à la cérémonie.

Elle parcourut l'assemblée du regard, cherchant un visage familier pour la soutenir le temps de lire son discours. Dans les premiers rangs, aucun ne convenait : les membres de la famille de Maura étaient tous en pleurs ; quant à Ben et Amie, ils pensaient sans doute aux obsèques qui les concerneraient eux-mêmes, inévitablement, dans quelques années. Nina s'adressa donc plutôt à un petit groupe d'inconnus, au fond, collègues ou vieilles connaissances de Maura qu'elle n'avait jamais eu l'occasion de rencontrer.

Elle évoqua le caractère passionné de sa femme, son cran, sa vivacité d'esprit et la vitesse incroyable à laquelle elle liait des amitiés. Elle rappela la façon dont Maura, ayant entendu parler de la Fondation Johnson, avait aussitôt quitté son emploi dans l'édition pour entrer dans l'équipe du sénateur – son sixième emploi en tout, mais le seul dans lequel elle s'était sentie aussitôt intégrée. En œuvrant avec la fondation afin de protéger ses semblables, elle avait enfin trouvé un travail épanouissant, un lieu qui lui permettait de canaliser son énergie.

Nina n'avait pas envie de parler des ultimes instants, de la malformation cardiaque rare qui n'avait pas été décelée chez Maura. Elle n'avait pas envie de parler de la fin. Alors elle parla de la vie de Maura.

— Il serait facile de repenser à ce qu'elle et moi avons vécu ensemble et de se dire que nous n'avons pas eu de chance. Mais est-ce qu'il ne vaut pas mieux passer dix ans à aimer quelqu'un du plus profond de son cœur, que quarante ans à se lasser et s'aigrir ? Les grandes histoires d'amour de la littérature, on ne les juge pas sur leur longueur. Beaucoup d'entre elles étaient encore plus courtes que mon mariage avec Maura. Mais celle que Maura et moi avons vécue a été riche, intense, malgré sa brièveté. Elle a été, du début à la fin, un conte merveilleux, et quel que soit le nombre de chapitres qui lui ont été accordés, ses pages sont captivantes. Je continuerai à les relire pendant le restant de mes jours. Nos dix années ensemble, notre histoire, ont été un cadeau.

Les visages se brouillaient, à présent. Nina s'essuya les yeux avec un mouchoir et baissa le regard vers le discours posé devant elle. Il fallait qu'elle finisse, elle devait ça à Maura.

— Fidèle à elle-même, Maura m'a confié un message pour s'assurer que sa voix serait la dernière qu'on entendrait dans cette cérémonie. « Dis-leur que j'ai toujours voulu explorer. Que j'ai toujours tâché d'ouvrir la marche, d'être celle qui plonge la première dans l'eau glacée, qui goûte la première les plats bizarres, qui monte la première sur scène pour chanter. À présent, je vais être la première à savoir ce qui se passe après, à découvrir ce qui nous attend tous. Je promets de suffisamment prospecter pour pouvoir tout vous expliquer quand vous arriverez. »

Quelques semaines après les obsèques, Nina quitta la maison de ses parents pour regagner son appartement, seule, et ajouter la dernière touche à son livre. Un recueil de nouvelles inspirées par les cordelettes et les gens qui s'en servaient pour faire le bien, auquel elle travaillait depuis presque trois ans. La dédicace était déjà tapée – *Pour Maura, simple et intègre* – mais Nina avait du mal à se séparer du manuscrit, à le transmettre à son éditeur.

Ce soir-là, elle relut une fois de plus chacun des récits.

La femme née porteuse d'une mutation génétique responsable de cancers du sein, qui n'aurait jamais pensé avoir un long segment, et qui pilotait désormais les avancées dans la recherche sur ces pathologies.

Le jeune de vingt-trois ans né dans un quartier où les gangs faisaient la loi, et que son long segment avait autorisé à nourrir l'espoir d'en sortir, qui dirigeait aujourd'hui un programme de cours du soir pour les adolescents à risque.

Le court-segment qui faisait l'ascension de l'Everest avec sa boîte sur le dos.

La femme dont la campagne d'information et l'hommage au sacrifice d'un jeune soldat court-segment contribuèrent à aboutir à l'abrogation de la loi STAR par la Cour suprême. Maura. Bien en vie. Un héritage plus prestigieux qu'elle n'aurait pu imaginer dans ses rêves les plus fous.

Maura lui conseillerait de remettre l'ouvrage à l'éditeur. *De lâcher du lest.* L'heure était venue.

Nina se remémora une des dernières conversations qu'elle avait eue avec sa femme. « Tu as toujours été l'élément stable, le roc, celle qui lançait tous les projets, lui avait dit Maura. Là, tout de suite, j'ai plus que jamais besoin de cette personne-là, d'accord ? Tu ne peux pas t'effondrer. Amie et Ben ont besoin de toi, leurs enfants ont besoin de toi. Et tu ne peux pas t'abandonner toi-même. Promets-moi que tu continueras d'être un roc. De te projeter dans l'avenir. »

Pour l'heure, Nina n'avait que deux projets : publier ce livre et tenir jusqu'à l'année suivante. Demain, elle s'attellerait au premier. Ce soir, elle voulait passer encore un moment seule avec ses nouvelles, avec l'histoire de Maura, avant de les partager avec le reste du monde.

Amie

Comme tous les couples, Ben et Amie se disputaient.

Elle râlait après Ben s'il ne sortait pas les poubelles ou ne vidait pas le lave-vaisselle. De son côté, Ben lui reprochait parfois son excès de prudence, affirmait que leurs enfants, Willie et Midge, étaient en âge de faire du vélo sans les roulettes.

Ils levaient les yeux au ciel, haussaient le ton, mais, au fond, prenaient l'un comme l'autre un plaisir étonnant à explorer cet aspect naturel du mariage et du métier de parents, à constater que leurs vies – en dépit de leurs difficultés spécifiques – pouvaient encore être à ce point conventionnelles, délicieusement *normales*.

Ben voulait que tout avance, tambour battant. Il signa l'achat d'une maison dans un quartier résidentiel avant même la naissance de Willie, puis Amie et lui eurent le bonheur d'avoir deux enfants qui progressaient plutôt vite. Leurs premiers pas, leurs premiers mots et leurs loisirs – tout s'enchaîna dans la foulée et bientôt, voilà qu'ils jouaient du piano et marquaient des paniers au basket. Ben et Amie firent de leur mieux pour leur créer des souvenirs marquants, pour que les enfants aient, plus tard, des réminiscences de l'époque où ils étaient *quatre*. Ben devint l'entraîneur des deux équipes de base-ball Little League de ses enfants et prit des cours de peinture avec eux. Amie leur lisait des histoires au lit, le soir, les emportant dans de lointaines contrées. Les grands-parents paternels et maternels vinrent s'installer dans le quartier pour gâter leurs petits-enfants et emplir la maison de jouets et de cadeaux, pendant que Nina était « la tata cool », comme Maura et elle l'avaient dit un jour pour plaisanter, et invitait son neveu et sa nièce à venir dormir chez elle, à New York.

Chaque fois que Ben et Amie prenaient un moment, dans la frénésie du quotidien, pour contempler leur maison, ils y voyaient toutes ces choses dont Ben doutait jadis qu'elles puissent exister un jour : ces témoignages de leur vie de famille, de l'existence très remplie qu'ils avaient ensemble. Les étagères sur lesquelles étaient autrefois classés les romans préférés d'Amie croulaient désormais sous les livres pour enfants. Les cartes postales d'un été en France, sur la Côte d'Azur, et d'un hiver à Saint Pétersbourg – voyages précédant la naissance de Willie. Le plat bleu que Ben avait ébréché lors du premier dîner de Thanksgiving où ils recevaient. Trottinettes, puzzles, clavier électrique, vestiges d'anniversaires et de vacances. Croquis encadrés des immeubles sur lesquels Ben avait travaillé, lettres encadrées de trois anciens élèves d'Amie, aujourd'hui adultes et devenus professeurs à leur tour. Et, dans un album rangé au fond du tiroir d'un bureau, toutes les lettres de leur correspondance.

Ben et Amie ne furent pas étonnés en recevant le diagnostic de Ben. Ils s'y étaient préparés. Ben sut aussitôt qu'il n'irait pas à l'hôpital. Il allait rester chez lui, avec sa femme et ses enfants, comme ils l'avaient prévu.

Nina demanda à sa sœur si elle retournerait vivre en ville après le décès de Ben. Alors, Amie se représenta ce que serait la vie sans lui, dans leur maison. Le réfrigérateur bourré de plats surgelés, les voisins hochant gravement la tête chaque fois qu'ils passaient devant son jardin. Mais ils avaient construit là tant de leurs souvenirs à deux ! Le jour où ils avaient emménagé, Ben lui avait fait franchir le seuil de cette maison en la portant dans ses bras alors qu'elle était enceinte de cinq mois. Plus tard, il avait passé une semaine entière à monter un portique de balançoires dans la cour de derrière.

Amie ne pouvait pas quitter leur foyer.

Un soir, Nina était assise à la table de la cuisine avec Amie et Ben qui terminait son testament. À sa surprise, Ben se carra contre le dossier de sa chaise, les regarda toutes les deux et leur dit qu'il était content. Content que sa boîte ait été ouverte sans son accord des années plus tôt, content d'avoir partagé les années les plus heureuses de sa vie avec Amie, Willie et Midge, et content de ne pas laisser ses proches sans qu'ils aient le temps de s'y préparer.

Quand il monta se coucher et que les deux sœurs se retrouvèrent seules, Nina se tourna vers Amie pour savoir si elle était contente, pour sa part, de sa décision de ne pas ouvrir sa boîte.

— Il est encore possible que je change d'avis, mais je ne pense pas que ça arrivera. J'ai passé tellement de temps dans mes pensées, autrefois, à fantasmer sur l'avenir et à refaire le passé. Mais depuis la naissance de Willie et de Midge, ces rêveries se sont arrêtées. Je crois que devenir mère m'a beaucoup aidée à garder les pieds dans le présent.

— Parce que si tu les perds de vue un seul instant, les enfants mettent les doigts dans la prise de courant ?

— Oui, en partie, concéda Amie en s'esclaffant, mais pas seulement. Je me suis toujours interrogée sur les autres vies que j'aurais pu mener, mais maintenant je sais que c'est pour *celle-ci* que j'étais faite. Je le sens chaque fois que j'embrasse leurs joues potelées, ou que je regarde Ben les porter sur son dos.

Elle se tut un instant.

— Évidemment, découvrir dans sa boîte un long segment, comme toi, ce serait le plus beau des cadeaux.

Puis elle alluma l'écran de son téléphone pour voir une photo de Ben et des enfants déguisés datant du dernier Halloween.

— Mais je trouve quand même que j'ai de la chance.

Les comptes épargne pour les études de Willie et Midge, le crédit pour l'achat de la maison, le testament de Ben… tout était en ordre. Et chacun de leurs proches était aussi prêt que possible.

Mais personne n'aurait pu se préparer à l'appel téléphonique du poste de police annonçant que la voiture de Ben et d'Amie était entrée en collision sur l'autoroute alors qu'ils revenaient de l'un des rendez-vous médicaux de Ben.

— Je suis sincèrement navré de vous apprendre leurs décès.

Personne n'était prêt à une telle perte.

Le lendemain de l'accident, Nina, brisée de chagrin et épuisée de sa nuit sans sommeil, sortit d'un placard la boîte qu'Amie conservait, sans l'avoir ouverte, depuis quatorze ans. Elle savait déjà ce qu'elle trouverait à l'intérieur, ce que sa sœur n'avait jamais vu, mais elle voulait en avoir le cœur net.

La cordelette d'Amie.

De la même longueur que celle de Ben. Depuis toujours.

Nina saisit délicatement la cordelette et contempla la vie de sa sœur, au creux de sa paume. Puis elle la serra contre son cœur et laissa couler ses larmes.

Nina

Avoir des enfants n'avait jamais fait partie de ses projets, mais Nina adopta Midge et Willie sans hésitation. Bien qu'ils n'aient que neuf et onze ans, ils lui rappelaient déjà beaucoup Amie. Ils avaient son imagination et ses yeux, et vivre avec ses deux enfants, c'était garder un peu d'elle.

Amie, Nina le savait, souhaitait que Willie et Midge restent dans leur maison, aussi vendit-elle son appartement à Manhattan pour s'installer dans le quartier résidentiel de Ben et Maura, où les grands-parents habitaient eux aussi, pour que leurs petits-enfants ne soient jamais seuls.

Amie, Maura et Ben ne cesseraient jamais de lui manquer. Mais Nina tenait à honorer sa promesse. Elle ne s'effondrerait pas. Elle serait le roc, désormais, de Willie et Midge. Elle continuerait à faire des projets, pour eux trois.

Au bout d'un an, Nina et les enfants avaient réussi à se reconstruire une vie ensemble, en tant que trio de fraîche date. En tant que famille.

Une ou deux fois par mois, Nina emmenait son neveu et sa nièce à New York pour aller au musée, au zoo, ou juste pour permettre aux enfants de déambuler, ébahis, dans les rayons du mythique magasin de jouets FAO Schwarz.

Les rares fois où ils passaient la nuit en ville, après un spectacle à Broadway qui finissait tard par exemple, ils descendaient à l'hôtel du nord de Manhattan pourvu d'une façade Beaux-Arts, l'une des dernières réalisations de Ben. En un an, les travaux de restauration du bâtiment avaient fait de cet hôtel centenaire, bijou décati en péril, un palace digne de son passé historique. Ben avait sciemment choisi cet hôtel comme ultime projet. En souhaitant lui donner « une seconde vie », si Nina avait bonne mémoire. Une vie dont Willie et Midge faisaient désormais partie.

Un de ces soirs-là, après une longue journée passée à observer des squelettes de dinosaures au Muséum d'histoire naturelle, Nina entraîna les enfants de l'autre côté de la rue, pour flâner dans Central Park. Là, dans l'ombre des feuillages où filtraient les dernières lueurs du jour, ils s'arrêtèrent tous les trois pour contempler le banc d'Amie.

Nina tendit une main qui commençait tout juste à se faner et caressa du bout des doigts la plaque argentée. Amie avait offert à Ben un banc du parc pour leur dixième anniversaire de mariage, après avoir secrètement économisé durant neuf ans.

Cher B.,

Quoi qu'il arrive, mes sentiments resteront les mêmes.

A.

Puis elle s'assit pendant que Willie et Midge filaient en direction de l'aire de jeux.

En les regardant courir, tout sourire, des balançoires aux ponts de singes et vice versa, Nina s'émerveilla de leur énergie. Amie et Ben seraient fiers de ces petits êtres gentils, curieux et joyeux qu'ils avaient mis au monde.

Dans les moments comme celui-là, Nina se réjouissait qu'Amie n'ait jamais ouvert sa boîte, jamais ressenti la colère et l'angoisse qui avaient tenaillé Maura, et jamais eu à regarder les frimousses de ses enfants avec la certitude poignante qu'elle ne les verrait pas vieillir.

Nina se demandait même, par moments, si Willie et Midge seraient seulement nés si Amie avait su la taille de son segment. Elle avait déjà eu bien du mal à projeter d'élever des enfants sans Ben. Qu'aurait-elle fait si elle avait su *qu'elle aussi* allait disparaître ? Sans doute sa décision de ne pas ouvrir sa boîte leur avait-elle permis à l'une comme à l'autre de connaître ces deux êtres précieux.

Nina s'efforçait, bien sûr, de compenser l'absence maternelle et de suivre l'exemple d'Amie – mère attentionnée et affectueuse – ; mais, parfois, elle songeait au genre de maman que Maura serait devenue, et c'étaient alors son sens de l'humour, son cran et sa spontanéité qu'elle souhaitait communiquer aux enfants. Un goût de la vie que sa sœur et sa femme avaient en commun. Nina repensa aux nombreuses fois où elle avait vu le slogan « Vis comme si tu avais un court segment » sur des tee-shirts, des *tote-bags* et des posters. Cette formule répandue s'entendait beaucoup, désormais ; bien plus souvent qu'au tout début, quand les courts-segments étaient taxés de dangereux dépressifs, au mépris de la soif de vivre qui caractérisait une grande partie d'entre eux.

Nina regarda Willie et Midge lier très vite amitié avec deux autres petits, dévaler tour à tour le toboggan jaune en poussant des cris de joie. Elle s'étonnait toujours que, enfants, les humains sachent instantanément créer des liens sincères, pour mieux cultiver la discorde une fois adultes.

Du bout des doigts, elle effleura la broche de Maura, les deux cordelettes en or, qu'elle portait depuis sa mort à l'une des chaînes léguées par sa mère. Elle avait pris l'habitude de frotter ce pendentif, tel un talisman, chaque fois qu'elle était plongée dans ses pensées. Rares étaient les gens qui portaient cette broche tous les jours comme Nina. Elle était plutôt réservée aux grandes occasions ou aux rassemblements politiques, à l'image du ruban rose qui resurgissait en octobre – maintenant que la peur terrible des premières années s'était apaisée, notamment grâce au fait que les vagues massives de violence de la part des courts-segments, que d'aucuns avaient annoncées, n'eurent jamais lieu. L'ancien Président Rollins, autrefois le plus virulent des chantres de la prudence, ne faisait plus que de rares apparitions dans les actualités, pour assurer la promotion de ses mémoires ou prononcer un discours insignifiant. En dépit des efforts soutenus de la Fondation Johnson et de TousLiés, les discriminations illégales en matière de cordelettes persistaient, bien sûr, et les a priori contre les courts-segments étaient trop larvés pour être réellement éradiqués un jour. Des manifestations éclataient, par moments, en réaction à des actes particulièrement flagrants. *Maura aurait plaisir à savoir qu'on n'a pas fait taire les protestataires*, se dit Nina.

Cependant, en regardant les quatre enfants jouer ensemble, cette amitié formée en quelques instants, Nina se demanda s'ils pourraient conserver leur don enfantin pour l'empathie sans borne, même une fois adultes. C'était assurément ce qu'Amie, Ben et Maura auraient souhaité pour eux, et c'était dans cet esprit-là que Nina les éduquait.

Une femme d'âge mûr prit place à côté de Nina sur le banc, et se mit à lire un magazine. Nina en reconnut l'avant-dernier numéro qui avait publié un portrait de Jack Hunter, le célèbre neveu d'un Président de triste réputation. Nina n'oublierait jamais le jour où il s'était tourné vers Maura. Après avoir avoué, avec l'aide de la fondation, qu'un ami et lui avaient échangé leurs cordelettes lors de leur entrée dans l'armée, Jack avait connu quelques années de relative célébrité. L'article racontait sa chute rapide, après sa destitution de son grade militaire, suivie de son ascension finale. Il travaillait aujourd'hui dans une association à but non lucratif soutenant les vétérans atteints de troubles du stress post-traumatique et sa femme attendait leur deuxième enfant.

La photo de l'épouse enceinte de Jack Hunter, à ses côtés en couverture du magazine, rappela à Nina l'amie de Maura, Lea, qui avait failli accoucher en plein milieu de Times Square lors du premier rassemblement de TousLiés. Willie et Midge accueillaient souvent les jumeaux de Lea dans la cour pour des après-midi de jeux pendant que, de la terrasse, Nina et le frère de Lea surveillaient l'un et l'autre la descendance de leurs sœurs.

Un jour, se dit Nina, ces petits auraient des enfants à leur tour, nés dans un monde où l'époque pré-cordelettes serait lointaine, tandis que Nina et les autres longs-segments de sa génération glisseraient vers la quiétude du vieil âge, se remémorant l'arrivée des boîtes, tout comme leurs propres grands-parents évoquaient jadis la Seconde Guerre mondiale – un bouleversement quasi sismique dont on apprenait seulement l'existence dans les manuels scolaires et les romans. Et cet événement d'une ampleur insondable pour les deux jeunes sœurs, le nez plongé dans des livres, pour le jeune garçon timide dessinant des immeubles sur un carnet de croquis, pour la femme insouciante chantant dans un bar karaoké, un jour ne serait qu'un épisode de plus dans l'avancée vers l'âge adulte.

Mais est-ce que les gens ouvriront encore leurs boîtes ?

Les collègues de Nina parlaient tous du récent sondage Gallup, la dernière enquête à l'échelle nationale concernant les cordelettes. Pour la première fois, le nombre de personnes qui décidaient de ne pas ouvrir leurs boîtes connaissait une hausse remarquable. De plus en plus de boîtes restaient fermées, surtout parmi les jeunes. Il pouvait ne s'agir que d'une tendance, les gens pouvaient changer d'avis. Mais Nina se demandait si ce n'était pas un signe. Si, au bout de quinze ans de désordre et d'angoisse, le monde n'en savait pas assez sur les cordelettes – courtes, longues, moyennes – pour avoir la certitude que *toutes* les dimensions pouvaient exister et que ce n'était pas un critère important. Que le début et la fin avaient peut-être été déterminés mais qu'entre ces deux étapes un « milieu » restait à définir, auquel il appartenait à chacun de donner forme.

Bien sûr, on continuait à se demander, et on se demanderait *toujours*, d'où venaient les boîtes, et *pourquoi*. N'étaient-elles destinées qu'à l'individu, afin qu'il sache quel usage faire de son temps de vie limité ? Ou avaient-elles été offertes dans une optique de communion des êtres vivants, pour inciter à un plus vaste changement planétaire ? Certains prédisaient que leur vrai pouvoir ne se dévoilerait qu'une fois que tous les détenteurs auraient ouvert leur boîte. D'autres commençaient à croire qu'elles n'auraient peut-être jamais dû être ouvertes, que le cadeau consistait uniquement à recevoir une cordelette, quelle qu'elle soit.

Son propre segment lui annonçait encore une longue durée de vie, Nina songea que, pour sa part, elle pourrait essayer de vivre comme si elle détenait un court segment, sans craindre l'inattendu, en saisissant toute occasion de dire « oui ».

Elle ne s'était jamais imaginée mère, pourtant ces deux enfants étaient la lumière qui avait fait reculer l'obscurité. Alors, qui pouvait dire ce qui allait advenir ? Peut-être finirait-elle par accepter de se laisser entraîner dans l'un de ces rendez-vous galants que ses amis lui conseillaient régulièrement. Peut-être compléterait-elle son livre de nouveaux récits. Peut-être embarquerait-elle Willie et Midge dans une aventure, quelque part sur le globe, pour leur faire connaître le monde.

Mais pour l'heure, assise sur le banc de sa sœur, au cœur de Central Park, elle avait simplement envie de se reposer, de se concentrer sur l'instant présent. Elle se leva pour aller rejoindre les enfants et les fit tournoyer à bout de bras, leurs doigts entrelacés.

Et, un peu plus au nord, à la lisière du parc, un homme continuait de pédaler, un haut-parleur fixé dans le dos. Ses jambes peinaient plus qu'autrefois, les roues de sa bicyclette tournaient un peu moins vite. Mais la mélodie était toujours aussi claire et les passants, pressés et préoccupés, s'arrêtaient un instant et tournaient la tête, cherchant à voir d'où provenait la musique.

REMERCIEMENTS

Je tiens à remercier tous ceux qui ont pris part à l'aventure de ce livre et porté ce rêve jusqu'à son accomplissement. L'étendue de ma gratitude ne saurait être pleinement définie ici.

Merci à mes agents incroyables de CAA, Cindy Uh et Berni Barta, anges gardiens de ce livre. Je n'aurais jamais pu donner vie à cette histoire sans leur sagesse, leur dévouement et leurs conseils.

Merci à ma remarquable éditrice Liz Stein, qui a enrichi de son talent et de sa compréhension chacune des pages de ce roman. Je n'aurais pas pu imaginer meilleure partenaire et défenseuse pour cette histoire.

Merci à Carla Josephson pour la passion sans bornes et la créativité qu'elle a déployées pour apporter ce livre aux lecteurs du Royaume-Uni.

Merci aux équipes dynamiques des maisons William Morrow, Borough Press et HarperCollins, notamment Liate Stehlik, Jennifer Hart, Kelly Rudolph, Ariana Sinclair, Kaitlin Harri, Brittani Hiles, Elsie Lyons, Dale Rohrbaugh et Dave Cole. Je me pince tous les matins.

Merci à l'équipe insurpassable de CAA dont Michelle Weiner, Dorothy Vincent, Emily Westcott, Jamie Stockton,

Khalil Roberts, Jason Chukwuma, Adi Mehr, Sydney Thun et Bianca Petcu.

Merci à ma tante, Aimée Fine, qui, la première, m'a livré ses impressions. À Sumya Ojakli pour la foi en ce livre qu'elle a exprimée d'emblée. Et à Mady Despins, pour son irremplaçable gentillesse.

Merci à tous mes professeurs de Harvard et Columbia, et à mes professeurs de la School of the Holy Child, qui ont alimenté mon désir d'écrire et m'ont poussée à m'améliorer.

Merci au cercle de personnes incroyables que j'ai rencontrées à Cambridge et New York, pour l'amour et le soutien qu'elles m'ont apportés au fil des années pendant lesquelles j'ai travaillé sur ce livre. Elles ont incroyablement enrichi ma vie, je leur en saurai gré à tout jamais.

Et enfin merci à ma famille. À mes grands-parents, Mary et Walter, qui ont bâti les fondations de ma vie passée dans l'amour des livres et qui m'inspirent tous les jours, ainsi qu'à Nancy et Everett qui m'ont aidée à atteindre les étoiles. À mes parents, Laura et Jim, qui m'ont guidée à toutes les étapes de ma vie et dont les encouragements immuables m'aident à m'élever. (Un remerciement particulier à ma mère, première éditrice de cet ouvrage, qui a lu ce livre un plus grand nombre de fois que n'importe qui d'autre.) À Landy, ma sœur et meilleure amie, qui a partagé son talent et sa créativité incroyables avec moi. C'est l'amour qu'ils me portent tous qui a fait de moi celle que je suis.

Et merci à tous les lecteurs qui choisiront ce livre.

RÉFÉRENCES TEXTUELLES ET MUSICALES

(dans l'ordre d'apparition)

p. 9 : « The Summer Day », *House of Light*, Mary Oliver, Beacon Press, 1990 (extrait librement traduit)
p. 53 : *Expiation*, Ian McEwan, Gallimard, 2003
p. 76 : *Le Sourire de Mona Lisa*, réalisé par Mike Newell, 2003
p. 76 : *Le Passeur*, Lois Lowry, L'École des loisirs, 1994
p. 79 : *Iliade* et *Odyssée*, Homère
p. 79 : *Les Cinq Personnes que j'ai rencontrées là-haut*, Mitch Albom, Oh ! Éditions, 2004
p. 80 : *Auprès de moi toujours*, Kazuo Ishiguro, Éditions des Deux Terres, 2006
p. 80 : *Outliers, The Story of Success*, Malcolm Gladwell, Penguin Books, 2008
p. 80 : *La Servante écarlate*, Margaret Atwood, Robert Laffont, 1987
p. 80 : *Hunger Games*, Suzanne Collins, Pocket Jeunesse, 2009
p. 81 : *La Source enchantée*, Natalie Babbitt, Flammarion, 2011

p. 82 : *L'Attrape-cœurs*, J.D. Salinger, Robert Laffont, 1953

p. 82 : *Lolita*, Vladimir Nabokov, Gallimard, 1959

p. 112 : « Bridge Over Troubled Water », chanson de Simon and Garfunkel, 1970

p. 124 : « Que será, será (Whatever Will Be Will Be) », chanson écrite par Jay Livingston et Ray Evans, et interprétée notamment par Doris Day, 1956

p. 216 : *Guys and Dolls*, comédie musicale d'Abe Burrows et Jo Swerling, 1950

p. 380 : « Unforgettable », chanson écrite par Irving Gordon et interprétée par Nat King Cole, 1951

p. 399 : « Auld Lang Syne », poème de Robert Burns, 1788, devenu un chant folklorique écossais

Composition : Facompo
Rouen

#lisez! engagé
www.lisez.com
Pour plus d'information :
Imprimé sur du papier issu de forêts gérées durablement.

CET OUVRAGE
A ÉTÉ ACHEVÉ D'IMPRIMER
SUR ROTO-PAGE
PAR L'IMPRIMERIE FLOCH
À MAYENNE EN SEPTEMBRE 2023

N° d'impression : 103291
Imprimé en France